정약용의 여인들

정약용의 여인들

최 문 희
장편소설

세상의 끝에서 홀연 나타난 진솔이라는 여인이 안겨준 평온, 나른한 휴지를 그는 탐욕스럽게 껴안았다. 깊고 따스하고 청결했다.

다산
책방

서(序)

이 서사는 못다 한 그리움의 부스러기다.

다산 정약용의 생을 관통한

인간적인 고뇌에 대한 묵언이다.

말 없는 말, 소리를 실어내지 않는 침묵의 언어로.

가슴 깊숙이 보듬어 안았던 지존,

못다 한 충정일까, 사모일까.

제자, 황상. 아궁이 속의 불씨 한 점,

냉동된 상처에 치유의 온기를 채우고.

진솔, 남당의 여인이여.

중동 잘린 다산의 남루를 보듬어 다독인 진솔,

부서져 가루가 되어도, 사랑이라 읊조리던 여인.

포기할 수 없는 자의 항변은 수백 권의

저서로 지금을 살고 있는 우리들에게

값할 수 없는 보배로, 불멸의 들불처럼 타오른다.

차례

여유당의 적막

기쁘지 아니한가?

정약용이 마재의 집 대문을 넘으면서 스스로에게 물어본 첫마디였다. 안채와 사랑채, 마당에 팬 집 시렁 물의 작은 홈까지, 잠시의 외출에서 돌아온 듯 그대로였다. 사물에 따라 시간이 주는 변화의 무늬는 달랐다. 그는 지팡이를 짚고 더듬거리며 문지방을 넘는 자신의 쇠락에 마른침을 삼켰다. 순간 중대문 턱에 걸려 휘청, 앞으로 쏟아지려는 몸피를 큰아들 학연이 부축했다.

열여덟 해, 묵은 그리움이 들썩였다. 반기는 얼굴들이 그의 걸음 나비에 밀려 뒤처졌다. 넘치면 모자람만 못한 것이라, 말 같지 않은 말이 지금 그의 마른 혀끝에서 바장였다. 다물린 입술 꼬리를 꺼당겨 올렸지만 뭉친 안면 근육은 풀리지 않았다. 그가 작게 구시렁거렸다. 멀미를 달고 왔음이야, 누가 들으라고 한 말은 아니었다.

"아버님, 오르세요."

학연의 팔 힘에 실려 축담에서 마루로 마루에서 방으로 붕 뜨는 걸음이었다.

약용이 학연을 보고 "목이 마르구나. 차를 달일 수 있겠느냐?" 나직이 일렀다. 입이 마르기도 했지만 차를 마시면서 아내 혜완에게 할 말이 있었다. 찻잔을 놓고 마주앉아 부드럽고 간절한 목소리로 속삭여야 할까. 유배는 감옥이고, 그 깜깜 지옥의 내용은 진솔이었노라고 말한다면 염치없음의 극치일까? 하늘을 이해하기 위해서는 한 인간의 한계를 벗어나라 하지만, 나는 피와 살을 가진 보통의 사내에 불과했소. 내 몸뚱이에 얼음꽃이 슬어 운신이 어려울 때 진솔이 한 줌의 온기로 날 데워주었다오.

혜완의 얼굴이 환하게 벌어질까? 불쏘시개였단 말인가요? 다만 그대를 태운 기름이었단 말이군요.

재가 되진 않았소. 반수라도 이리 건재해서 돌아오지 않았소. 내가 홍임 모에게 건네준 건 나무 비녀 하나에 불과하오.

순간 그는 혀를 물었다. 진솔이 불쏘시개였노라고. 나무 비녀나 불쏘시개나 한 줄에 꿴 맥락일 터, 해명을 위한 헛말인지, 진심에서 한 말인지 그는 잠시 헷갈렸다. 입에서 뱉어진 순간 불쏘시개로 규정된 실체가 거기 서 있었다.

*

혜완이 고개를 꼿꼿이 세우고 진의를 확인하려는 듯 눈을 치떴다. 그는 고개를 흔들었고, 눈을 내리깐 채 고요를 거느렸다.

혜완은 그가 풀어내는 나직한 동작에 설핏 웃음기를 머금었다. 나무 비녀라, 그 한마디에 혜완이 소슬했던 가시를 내려놓았다. 떠보고 살피고 헤집어보았지만 그의 심실에 가두어둔 은밀한 문양은 더 캐내질 것 같지 않았다. 혜완은 그의 단순 솔직한 성정을 잘 알고 있었다. 눈앞에 보이지 않는 대상을 가슴에 품고 부대낄 사람이 아니었다. 섬세하고 조근거리는 사랑 놀음에 그의 남성적 소질은 별로였다. 대상이 다르다고 그 심리적 근간이 달라질까, 혜완은 흐트러진 심사를 긁어모을 것이었다.

*

"예, 잠시 기다리세요" 하고 나간 학연이 한식경이 넘어도 차를 내오지 않았다. 약용이 안방 아랫목 보료방석에 앉았다. 먼길 걸어온 그의 피로를 염려한 가족들, 손자 대림이까지 얼씬거리지 않았다. 마루를 가로지르는 치맛자락 스치는 소리, 그가 잔기침으로 부르는 기척을 내보냈다. 얼마간 잠잠했다. 그때 그것이 눈에 들어왔다. 흰 한지로 개비한 내실의 벽과 천장이 왠지 눈에 설었다. 열여덟 해, 해묵어 누리끼한 벽지여야 했다. 거기엔 정산할 수 없는 기억의 무늬가 아로새겨 있었다. 약용이 모든 공직을 내려놓은 뒤 마재의 안채에 여유당(與猶當)이라는 당호를 걸고 손수 바른 벽지였다. 임금이 내린 백서지 열 장으로 경탁 앞에만 발랐다.

"여긴 아무것도 놓지 마시오" 부탁까지 했다. 약용은 울컥 심지가 끓어올랐다.

*

여유당 '망설이면서 겨울 냇물을 건너는 것같이, 주저하면서 사방의 이웃을 두려워한다'는 노자의 말을 빌린 편액이었다. 스물두 살 성균관 진사로 시작한 벼슬이 병조 참지와 형조 참의로 급상승하면서 노론의 과녁이 되었다. 약용은 자명소를 올리고 고향집으로 내려왔다. 한동안 고향집에 조용히 엎드려 있으면 구설의 소용돌이에서 비껴갈 수 있겠거니 생각했다.

부친이 부재한 집은 낡고 허술했다. 약용이 소매를 걷어붙이고 집단속을 시작한 것은 몰두할 작업이 필요해서였다. 숨고르기라는 구실로 게으름을 얼버무리고 싶진 않았다. 두 아들이 공부하는 서재에 삼근계(三勤戒) 현판을 걸어둔 것은 아들들을 재우치기 위해서가 아니라 스스로를 단련하기 위한 말의 회초리였다. 부지런하고, 부지런하고, 부지런하다는 세 글자를 눈 뜨는 아침마다 보고 새겨야 했다.

큰비에 빗물이 새어 방마다 누리끼한 누수의 흔적이 보였다. 손을 보고 다독이고 단장을 했다. 그때 임금이 한 뭉치의 백서를 내려보냈다.

신유년 유월 열이틀, 한밤중에 대문이 흔들렸다. 창경궁 영춘헌의 내각 서리가 임금의 유시(諭示)를 들고 왔다.

오래도록 서로 보지 못했다. 너를 불러 책을 편찬하고 싶어 주재소의 벽을 다시 발랐다. 아직 덜 말라 정결하지 못하지만 이달 그믐께쯤이면 경연에 나올 수 있을 것이다.

그믐께에는 만날 수 있으리라는 간곡한 심정을 담은 어찰이었다. 서리가 들고 있던 백지 한 묶음을 임금이 하사한 선물이라며 건넸다. 망극했다. 약용은 백지 보따리를 안고 창경궁을 향해 머리를 조아렸다. 사랑방에 든 서리가 차를 마시는 동안 약용이 붓을 들었다. 배려에 대한 뜨거운 한마디, 못다 한 말의 마디가 붓끝에 실려 떨림을 가누지 못했다. 글쓰기라면 세상의 어느 누가 그를 앞지를 수 있을까? 마른가슴 속에서 뇌성벽력이 아우성을 질렀다. 약용은 붓을 내려놓았다. 기다리던 서리를 빈손으로 보냈다.

유월 그믐께 뵙겠다는 말씀만 올려달라 부탁했다. 스무여드레, 하늘과 땅 사이에 칠흑의 장막이 드리웠다. 목을 늘이고 기다렸는데, 임금과의 약속은 장마에 쓸려 떠내려갔다.

약용이 임금이 보내준 백지 묶음에서 열 장을 꺼냈다. 손이 떨리고 가슴이 저려 며칠 동안 물 한 모금 마실 수 없었다. 백지는 도배로 쓸 용도가 아니었다. 북쪽 벽을 향해 놓인 경탁 앞 벽면에 발랐다. 사모곡이라도 쓰려 했던가. 평생 보듬고 살아도 가슴에 뭉친 옹이를 삭이지 못할 것이었다. 약용이 손수 풀비를 들고 바르면서 이건 임금님이 하사하신 백지요, 했건만 혜완이 귓결로 흘렸던가. 듣고 싶지 않았던가. 열여덟 해 묵힌 종이를 뜯어내고 도배를 새로 한 것은 그의 귀환을 환영한다는 뜻이겠거니, 그건 아니었다. 혜완이 모르지 않을 터. 무심한 지아비에 대한 심리적인 반란인지도 모를 일이었다.

혜완이 차반을 들고 들어왔다.

"짐 속에 있는 무쇠 주전자는 못 찾았어요. 무쇠솥에서 끓였으니 다르지 않겠지요."

낮으나 결기 묻은 목소리였다. 그 작은 울림에는 안채와 마당을 가로질러 사랑채까지 어떤 허술함도 허용치 않는 무게감이 실려 있었다.

*

그의 목소리는 낮으나 묵직했다.

"도배를 하더라도 거긴 손대지 말았어야 하지 않소. 경탁 앞 벽 말이오."

혜완이 살포시 웃었다. 아니 그냥 입술만 방싯 움직였는지도 몰랐다.

"너무 누레서, 이색지기에 개비를 했어요. 발라낸 선왕의 편지하고 뜯어낸 종이는 버리지 않고 두었으니 너무 역정 내지 마세요."

약용이 고개를 들고 눈을 치떴다.

"누가 역정을 냈단 말이오? 경위를 묻지 않소?"

어투에 불편한 심기가 묻어났던가. 혜완이 지그시 깨문 얇은 입술이 노기가 실려 파르스름했다. 무람없이 다가가지 못하게 하는 혜완 특유의 고요함이었다.

더 이상 시비를 가릴 사안이 아니었다. 늘 그랬듯이 약용은 구겨진 심지를 스스로 다독였다. 찻주전자 뚜껑을 열면서 그가 "학연아" 불렀지만, 속내는 혜완의 말이 듣고 싶었다. 홍임 부녀에 대한 이야기가 혜완의 입에서 먼저 나오리라 기다렸다. 그것이 순서다 싶었다. 일행의 뒤에서 홍임 모녀가 조심스레 갸웃대는 걸음으로 따라오고 있었다. 소내 나루에 당도했을 때 약용이 어린 홍임을 안고 나룻배를 내렸다. 나루 둔덕, 가지 늘어뜨린 버드나무 아래 서 있는 혜완의 옥색 치맛자락이 얼핏 눈가에 실렸다. 약용이 얼른 홍임을 내려놓고 그쪽을 향해 걸어갔다. 먼 거리가 아니었다. 짐을 내리는 내내 배를 잡아주던 둘째 아들 학유가 앞을 막아섰다.

"아버님, 무사히 당도하신 건 저희 모두의 기쁨입니다. 멀미는 하지 않으셨는지요?"

약용이 학유의 장황한 인사말에 고개를 끄덕이면서도 눈은 가을 깊은 날까지 잎을 달고 있는 버드나무 뒤를 기웃거렸다. 가족들이 모여들었는데, 혜완의 옥색 치마는 큰아들 뒤에 가려 멈칫대는 걸음이었다. 약용이 혜완을 보고 웃었는지, 잘 지내셨소? 무슨 말을 건넸는지, 두리뭉실 어우러져 걷는 동안 민망한 눈길을 거두고 말았다.

방에 들어온 학연이 꿇어앉았다.

"다례를 잘 모르지만 제가 해보겠습니다."

학연이 사발에 찻물을 따랐다. 잠시, 하고 일어난 혜완이 장지문을 열고 나갔다. 그녀의 목소리가 문틈 새로 미어져 들어왔다.

"학유야, 석이 아범에게 문간방에 불 좀 지피라 하고, 강진에서 온 손님을 들이도록 하렴."

큰 목소리는 아니지만 힘준 억양이 주변을 들썩였다. 금세 학유의 목소리가 건너왔다.

"어머님, 문간방은 냉골이라, 강진 손님들은 찬방 뒷방에 들였습니다."

"거긴 안 된다 하지 않았느냐? 문간방으로 옮기도록 해라."

약용의 미간에 설핏 골이 일었다. 그를 의식해서 주고받는 말처럼 들렸다.

학연이 찻잔에 물을 따르면서 질금질금 흘렸다. 약용이 애먼 학연을 향해 심기를 끓어 올렸다.

"초의 선사가 다루던 다례를 눈여겨보지 않았더냐?"

학연이 고개를 들었다. 여느 때 같으면 어림없는 태도였다.

"초의 선사는 다선이라 하더이다. 그런 분하고 소자를 비교하심은……."

"비교라니? 지금도 물을 쏟아내고 있지 않느냐? 보통 양반가 자

16

제들도 찻물 정도는 정갈하게 따른다는 걸 모르더냐?"

차를 마시며 말문을 터보려던 그의 생각은 혜완의 심줄 같은 목소리에 실려 흐트러졌다.

*

학연과 학유가 강진 유배지를 오르내리면서 실어나른 말이 왜 없었을까? 서너 달 간격으로 오간 머슴 석의 입질도 만만찮았을 것이다.

"어머니, 여자를 들였더이다."

학연의 말보다 학유의 직설적인 한마디가 혜완의 심기를 찢었을 것이다.

"홍임이라고, 계집아이 이름입니다. 아버지를 많이 닮았던데요."

십여 년 넘게 유폐된 몸과 마음이 삭고 문드러져 후물거릴 무렵이었다. 뼈의 마디마다 삐꺽거리는 쇳소리가 났고 입이 말라 음식의 간을 가늠하지 못했다. 장기로 유배가기 직전 서울 의금부 국청에서 받아냈던 곤장이 동티가 되었을 것이다. 대못이 박힌 듯 뼈마디가 결리고 욱신거렸다. 등뼈 어디쯤 박힌 대못이 발걸음 뗄 때마다 사지를 비틀었다. 통지에 앉아 힘을 주지 못해 막힌 대장이 거꾸로 치솟으려 했다. 군불로 달군 구들에 지져도 박힌 옹이는 삭지 않았다.

*

혼례를 올리고 첫날밤이었다. 열다섯 살 신랑은 손이 덜덜거려 매듭을 찾지 못했다. 신부의 살가운 손길에 매듭이 풀렸다. 벗고 벗기고 또 벗긴 속옷들이 수북했다. 겉치마 아래 세 겹의 속옷으로 두리두리 감은 신부의 몸피는 버들가지처럼 뻣뻣했다.

신랑은 신부가 입고 있는 대례복을 벗기고 머리에 인 무거운 화관을 벗기려다가 머리카락을 뜯고 말았다.

신부의 손이 머리 위로 올라왔다.

"제가 해요. 어제 연습을 했어요."

신랑이 물었다.

"연습을? 무슨 연습을 했는지 궁금하오."

"어머님 말씀이 신랑 손길이 더듬거리면 네가 알아서 벗으라며 방법을 일러주셨어요."

그리고 덧붙였다.

"절 이름으로 불러주세요. 부인이나 여보라는 호칭보다 할머니가 지어주신 이름으로요. 곡절을 이기고 검은 머리털 파뿌리 되도록 백년해로한다는 이름이라 하셨습니다."

"이름이라? 특별한 주문이구려. 단둘이 있을 시에는 그게 가능하지만 식구들 앞에서는 민망할 것 같소. 그나저나 이름이나 알려주시오."

신부의 치마가 쳐들리고 속치마에 매단 비단 주머니가 나왔다.

붉은 비단 주머니에 수놓인 혜완(惠婉). 신랑이 그 이름을 몇 번이고 되뇌었다. 신부는 신랑의 눈길을 지긋이 받아냈다.

"하루에 몇 번이라도 불러주면 수명장수 한답니다. 할머니가 치마허리나 옷고름에도 혜완이라고 수를 놓아주셨답니다."

"참 아름다운 이름이군, 할머님께서 주신 이름이라 했소? 혜완!" 그렇게 신부를 안았다.

한 살 어린 신랑이 고개를 끄덕이며 솔깃하게 반응했다. 스물두 살 약관의 나이에 정사에 진출하게 된 것도 혜완의 뒷바라지가 한 몫했다. 책 속에 파묻혀 지내는 어린 신랑을 위해 까탈 대신 간식을 만들어 차반에 올리는 새댁이었다. 아내라기보다 기지였고 소통이 가능한 상대였다.

혜완이 말했다.

"친정아버님이 당신을 칭찬하셨어요."

*

약용이 그때는 그 깊은 뜻을 새기지도 못하면서, 선보러 온 장인 홍화보 앞에서 내리 주절거렸다. 열네 살 앳된 신랑감이었다. 약용은 목소리를 골랐다. 낮은 목소리에 힘이 실렸다.

"수신(修身)의 최고 경지는 신독(愼獨)이라 하였습니다. 혼자 있을 때조차 조심하고 삼가는 태도입니다. 마음이 내키는 대로 해도 법도에 어긋남이 없어야 한다는 신독을 공자는 일흔 살에 터득하였다 하더이다. 막현호은이며 막현호미라(莫見乎隱 莫顯乎微), 고로 군자는 신탁하여 수양하라 하였습니다. 감추는 것보다 더 잘 보이는 것은 없으며 작은 것보다 더 잘 나타나는 것이 없으니, 하여 군자는 홀로 있을 때 삼가야 한다는 뜻입니다. 다른 이가 보지 않더라도 나의 행동은 내가 보고 있기 때문에 혼자 있을 때라도 조심하고 정중해야 한다는 가르침입니다."

무인이면서도 동부승지까지 오른 홍화보의 고개가 끄덕거려졌다. 미래가 보이는 청년이구나, 그 총명함이 눈에 들어왔다. 누가 누굴 시험하는 자리가 아니라 말하고 듣는 이가 한순간에 어우러져 편안하고 허물없는 분위기가 되었다. 홍화보가 한마디를 더 물었다.

"신독이 개인의 사사로운 처세법이라면 세상을 상대하는 군자의 도리는 무엇이라고 생각하는고?"

소년 정약용의 대처는 당찼다. 꿇어앉은 품새는 흔들리지 않았고 곧은 눈길에 목소리는 낮으나 묵직했다.

"예, 어르신께서 물으시니 말씀드리겠습니다. 노자가 이르기를 사람은 땅을 본받고 땅은 하늘을 본받으며 하늘은 도를 본받고 도는 자연을 본받는다 하였습니다. 사단이 일어나는 것은 말이 그 씨앗이니 군주가 말을 지키지 못하면 신하를 잃고, 신하가 그 말을 지키지 못하면 몸을 잃으며 어떤 일을 하면서 비밀을 지키지 못하면 그것은 이루지 못합니다. 때문에 군자는 말에 신중을 기해 기밀이 새어 나가지 않도록 해야 한다고 풀이합니다."

장인이 될 홍화보가 한마디 조언을 아끼지 않았다.

"상경여빈(相敬如賓)이라, 남편은 아내를, 아내는 남편을 서로가 손님 대접하듯 공경하라는 옛말이 있다네. 너무 치대고 속속들이 파고들면, 미운 꼴을 피할 수 없다는 말이겠거니."

*

약용은 혜완의 노고를 모르지 않았다. 마재의 집은 건재했다. 그녀의 수고가 눈에 보이고 피부로 다가왔다. 마루는 참기름 먹인 듯 반질거렸고 허기진 얼굴을 한 식구들이 없었다. 닭장에는 장닭이 깃을 치며 울었고 채마밭 둔덕에는 겨우내 먹을 무 구덩이가 불룩했다. 남쪽 담벼락에 묻힌 다섯 개의 항아리는 김장독일 것이다. 가장의 부재에도 살 궁리를 놓치지 않았답니다. 혜완의 나직한 공치사가 집안 구석구석에 도사리고 있었다. 골진 얼굴에 그을음을 덧바르고 온전히 지킨 정성이었다. 그 명료한 생각이 그의 심장을 그러쥐었다. 그는 혜완의 지긋한 눈길을 피했다.

약용이 몸에 밴 규칙들을 스스로 내던졌다. 진시의 기상과 하루의 반반을 적절하게 안배했던 집필과 독서도 멀찌감치 밀어뒀다. 이틀 동안 내실에서 한 발자국도 나가지 않았다. 통지 출입도 안 했을까? 안 한 게 아니라 못 했다. 부인이 아침저녁으로 부신 요강을 윗목에 들여주었다. 홍임 모녀는 어디서 거하느냐고, 물어보지 못했다. 부인 역시 그가 달고 온 홍임 모녀에 대해서는 한마디도 안 했다.

약용은 왠지 자신의 집에서 겉도는 느낌이었다. 오매불망하던 제 가족들에 둘러싸여 아버지로, 할아버지로, 당신으로 불리는데, 약용의 눈은 먼 데 어딘가를 헤매었다. 딱히 그 자신도 그 술렁거림의 진의를 알지 못했다.

보물단지 이듯 보듬고 온 석류나무 분하고 국화 분도 사랑채 마당에 놓아둔 채였다.

"제가 심을까요? 땅 냄새를 맡아야 기운을 차릴 겁니다."

그의 대책 없이 나른한 침묵을 학연이 슬쩍 건드렸다.

약용이 그냥 두라고 손짓으로 아들의 재우침을 물리쳤다. 그가 두 팔을 툭 질렀다. 어깨 위에 실린 무게감을 털어내려는 몸짓이었다. 그는 좌정할 자리를 찾아 두리번거렸다. 집필의 마감 정리를 위해 제자들에게 내준 사랑채나 혜완의 가구들로 채워진 내실의 기척은 요지부동했다. 서너 개의 방이 따로 있다지만 저마다 다른 식구들이 차지했다. 열여덟 해 만에 되돌아온 집에서 자신만의 책상을 놓겠다며 어느 누구의 방을 비우라 강제할 수 없었다. 그렇다면 이 근거 없는 무력감의 정체는 한 칸 공간이 아쉬워 투덜대는 불편한 심사인가? 참 실없는 사람이군, 그는 버릇이 된 속엣말을 자조에 버무렸다.

빗살무늬 구름

매정한 처사라? 혜완이 입안에서 퍼석거리는 말을 꼴깍 삼켰다. 지난 닷새가 육십 성상보다 더 질긴 끈이 되어 혜완을 옭맸다. 자신이 장악하고 있는 이 완벽한 마재의 일상이 하찮은 촌 아낙에 의해 흐트러지리라고는 미처 헤아리지 못했다. 참빗으로 고른 머리 다발을 왼손에 거머쥐고 혜완은 은비녀를 질렀다. 기웃하니 열린 면경함 속 반백의 여인, 골진 미간에 얼룩처럼 기미가 슬었다. 혜완이 콩밭에서 김을 매던 날, 며느리가 머리 위에 씌워준 무명 수건을 걷어냈다.

"난 됐네. 온통 속속들이 그을린 속살인데, 무명 수건 한 장으로 뭘 어쩌겠니?"

며늘애가 입안에서 웅얼거렸다.

"닥나무 껍질처럼 까매지셨어요. 한낮은 피하셔야지요."

그럼 한밤중에 호롱불 켜 들고 김을 매란 말이더냐? 밤도깨비가 따로 없구나. 소리 내어 말하지는 않았다. 목구멍에 걸린 말이 마른 침에 버무려져 도로 삼켜지곤 했다. 살아 있음의 가장 확실한 징후인 말하기나 먹기가 언제인가부터 혀의 바늘이 되어 껄끄러웠다.

열하고 여덟 해, 마재의 흙밭에 마음을 묻고 세월을 묻던 날들이었다. 이제 망가진 초로의 여인이 떠안아야 할 또 다른 유배의 당위는 홀로를 견뎌야 하는 처절한 인내였다. 혜완은 그 인내의 쓴맛을 뱉어내려 하고 있었다.

"내려가게. 여긴 자네가 거할 곳이 못 되네."

혜완이 진솔의 등을 밀어냈다. 그런데 어쩌자고 이리 숨통을 그러쥔 체기가 극성을 부린단 말인가. 체기는 술로 다스려야 했다. 그를 맞이하기 위해 찹쌀로 지에밥을 짓고 누룩에 버무려 포대기로 감아 발효시킨 술이 조금 남아 있었다. 혜완은 술을 못 이기는 얄팍한 체질은 아니었다. 언젠가 학연이 강진에 다녀왔던 날 밤, 혜완이 술이나 한잔 하자며 아들을 내실로 불러들였다. 낮에 벼 심기를 하고 남은 농주였다. 학연이 놀라 파랗게 질렸다.

"어머님, 왜 이러십니까?"

혜완이 까칠하니 입술을 오므렸다.

"왜? 못마땅하니? 내가 온전하게 기대고 있던 한 벽이 무너졌는데, 한기가 드는구나. 술이라도 마시면 냉기가 사위겠거니."

학연이 꿇은 무릎 위로 고개를 박았다.

"어머니, 아버님이 풍을 맞았다니까요. 몸도 굳었지만 그 청청하시던 정신의 뿌리가 후물거렸다고요. 마음이 몸을 움직인다고 하지만 아니었어요. 뒷바라지해준 착하고 순한 홍임 모가 아니었으면 아버님의 오늘은 없었을지도 모릅니다. 홍임 모는 씨종보다 더 헌신적이었다고요. 여자로 들인 게 아니라고요."

잠시 머뭇거리다가 학연이 덧붙였다.

"땅마지기나 가진 양반가 남자들이라면 첩실이 보편적인 풍속 아닌가요? 장장 아버님은 십여 년을 독수공방하셨습니다."

혜완이 술잔을 비우고는 말했다.

"착하고 순한 여자라? 네가 어찌 여자 속을 아느냐?"

학연이 아차 했다. 뭔가 해명을 해야 할 것 같아 뭉그적대는데 혜완이 한숨처럼 내뱉고 일어났다.

"이 어미도 독수공방했느니라."

학연이 한마디를 떨어뜨려놓고는 방을 나갔다.

"어머님, 죄송하지만, 남녀가 유별합니다."

혜완이 옷깃을 여몄다. 샛바람에 소름발이 일었다. 동지가 먼데, 몸속의 동지가 먼저 온 모양이었다.

집 떠나 지상의 섬에 유폐된 삶이 유배라면 죄인의 가족이 감수해야 했던 굴욕과 빈곤, 세상 눈치에 옹송그렸던 나날도 하늘의 감옥이었다. 혜완은 체념하고 갈무리하라는 법도에 길들여져 살았다.

안채와 사랑채 사이에 안존하게 버티고 있는 중대문의 구실은 과연 무엇일까? 여자들을 보호한다는 측면보다 가두려는 의미가 중첩된 정치는 아니었을까? 길들이기 위한 가림막이었다. 겹겹의 굴레였고 복종의 울타리였다.

해배와 함께 그가 데리고 온 홍임 모녀를 내친 것은 길들임에 대한 반발이었다. 어제와 같은 오늘을 소명이라 여기며 살았지만, 오늘과 같은 내일을 살아서는 안 되었다.

*

학유가 미닫이 밖에 서 있었다.

"어머님, 일어나셨어요?"

들어오란 말 대신 혜완이 기척을 죽이고 등불 심지를 숙였다. 문간방의 자잘한 기척이 마당을 가로질러 건너왔다. 떠날 시각이었다. 갑자기 들이친 찬바람에 소름발이 일었다. 혜완은 이불자락을 꺼당겨 무릎을 덮었다. 문 앞에 서 있던 아들은 물러났다. 오늘 마재를 떠나는 홍임 모녀를 배웅해야 할 터였다. 누구하고 말을 섞을 심사가 아니었다. 아들하고는 더더욱 아니었다. 불편한 심기를 갈피에 감추는 일이 혜완에게는 쉽지 않았다. 그렇게 살지 않았다. 시집오기 전 『시경』과 경전을 읽었고 뼈에 새긴 부덕의 가르침으로 살아야 한다는 세상의 법도에 귀기울였다. 무인인 친정아버지의 강단 있는 기질을 닮은 혜완은 어물쩍 흉내내기나 어눌함으로 얼버무리는 행동은 질색했다. 크게 어긋나지 않는다면 왜 자신을 숨기고 가두며 속여야 하는지 동의하지 않았다.

발 빠른 한기가 서리를 몰고 왔다. 한밤에 잠을 깬 것은 차렵이불에 스민 한기 탓이었다. 낮에 말려둔 솜이불을 덮고서야 잠을 이루었다. 볕이 좋은데 솜이불을 꺼내 널면 어떨까요? 진솔이 며칠 덮고 잔 이불 홑청을 뜯어내어 빨고 삶았다. 보고 있던 혜완이 중얼거렸다. 바지런도 병이구나. 하루 만에 풀을 먹이고 손질한 홑청을 이불에 꿰맸다. 떠나기 전 자신이 흘린 부스러기를 주워 담는 모습이 깔끔했다. 눈앞에서 얼쩡거리던 다소곳한 댓거리나 낮은 목소리, 사뿐한 걸음걸이를 보지 않아도 되었다. 그것들이 혜완은 성가셨다.

혜완이 손바닥으로 얼굴을 쓸어내렸다. 관자놀이에 열기가 묻어났다. 부끄러움이었다. 남을 위하는 것과 자기를 위하는 상반된 행위 가운데서 홍임 모녀를 내친 것은 집안을 위함이라 애써 변명했지만 정말 그것이 전부였을까? 그에게 미리 상의하지 않았다. 외출에서 돌아온 그가 홍임 모녀를 보낸 것을 알면 어떤 얼굴을 할지 미리부터 속이 더부룩했다. 드러내놓고 원망을 할 사람은 아니었다. 그 어린것을, 그의 속내가 새까맣게 타지나 않을지, 혜완의 안에서 거센 되울림이 퍼석댔다.

신혼 시절 어린 신랑이 자주 들먹이던 말이었다.

"사람은 땅을, 땅은 하늘을, 하늘은 도를, 도는 자연을 본받으라 했소. 살아가는 동안 내가 휘청거리기라도 하면 혜완이 날 붙잡아주시오. 그대는 나의 지킴이가 되어주오."

그 목소리가 간절했다. 아직도 귓가에 쟁쟁한데, 다시금 혜완은 속이 쓰렸다. 홍임 모녀를 내친 것은 그가 신조로 삼았던 삶의 도리를 어긋나게 한 짓거리였다. 그것이 혜완의 평온을 물어뜯었다. 남편의 핏줄을 내쫓았다. 진솔이야 어쨌든 그 아이만큼은 거두어야 하지 않았을까? 하늘의 도를 거스르지 않았는지, 구겨진 심지가 맥박을 꼬집었다.

*

마재에 올라왔던 첫날 아침, 중대문 언저리 작은 화단에 쪼그리고 앉아 있는 홍임을 보았다. 검정색 무명 통치마에 감물 들인 기명색 저고리를 입었고 앞가르마 양쪽 귀밑머리를 땋아 내린 계집아이의 모양새엔 양갓집 딸내미 같은 귀티가 흘렀다. 등뼈 꼿꼿한 앉음새나 치마를 접어 무릎에 싸안은 야무진 탯거리도 밉상이 아니었다. 혜완이 아랫입술을 꼭 깨물었다. 여섯 살, 콩알만 한 계집아이가 마당 한귀, 담 허리를 실팍하게 감아 내린 능소화 꽃봉 같았다. 혜완이 자신의 착시에 소스라쳤다. 능소화를 홍임에 비유한 것은 큰 의지를 친친 감고 뻗어오르는 덩굴의 속성이 어쩐지 홍임이라는 계집아이의 영민함과 겹쳐져서였다. 저 요물이 이 가문에 먹칠을 하지 않을까? 하는 불길함이었다. 털벌레가 살갗을 기어오르듯 혜완이 진저리쳤다. 저것이, 저 맹랑한 계집아이가, 혜완의 얇은 입술이 맥없이 달달거렸다.

그가 가꾸던 작약은 꽃이 여위었고 국화 몇 포기가 열여덟 해를 지키며 그를 기다리고 있는 화단이었다. 거기서 뭐하니? 나오지 못해? 말을 하려는 순간 그의 목소리가 들렸다.

"홍임이 봉선화 물 들일 모양이구나."

화단 쪽으로 걸어가던 그가 수굿이 허리를 굽혀 내려다보았다.

"예, 아버지. 봉선화 물 들여도 되지요?" 젓가락으로 도기를 퉁기듯 맑은 목소리였다.

끝물이어서 봉선화는 몇 잎 남아 있지 않았다. 따서 모은 봉선화를 홍임이 편편한 돌 위에 놓고 작은 돌로 콩콩 짓찧었다. 그가 엉거주춤 홍임이 곁에 앉았다. 한 폭의 그림이었다. 혜완이 불시에 방바닥에 무너져 내렸다. 열린 장지문 틈새가 부녀의 다정한 모습을 가리지 못했다.

"손톱에 봉선화 물을 들이려면 묶어줘야지, 헝겊은 있느냐?"

계집아이의 조막만 한 얼굴이 해뜩하니 쳐들렸다. 순간 혜완은 눈앞이 어질거렸다. 얇은 눈꺼풀에 긴 눈매가 남편의 눈을 하고 있었다. 그 너무나도 빼다박은 핏줄의 내림이 섬뜩해서였다.

아침 밥상을 받은 그의 바지 대님이 짝짝이라는 걸 알았다. 대님 한 짝을 홍임에게 주고, 뭉갠 봉선화를 손톱에 감아주었는가? 한쪽은 옥색이고 한쪽은 회색이었다. 혜완은 못 본 체했다.

*

눈앞에 보이지 않는데, 배롱나무 맨가지처럼 낭창한 댓거리도 이젠 어른대지 않을 것을, 어찌 이다지 심사가 끓어오르는지 모를 일이었다. 말하는 품새가 다소곳했다. 며늘애가 무심히 내뱉은 한마디에 혜완이 소스라쳤다.

"촌부가 분명한데 촌티가 안 나요, 어머님. 무 두 개로 다섯 가지 나물을 무치는 솜씨가 제법이더라고요."

촉새 같은 부리로 쪼아대기 좋아하는 며느리의 이죽거림에 홍임 모에 대한 호의적인 음조가 내배 있었다. 무심하게 지껄이는 낌새 속에 일손을 놓고도 삼시 세 끼 걱정을 덜어준 촌부를 추슬렀다.

그는 오늘 학연을 앞세우고 천진암에 간다며 나섰다. 수종사까지 들른다면 내일이나 돌아올 것이다. 홍임 모녀가 비워낸 문간방의 기척에 발뒤꿈치가 얼어붙지나 않을지, 염려는 거두어들였다. 아픈 속내를 드러내 보인 적은 없었다. 이지러지고 썩어 문드러진 가슴 무늬를 붓으로 쓰고 그림으로 그리고 읊조리는 것 말고 소리 내어 치졸함을 드러내지 않는 남편이었다.

앓던 이가 빠진 듯, 묵은 체기가 내려간 듯 사분한 기분인데도 가슴 한 자락에 갑작거리는 이 작은 옹이의 정체는 무엇인가? 가슴에 손을 포갠 채 뒤를 보고 옆을 보고 하늘을 보고 땅을 내려다보았지만, 명징한 해답은 잡히지 않았다. 결행하지 않으면 깊이 후회할지도 몰랐다. 혜완은 모질게 마음 자락을 거머쥐었다. 숨길이 명치에 걸려 헉헉거렸다. 언제부터인가, 가팔라진 숨길에 가슴뼈가 좁아들었다. 그가 유배 살고 있는 강진으로 두 아들이 오가며 흘린 말에 귀청이 먹먹했다.

"기녀 같지 않았어요. 쌍것 같지도 않고요."

보탬도 덜함도 없는 우직한 두 아들의 촌평이 그랬다.

"정갈해 뵈는 아낙이 아버님 시중을 들고, 공부하는 학동들 끼니를 마련하더이다."

학연이 어머니의 표정을 살폈다. 학문에 관한 한 아버지가 어려웠지만 소소한 일상을 헤집으며 살피는 어머니의 엄격함도 부친과 크게 다르지 않았다.

"아낙이라? 조곤조곤 말해보거라."

섣불리, 데면데면 넘길 혜완이 아니었다. 학연에게 물어본 말을 둘째 학유에게도 던져보았다.

"제 또래 정도 된 아낙은 나무 비녀를 질렀고 음식 솜씨가 좋고 말씨나 거동이 안존하더이다."

하루이틀이 아니라 이태 동안 남편과 함께 보은산방에서 공부하다 올라온 학연이었다. 곧은 성격이어서 말을 비틀거나 에둘러 하지 않았다.

진솔, 늘 새 옷마냥 뽀송하고 정갈하다는 뜻인가, 이름 한번 야무지구나, 혜완은 벼린 속내에 비린내가 일었다. 다산초당 학동들의 밥시중 때문이라고, 무슨 구실이 없었을까. 여남은 명이 넘는 학동들의 점심 준비에 입맛이 무디지 못한 그의 수발을 도맡아 한다고?

진솔이 학연의 빨래까지 들고 나갔다.

"관두세요."

학연이 말렸다.

말없이 손만 내저었다. 들고 남의 기척이 고요하고 낭자머리로 쪽을 찐 목덜미가 희고 맑았다.

얼음물에 빤 빨래를 가마솥에 불을 피워 삶아 다시 얼음물에 헹구는 과정을 학연이 지켜본 적이 있었다. 고개를 흔들었다. 지극한 마음이 아니면 공 없이 할 수고가 아니었다.

부친의 입성은 마재에 거할 때나 다르지 않았다. 깨끗한 동정에 흰 버선이었다. 옷으로 몸의 때를 발라내야 했다. 한겨울 목욕은 섣달그믐, 가마솥에 데운 물로 한 해의 때를 씻어내는 것이 고작이었다.

예사 분이 아니구나, 학연은 짐작했다. 꽃샘바람이 극성을 부리던 날이었다. 늦은 점심상이 들어왔다. 새로 들인 아궁이에 불이 들지 않아 밥하고 국 끓이는 내내 얼마나 눈물을 닦았는지 얼굴에 검댕 칠을 하고 있었다. 밥상을 들이고 나가려는 그녀를 부친이 불러 앉혔다.

"잠시 앉으시오. 인사를 트긴 했지만……."

말을 얼버무린 부친이 손으로 지시를 했고 학연이 마주앉아 허리를 구부렸다.

"인사드려라. 아비하고 함께 유배를 살고 있는 분이다."

학연이 고마움을 담아 너부죽 엎드려 절을 했고 진솔이 일어나 맞절을 나누었다. 하지만 둘째 학유는 달랐다. 진솔이 물린 밥상을 들고 나간 뒤 학유가 고개를 쳐들었다. 평소라면 어림없는 고갯짓이었다. 학유는 작게 구시렁거렸다.

"어머니 가슴에 구덩이를 파실 작정이시군요."

맹랑한 반격이었다. 유연하고 눈치 빠른 학연과는 달리 저돌적이었다. 그런 둘째의 뚝심 있는 기질을 은근히 아꼈던 약용이었다. 그래서 진솔을 마주쳐도 대질을 시키지 않았다. 연 사흘 장대비가 내렸다. 산정의 뒷간은 산자락을 돌아가야 했다. 천지개벽이라도 할 듯이 시커먼 하늘에 천둥 번개가 분탕질을 쳤다. 산정의 서암에서 글을 읽던 학유는 우연하게 장면 하나를 목격했다. 비가 들이치기에 문을 열지는 못하고 문틈 샛눈으로 내다보았다. 그녀가 부축한 부친은 절름거렸다. 변비로 고생하는 부친은 뒷간 출입이 잦았다. 내리꽂히는 장대비에 흠벅 젖은 부친이 어느 순간 미끄러져 거의 올라온 층계참을 굴러내렸다. 학유는 일어나려다가 주저앉았다. 민망해할 것 같았다. 그 여인의 등에 업힌 부친의 늘어진 모습이 너무 애처로워 학유는 고개를 돌렸다.

장마는 열흘이나 계속되었다. 아궁이에 불이 들지 않아 온돌은 습하고 냉했다. 풍을 먹은 부친의 몸에 습기는 금물이었다. 아궁이 앞에서 군불을 지피느라 온통 눈물바가지를 들쓰고 있는 그녀를 위해 학유가 무명 수건을 건네주었다.

"고맙네."

나직이 중얼거리는 말투가 귀에 거슬리지 않았다.

두 번의 장마를, 두 번의 혹한을 겪어내면서 학유는 들썩이는 심리적 돌기들을 다독일 수 있었다. 세상에 어떤 시종이 이 조악한 환경에서 환자의 수발을 할 수 있을지 장담할 수 없었다. 마늘밭에서 김을 매고 야채밭을 일구며 며느리들에게 솔선수범하는 어머니지만 수고의 차원이 달랐다. 신분이 노동의 층을 만든다지만 추위와 더위를 느끼는 감각마저 다를까? 미심쩍음이 아니라 그런 의구심이 젊은 학유를 자꾸 두리번거리게 했다.

어머니의 추궁은 무관심에 버려진 안방마님들의 비소한 원성과는 달라야 했다. 손이 미치지 못하는 먼 유배지에서 일궈낸 귀한 불씨였다. 자칫 나락으로 떨어질 뻔한 한 장년의 남자를 온전히 품어 일으켜 세운 여인의 무구한 헌신이었다.

'아비하고 함께 유배를 살고 있는 분'이라, 그 말의 무게감이 학유의 가슴을 짓눌렀다. 유심히 살펴보는 눈에 쌍심지를 돋우었는지는 학유 자신도 잘 몰랐다. 그녀가 밥상을 들이고 낼 때마다 부친의 눈길이 여인의 동작을 따라 움직였다. 아들이 지켜보는 자리에서. 거부감이 일지 않았다면 거짓말이었다. 마재의 어머니도 유배나 다르지 않은 일상을 꾸려가고 있는데, 가슴이 옥박질렀다. 순간 생각의 마디 한 조각이 움찔거렸다. 가부장의 엄격함으로 포장한 부친의 깊은 속내는 험한 산맥처럼 첩첩했다. 부자지간을 연결하는 것은 지시와 가르침이 전부였다. 그런 부친이기에 수굿하니 미소를 깨물고 나하고 유배를 사는 분이라, 하던 순간 그 말 떨림의 심사가 학유의 가슴속으로 전이되었다. 말의 행간에 뜨거움이 실려 있었다. 뜻밖의 발견이었다. 학유는 필요 이상으로 허리를 구부리고 예를 올렸다. 부친의 그 도저한 권위의 일각이 허물리는 순간의 나약함이 학유의 등뼈를 휘어지게 했는지도 몰랐다. 그는 늘 귀에 못 딱지가 앉도록 말했다. "사나이 대장부로 태어났으면 모름지기 맹수의 기상을 지녀야 할 것이야." 그런 분의 나약함이라니, 학유는 허룩해지려는 마음을 주워 담았다. 부친 앞에서는 늘 그랬다. 핏줄이 아닌 스승을 대하듯 어렵고 긴장했던 마음 자락이 조금은 헐거워지는 듯했다. 학유는 그 헐거워지는 심사가 인간적인 부친의 면모를 대하는 것 같아 가슴을 쓸어내렸다. 짧은 세월이 아니었다. 학유 자신도 그 나이에 홀로 세상에서 내팽개쳐졌다면 장담할 수 있을지 알 수 없었다. 그 여인이 바닥 천민이라 해도 아들인 그로서는 할 말이 없었다. 진솔이라는 분, 백제 유민의 후예라 하지 않았던가. 부친이 지어낸 말인지도 모를 일이었다. 상관없었다. 무엇보다도 정갈한 이목구비와 나직한 행동거지가 솔깃했다.

설마 부친이 그들 모녀를 앞세우고 마재로 올지는 알 수 없었다. 해배 소식을 듣던 날 학유가 "제가 가서 모시고 오지요" 했을 때 모친이 그만두라며 손짓을 해보였다. 그 묵언의 손짓이 심상치 않았다.

*

약용 일행이 소내 나루에 도착할 시각은 신시쯤이라고 들었다.
구월 중순, 해배된 날부터 한 달간의 말미였다. 십여 일을 걸어 당도
한 소내 나루였다. 불그레 번진 노을이 단풍 든 산마루에 걸려 질펀
했다. 싸리비로 쓸어낸 듯 가늘게 휘어진 빗살무늬 구름이었다.

"바람이 불 모양인가?"

혜완의 말에 학연이 하늘을 보고 말했다.

"빗살무늬 구름이 바람을 몰아오긴 해도 폭풍우는 아니랍니다.
그냥 건뜻 지나가는 냉기류니까요."

학연의 설명에 만족한 듯 혜완이 "그래, 바람 끝이 차구나" 하고
마고자 저고리 앞섶을 여몄다.

저만치 강을 거슬러 유유히 다가오는 뱃머리에 그의 둥실한 모
습이 나타났다. 그때 혜완이 악, 마른 비명을 삼켰다. 그의 오른팔
아래 감싸고 있는 작은 계집아이, 저것이 어쩌자고, 여기가 어디라
고 촐싹촐싹 따라왔단 말인가? 남편 뒤에 몸을 가리고 서 있는 여
인, 검정색 무명 치마에 치잣빛으로 물들인 무명 저고리, 저것이 기
녀인가, 여염집 아낙인가, 어찌 저다지 날쌍하단 말인가? 혜완이
갑자기 돌덩이처럼 굳어버린 심장을 쓸어내렸다. 눈가에 스멀거리
는 불티를 손등으로 문대면서 입술을 깨물었다.

"아버님이 손을 흔드시는데, 어머님 어째 돌아서십니까? 부디
체통을 지켜주세요."

학연의 두 손이 모친의 어깨에 얹히더니 혜완을 돌아 세웠다.

"체통이라니, 무슨 말버릇이더냐?"

다정한 모자간에 서릿빛 금이 그어지는 순간이었다.

배가 나루턱에 와 닿았다. 계집아이를 번쩍 안은 그의 눈은 앞을 보는 대신 뒤를 돌아보고 무슨 말인가를 속달거렸다. 나직한 아낙의 몸짓이 그의 뒤에 그림자처럼 붙어 있었다.

*

어찌 이딴 일에 머뭇거린단 말인가? 당치않았다. 그 당치않음에 대한 비수를 혜완이 뽑아 들었다. 댓돌로 내려섰다. 자시가 넘었는데 정지에서 달그락거리는 소리가 들렸다. 정수리가 화끈 달았다. 요망함을 메다칠 생각이었다.

"늦은 밤에 뭘 하느라고 수선인고?"

혜완이 정주간 문을 열고 들어섰다. 흰 앞치마를 둘러친 검정 무명 치마의 허리가 잘록했다. 무명천의 투박함을 둘둘 감았는데도 배시시한 맵시가 도드라졌다.

"예, 도라지하고 생강, 대추를 끓입니다. 어르신이 감기에 장복하신 음료수입니다."

우려낸 도라지와 생강, 대추를 베 보자기에 싸 들고 짜고 있는 진솔의 손을 혜완이 기볍게 스쳤다. 손에 힘이 실렸던가, 베 보자기 내용물들이 정지 바닥으로 쏟아졌다. 진액을 뺀 도라지나 대추의

뭉크러진 모양새가 빗살무늬 구름하고 비슷했다. 삼베의 거친 질감이 만들어낸 빗금일 터였다. 쪼그리고 앉아 흐트러진 것들을 주워 모으는 진솔의 앞으로 혜완이 버선발을 드밀었다.

"그만두고 내려갈 짐이나 챙기게. 약조하지 않았나. 아이가 발이 짓물렀다기에 닷새나 말미를 주었는데, 이제 걸을 만하다니 내려가도록 하게."

주워 모은 약 보자기를 든 채 진솔이 고개를 숙였다.

"예, 내일 일찍 떠나려고 낮에 마님께서 주신 찹쌀로 주먹밥도 지어두었습니다."

혜완이 정지문을 왈살스럽게 열고 나갔다. 헐거워진 문지도리가 쇳소리를 물었다. 텅 빈 마당이 적요했다. 열일곱 해, 그 길고도 먼 세월을 자신의 베갯머리를 지켜준 적막이었다. 사랑채에 불이 밝혀지고 댓돌 위에 약용의 신이 놓이면 한순간에 씻어낼 적막이라 생각했다.

살가운 넉살

그의 집필을 정리하고 있던 이청이 대문 밖에 나와 있었다. 약용이 반질거리는 청의 눈을 보면서 넌지시 물었다.

"언제 당도할지 모르면서 나와 있었더냐?"

"선생님, 큰일났습니다요."

뛰어올 만한 거리가 아닌데, 헐떡거리며 청이 말했다.

"홍임 모녀를 쫓아냈습니다. 홍임이가 많이 울었답니다."

약용이 잠시 발걸음을 멈추었다. 누가라는 주어가 빠진 말이지만 혜완을 담아내는 내용이었다. 약용은 손을 들어 청을 따돌렸다. 재주가 넘치면 저리 경박한가? 청에게 거는 실망을 되씹는 말이었다. 그나마 집필한 원고를 교열하고 필사하고 정리하는 데 이청만한 재사를 얻기도 어려웠다. 그 빼어난 장점이 모든 허물을 가렸다.

말을 보태고 덜어내는 잔재주에 이따금 당혹스럽기도 했지만.

약용이 중대문 문턱에 걸려 휘청했다. 보이지 않았다. 크고 작은 짚신 두 켤레 나란하게 놓였던 문간방 댓돌이 허전했다. 그 어린것을, 티눈 때문에 걷지도 못하는 것을. 입 밖으로 비어져나오려는 말을 삼키느라 마른 목울대가 쿨렁거렸다. 약용은 발길을 돌려 사랑방으로 들어갔다.

이청이 아랫목에 경탁을 차지했고 윤종진이 면포를 깐 바닥에 엎드려 글을 쓰고 있었다. 남쪽을 향한 청이 그를 보고 발딱 몸을 일으키는 대신 엉덩이를 돌려 앉아 작업을 하던 종진은 그의 방문을 알아차리지 못했다. 청이 무슨 소리를 못 낸 건 그가 검지로 입술을 막았기 때문이었다. 약용은 사랑방에 자주 들르지 않았다. 숙제를 내준 다음 일정 간격을 두고 한 번씩 훑어보면서 잘못을 지적하거나 다시 쓰도록 했다. 종진의 글씨체가 반듯하고 정확한 데 비해 퇴고를 맡긴 청은 틀린 획과 문장의 연결고리에 대한 안목이 탁월했다.

약용이 오늘 사랑방에 들어선 건 숙제의 검열과는 무관한 일이었다. 홍임 모녀가 쫓겨갔다는 사유를 듣기 전 잠시 말미를 어르려는 심사였다. 이틀 전 숙제 검열을 했기에 잦은 간섭이 오히려 독이 될지도 몰랐다. 돌아서려는 순간 그 일이 벌어졌다. 종진이 먹물을 듬뿍 먹인 붓을 들고 막 『아언각비(雅言覺非)』의 첫 글자를 쓰는데, 청의 버선발이 종진의 엉덩이를 살짝 건드렸다. 엎드려 글씨 쓰기에 열중해 있던 종진이 맥없이 앞으로 꼬꾸라졌다. 백지 한 장에 빼곡하니 식물명과 약성, 의관명을 쓴 위로 붓에서 뭉개진 먹물이 온통 흩뿌려졌다. 킬킬거리고 웃고 있는 청을 향해 엎어진 채 숨을 고르던 종진이 냅다 발길질을 해댔다.

"이놈의 싸가지, 네 재주가 하늘을 찌른다 해도 넌 아전의 쥐새 끼에 불과하단 말이야."

매운 일격이었다. 문밖에 서 있던 약용이 못 본 체 물러날 수 없 는 상황이었다.

닭싸움이었다. 치고받는 몸싸움이 좁은 방안의 모든 집기들을 한 순간에 엉망으로 만들었다. 비싼 백지 묶음이 발길질에 채어 구겨 지고 나동그라졌다. 정성껏 필사해둔 책들이 구박 덩이로 굴렀다. 그제야 약용이 으흠, 기척을 실어냈다. 며칠의 노고나 백지의 값어 치에 준하는 문제가 아니었다. 뭔가 맺힌 가락이 만만찮아 보였다.

꿇어앉은 청이 울먹이며 하소했다.

"스승님, 보셨지요. 걸핏하면 아전 놈의 쥐새끼라고 놀리는데, 제가 어찌 집중해서 작업을 할 수 있겠는지요? 종진이 놈하고는 일 못합니다."

종진의 말은 달랐다.

"이놈의 조동아리가 밥 먹을 때마다 저보고 걸구귀신이라 씨부 렁거리는데, 제가 어찌 편한 마음으로 공부할 수 있겠습니까? 방을 따로 주시든지, 그것이 어려우면 전 마당에 멍석을 깔고 책을 만들 겠습니다."

목소리에 단호함이 실려 있었다.

순간 약용의 머리에 스치는 가름이 선명했다. 이를테면 싸움의 빌미가 분명히 갈라진다는 뜻이었다. 아전이라 호통치는 양반집 도령 윤종진에게 밥상머리에서 걸구귀신이라 나불댄 이청의 의식 속에는 양반이면 다냐? 보리 쭉정이로 연명하는 가난뱅이 주제에. 그 너무나 엄정한 판가름이었다. 누구를 비호하고 누구를 꾸짖을 사안이 아니었다. 사랑방의 소요를 감지한 아들들은 얼굴을 내보이지 않았다.

"일단 앉아라. 내가 못 볼 것을 보고 말았구나. 세상에서 제일 추한 것이 무엇이라 생각하느냐? 정면충돌이다. 살다가 보면 맺히는 일이 왜 없겠는가? 하지만 몸싸움하기 전에 먼저 말문을 터야지. 오해가 있으면 풀어야 하고, 섭섭한 감정이 있으면 탁 터놓고 말로 풀어야 한다고 했거늘, 남의 약점을 까발려 자존감을 뭉개는 따위는 극단적인 시비가 아니겠느냐? 우선 종진이부터 주의를 해야 할 것이야. 청에게 할 말이 있으면, 이건 이렇고 저건 저러하다고 쫀쫀하게 따질 건 따지고 풀 건 풀어야지, 아비의 직업인 아전을 들먹이는 건 치졸한 발상이 아니냐?"

종진과 청이 동시에 무릎을 세우고 일어나 스승님, 말을 잘랐다. 약용이 "내 말이 아직 끝나지 않았는데, 버르장머리 없구나" 일침을 넣고는 말을 계속했다.

"본디 남의 집 밥은 허기증을 불러내는 거다. 밥상머리에서 종진이 급하게 밥을 먹는 것을 두고 보리 쭉정이가 어쩌느니 들먹인 건 야비한 탯거리가 아니냐. 남의 아픈 데를 찔러서 피를 흘리면 그 말을 한 주둥이는 달콤할 것 같더냐? 둘이 똑같다. 누가 크게 잘못하고 누가 덜하지 않구나. 내가 보는 앞에서 맞절을 하고 속을 통하도록 하여라."

그때 학유가 손수 다반을 들고 들어왔다. 술병하고 잔이 넷, 삶은 밤이 우묵한 사발에 수북했다.

학유가 자리를 비집고 앉으면서 너스레를 떨었다.

"오늘이 상강 아닙니까? 가을의 마지막 절기입니다. 밤나무를 털었더니 수확이 쏠쏠하더이다."

학유가 "잔 드십시오. 제가 한잔씩 따르겠습니다" 하고는 그의 잔에 곡주를 따랐다.

약용은 학유의 대처가 기특했다. 지나가다가 방안의 심상찮은 기미를 눈치챈 것 같았다. 술도 좋았고 밤도 영글었다. 그는 학유가 따라주는 술잔을 든 채 잠시 기다렸다. 학유가 종진과 청의 잔에 그리고 제 잔에도 술을 따랐다. 각자 손에 든 잔을 가볍게 쳐들었다가 입술에 댔다. 술잔을 비운 그가 일어났다.

"난 그만 안에 들어가야겠다. 너희들끼리 모처럼 좋은 시간 가지려무나."

댓돌에서 신발을 신는데 안채에서 나온 학연이 달려와 부축했다.

"어차피 가실 분인데, 조금 일렀을 뿐입니다. 어머님께 너무 뭐라 하지 마십시오."

마루 끝에 나와 스승과 부친을 배웅하던 셋이 무슨 말인가 갸웃거렸다.

안뜰 작은 화단이 흙살을 뒤집은 채 뒤둥그러졌다. 강진에서 보듬고 온 국화 분은 그대로인데 석류나무 분은 나동그라진 채 야윈 궁대가 말라 있었다. 임금이 손수 꺾꽂이를 해준 석류나무였다. 마재의 마당에도 심었고 강진의 다산초당에도 분에 담아 곁에 두고 보았다.

농번기가 되면 임금은 석류나무에 눈을 걸어두고 있었다.

"석류는 절기의 기척에 예민한 나무다. 잎이 돋아나고 꽃이 필 때부터 열매를 맺어 익을 때까지 그 절기의 이르고 늦음이 벼와 모두 부합된다. 석류나무를 보고 벼농사의 시기를 헤아릴 수 있으니 이보다 더한 즐거움이 어디 있겠느냐."

임금은 축대 아래까지 내려와 석류나무 몇 가지를 손수 자르려 했다. 늙은 석류나무 둥치는 거칠고 질겼다. 약용이 임금의 손에 들린 가위를 앗으려 했다.

"소신이 하겠습니다."

가위를 든 채 임금이 꾸짖는 눈으로 약용을 내려다보았다.

"꺾꽂이를 해보았느냐? 함부로 자르는 게 아니야."

"가르쳐주시면 소신이……."

자른 가지를 내관이 들고 있던 한지에 말아서 약용의 손에 쥐여주었다.

"석류꽃이 필 때 모내기를 하지. 석류가 영글어 익으면 추수를 하고. 궁 안에 있는 과인에게 농사의 절기를 알려주는 꽃이라."

황금빛 들판을 상상하는 임금의 얼굴이 꽃봉처럼 벌어졌다.

여유당 앞뜰에 심은 세 가지 중에 두 가지는 꽃을 피웠다. 학연이 강진 유배지에 첫 근친 올 때 꺾꽂이한 석류 서너 가지를 잘라 왔다. 거처를 옮길 때마다 꺾꽂이를 해서 빈터가 보이기만 해도 심기에 바빴다. 석류는 임금의 꽃이었다. 추위를 많이 타고 햇볕하고 물을 보채는 식물이라 한겨울을 나도록 짚으로 싸매줘야 했다. 암수 두 가지로 뻗은 자웅동주여서 외로워 보이지 않았다.

해배 통보를 받던 날 약용이 맨 먼저 한 일은 얇은 송판으로 나무 분 두 개를 만드는 일이었다. 석류와 국화를 두고 갈 수 없었다. 모래와 흙을 섞어 채운 분에 꺾꽂이한 석류 가지를 심어 분의 가두리를 노끈으로 묶었다.

약용이 널브러진 석류 분을 세우며 "떡시루에 옮겨 심고 올겨울에는 방에 둬야 할 거다" 학연에게 일렀다. 학연이 "아버님 손수 심으신다 해서 그대로 두었습니다" 했다. 뒤둥그러져 있는 화분의 모양새가 민망했던 모양이었다. 왜 화분들이 저절로 넘어졌단 말이냐? 그는 입 밖에 내지 않았다. 머슴 석이 나무 지게를 쥐고 들어오다가 얼른 뒤란으로 모습을 감추었다. 무슨 일이 있었던 건가? 약용은 말없이 마당을 가로질러 내실을 향했다. 축담으로 올라서는데 혜완의 목소리가 건너왔다.

"홍임 모녀를 내려보냈습니다. 박생을 딸려 보냈으니, 강진까지 무탈하게 당도할 거예요."

이청에게 들어서 알고 있는 일인데도 혜완의 말이 따끔하게 가슴을 질렀다. 잠깐 동안이었다. 멈칫거림이 발부리에 걸렸다. 천천히 댓돌에 신을 벗고 올라섰다. 혜완이 한발 물러서서 길을 열었다. 넓지 않은 마루에서 옷깃을 스치지 않고 다가서고 비켜서는 간극이 소슬했다. 그는 금방 평정심을 건져 올렸다. 혜완이 하는 처사에 이래라 저래라 할 생각은 없었다. 곧고 발랐다. 치우침이 없고 상식의 잣대를 기울게 하지 않았다. 때때로 그가 휘청거릴 때마다 그녀의 올곧은 조언이나 진지한 참언이 지렛대가 되어주었다. 하지만 오늘 홍임 모녀를 내친 건 아무리 둘러대도 혜완이 일순위로 자처하는 품위를 덜어낸 행동이 아니었을까? 병든 쥐라도 되듯이 홍임 모녀를 쓸어내버린 혜완의 처사는 질투일까, 체면일까, 본인도 어쩌지 못하는 팩한 성품 탓인지, 그는 생각을 접었다. 그 어린것을, 발가락이 짓물러 걷지도 못하는 것을, 매정한 처사구나, 했지만 소리를 내지는 않았다. 지난 구월 열나흘 밤, 해배 통보를 받았을 때 진솔이 말했다.

"홍임이는 어르신께서 알아서 하시고요. 쇤네는 어르신하고 동행이 불가합니다."

약용은 눈 감은 채 모아지고 흐트러지는 생각에 몸이 흔들렸다.

"쉰네라, 자신을 비하하지 말라지 않았소. 이녁을 함부로 하는 건 나를 내팽개치는 것과 다르지 않소."

진솔이 무릎을 꿇었다.

"당치않습니다. 열여덟 해가 짧은 세월이 아닌데, 고대하시던 가족 만남에 저희 모녀가 조랑조랑 매달려 가는 건 도리가 아닌 듯합니다."

약용이 진솔의 말을 되뇌었다.

"도리가 아니라, 도리 때문에 인연을 끊으라는 말이오?"

진솔이 한숨처럼 나직이 속살거렸다.

"우선 올라가시어 안방마님 양해를 받으신 후 저희 모녀 움직이는 것이 좋을 듯합니다."

여섯 살 홍임이 횃대에 걸어둔 새로 지은 제 옷을 쳐다보았다. 갈지 안 갈지 아직 모르는 일이었다. 어린애답지 않게 차분하고 사물을 눈여겨보는 홍임이 친가의 내림이라며 흐뭇해했다. 앵두 껍질 같은 홑겹 눈꺼풀에 짙은 눈썹은 친탁을 했고 갸름하고 고운 때깔은 어미를 닮았다. 자식이 부모를 닮는 것이 인지상정인데도 그는 홍임을 보면서 핏줄의 진실을 실감했다. 마재의 삼남매는 아내 쪽을 많이 닮았다. 아이를 안고 자신과 닮은 부위를 찾아 요리조리 살폈다. 얼굴이나 수족은 물론 말하는 목소리, 앉고 일어나는 움직임까지 아내의 분신들이었다. 안 닮은 외모야 어쩌지 못했다. 문제는 그가 첫손가락에 꼽는 공부에 임하는 태도나 몰입이 부계를 닮지 않았다는 사실이었다. 곤혹스러웠다. 그는 엉뚱한 곳에 파종한 씨앗에서 자신의 맥을 발견했다. 홍임이었다.

다산초당 앞뜰에 가득 부려진 고요 속에 하나의 그림이 눈에 파고들었다. 나뭇잎 스치는 소리가 잦아들었다. 꼬챙이로 땅바닥에 글자를 쓰고 있는 조그마한 계집아이, 한 가닥으로 땋아 내린 댕기머리가 숙인 고개를 외돌아 오른쪽 어깨를 넘었다.

도생어안정(道生於安靜)이라? 야윈 햇살을 거느린 긴 그림자에 글씨가 가려지자 홍임이 고개를 들었다.

약용이 딸애 앞에 쪼그리고 앉았다. 한줄기 전율이 등피를 긋고 지나갔다.

"홍아, 이 글자를 읽을 줄 아느냐? 한번 읽어볼까?"

"도생어안정요. 지혜는 고요히 생각하는 데서 생긴다고 하셨잖아요. 저보다 천웅이가 더 많이 알아요."

약용이 홍임을 무릎에 앉혔다. 코끝이 짠했다. 홍임이 작게 버둥거렸다.

"아버지 저 무거워요."

자주 안아주거나 하지 않는 아버지가 안고 머리를 쓰다듬는 것이 익숙하지 않았다.

"어디서 들었느냐?"

"학동들 공부하는 소리가 쩌렁쩌렁 울리는데요. 『명심보감』 첫장에 나오는 덕생어비퇴(德生於鼻退)라는 말도 알아요. 덕은 저를 낮추고 물러서는 데 있대요."

약용의 입에서 탄식이 흘러나왔다. 이를 어쩐다? 아깝구나. 머리를 쓰다듬는 손길보다 그 목소리가 더 아릿했다. 네 살에 천자문을 달달 외웠고 지난해부터는 획 하나 거르지 않고 천자문 백삼십 쪽을 해서로 필사했다. 한자리에 앉아 몇 시간을 골똘히 필사하는 모습이 그의 가슴에 와 닿았다. 쓰라거나 외우라거나 자세를 어찌하라거나 붓을 이렇게 들어야 한다는 조언은 하지 않았다. 그냥 멀찌감치 미뤄둔 채 하는 양을 지켜보았다. 반듯한 자세로 붓을 든 팔에 힘이 느껴졌다. 해서체로 된 천자문 그대로를 베껴 쓰는 일이라 제나름의 서체를 다듬기에는 역부족이었다. 대견했다. 내 핏줄인가?

홍임의 머리를 쓰다듬으며 그가 말했다.

"아버지하고 올라가자."

이것을 어찌 두고 간단 말인가. 자녀를 여럿 두었지만 책을 대하는 홍임의 자세가 허투루 눈을 스치지 않았다.

"우리 홍임이, 누굴 닮아서 이리 영리하고 예쁠꼬?"

그의 가슴 한귀가 속절없이 무너져 내렸다.

진심이었다. 그는 마음이 담긴 말을 헤프게 내뱉지 않았다. 감정은 안으로 삭였고 간절함은 씹어 삼켰다. 소리가 되어 발설된 말은 그 진심을 반감시키면서 휘발되었다.

극기와 자제로 다져진 세월이었다. 그런 절제의 성향은 자신에게 국한되지 않고 가족이나 진솔에게도 받은 잣대로 마름질했다. 진솔은 눈물을 보이지도 찡그리지도 슬픔을 내비치지도 않았다. 울고불고 호들갑을 떨었으면 먼길에 성가셔 두고 왔을지도 몰랐다. 솔직히, 마재의 식솔들에게도 군식구를 대동하고 가는 건 좀 그랬다. 면목이 서지 않을 것이었다. 용단을 내리기까지 갈등이 없었다고는 못 했다.

*

집안이 물속처럼 고요했다. 약용은 물어보지도 두리번거리지도 않았다.

감은 눈시울에 바람이 스쳤다. 장판을 쓸며 살포시 내려앉는 치맛자락, 맵고 시린 결이었다. 혜완의 기척은 늘 그랬다. 나직하면서도 결기가 느껴지는 고요가 약용의 심기를 닫아걸게 만들었다. 딱히 이유랄 것은 없었다. 타고난 성정일 뿐, 말한다고 푸른색이 분홍빛으로 변조될 수 없음이었다. 얼음송곳 같은 우아함, 혜완의 몸에 내밴 서릿결이었다. 혜완은 서리처럼 희고 차가웠다. 젊은 날 약용은 그런 혜완의 야윈 몸피를 무욕한 청결함이라며 아꼈다. 살이 없어 아무 옷이나 걸쳐도 휘어질 듯 낭창한 뒤태가 한 그루 목련인 듯 아릿했다. 임신과 출산이 거듭되었지만 출산이 성장으로 이어지지 않았다. 포대기에 안았던 영글지 못한 영혼들을 흙으로 되돌려 보내야 했던 혜완의 육신은 살을 거부했다. 뼈와 가죽뿐인 혜완의 몸에서는 어린 영혼들이 남기고 간 젖비린내가 났다. 더 이상의 파종은 혜완의 상처를 덧나게 하는 일이라 삼갔다. 십팔 년, 유배로 멀어진 부부는 이제 꼿꼿한 거리감으로 서로를 아파하면서도 담담했고 서로를 가엾게 여기면서도 먼산 바라보듯 돌아앉았다. 반신이 굳어버린 한쪽이야 그렇다고 해도 혜완의 두리두리 부푼 몸피는 실팍해졌다. 본디 신랑의 오 척 단구에 비해 낭창했으니까. 그 깡마른 서릿빛 처연함은 보이지 않았다. 약용의 구덩이 같은 심장에 옹이처럼 박혀 있던 마재의 호리호리한 안방마님은 어디에도 없었다. 노동으로 달구어진 피부에는 검버섯이 슬었다. 약용은 그래서 가슴이 아팠다. 미안하다고 천만번을 되새긴들 그 한끝이나마 보상할 수 있을까?

*

불시에 장면 하나가 떠올랐다.

이십여 년 전 황해도 곡산에서 펼쳐진 한 토막 풍경이 실밥처럼 딸려 왔다.

황해도 곡산 부사로 내려갔을 때였다. 잔망스러운 아전이 곱실거렸다.

"사또님 시중들려고 생가시내 초아가 와 있습니다요. 자시가 넘었는데 자리에 듭시지요."

임금에게 올릴 보고서를 쓰고 있던 약용이 고개를 들었다. 목이 뻣뻣했다. 미풍이 스치듯 비단 손길이 다가와 뒷목덜미를 주물렀다.

"시원하구나. 누구더냐?"

그가 돌아보았다.

"소녀 초아라 합니다."

나부시 절을 올리는 품새가 여리고 앳되어 보였다. 나이를 물었을 것이다.

"예, 소녀 이번 설을 지나면 열다섯입니다."

그는 문득 손가락을 꼽아보았다. 큰아들 학연이 열다섯 살이고 학유가 열세 살이었다. 또래들이라니, 약용이 혀를 쿡 찼다. 아직 덜 영근 어깨뼈하며 가녀린 손목, 오소소 일어난 솜털, 잘해야 열두서너 살 아기 기생이었다. 이부자리를 펴는 초아의 손길이 서툴렀다.

"저기 옆방에 가서 자거라."

잠시 멈칫거리던 초아가 살포시 절을 올렸다.

"부디 저를 거두어주셔요. 오늘밤이 소녀에게는 첫 밤이옵니다. 어차피 뭉개질 몸뚱이입니다. 지체 높은 분의 손길이 저의 문을 열어주시면 평생 이 험난한 생을 원망 없이 살 것입니다."

겉옷을 벗어 개키는 초아를 그가 지켜보았다. 어차피 뭉개질 몸뚱이라니, 이 가여운 어린아이를 어떤 짐승이 뭉갠단 말인가?

"어차피 뭉개질 몸이라니? 그래서 자포자기한다는 말로 들리는구나."

그가 정색하고 마주앉았다.

"맹자라는 성인이 말하기를 스스로 자기를 해치는 사람과는 함께 말할 수 없고, 스스로 자기를 버리는 자와는 함께 일할 수 없다 하더라. 시작이 어떠하든, 사람을 가려서 금을 긋는 일은 인의에 어긋나는 짓이 아니겠느냐?"

그가 한마디를 덧붙였다.

"세상에 생채기 없는 영혼이 어디 있느냐. 자신에게 지나치게 엄격하거나 말과 길을 가려서 살고자 하면 어려울 것이야. 적당히 버무리고 어울려서 반죽돼야 주어진 생을 살지 않겠느냐."

초아가 바짓가랑이를 잡고 늘어졌다.

"소녀가 고이 지킨 정절을 저 짐승 같은 아전 놈들한테 짓밟히게 두실 생각이신지요?"

그가 타일렀다.

"어찌 정절이 첫 경험이라 단정 지을 것이냐? 그것은 허울뿐이며 육신의 한 조각일 뿐이거늘, 진정한 정절은 네 가슴속에 품은 순결한 혼이 아니더냐?"

초아가 고개를 흔들었다.

"소녀는 그런 어려운 말씀은 모르옵니다. 모릅니다."

약용이 무명 고쟁이로 아랫도리를 여민 초아를 안았다. 병아리를 품은 듯이 연약하고 따스했다.

선왕의 개혁 열정에 휘둘려 벼슬길에 오르내렸던 십여 년 동안 아내 혜완을 크게 아프게 한 적은 없었다. 남정네 발길 닿는 곳마다 기녀들은 넘쳐났고, 술상이 술렁거렸고 가무로 질펀했다. 약용은 스스로의 욕망에 제동을 걸었다. 백해무익한 탕진이라 스스로를 타일렀다. 황해도 곡산 부사의 임기를 채 채우지 못하고 임금의 부름을 받고 돌아온 그날 밤, 혜완에게 초아 이야기를 했다.

"불쌍한 아이를 거두었으면 하오. 부인 생각은 어떤지 몰라, 두고 온 것이 마음이 걸리는구려."

곶감의 씨를 발라내고 잣을 박아 후식용 곶감말이를 하고 있던 혜완의 손이 처들린 채 꼼짝 안 했다. 오른손 엄지와 검지 사이에서 하얀 조각들이 떨어져 내렸다. 들고 있던 잣의 으스러진 조각이었다.

"소실을 두자는 말씀인지요? 그 아이가 열 몇 살이라 하셨어요? 어찌 집안 간수를 하실 작정인지 알아서 하시지요."

두 마디가 필요 없었다. "알았소" 그 한마디로 초아에게 내 올라가서 기별하마, 했던 약속이 허망하게 날아가고 말았다.

*

몸을 뒤척여 옆으로 누우려던 약용이 학연아, 큰 소리로 큰아들을 불렀다. 방문 밖에 있었던지 학연이 장지문을 열고 들어왔다. 노란 장판 위에 탱탱하니 고인 정적을 헤치고 학연이 앉았다.

"사랑방에 종진이하고 청이 잘 잤는지, 아침 나절 내내 보이지 않는구나."

"예, 며칠 전 아버님께 말씀드렸다 하던데요. 오늘 과천 추사 댁에 간다고요. 주무시기에 그냥 출발했습니다. 하루 말미로 다녀온다 하더이다."

학연의 왼팔을 붙잡은 채 그가 오른팔을 길게 뻗어 횃대에 걸린 지팡이를 내렸다. 지팡이로 몸을 가누며 한 발을 옮겼다. 비로소 내

집에 왔다는 편안함보다는 만 가지 시름이 약용의 몸을 자리보전하게 만들었다. 약용이 그토록 질색하던 요강을 머리맡에 두고 씹는 음식은 마다하고 마시는 것으로 며칠을 보냈다.

"사랑으로 나가겠소."

혜완의 가파른 목소리가 덜미를 잡았다.

"사랑방에 군불을 지피긴 했지만, 워낙 바람을 타는 아궁이라 아직 냉기가 가시지 않았어요."

고개를 돌려 약용이 혜완을 쳐다보았다.

"바람 한 점 없는 날인데, 아궁이가 바람을 먹는단 말이오?"

댓돌로 내려서는데 혜완이 버선발로 가로막았다. 약용이 속엣말로 자신을 꼬집었다. 내 어찌 자식 앞에서 넉넉함을 보이지 못하는가, 주역을 읽고 명리를 공부했으면서도 한 자락 엉겨붙은 노여움을 털어내지 못하다니, 더운 한숨이 입술을 태웠다.

*

안채와 사랑채 사이, 십일월의 야윈 그림자가 길게 드러누웠다. 학연이 안채 댓돌에 놓인 어머니 당화를 들고 왔다. 혜완이 긴 스란치마로 가린 채 흙살 묻은 버선을 벗고 당화를 신었다. 조용한 댓거리였다.

"아닙니다. 아녀자를 어떻게 사랑방에 재웁니까, 문간방에 들였지요."

말은 그랬다. 습한 바람 한 오라기가 혜완의 가슴을 쓸고 지나갔다. 내장을 쏟아낸 듯이 속이 허했다. 열여덟 성상이 속절없이 쓸려나갔다. 멀고 긴 시간을 에돌아 당도한 안방에서 죽은 듯이 누웠다가 자리를 걷어차고 나가는 사람, 혜완은 울컥 뜨거움이 솟구쳤다. 옹골찬 배반감이었다. 그 어쭙잖은 말미가 그의 심장을 움켜쥔 것일까. 억새처럼 센 상투머리가 야윈 햇살을 얹은 채 잠시 흔들렸다. 입이 없어 말을 못할까, 눈이 없어 보지 못했을까.

해배되어 온 첫날 저녁상을 받고 둘러앉았다. 약용의 독상에, 두 형제의 겸상으로 방안은 그들먹했다. 여자들은 찬방에 둘러앉아 어른들이 수저 들기를 기다렸다. 혜완이 온종일 아궁이 앞에 앉아 간을 보고 졸인 붕어찜이 먹음직했다. 혜완은 그의 밥상머리에 앉아 식기 뚜껑을 열었다.

"뜨거울 때 드셔야지, 식으면 비려서요."

그가 붕어찜 중간 토막을 덜어 밥주발 뚜껑에 담았다.

"이거 홍임이 주구려. 어린것이 먼길 걸어오느라고 고생했는데."

그에게 집중된 가족들의 시선이 일순 경악으로 일그러졌다.

혜완이 일어나 약용이 들고 있는 놋주발 뚜껑을 받아들었다. 찬방 바닥에서 부리는 아이들하고 밥을 먹고 있던 홍임 모에게 이거 받게, 내미는데 그만 손에서 미끄러졌다. 뜨겁기도 했다. 진솔의 검정색 무명 치마에 기름 얼룩을 남긴 붕어찜 반 토막이 바닥으로 나동그라졌다. 진솔이 치마에 얹힌 기름기를 행주로 털어냈다. 보고 있던 홍임이 입술을 삐죽거렸다. 울먹이는 홍임의 입을 진솔의 손이 막았다.

*

약용은 등잔불을 죽였다. 마루 뒤주 위에 켜둔 호롱불이 새로 바른 문살에 걸려 아릿한 풍정을 자아냈다. 아랫목은 따뜻했고 새로 개비한 이불 홑청은 삽삽했다. 두 채의 이부자리가 나란하게 누웠고 그 사이참 머리맡에 다반이 놓였다.

"청주를 좀 걸렀지요. 해콩으로 만든 두부라 고소합니다."

"부인이 손수 담갔단 말이오?"

약용이 술상을 끌어당겼다. 두부에 백김치가 한 접시, 작은 보시기에는 도라지 정과가 담겼다. 손두부는 약용이 도착할 즈음을 맞추어 두루 장만한 찬거리였다. 약용이 거푸 몇 잔을 마셨다. 모래알 같은 밥 대신 술은 달았다. 약용이 빈 술잔에 술을 따라 혜완에게 건넸다.

"이녁도 한잔하시오. 수고가 많았소."

혜완은 사양하지 않았다. 단숨에 술잔을 비웠다. 약용이 젓가락으로 집은 두부에 김치를 말아 넌지시 건넸다. 멋쩍은 미소를 베문 채 혜완이 그의 젓가락을 받아냈다. 혜완은 내숭을 떨거나 몸 사리며 교태를 부리는 짓거리는 하지 않았다. 술잔이 오가며 마음도 몸도 거나했다. 혜완이 윗목 경탁 옆에 서 있는 거문고를 안고 왔다.

거문고라면, 우이도에서 타계한 형, 약전의 애용품이었다. 혜완의 부친 홍화보가 상객으로 온 사돈 약전이 거문고를 탐내는 눈치를 알고는 성큼 선물했다. 사돈어른의 손때가 묻은 귀한 거문고라 하자 홍화보의 대답이 걸작이었다.

"그래서 선물하는 거외다. 귀한 물건이 아니면 내 어찌 소중한 사위의 형에게 드리겠소. 이 거문고는 특별히 주문해서 맞춤한 현이라 그 소리가 각별하답니다."

무예와 풍류 하면 홍화보를 따를 자가 없을 정도였다. 하나 혜완은 가락이나 시나 풍류에 무덤덤했다.

거문고는 장부의 품같이 넉넉하고 웅장해서 그 음률을 키워냈고 휴대가 용이한 대금은 늘 소맷자락에 넣어 다녔다. 언제 어디를 가거나 약전의 둘레에는 흥과 끼가 어우러졌다. 약용은 그런 형의 다양한 학습에 편입되지 못했다. 흥은 있지만 끼가 없어 넘보지 못하는 재주라 일찌감치 뒤로 물러섰다. 약전의 사랑방을 지키고 있어야 할 거문고가 자신의 내실로 건너온 사유에 대해 혜완은 설명을 생략하고 있었다. 아무래도 상관없었다.

거문고는 약용이 젊은 시절 죽란시사의 선비들하고 어울려 가락을 읊던 것이었다. 그가 유배지에서 집필에 몰두해 있을 무렵, 혜완이 그 커다란 거문고를 낭군 대신 안고 손가락으로 그를 불러내곤 했던가?

혜완이 거문고가 입고 있는 긴 자루 바지를 끌어내리자 거문고의 훤칠한 몸체가 드러났다.

거문고를 보듬고 앉은 혜완이 나직이 숨을 골랐다.

"잘 못해요. 소리가 담을 넘을세라 계명조 가락을 뜯지 않았는데, 학연의 말이 밤에는 먼 데까지 소리가 나가지만, 낮에는 다른 소리에 섞여 민망하지 않답디다. 하지만 낮에 무슨 짬이 있어 거문고를 안고 노닥이겠어요."

왼손에 술대를 들고 엄지로 버틴 채 오른손 검지와 장지로 현을 내리쳤다. 골무를 낀 다섯 손가락이 현을 누르며 전진과 후진을 반복했다. 역시 풍류객 홍화보의 딸이었다. 으스러질 듯 뭉개질 듯 애절한 가락은 흐느끼지 않고 단정하고 기품이 있었다. 현을 떠난 파동이 공명을 일으키며 피어나고 소멸되다가 우뚝 꼬리를 잘랐다. 술대가 머금은 잔향이 묵직했다. 노련한 연주는 아니었지만 거문고를 뜯는 그 자태가 한 폭의 미인도를 보는 듯했다. 나직한 음의 울림은 장중했지만, 그 여운은 도도하고 아렸다.

약용이 속엣말로 씹고 더 잘게 씹어 목구멍 깊숙이 삼켰다. 참으로 아름답구려. 어찌 이리 늦은 나이에 내 혼을 잡아 흔드시오? 그 청대처럼 도저하고 냉랭했던 결기로 돌아앉던 안방마님이 다 늙어 쭉정이 된 이 몸에 불을 지피려 한단 말이오? 약용이 울컥 치미는 더운 입바람에 술을 들이부었다.

거문고는 남자의 악기지만 혜완에게 어울릴지는 미처 생각을 못했다. 성호 이익은 『성호사설』 속에서 '계면이라는 것은 듣는 자가 눈물 흘려 그 눈물이 얼굴에 금을 긋기 때문에 붙여진 이름이라' 설명했다. 혜완의 손끝에서 울려 퍼진 깊고 서늘하고 아린 계명조 한가락이 그의 무딘 가슴에 불금을 그었다. 그 몰아의 순간, 갈기

통을 쥐어박은 울림이 퉁, 잘렸다.

혜완이 작게 비명을 질렀다.

"어쩌나, 유현이 끊어졌네요. 너무 힘줘 비틀었나봅니다."

약용이 무릎걸음으로 혜완에게 다가갔다. 아직도 거문고 현에 걸쳐진 혜완의 손을 그의 손이 모아 잡았다. 묵언의 표현이 그러했을까.

"개현역장(改弦易張)이오. 낡은 줄은 발라내고 새것으로 교체해야 할 것이오. 공자가 말하기를 썩은 나무에 조각을 할 수 없고 진흙 담에는 새로운 칠을 할 수 없다 했소. 훌륭한 악공도 줄이 삭아 나달거리면 좋은 연주를 할 수 없고 정치 역시 낡은 제도를 혁신하여 새롭게 해법을 추구해야 하지 않겠소."

멀리 개 짖는 소리, 소리 죽인 발걸음 소리에 밤의 한 고비가 스멀거렸다.

*

"밤이 늦었습니다. 이만 주무세요."

술자리가 길어지면 혹여 홍임 모녀 이야기가 나올지도 몰랐다. 혜완은 관자놀이에 엉긴 술기로 다부지게 몸을 사렸다. 무슨 말을 해도 겁없이 내칠 각오를 했다. 오랫동안 손대지 않았던 거문고를 내온 것도 초저녁 어간에 설익은 막간을 얼버무리려는 심사가 다분했을 것이었다.

빈 술상을 들고 일어나는 혜완의 치맛자락을 그가 잡았다. 잠시 팽팽히 당겨지던 치마가 나팔꽃마냥 벌어지며 나부시 내려앉았다. 자리에 누운 그가 이불깃을 쳐들었다.

"이리 와요. 좁은 방에 이부자리를 두 채나 깔고. 부인, 나한테 시위라도 하자는 거요?"

혜완이 얼른 받았다.

"그럴 리가요. 잠시만 기다리세요."

잠시 기다리라는, 혜완의 막간이었다. 그는 혜완의 그런 절차가 긴치 않았다. 불끈했던 몸의 기척이 절차라는 그놈의 싹수에 걸려 흐느적거렸다. 불을 끄고 편한 옷으로 갈아입은 혜완의 손이 그가 입고 있는 바지의 허리띠를 풀어냈다. 정강이를 타고 오르는 명주의 보드라운 질감, 혜완의 잠자리 의식이었다. 명주 바지 입은 네 개의 다리가 감기고 꼬이고 허벅거렸다. 혜완의 명주 고쟁이는 마재의 내실에만 있는 잠자리 옷이었다. 베틀에서 내린 명주를 삶아 그늘에 말려 다림질도 마다하고 옷을 마름질했다. 헐렁한 바지 품에 허리께에는 끈을 넣어 시접으로 꿰매어 조이고 늘이게 만들었다. 맨살에 닿는 명주의 보드라움이 관능을 들쑤셨다. 아직도 구실이 가능한가? 그가 보듬어 안은 여인을 향해 "부인 몸이 부해졌구려" 했다. 못 할 말이던가. 갑자기 소스라친 몸피가 오그라들었다.

"세월을 먹어 부해졌는데, 그게 그리 손에 거슬리는지요?"

그가 어둠 속에서 보일 리 없는 손사래를 쳤다.

"그럴 리가?"

거기서 입을 다물어야 했지만 입발림을 질색하는 그가 불쑥 한 마디를 뱉고 말았다.

"몸이 세월을 입었으면 생각이나 가슴도 세월값을 해야지 않소."

난데없는 불벼락이었다. 이불깃을 차고 나간 명주 고쟁이가 따로 펼쳐둔 이불 속으로 숨었다.

저 도저한 기개라니, 약용은 혀에 감기는 속엣말을 씹어 삼켰다.

*

세월의 값? 나잇값을 하란 말이지? 혜완은 맞물리는 치아를 혀로 물었다. 에둘러 말하고 있었다. 홍임 모녀가 목에 걸려 내내 침통한 낯빛이었다. 혜완이 이불 속에서 앙당그린 두 주먹으로 가슴을 쥐어뜯었다. 후덕한 조강지처를 바랐음일까? 온정이나 덕을 베푸는 것도 경우나 상황에 따라 달라져야 할 것을. 열여덟 해, 그 멀고 강포한 파고를 노도 없이 맨손으로 저어온 조강지처의 처지 같은 건 염두에 두지 않는 말이었다. 먼길 걸어온 홍임이라는 아이의 짓무른 새끼발가락이나 티눈만 눈에 보이고 거북의 등피처럼 갈라지고 검버섯 먹은 안사람은 눈 밖에도 없다는 말이었다. 닷새 말미가 약소했던가? 하루가 이틀이, 그렇게 나날이 포개진들 누가 조강지처의 곪아터진 속내를 알아주겠는가. 혜완이 자기 안에서 버르적거리는 세월의 값을 씹어 뱉었다. 그것이 나잇값이라면 그런 건 안 하고 살고 싶었다.

물안개 소내 나루

닷새 만이었다. 약용이 방바닥에 엉겨붙은 몸을 일으켰다. 학연을 불렀다.

"천진암에 가볼까 한다. 떠들지 마라."

혜완을 의식해서였다. 지극한 보살핌도 버겁게 느껴지면 구속이나 마찬가지였다.

학연이 손사래를 쳤다.

"거긴 오래전에 폐사되었습니다. 그때 스님 열 분이 참수당하고 신도들의 발이 끊기면서 절로 폐허가 되고 말았으니, 거기 가시는 건 좋은 생각이 아닙니다."

약용이 아들을 향해 눈길을 세웠다. 학연이 고개를 돌렸다. 바늘 같은 촉수는 여전했다. 유배 열여덟 해의 질곡을 감내한 삭고 문드러진 눈매가 아니었다. 약용이 의관을 차려입고 지팡이를 들고 나섰다. 혜완이 그의 앞을 가로막았다. 어디에 있든 그녀의 눈과 귀는 그의 언저리를 맴돌았다. 부자지간이 주고받는 천진암이라는 장소가 혜완의 귀청을 할퀴고 지나갔다.

"영감, 아직 나들이하시기에 몸도 성치 않습니다. 거긴 조정에서 금하는 장소가 아닌가요?"

약용이 눈을 맞추지 않은 채 순한 목소리로 말했다.

"오늘이 상강이라 하지 않았소? 더 춥기 전에 잠시 다녀오리다."

혜완이 마지못해 비켜서며 미리 마련해둔 건지 작은 꾸러미를 학연에게 건넸다.

"병에 든 건 오미자차니라."

혜완이 학연을 돌려세운 뒤 무명 보퉁이 양끝을 어깨 위로 어긋나게 질렀다.

"들고 다니다가 부딪치면 깨지기도 하니까."

학연은 그런 모양새로 다니기 싫었다. 나그네도 아니면서, 빤한 마을에서 등짐을 목에 걸고 다녀야 하나? 속으로 구시렁거리며 불시에 물었다.

"학유는 안 보이던데, 어디 심부름 보냈어요?"

혜완이 학연의 등을 살짝 밀었다.

"그래, 학유는 제 처 약 지으러 갔다. 제 식구 건사하느라고 발품을 팔고 다니잖니."

약용이 그런가? 하며 학유댁이 첫날 얼굴 뵈이고는 얼씬대지 않

64

은 걸 기억했다. 집안에 우환이라? 내색은 안 했지만 그는 거느리고 사는 식솔들의 안위가 새삼스럽게 버거웠다. 자신의 몸뚱이 하나도 거추장스러운 요즈막이었다.

*

약용은 소내 나루까지 쉬엄쉬엄 걸었다. 안갯발이 스멀거리는 나루까지는 지척이면서 아득했다.

"아버님, 모처럼 운길산 수종사를 가시지요. 전에 자주 들르시던 절 아닙니까?"

약용이 가던 걸음을 멈추었다.

"수종사도 한번 가볼 생각이야. 산등이 가팔라 내 걸음으로 올라갈지 모르겠구나."

"가파르긴 천진암이 더합니다. 더구나 돌층계가 잡초에 파묻혀 심히 길이 험하지요."

약용이 학연을 돌아보았다. 서른을 넘은 아들의 모습이 그의 눈을 아리게 했다. 벼슬길 막힌 폐족의 자식으로 궁색한 땟물을 고스란히 둘러쓰고 있었다. 처진 어깨에 걸친 두루마기 동정이 누렇게 절었고 짚신 밖으로 내민 버선코에도 때가 절었다. 훤칠한 외모나 허우대가 아니라면 의장으로나마 가꿔야 하거늘, 그런 아들에게 손길을 보태지 않은 부인의 허술함이 거슬렸다.

학연이 보퉁이의 긴 자락으로 목덜미에 차오르는 땀기를 닦았다. 무슨 놈의 몸뚱이가 겨울에도 땀을 보채지? 학연이 속으로 투덜거렸다. 이틀에 한 번꼴로 속바지를 갈아내는 학연을 두고 그의 아내가 고시랑거렸다.

"몸이 허해서 그런답니다. 식은땀인데요. 어머님께 말씀드려서 보약 한 제 해달라 하셔요."

학연이 애당초 아내의 입을 봉했다.

"일 없소. 어머니께 보약 이야기했단 내가 가만있지 않을 거요."

부친의 짐 속에 황상이 한 꾸러미 넣어준 칡뿌리가 아직도 책 더미 아래 누워 있었다. 강진 봉놋방에서 만난 상이 먼저 학연의 몸 상태를 짚어냈다. 겨울 얼음물로 목덜미를 훔치는 학연을 보더니 상이 "식은땀을 흘리는 건, 몸이 허한 탓인데, 칡뿌리를 달여 마시면 좋을 거요" 하더니 며칠 뒤 어른 팔뚝만 한 칡뿌리를 가져왔다.

학연은 달갑지 않았다. 달여 먹어? 식구들 눈이 많은데, 젊은 놈이 몸보신을 위해……? 어머니뿐 아니라 아내에게도 그런 것으로 속을 까뒤집을 생각은 없었다. 그것보다 상이 학연을 위해 칡뿌리를 노상 보낸다는 말이 부친의 귀에 들어가면, 과연 달가워할지 자신이 없었다.

상이 금방 눈치를 챘는지 간단하게 먹는 방법을 일러주었다.

"달여 먹는 게 귀찮으면 그냥 깨끗하게 씻어 잘게 찢어 씹든지, 생즙으로 내 먹으면 더 좋소."

책 더미 아래 칡뿌리를 쟁여 왔다는 말은 아직 못 했다. 진솔 누부 편으로 보낸 상의 편지만 받아 챙겼다.

학연 형님! 스승님 해배되어 올라가시면 기쁨 반 고단함 반이 아니겠는지요? 혈육이란 아끼고 가꾸면서도 때로는 고단함이 덧쌓이는 존재라 하더이다. 이번에 꾸려 넣은 칡은 십 년 넘은 늙은 칡이라 쓴맛이 더하겠지만, 소문내지 말고 혼자 드세요. 약은 나누는 게 아니랍디다. 상이 올립니다.

학연이 굳어 있던 얼굴을 손으로 문댔다. 상의 편지는 읽고 또 읽고 소맷자락에 넣었다. 아직도 울컥거리는 심사를 뿌리치며 학연은 쉬엄쉬엄 걸음나비가 무거운 부친의 뒷모습에서 눈을 거두었다.

*

소내 나루 건너, 멀리 앵자산 자락이 불이 지펴진 듯 발갰다. 안개 때문에 뱃길이 더뎠다. 수종사로 가려면 나루를 건널 필요가 없었다. 수종사가 들어앉은 운길산은 마재에서 낙낙 십오 리 길이었다.

"배가 늦장을 부리는구나. 수종사로 가라는 거지?"

전날 같으면 어림없는 행보였다. 행선지를 정하고 집을 나서면 천둥 번개가 요동치든 태풍이 몰아치든 발길을 돌리는 일은 없었다.

학연이 부친의 자잘한 습관 변화에 가슴이 저렸다. 엄하고 차갑고 창날 같은 기세가 여일하기를 바랐다. 모친의 말에 수긋하니 고개 끄덕이는 부친의 순응에 어쩔 수 없는 노년의 비애가 엿보였다.

아니 어쩌면 그놈의 운명이라는 화두에 한쪽 무릎이 꺾인 건 아닐까? 다산초당에 거할 무렵 그에게서 맡아지던 체념의 기척을 학연은 눈치챘다. 머리 커지는 자식들의 불손한 뿔을 꺾으려는 위엄의 날을 세우지 않았다. 보은산방에서 『주역사전(周易四箋)』의 교열을 보면서부터 알게 모르게 그가 뿜어냈던 순응의 기척에 비애가 느껴졌다. 그것이 학연은 못마땅했고, 많이 아팠다. 비단보자기에 겹겹이 싸두었던 당신의 날 벼린 비수에 녹이 슬었는가, 속으로 학연이 한탄했다. 주변을 아우르며 체념하는 눈빛에 만감이 서려 희미했다.

학연이 "잠시 쉬었다 가시지요. 한 마장이나 걸었는데요" 하자 약용이 고개를 끄덕였다.

"그래. 어디를 가든지 꼭 오늘 가야 한다는 숙제는 아니잖은가."

약용이 앉을 자리를 찾아 두리번거렸다.

학연이 들고 있던 보퉁이를 뒤적거려 나부작한 깔개를 꺼냈다.

"어머니가 밤새 기운 깔개입니다."

먹물 들인 무명천에 얇게 솜을 둬 손으로 누볐다. 한 뼘 반 정도로 엉덩이에 깔고 앉기에 맞춤했다. 약용이 슬며시 웃었다. 맨땅에서 지펴지는 냉기에 굳은 몸이 덧날지도 모른다는 혜완의 염려였다. 깔개라면, 그가 작게 중얼거렸다. 다산초당, 누릿재 바람골에 올라갈 때마다 진솔이 짚방석을 챙겨 들고 뒤따라 올랐다. 양반 다리를 할 정도로 도탑고 낙낙했다. 모양도 질감도 다른 그 각각의 깔개가 정성으로 만져졌다.

"손끝이 여물기로 너의 모친을 따를 사람이 어디 있겠니? 집안 단속에 살림살이 빈틈없지. 굳이 흠을 찾는다면 기질이 좀 세다고나 할까. 무인 집안의 기질이겠거니."

학연이 무슨 말이라도 해야 할 것 같아 입안에서 말을 골랐다.

"뒤끝은 없으세요. 궂은일은 앞장서시지요. 벼 심기도 하셨어요. 잠시도 손을 놓지 않으시니까 아랫사람들이 숨 고를 시간도 없었어요."

약용이 고개를 끄덕였다. 그 광경이 눈앞에 선했다.

"가장이 죄를 쓰고 유배 가 있는 동안 어느 사대부집 마님이 너희들 어미처럼 무너진 집안을 일으켜 세울 수 있겠니? 어림없지."

학연이 덥혀진 가슴을 쓸어내렸다. 어머니의 노고를 알아주는 부친의 한마디가 열여덟 해의 무심함을 보상하고도 남았다.

학연이 등에 메고 온 오미자차하고 들깨강정을 꺼냈다. 약용이 오미자차구나, 하고는 병째 마시다가 학연에게 건넸다.

"너도 한 모금 마셔라. 목이 시원하구나."

학연은 그의 의중이 궁금했다.

"홍임이는 어찌하실 작정이신지요? 아이가 차분하고 영민하고 예쁘기도 하던데요. 홍임이가 아직 어리지만, 대림이하고 공부 경쟁이 될 성싶어요."

묵묵부답, 그 답 없음이 거부인지 긍정인지 학연은 궁금했다.

들었는지 못 들었는지, 시팡이를 딛고 일어선 그가 앞장섰다. 약용은 잠시 눈앞이 어질거렸다. 어젯밤, 통지 가는 길에 문간방 앞에서 발이 멈췄다. 희미한 등잔불에 비쳐진 진솔의 그림자는 아이를 안고 있는지 퍼질러진 앉음새가 불룩했다. 방구들에 온기나 있소? 냉돌을 가실 요때기나 깔았는가? 물어보고 싶어 입안에 침이 말랐다. 안마당에서의 조용한 수런거림이 그의 무거운 발걸음을 떼게 만들었다.

*

학연이 문득 말머리를 돌렸다.

"나무에 가려 우묵한 공터만 보이지요? 제가 몇 년 전에 퇴촌에 갈 일이 있어 천진암 근처까지 가보았습니다. 십여 년 비워둔 절간은 상엿집처럼 음산하고 폐허가 되어 잡초 무더기에 덮여 있었어요. 섬뜩해서 금방 발길을 돌렸습니다."

약용이 혼잣말하듯 중얼거렸다. 그랬구나, 그랬단 말이지? 한숨을 안으로 들이마신 뒤 그가 속내 깊숙이 쟁여두었던 그 이야기를 꺼냈다.

"내 초계문신 시절, 큰형님 형수의 첫 기일이었다. 사월 중순 이른 아침이었지. 그날 아침 아주 특별한 경험을 했어. 좀 과하게 음복한 탓도 있었겠고 각별했던 형수님에 대한 그리움도 한몫했을 거다. 할머니 돌아가시고 혼자 빌빌거리는 나를 끔찍하게 돌봐주셨거든. 감상을 몹쓸 노곤함이라고 거부하고 살았는데 그날의 심경은 벌집 구멍처럼 숭숭 뚫려 있었다. 내겐 드문 현상이었어."

학연은 늘 그 부분이 궁금했다.

"감정을 어째서 죄악시하시는지 전 이해 못 합니다. 사람이라면 당연한 자연현상 아닙니까?"

약용은 마음 여린 아들을 물끄러미 쳐다보았다. 이 나약한 것, 정수리에서 발끝까지 정신의 기둥을 박아주리라, 하지만 마음뿐이었다. 그는 목소리를 누그러뜨렸다.

"죄악시라는 말은 좀 과하구나. 이성의 뒷면이 감성이고 감성의 이면이 이성이긴 하지만 이는 항상 적절한 균형을 이루어야 해. 감성이 앞서면 사물을 바라보는 시각에 편견과 왜곡이 따를 수 있다. 젊은 너희들이 이성보다 감성에 기울면 자칫 헛발을 딛고 흐트러질 수 있기 때문이야. 한번 구부러진 것은 잘 펴지지 않아. 이성적인 의지와 논리로 자기 자신을 포장하는 것도 유생들이 갖추어야 할 생활 덕목이 아니겠느냐."

학연이 고개를 바짝 쳐들었다. 모처럼, 아니 이런 대화를 나누는 건 처음이었다. 부친은 늘 얼음 기둥이었다. 학연이 그 문제를 더 짚어가고 싶어 입을 열었다. "제 생각은 아버지……" 하지만 약용이 더 빨랐다.

"배를 타고 두미협에 이를 무렵 제사에 참석했던 형수님의 오라버니 광암 이벽 선생이 문득 말했어. 물살은 배를 밀어내고 사월의 훈풍은 연둣빛 녹즙을 풀어내는구려. 이 모든 천지간의 신비롭고 광휘한 아름다움은 그분이 인간의 목마름에 한 방울 청청한 녹즙을 마시게 함이요, 마시고 또 마셔도 목숨 다하는 날까지 생명의 젖줄은 멈추지 아니합니다. 두 손을 합장한 그 모습이 그렇게 참신하고 고결할 수 없었어."

약용의 가슴속에 수묵화 같은 풍경 한 장이 내장돼 있었다. 두물머리의 새벽녘, 자욱한 물안개로 눈앞이 부옜다. 나룻배에 실린 세 사람은 저마다 가슴에 해를 품고 있었다. 사돈 이벽을 먼발치로 존경하고 있었기에 약용은 귀를 세우고 눈을 치떠 바라보았다. 이벽은 몸집이 둥실하고 짙은 눈썹에 일자로 다문 입매가 과묵했다.

이벽이 말문을 열었다.

"저길 보세요. 해가 떠오르고 있습니다. 밤이 이울면 해가 뜨고 해가 지면 밤이 오듯이 세상 이치가 물하고 불, 흙과 공기 속에 태동하고 있습니다. 이 모든 조화는 그분에 의해서 창조된 것입니다. 태초의 이 모든 움직임, 생명의 원초적 생성은 그분이 우리 인간을 위해서 만들어주신 크나큰 은혜올시다."

"그분이 누구인지요?" 약전이 물었다.

이벽이 오른손으로 성호를 그은 다음 두 손을 잡고 고개를 숙였다. 간절하고 엄숙한 몸짓이었다. 약용이 저도 모르게 두 손을 모아 잡았다. 이벽이 약용의 손과 약전의 손을 겹쳐 모았다.

"그분이 창조한 세상의 모든 생명은 아래위가 없고 높고 낮음이 없으며 그 자체로 신성하고 평등하며 존귀한 것이오."

평등하고 존귀하다는 말이 약용의 귀에 못이 되어 박혔다. 신열이 오른 듯 몸이 떨렸다. 전율이었다. 그 순간 하나의 예감이 약용의 심장에 대못이 되어 박혔다. 어떤 세월의 구비가 들이닥치더라도 귀청에 날아와 꽂힌 평등과 존귀함이라는 두 단어가 평생 간직될 보배라는 것을. 천주인이 아니라고 천만번 부정했다 하더라도 약용의 살 속에 뼛속에 각인된 그분의 가르침은 영원불멸이었다.

"약전 형하고 같이 수표교 이벽 선생 댁으로 갔지. 그렇게 된 거였다. 책을 한 권 받았고 며칠 뒤에 천진암 강학회에 참여했다. 강학회의 담론은 성호학파의 계승자인 녹암 권철신이었고 주제는 유학 경전이었다. 서학을 유학의 도에 보탬이 되는 학문이라 하며, 천문지리에 수학과 역법을 주로 강학했는데, 충격이었다. 화로를 들이부은 듯이 정수리가 홧홧거렸어."

약용이 그렇게 긴 말을, 한숨도 안 쉬고 토해냈다. 얕은 숨소리와 함께. 멀리 운길산 등마루에 잎을 털어낸 나무의 헐벗은 등걸을 바라보는 그의 눈길이 막막하니 젖어 들었다.

약용이 말을 이었다.

"덧없음이라, 한순간의 미혹이었다. 늠름한 체구에 준수한 외모를 한 이벽의 몇 마디에 매료되었으니까. 벼린 도끼에 찍힌 듯이 등줄기가 패었다."

학연이 풀어진 무릎을 세웠다. 늘 모퉁이 저만치에 서 있던 부친의 곁으로 다가갔다. 아버지이면서 스승이었고 스승이면서도 학자이던 그가 한갓 쓰린 속내를 내비치는 보통의 아버지로 여겨지는 순간이었다. 학연의 가슴속에 무언가 가득 차올랐다.

약용이 입술이 트인 듯 말을 쏟아냈다.

"학문의 체계에 지나지 않는 유학을 유교로 끌어올리고 성리학을 유일사상으로 치국의 지표로 삼았던 시기였다. 어느 한쪽으로 편중된 이념으로 백성들 사이에 금을 그어 계급을 만들었고 충하를 만들었지. 내가 서학의 매력에 빨려든 것은 당대의 조정을 토막 낸 당파에 신물이 나 있어서였다. 당파를 가르고 서로를 겨냥한 활촉에 피를 뿌렸어. 임금이 승하하자마자 그분의 위대한 치정을 한순간에 무화시켰어. 노론벽파의 퍼런 장도칼이 임금의 정치적 업적을 단칼에 벴다. 장용진(친위군) 제도를 무력화시켰고 우수한 인재 등용을 위해 규장각을 세우고 초계문신들의 강학을 주도했던 그 모든 제도를 일시에 없애버렸다."

말의 말미에 목울음이 잘게 비어졌다. 저만치 운길산 자락에 비묻은 구름이 용의 지느러미처럼 굼실거리며 기어나오고 있었다. 학연은 궁금증이 일었다. 부친이 사숙한 스승은 이벽이 아니고 성호 이익 선생이라고 들었다.

"천진암 강학회에 성호 이익 선생도 참여하셨는지요?"

약용이 고개를 저으며 목소리를 낮추었다.

"성호 이익 선생은 내 젊은 시절에 큰길을 뚫어주신 선각자셨다. 사농일치의 삶이라, 무슨 말인지 알겠구나. 손수 벼를 심고 밭을 매면서도 독서를 게을리하지 않으셨다. 성호 선생은 실천 학문의 체계를 이룩하셨어. 내가 많이 사숙한 분이야."

학연이 귀를 바짝 세웠다.

"직접 뵙고 가르침을 받지는 않으셨지요?"

주고받는 부자의 말이 바람에 실려 나직했다. 가깝고도 먼 사이였다. 부자지간인데, 학유가 늘 투덜거렸다. "아버지는 요구사항이 너무 많아요."

약용이 말을 이었다.

"그래. 내 나이 열여섯 살 때 성호 선생의 증손자인 이가환을 통해서 그분의 문집을 만났지. 그날 밤, 난 잠을 이루지 못했다. 경세치용, 학문이 실생활에 유용해야 한다는 논리였다. 백성을 위한 실질적인 학문이라야 한다며 실제를 몸소 실천하셨다. 직접 스승으로 가르침을 받지는 못했지만, 내 생애를 통해 그분이 지닌 불굴의 정신세계를 이어받으려 노력했다. 내가 너희들에게 농사와 더불어 독서를 권장하는 것은 성호 선생의 유지라는 걸 알았으면 한다."

학연이 불시에 고개를 쳐들었다.

"안빈낙도를 실행하신 분이군요. 하지만, 아버님은 늘 가난의 굴레를 벗어나야 한다고 하셨지요? 타고난 가난을 그 자체로 긍정하고 즐긴다는 안빈낙도와는 모순되는 삶의 방법이 아닐까요?"

다부진 질문이었다. 약용이 새삼스럽게 학연의 옆얼굴을 지그시 쳐다보았다. 학연이 오른손으로 귓밥을 만지작거렸다. 어릴 때부터의 손버릇이었다. 그 버릇을 고치려고 혜완이 무던히 애를 썼다. 버릇인가, 달리 무슨 빌미가 있는지 그가 살펴보았다. 멀쩡했다. 여러 번 반복되는 말을 들을 때나 내키지 않는 일을 시킬 때 절로 손이 가는 모양이라, 그는 내버려두었다.

약용이 아들의 눈길을 꺼당겼다.

"무슨 말인지 알겠구나. 공자의 제자 안회는 하루 한 끼니 보리

죽을 먹어도 늘 입가에 미소를 머금었고 공부를 게을리하지 않았어. 세상을 원망하거나 가난을 한탄하지 않았지. 하지만 결과적으로 안회는 서른을 갓 넘은, 한창 나이에 죽었다. 물론 지병이나 유행성 질병으로 요절한 것일 수도 있겠지. 나는 영양실조에 근거를 두고 싶다. 본인 혼자의 죽음이라면 누가 탓하겠니. 하지만 낳아주신 부모가 있고 아내와 아이가 있었을 게 아니냐? 굶주림을 가족에게 안겨줄 정도의 안빈낙도라면 그건 정신의 허영기가 아니겠느냐? 가장이라는 위치에는 가족에게 하루 세 끼니를 먹이고 겨울에는 솜옷을 입혀주어야 하는 의무와 책임이 있다. 공부를 해 과거에 입신하는 것만이 남아의 도리라고는 생각지 않아. 몸을 움직여 밭두렁에 콩을 심고 집 뒤에 채소를 심고, 그것도 어렵다면 산자락에 가서 돌과 흙살을 골라 밭농사라도 지어야 할 것이야. 아무리 좁은 집에서도 닭 두어 마리는 기를 수 있지 않겠느냐? 한마디로 요약하자면 노동을 천시하는 의식을 개조하지 않는 이상 가난의 굴레에서 벗어나긴 힘들다. 벼슬길에 오르지 못한 양반가의 자제들은 모르면 몰라도 젊은 세월을 기방이나 술청에서 탕진하거나 더러는 공자 왈 맹자 왈, 혼자서 수신제가하는 것으로 안빈낙도라며 가족들을 굶주리게 하고 있지 않더냐? 이건 개인의 문제로 끝나지 않아. 노동이 죄도 아니고 도둑질도 아닌데도 양반의 체신이라는 한 조각 체면 때문에 자식과 부모를 배불리 먹이지 못하는 것도 죄가 아닌가. 의식을 개조하기 전에는 이 땅의 백성들이 탯줄에 걸고 나온 가난을 물리칠 수 없을 거야. 나는 그것이 제일 한스럽다."

숨을 고른 그가 말을 이었다.

"가난은 사람을 비굴하게 하고 초라하게 하며 부모를 잘 모시지 못한다는 죄의식까지 안겨주는 악의 덩어리다."

학연이 목소리를 높였다.

"하지만 세상에 공평함이 없는데 어찌 농사를 지으며 양계를 친다 하십니까? 남의 땅을 빌려 일 년 열두 달 뼛골 빠지게 농사지어 뒤주에 곡식이 쌓이는가 싶으면, 땅 주인에게 반 넘게 빼앗기고, 여포의 창날 같은 못된 아전들이 달려들어 세금으로 포달지게 앗아가는 세상인데, 어찌 게으름만이 굶주림의 관건이라 하십니까? 이 땅의 가난은 구조적인 모순과 불균형에 있다는 것을 아시는 아버님께서도 공염불 같은 이론만 앞세우시는 게 아닌가 합니다."

약용이 고개를 끄덕였다. 학연의 말하는 품새가 의젓하고 알차기에 그는 절로 입가에 웃음꽃이 피었다. 그가 학연의 어깨를 툭 쳤다.

"네 키가 아비보다 크구나. 생존과 맞서는 당당한 마음가짐만 있다면 두려울 것이 없어. 강해져야 한다. 아비가 말하는 강함이 무엇인지 아느냐?"

학연이 고개를 숙여 보였다.

"예. 스스로를 통제하고 키우며 세상과 조화를 이루도록 노력하는 정신의 잣대를 이름이라 생각합니다."

약용이 들고 있던 지팡이를 겨드랑이에 끼고 학연의 팔을 잡더니, 손을 미끄러뜨려 땀기 촉촉한 아들의 손을 잡았다. 그 손 위에 학연의 손이 겹쳐지는가 싶더니 그의 한 손이 덮였다. 그의 가실하게 마른 손이 금세 젖었다.

*

"수종사도 가까운 길은 아닙니다. 돌층계도 가파르고요."

그가 들고 있던 지팡이를 흔들었다.

"세상의 어떤 길이든 고비 없고 평탄한 길만 있다더냐?"

길이라면, 약용이 혼잣말로 되뇌었다. 장기현 유배길을 떠났던 신유년 이월 초팔일, 수원 사거리를 지날 무렵부터 눈발이 날렸다. 멀리 화성의 깃발이 눈발 속에서 나부꼈다. 거기 현륭원, 사도세자의 무덤 곁에 묻힌 임금의 묘에 뗏장이 얼어붙지는 않았을까? 짚신이 눈길에 파묻혀 빼다 박고 휘청대며 걸었다. 신유년 그해 한 해 동안 경상도 장기현을 왕래했고 천여 리 강진으로 유배길을 걸어 갔다. 잡초 우거진 자갈길도 길은 길이었다. 유배지를 향해 걸어갈 때와 해배돼 돌아올 때의 심사는 달랐다.

남쪽을 향해 걸어갈 때는 한 발자국마다 부당하다는 원망이 밟혔다. 열여덟 해를 쟁여두고 강진을 떠나면서 홀가분함과 아쉬움이 반반이었다. 어디든 머문 자리가 집이라는 생각이었다. 아들에게 그런 편지를 썼다.

해배되어 마재로 올라가는 것도 운명이고 가지 못함도 운명이

라. 하지만 숨 쉬는 동안 치열하게 생을 노력하는 자세가 구부러진 운명을 바로잡을 수도 있겠거니. 쇠붙이를 바위에 갈아 바늘을 만드는 노고라, 쉽지 않지만 그런 마음 자세가 필요하다는 암시가 아니겠느냐.

학연은 궁금증이 일었다. 부친하고 함께 『주역사전』 스물네 권을 편집하면서도 주역의 본질에 대한 의구심을 풀지는 못했다. 학연이 부친의 유배 이듬해, 동문 봉놋방으로 근친을 갔었다. 그때 책상머리에 『사상례(士喪禮)』와 『춘추좌씨전』이 놓인 것을 보았다.

학연이 물었다.

"주역에 관심이 많은가봅니다. 관점을 연구하시려는 겁니까?"

약용이 느슨해진 몸피를 곧추세웠다.

"좋은 질문이다. 주역의 내용이 복서와 무관하다고는 안 해. 하지만 그 근본정신이랄까 주역의 본질은 그것이 전부가 아니다. 의리를 존중하고 군자의 수신에 관련 깊은 의미를 함축하고 있지. 문왕이나 공자, 주공 같은 성인들이 이 책을 쓰고 후대에 남긴 이유는 공정한 선의에 있고 그 하늘의 이치를 알리기 위함이었다."

된숨을 몰아쉰 다음 약용이 덧붙였다.

"공정한 선의에서 어떤 일을 시작할 때 그 결과가 어떻게 될지, 알 수 없는 것에 대해 하늘의 뜻을 알아보기 위해 연구한 책이라."

학연이 부친의 말을 얼른 받았다.

"능력의 한계나 미래가 불안할 때 하늘의 의사를 물어 뜻에 따르는 것이라는 말씀이지요?"

약용이 넌지시 미소를 깨물었다.

"모든 사물은 생하고 멸하는 과정에서 머물고 변하고 껍질을 벗어던져. 반복적으로 순환하는 것도 하늘의 이치가 아니겠니. 변하지 않는 것은 자연의 질서겠지. 자연의 운동 법칙 말이다. 산에 서 있는 나무는 그늘과 양지를 엇갈려 공유하지 않던가. 그것뿐인가. 바람이나 눈이나 폭우나 사태까지 공유하면서 서로를 보완하지 않더냐. 세상 만물의 이치가 그렇다는 말이지. 한번은 양이 되고 한번은 음이 되어 두 기운이 서로를 보듬으니, 대립적인 관계가 아니라 서로 협력하고 보완하면서 끊임없이 이어진다는 데 의미가 있다."

약용은 글쓰기가 힘들어지면서 말이 늘었다. 몸속에 내장돼 있는 무언가가 늘 발산하려고 바장였다. 손이 잠시도 가만있지 않았다. 뭔가를 하지 않으면 안달이 났다. 채마밭을 고르고 꽃밭에 물을 뿌리면서도 오후에 써야 할 부분의 문장을 가려내는 버릇 또한 고질이었다. 글을 쓰다가도 붓을 든 채 생각은 먼 데 가서 시공을 헤매는 혼돈의 순간들이 요즘 부쩍 잦아졌다. 늙은 탓이야, 하다가도 그는 고개를 내저었다. 생각은 늘 핵심을 비껴가 더듬거렸다. 몰입의 밀도나 부피는 형편없이 희박해졌다. 독서나 집필의 삼매경이라? 언제 적 이야기인가? 그는 피식, 실소를 머금었다. 몸의 부실한 상태가 낙천을 밀어냈다. 가족들 앞에서 입꼬리를 귀에 걸려고 애쓰는 자신이 그는 좀 한심해지곤 했다.

약용이 말을 이었다.

"모처럼 너하고 앉아 이런 말을 주고받으니 그간 골방 속에 틀어박혀 세상하고 등졌던 고적함이 가시는 것 같구나."

학연의 가슴 밑바닥에 빗금이 그어졌다. 마음이 약해진 탓이리라. 감정적인 누수를 겉으로 드러내지 않던 분이었다. 학연이 아버님…… 소리 없이 불렀다.

"그래, 한마디만 더 새겨들어. 남이 돌을 던지면 너는 옥돌로 보답하여라. 누가 모멸적인 말로 짓밟아도 발끈하는 대신 상대방의 가시 돋친 심기를 다독이는 온유함을 잃지 말아야 할 것이야."

능내리를 벗어나 한낮이 기웃했다. 멀리 강 건너 하남의 용마산이 품에 안길 듯이 다가왔다. 산길은 가팔랐다. 약용이 학연의 목뒤로 팔을 감고 겨우 수종사 대웅전 앞까지 올랐다. 땀기 차오른 학연의 목덜미에서 그는 피붙이의 냄새를 맡았다. 거기까지였다. 더 이상 그 달착지근한 감상에 휘둘려서는 안 되었다. 그의 기준이기도 했다.

*

가을 해가 뉘엿했다. 집집의 굴뚝에서 피워내는 푸른 연기가 바람을 안고 지붕 위로 자우룩 엉겼다. 약용이 크게 숨을 들이마셨다. 어린 날, 밤으로 이어지는 이 시간이면 늘 좀 스산해서 집 언저리를 서성였다.

"왜요? 되련님, 돌아가신 어머님 생각은 그만해요."

큰형수는 어린 시동생의 겉도는 기척에 그를 마음으로 보듬었다.

"어서 들어가요. 맛있는 거 만들어줄게요."

부침이나 약과나 석쇠에 구운 인절미였다. 식구들 몰래 먹이려고 형수는 정지문 문짝에 등을 대고 서 있었다.

수많은 죽음이 그의 생을 가로질러 갔다. 어머니와 형수에 이어 중형 약종이 천주의 벌로 참수를 당했고 먼 바닷길 우이도에서 죽은 약전 형은 밤마다 물 위를 걸어서 달려왔다. 텀벙텀벙, 가벼운 육신이 파도를 타고 걸었다. 형님, 하고 부르면 화들짝 고개 돌린 삐딱한 얼굴로 활짝 웃었다. 난 괜찮아. 괜찮다니까. 불평 한마디 할 줄 모르던 형이었다. 그런 세상인걸, 어쩌겠니? 그런 세상이 어떤 세상인데요? 소리 지르는 아우의 등을 토닥이며 말했다.

"인간의 등급을 가르지 않고 평등과 존중이 공존하는 천주의 세상이 기다리고 있잖니."

그런 세상이 있기나 할까? 중얼거리는 그의 입술에 거스러미가 일어 까칠했다.

겨울새

그날, 안갯발을 헤치고 배는 소내 나루를 밀어냈다. 뭉실한 안개 다발이 저문 시월의 강가에 삼베 너울처럼 성글게 일렁거렸다. 파락, 작은 새들이 깃을 치며 날아올랐다. 홍임이 잡을 듯이 손을 뻗었다.

"어머니, 저 작은 새는 참새가요?"

뱃사공 아저씨가 "저건 물떼새야. 겨울에만 여기 양수리 부근으로 날아와" 하고 홍임에게 일러주었다.

"그럼 겨울새군요" 하는 홍임의 말에 사공 아저씨가 활짝 주름살을 잡았다.

겨울새? 진솔이 갑자기 손으로 가슴을 문댔다. 새의 부리에 쪼인 듯 어느 부위가 아렸다. 겨울새는 아니란다, 진솔이 작게 말했다. 잠시 헛발질을 했을 뿐인걸. 그를 따라온 일이 헛발질일까? 그래도 그의 보살핌을 받으면서 걸었던 며칠간의 노정은 행복했다. 홍임이가 아버지라 부르는 그분하고 함께 잠자고 일어나고 온갖 소소한 동작들이 더불어 반죽된 나날이었다. 그 여드레 동안 치대고 뭉개며 그의 눈 안에서 숨 쉬었던 기억만으로도 긴 세월을 견딜 수 있지 않을까. 진솔이 홍임의 가랑머리를 가만히 쓰다듬었다.

"저기 물가에 물떼새들이 퐁 퐁 퐁 날아가네."

홍임이 금방 말을 받았다.

"어머니, 우리 사는 남당에도 저렇게 작은 새들이 겨울이면 퐁퐁거려요. 천웅이가 그랬어요. 겨울에 왔다가 봄에는 날아간댔어요."

진솔이 맥없이 입술을 달싹였다.

"그래, 그 작은 새들이 겨울새였구나."

양근의 박생이 성화를 질렀다.

"학유 도련님이 보고 있잖소. 빨리 타요."

진솔이 목소리를 돋우었다.

"뭐가 보인단 말이오? 안개가 자욱한데, 내 눈에는 아무것도 안 보이는데요."

박생이 퉤, 가래를 뱉었다. 먼지 때가 올라 누리끼한 두루마기에 감싸인 왜소한 박생의 몸피가 자발나게 해뜩거렸다. 박생의 얼굴 뒤로 또 하나의 흘긴 눈이 떠올랐다.

마루 끝에 선 혜완이 능장 부리는 박생에게 눈살을 세웠다.

"박 서방, 그러다가 한낮이 겨워야 출발하겠네."

나직한 목소리에 재우침이 실려 무거웠다.

"예, 금방 출발합니다. 소인 걱정은 하지 마십시오. 홍임이 잠이 덜 깨어 성화를 대지 않습니까요."

어린 홍임은 새벽잠이 곤했다. 졸음기 덜 깬 홍임을 진솔이 보듬고 문간방을 나섰다.

"마님, 평안하소서. 이만 물러갑니다."

진솔이 허리를 구부리고 반절을 올렸다. 그제야 정신이 들었는지 반짝 눈을 뜬 홍임이 마루 위에서 굽어보고 있는 둥실한 그림자를 향해 고개를 숙여 보였다. 살펴 가거라. 들은 것도 같고 안 들은 것도 같았다. 들어도 그만 안 들어도 그만이었다.

대청에 꼿꼿이 서 있는 안방마님은 서릿기둥이었다. 푸름을 시들게 하고 만물을 쇠하게 만든다는 서릿발, 두고 가는 그분의 심상에 서리꽃을 피우지나 않을지, 진솔은 자신의 당찮은 오지랖이 민망했다. 무슨 야속한 말을 해서가 아니었다. 내리뜬 눈이 천 마디 말을 하고 있었다. 여긴 네가 있을 곳이 아니다.

썩 물러가라고, 등때기를 걷어차는 듯한 말발이었다. 진솔이 아작대는 홍임을 번쩍 보듬고 중대문을 나섰다. 겨우 진시였다. 진솔이 두리번거렸다. 별로 너르다고 할 수 없는 이 아담한 집 어느 한 곳에 한때 홍임의 아비로 살았던 그가 있는지 없는지, 진솔은 그의 기척에 귀를 세우고 눈을 키웠다. 어제 학연을 앞세우고 대문을 나서는 그를 먼발치로 보긴 했다. 어디를 가는지 며칠을 묵어 오는지, 그의 행보에 대해 모두들 입술을 오므렸다. 마재의 문간방에 머물렀던 닷새 동안 딱 한 번 마주쳤을 뿐 말 한마디 나누지 않았다. 보고도 못 본 체 들어도 안 들은 체 귀 닫고 눈 감은 채, 보채는 홍임을 꼬집고 달랬다. 강진 유배지의 아비를 마재 본가에서는 아버지라 부를 수 없음을 어린 홍임은 알지 못했다.

혹시나 해서, 마지막으로 한 번만 그를 볼 수 있다면, 한마디 작별의 말을 들을 수 있다면, 하는 바람으로 한밤중에 살그머니 뒤뜰을 서성거렸다. 중천에 걸린 그믐달이 아릿했다. 반쪽을 덜어낸 달의 일그러짐은 비단 달의 기울기에 한정된 것은 아닐 터. 모든 사물에는 오름과 내림이 있고 한때 뜨거웠던 정분도 식어 재가 되는 것을 진솔은 이제야 깨달았다.

진솔이 원망의 가시랭이를 꾹 다졌다. 오순도순 마주앉아 말을 주고받으며 살을 부비는 것만이 남녀의 정분이라 할 수 있을까. 아니었다. 보이지 않아도, 멀리 있어도, 가슴 안에 보듬고 사는 님이 있다는 것만으로도 진솔은 가득했다. 그 충일감이 팔과 다리에 힘살을 주어 어떤 궂은일도 버겁거나 짜증나지 않았다.

뱃머리에 참새보다 더 작은 겨울새들이 파락, 날아올랐다.

*

홍임이 타박타박, 발걸음이 더뎠다. 넘어가야 할 소백과 노령이 저승처럼 아득했다. 진솔은 홍임의 손을 잡은 채 걸음을 빨리했다. 아작아작 걷던 홍임이 자주 구부려 버선목을 잡아당겼다. 짓무른

86

새끼발가락이 아플 것 같아 낙낙하게 마름질한 버선이 자꾸 벗겨지는 모양이었다.

"어머니, 버선 벗고 걸으면 안 돼요?"

"안 돼."

진솔이 한마디로 잘랐다. 그렇게라도 야무지게 마음 끈을 잡아당기지 않으면 눈물이 쏟아질지도 몰랐다.

진솔은 궁금했다. 그분도 알고 있을까? 오늘 홍임이 마재를 떠난다는 것을. 그래서 일부러 나들이를 가장해 불편한 이별의 순간을 모면하려 했을까? 거기까지 생각이 미치자 진솔은 사납게 고개를 저었다. 그럴 분이 아니었다. 그분의 뒤를 따라오면서도 마재의 지붕 아래 저희들 모녀를 위한 방 한 칸 주어질지 확신은 없었다. 헛간이라도 좋았다. 하지만 내침의 예감은 첫날, 소내 나루에서 안방마님을 보았을 때 들었다. 지는 노을을 되쏘는 바늘꽃의 만개에 눈이 시어 쳐다보지 못했다. 안방마님 앞에서 태산 같은 그분도 어릿거리던 것을⋯⋯.

두 아들이 번갈아 강진으로 내려올 때마다 그의 얼굴에 서린 곤혹스러움을 진솔은 모르지 않았다. 아비하고 함께 유배를 사는 분이다. 그의 말에 두 아들 모두 미간을 구겼다.

혜장 선사가 약용에게 하는 말을 들었다.

"진솔녀에게는 두 개의 자아와 두 개의 신체가 있습지요. 소승의 눈에는 그게 보입니다."

약용이 당겨 앉으며 심통스럽게 내뱉었다.

"헛소리. 두 개의 자아? 그런 말이 어디 있나? 두 개의 몸은 또 무슨 말인가? 말이면 다 말인 줄 아는가?"

혜장 선사가 나직이 소곤거렸다.

"어르신을 향한 따뜻한 생물학적인 몸이 있는가 하면, 어떤 절대자를 향한 영원불변하고 신성불가침한 신체를 가지고 있음이라, 그래서 진솔은 세상의 씨앗이라 생각합니다."

"세상의 씨앗이라?"

그가 중얼거렸다.

진솔이 그 말을 가슴에 담았고 그 씨알을 자궁에 품었을 것이다. 손가락을 입에 문 채 대문 밖에 서 있는 아이, 노지에 흩뿌린 핏줄이었다. 싸리비로 쓸어낸 마재의 안갯발이 빗살무늬로 어룽졌다.

*

그 한 토막 희극 같은 이야기가 약용 귀에 들어온 건 홍임 모녀를 내려보낸 지 두 계절이 지나서였다. 사위 윤창모가 안식구들이 방을 나간 뒤 작은 목소리로 이야기했다.

"홍임 모녀가 다산초당으로 들었답니다. 동행했던 박생이라는 작자가 내려가는 도중에 돈방석이 두둑한 장사치의 소실로 들어가면 어떻겠느냐고 다그쳤다지요. 홍임 모의 대찬 대응에 박가 놈이 줄행랑쳤답디다. 소문이 파다하더이다."

이런 말도 했다.

"그렇게 음전해 보이던 홍임 모가 다부지게 대처했더군요. 내 비록 첩실이었지만 선왕의 조정에서 병조참의에 도승지까지 오른 그분을 모셨던 몸이라 천만금을 준다 한들 어찌 흔들리겠느냐며 호통을 쳤답디다."

그는 달리 무슨 말을 물어보지 않았다. 그 어린것을, 새끼발가락이 짓물러 걷지도 못하던 것을, 언제나 생각은 거기에 멈췄다. 묻지 않았는데 사위 윤창모가 덧붙였다.

"다산계에서 모은 곡식의 일 할을 홍임 모녀에게 보내기로 했습니다. 지금도 수수엿을 고아 팔고 관아 기생들의 옷을 삯바느질을 해서 근근이 사는 모양이라니 염려는 거두시지요."

염려라 했는가? 약용이 왼손으로 오른편 가슴께를 지그시 눌렀다. 낮에 먹은 흑임자죽이 명치에 걸려 더부룩했다. 그가 윗목에 앉아 있는 창모를 보고 말했다.

"자네가 가지고 왔다는 술은 어디다 치웠는가? 술맛을 봐야지."

술이 들어가면 속이 데워질지도 몰랐다. 속에서 냉기가 차올랐다. 염려라는 한 꼭지가 피를 얼어붙게 했다.

그날 아침 약용은 학연을 대동하고 천진암에 가보겠다고 걸음을 나섰다. 문간방을 지날 때 홍임의 목소리가 귀를 당겼다.

"아버지예요. 나가면 안 돼요, 어머니?"

곧이어 진솔의 목소리가 귀에 걸렸다.

"홍임아, 나가면 안 돼. 안 되는 건, 안 되는 거야."

대문 문턱에 걸려 휘청대는 그의 팔을 학연이 부축했다. 그리 순하고 마디 없이 결 고운 진솔의 입에서 끊고 맺히던 한마디, 안 되는 건, 안 되는 거야.

그래서 편지 한 장, 안부 한마디에 그는 그리 인색했을까?

봉놋방 시절, 진솔이 건네준 그 지극하고 살뜰했던 고임(苦任)을 내장 속에 간직하고 있는데도 그는 한 오라기도 내비치지 않았다. 현감 이안묵이 조작한 죄로 감영에 끌려가 늑골 뼈마디에 멍이 들고 벼룩에 물려 온몸에 빗금 자국이 났을 때, 진솔이 끓인 쑥물을 수건에 적셔 속살까지 닦아주었다. 곤장으로 터진 엉덩이 골에서 발가락과 손가락 사이사이까지 아기 목욕시키는 어미같이 유순했던 손길. 아궁이에서 데운 돌을 보자기에 싸서 배에 올려주며 그의 곁을 지켰던 그 온전한 정성을.

*

"어딜 가시려고요? 날씨가 찹니다."

식구들마다 내다보고 말렸다.

"좀 걸어야겠네."

약용은 누구에게도 눈을 맞추지 않았다. 좀 성가셨다. 그는 갖신을 꿰며 고개를 들어 마루 끝에 서 있는 혜완을 바라보았다. 바로 치뜬 가느스름한 눈매에 살얼음 같은 엷은 미소가 어렸다. 혜완이 거느린 가시였다. 대식구를 단속하고 종자들을 부리는 그 당찬 기세에 온전한 고요는 어디에도 없었다. 통지나 골방이라면 모를까,

온 집을 뒤져봐도 그의 마음을 내려놓을 안온한 방석 한 자락 있었을까. 마음 다지기 나름이라고 아암 혜장이 늘 곱씹었다. 일체유심조라, 약용은 그 말에 수그러들지 않았다. 목소리를 낮추고 발자국 소리 죽여 고요를 밟아대는 그 지극한 염려가 차라리 그를 지치게 한다면, 억지일까. 귀를 닫고 마음을 닫아걸고 십팔 년을 살아온 터에 자신의 집, 자신의 '여유당'에서 고요를 찾아 나들이라니, 당치 않았다.

*

반복되는 나날의 안주를 머물러 있음으로 얻는 안정이라 했다. 약용은 그 말의 진의를 납득할 수 없었다. 마재에 안착한 이후『목민심서(牧民心書)』의 마무리로 한 계절을 보냈다. 전날에 비하면 형편없는 속도감이었다. 붓을 들지 못했다. 아니 글씨를 쓸 수가 없었다. 붓을 쥔 손에 무명 띠를 감고 글씨 쓰기를 시도했다.『흠흠신서(欽欽新書)』의 목차를 쓰는 데 반나절이 걸렸다. 한 글자를 쓰는 데 용을 쓰고 기혈을 올려 분투노력했지만 글씨라고 쓴 것은 지렁이가 기어간 흔적처럼 구불거리고 희미했다. 쓰고 구기고 찢다가 그만 붓을 던지고 일어났다.

"잠시 거닐다 오리다."

약용이 하루의 습관으로 집 둘레를 거닐었다. 정강이에 힘이 실리는 날이면 소내 나루까지 걸었다. 집에서 강까지 한 마장 거리였지만, 마재의 아침은 늘 안개와 습한 공기로 축축했다. 약용은 강이 보고 싶었다. 고여 있는 나날을 견디기 위한 자구책인지도 몰랐다.

오늘은 두물머리까지 가볼 생각이었다. 덮치고 휘둘리고 술렁거리는 물의 파랑이 보고 싶었다. 두 줄기의 강물이 만나 하나로 뒤섞일 때 서로를 문대면서 소용돌이쳤다. 시원인 금강산 기슭을 훑어내린 북한강과 강원도 금매봉에서 발원한 남한강이 만나는 양수리는 물살의 오름과 내림을 반복하다가 어느 순간 짐승의 용트림을 패대기치고는 풀썩 가라앉았다. 청록색의 물살은 깊고 음험했다.

의관을 갖추고 방을 나서며 그가 지팡이 든 왼손을 쳐들어 보였다. 부산한 배웅은 그만두라는 지팡이의 언어였다. 정주간에서 건넌방에서 곳간에서 나서던 얼굴들이 일시에 멈추었다. 그때 내실의 미닫이 앞에 혜완의 곧은 몸피가 나섰다. 혜완이 거느린 고요는 팥의 앙금처럼 요지부동했다.

혜완이 갖신을 댓돌에 올려놓았다.

"짚신은 아니 됩니다."

그의 발에 꿰고 있는 짚신을 벗길 기세였다.

"가벼운 산책이고, 지금 이 시각에는 사람 그림자도 안 보이는데, 짚신이면 어떻소."

"짚신은 선비가 신을 신이 아니지요."

제자 황상이 짚신 한 죽을 보내왔다. 가벼운 걸음에는 짚신이 제격이었다.

　　　　　　　*

　발길이 닿았다. 강바람이 그리웠던가. 아니 혼자여야 했다. 좌정
할 자리가 마땅찮다고 한다면 엄살이라 할지도 몰랐다. 장대비를
맞고 들판 한가운데 서 있는 기분이었다. 어릴 때 개울가에 가 놀
다가 장대비를 만났다. 번개 칼이 하늘을 그으며 뇌성을 쏟아냈다.
무서워서 꼼짝을 못했다. 그날, 늘 붙어다니던 약종을 버리고 약용
은 혼자였다. 뭔가 고까워서 뺑소니를 쳤을 것이다. 착한 약전 형을
못살게 군 아이를 벼락이 내리칠 것 같아 소나무 등걸에 붙어 서
있었다. 비의 기억은 두려움을 안겼다. 깊이 간직한 비밀이었다. 혜
완에게도 말하지 않았다. 호된 국청의 후유증이 다시금 그놈의 두
려움을 불러냈다. 서늘한 심기를 보듬은 채 십팔 년이라는 해갈이
가 문턱을 넘어왔다.

　마지막 퇴고를 하던 『상서고훈(尚書古訓)』의 완성본을 경탁에 놓
았다. 불시에 생각나는 문구가 있어 덧붙일 생각이었다. 몇 장을 들
쑤시다가 붓을 놓고 나섰다.

　약용은 흐르는 강물에 생각을 던져 넣었다. 물길 따라 떠내려갈
것이다. 기운 햇살이 강물 따라 일렁거렸다. 가을비가 추적이던 날,
독대하던 임금이 불쑥 한마디를 던졌다.

　"흘러야 되는데, 흐르지 못하고 고이면 썩기밖에 더할까. 토양이
흐르는 하늘의 비를 빨아들이고 늙어 쇠한 목숨이 떠나간 자리에
새 생명이 태어남도 흐름의 변주가 아니겠는가."

기웃대는 시선

열린 대문으로 패랭이를 쓴 사내가 들어섰다.

"영의정 서용보 대감 댁에서 왔습니다."

학연이 다가가서 기름한 서찰 봉투를 받았다. 서용보라, 약용은 그 이름을 질금 씹어 삼켰다.

영의정 서용보의 집사는 중대문 안에 서 있는 정약용의 뒷모습만 설핏 보았다. 돌아서 있어 얼굴은 보지 못했다. 집사는 궁금했다. 정약용이 어떤 인물이기에 천 사람 목숨과 맞바꾸어도 그 한 사람만 못하다 하는지? 얼굴이 보고 싶어 좀이 쑤셨다. 단아한 몸피에 심지가 박힌 듯 직립한 자세였다. 그 꼿꼿한 품새에 기가 눌렸다.

서용보의 집사는 약용이 신은 짚신을 멀거니 쳐다보다가 휙 돌

아서더니 대문 밖으로 나갔다. 하는 짓거리가 방자했다. 뼈다귀 문
부잣집 개하고 다를 게 무엇이던가.

영의정 서용보는 마재의 들머리에 살았다. 가깝게 살았지만 내
왕하는 사이는 아니었다.

편지는 해배를 축하한다는 내용이었다. 서용보의 서찰을 든 약
용의 손이 잘게 떨렸다. 등피가 서늘했다. 약용이 뜻밖인 것은 서용
보의 편지가 아니라 자신의 몸을 떨리게 한 과민한 반응이었다. 다
독이고 지피고 소진한 옹이였다. 그것이 아직도 몸 어느 구석에 남
아 있었던가. 악연이라고 말한다면 세상이 그를 옹졸하다고 나무
랄지도 몰랐다.

서용보, 영원히 기억하고 싶지 않은 그 이름이 자꾸 들먹거려졌
다. 지워진 줄 알았다. 다시는 만나고 싶지 않았다. 서용보말고도
정약용의 세월을 갉작거리고 부스러뜨린 몇몇 이름들은 강진의 다
산초당 돌화로에서 태웠다. 솔방울에 불을 피워 차를 달이면서 불
속에 소지를 태웠듯이. 연기가 되어 허공에 흐트러지던 그 아리고
쓰린 마음이 발갛게 핀 솔방울 속에서 정화된 줄 알았다.

정약용을 천주교도로 엮어 넣으려는 서용보는 끝까지 무죄 석방
을 반대했다. 신장 서른 대를 맞고 장기현으로 유배를 떠나야 했던
약용, 서용보가 그러는 까닭을 모르지 않았다.

약용의 상투머리가 거칠게 흔들렸다. 암행어사로 경기 일대의
상황을 시찰할 때 서용보의 비리를 보고 들은 대로 임금께 보고한
것이 원한의 빌미였다. 위관 서용보가 정약용의 목줄을 죄었다. 선

왕의 사십구재도 모시기 전이었다. 약용은 문득 몸서리를 쳤다.

"앙심을 품고 있었던 게지."

비로소 약용이 입을 열었다.

＊

정조 십팔 년, 약용이 서른세 살 되던 해 겨울 들머리였다. 상소를 읽던 임금이 어탁을 내리쳤다.

"이런 놈을, 이런 악독한 것들이 백성들의 쌀독을 훔치다니, 약용아, 당장 내려가거라. 보고 들은 실상을 보탬도 덜어냄도 없이 보고하라."

정약용이 암행어사 마패 두 개를 들고 출동했다. 경기 연천과 삭녕 일대에 아사하는 백성들이 있다는 흉흉한 소문이 나돌았다. 약용에게 배정된 마을은 연천, 적성, 마전, 삭녕 네 곳이었다. 마을로 들어갈 때는 양주를 질러갈 것이며 귀경할 때는 파주를 통하라는 지시와 별도의 임무가 상세하게 기재돼 있었다.

첫째 흉년에 조세를 감면해주고, 그 혜택이 백성들에게 골고루 나누어지고 있는지에 대해서, 둘째는 화전민에게 지나친 세금을 거두지 말라는 지시가 실행되고 있는지, 세 번째 임무는 버려진 아이를 관아에서 잘 관리하고 있는지 엄중히 살펴보라는 명이었다. 암행어사는 지정된 지역에 당도하기 전 시장이나 마을 촌로들이 모인 정자 같은 곳에 들러 민심이나 지방 행정, 목민관의 행보에 대한 사전 지식을 염탐한 뒤에 출동해야 했다.

*

　허룩하니 차려입은 약용이 저물녘, 마을 초입에 서 있는 팽나무 그늘에 주저앉았다. 곰방대를 빨고 있던 노인이 흘긋 쳐다보았다.

　"어르신 불을 좀 빌릴까요?"

　약용의 수수한 탯거리에 노인장이 곰방대를 빌려주었다. 암행어사의 임무에 충실을 기하려 급조한 공손함이 아니었다. 약용은 누구에게나 친밀감을 내비치는 성격은 아니지만 그렇다고 해서 목에 철심을 박고 다니지도 않았다. 형형한 눈빛에 지그시 다물린 입매가 함부로 할 수 없는 정갈함을 거느렸다. 말이 없고 웃음이 헤프지 않았지만 의식적으로 위엄을 내비치지는 않았다. 임금이 한눈에 선풍도골이구나, 약용의 준수한 외모에 한마디를 던졌다.

　"어찌 이리 마을이 조용한지요? 저녁밥 지을 시각인데 연기가 오르지 않는군요."

　떠보는 말이었다. 노인의 허연 갈대 머리가 흔들렸다.

　"환곡 이자가 오 할이오. 뼈빠지게 농사지어 장리쌀 빚 갚고 나면 쌀독이 비는데 누가 밥을 지어 먹겠소. 먹다 남은 찬밥이나 물에 말아 먹겠지요."

　장리쌀이라니, 춘궁기에 가난한 백성들에게 관청에서 쌀을 빌려주고 가을걷이가 끝나면 이 할로 되돌려 받는 것이 상례였다. 장리쌀 오 할이라니? 마패를 주면서 급하게 내려가라던 임금의 다그침이 약용의 정강이를 후려쳤다.

약용이 하룻밤 묵을 주막으로 촌로를 앞세웠다. 주모가 앉을자리를 걸레로 훔치면서 턱짓으로 물었다. 노인이 방을 가리켰고 약용은 우선 목 축일 탁주나 주시오, 하고는 열린 방으로 들어갔다. 메주 띄우는 냄새에 버무려진 사람 냄새가 짙었다. 골방 쪽으로 이불을 덮고 모재비로 누워 있는 사람의 형상이 보였다.

주모가 들고 온 개다리소반에 술병하고 나박김치 한 보시기가 그들먹했다. 맨드라미 물이 들어 발그레 우러난 나박김치가 먹음직했다.

"옆방엔 아전들이 초저녁부터 진을 치고 술타령을 하고 있답니다. 큰 소리는 내지 마세요."

아전들이라는 말에 약용의 입은 오므려졌고 귀만 쫑긋했다. 말소리는 들리지 않았다.

옹기 자배기에 든 약주가 금방 비었다. 술배를 채우려나 싶어 약용이 국밥 한 그릇을 주문했다. 술이 거나해진 노인이 입을 열었다.

"내 육십 평생에 이런 악질 장리쌀을 먹어본 건 처음이오. 이태나 가뭄이 겹쳐 논바닥이 말라 여름 내내 물지게 나르느라 등뼈가 휘어졌는데, 글쎄 소출의 거반을 뺏겼지 뭐요. 겨울을 어찌 날지 눈앞이 캄캄하외다. 과년한 딸자식 혼인날이 가까운데, 사돈 될 양반은 쌀 빚을 못 갚아서 관아에 끌려가 곤장을 맞아 다 죽게 됐다오."

환곡제도의 폐단이 극을 달리고 있었다. 춘궁기인 2, 3월에 빌려주고 추수기에 거둬들였다. 노인이 중얼거렸다.

"말이 좋아 변리쌀이지, 나락 한 가마니 채워주지도 않으면서 받아들일 때는 하얗게 탈곡한 알토란 같은 쌀 한 가마니를 털어가니 이건 환곡이 아니라 도적의 칼이나 마찬가지요."

나라에서 가난한 백성들에게 빌려주는 곡식에 모래를 섞어 양을 속였고 거두어들일 때는 높은 이자를 물려 백성들의 등골을 뽑으려 했다. 환곡을 굳이 하지 않겠다는 백성들에게 강제로 곡식을 안겨주기까지 하면서 곡식 대신 돈으로 내게 하는 일도 허다했다.

지방관아의 아전들에게는 나라에서 주는 녹봉이 전무했다. 너희들이 알아서 백성들로부터 적당히 챙겨서 먹고살라 한단다. 십대 중반 진주 수령으로 부임하는 부친 정재원을 따라 내려갔을 때 그 이야기를 들었다. 약용이 어린 소견에 궁금했다.

"아전도 어엿한 직업인데, 나라에서 생계비를 안 주면 무얼 먹고 살아요?"

부친의 고개가 절레절레 흔들렸다.

"이 나라가 떠안고 있는 부정과 폐단의 제일 근원적인 단초가 거기 있는 것이라. 아전도 사람인지라 먹어야 하고 입어야 하고 자식 낳고 살아야 하는데, 그 밑천을 백성에게서 조달하라니 미치고 환장할 노릇 아닌가. 아전들이 백성의 등골을 파먹고, 수령이나 유수가 아전의 옆구리를 찔러 주머니를 채우니 이 나라 백성들은 먹고사는 것 그 기본이 해결이 안 되는 게야."

개탄스럽고 울컥댔지만 한갓 작은 고을 목민관이 해결할 일이 아니었다. 약용은 가슴을 탁탁 두드렸다.

"왜 그러시오?" 묻는 촌로에게 약용은 "체기가 엉겨서요" 하고는 앉음새를 고쳤다.

촌로가 말을 이었다.

"글쎄 내 말 좀 들어보슈. 다섯 살 된 내 손자가 군적에 올랐다오. 세상에 이런 경우가 어디 있단 말이오? 이웃 동네 노인은 죽어 장사를 지낸 지 일 년이 넘었는데도 아직 군포를 받고 있다지 뭡니까. 관아로 달려가 억울하다고 하소연했더니 냅다 곤장을 맞고 아랫도리를 못 쓴다 하더이다. 망조가 아니고 뭡니까?"

약용이 앉은 자리를 수습해야 했지만, 노인장의 사설이 더 있는 모양이라 조용히 귀를 기울였다.

"군포는 현감 마음대로 못 한다 하더이다. 양반 세도가들은 군적에 오르지 않으니까 대신 힘없는 백성들의 죽은 아비나 갓난쟁이까지 군적에 올려 군포를 받는다지 않아요."

맞는 말이었다. 한 고을 목민관에게서 비롯된 부정 비리가 아니었다. 조선이 안고 있는 구조적인 모순이었고 노론의 착취 정책의 한 단면일 뿐이었다. 숙종 재위 시 청남의 영수 윤휴가 지방관아의 부패 상황에 대한 상소를 올렸다. 양반 사대부들에게도 군포를 받아야 하며, 호포제를 실행해야 한다는 내용이었다. 백성을 선동한다는 죄로 윤휴는 사형을 받았다. 그 이후 누구도 이 문제를 건드리지 않았다. 폐단의 해결안이 전혀 없는 것은 아니었다. 양반 사대부들도 이 나라에 살고 있는 이상 군포를 균등하게 내야 한다는,

한 줄의 법을 실행에 옮기는 절대 권력의 제왕은 없었다. 기득권 세력인 노론이 조정을 장악하고 있는 이상 공명정대한 백성의 의무인 호포제가 시행될 수 없었던 것이다.

약용은 탄식했다. 이 썩어 문드러진 노론의 부패를 삽으로 뒤집고 곡괭이로 파헤치고 도리깨질로 털어내야 했다. 암행어사라는 마패 한 장으로 어쩌지 못하는 자신의 무력함에 약용은 치를 떨었다. 임금의 목소리가 귀청을 후볐다.

"마음의 눈으로 백성들의 지난한 일상을 살펴야 할 것이야. 세종대왕께서 조선의 공법(백성들에게 세금을 얼마 부과하고, 얼마를 징수해야 하는지 정하는 법)을 몇 년에 걸쳐 만드셨지. 농경지의 너비가 세금 징수의 기본 기준이지만, 조악한 토지라면 수확이 좋지 못할 것이니 거기에 마땅한 징수를 해야 하며 홍수나 가뭄으로 흉작일 경우 세금을 탕감해주어야 할 것이야."

약용은 임금의 의중을 헤아렸다.

"그래서 농신들의 손실 조사법인 '손실답험법'과 합리적인 세금 징수를 위해 '연분구등법'을 만들었습니다. 하지만 조사하는 관리들의 부실한 조사와 빼돌리는 부정행위가 점점 기승을 부리면서 유야무야 그 좋은 제도가 백성들의 쌀독을 긁는 폐단으로 이어졌습니다."

분노와 슬픔으로 버무려진 임금의 목소리가 용상 언저리를 흔들었다.

"공의 책임이 막중하다."

약용이 있는 그대로, 듣고 본 대로 서용보의 부패상을 임금에게 보고했다.

파직된 서용보가 약용을 보고 일갈했다.

"나라 곳간이 텅 비었거늘, 게으른 백성들에게 일하라 경각심을 일깨우려는 처사였소. 어찌 멀리 내다보지 못하고 발끝만 쳐다보시오. 두고 보리다. 강하면 분질러질 것이요, 유연하면 휘어질 뿐이오."

약용이 서용보의 악행을 날것처럼 생생하게 적어 상소를 올렸다. 보고서를 올린 정약용이나 파직된 서용보나 그 사건이 지닌 후렴구는 불에 덴 자국처럼 오래도록 지워지지 않았다. 임금이 승하하고 정순왕후의 일인천하 대리청정의 첫 등용에 이름을 올린 자가 서용보였다. 정치적인 수완이 서용보를 이십여 년 동안 삼정승 자리에 맴돌게 했다. 청렴과 충성은 못난 자들의 함성일 뿐이었다. 곧으면 부러지고 휘어짐은 요령이라 했던가. 정약용의 애민주의는 처음부터 분질러졌다.

학연의 두 주먹이 불끈 쥐였다.

"그런 주제에 해배 위로 편지를 보내온 건 무슨 심보일까요? 참으로 뻔뻔한 사람입니다."

다른 일이었다면 아들의 격한 발언을 제지했을 것이다. 그는 말없이 마당을 가로질렀다. 강진 보은산방에 몸을 가두고 있을 때 다니러 온 학연이 말했다.

"아버님, 유배 떠나신 이태 후 조정에서 해배 논의가 있을 때 누가 극구 반대했는지 아세요? 좌의정 서용보가 입에 거품을 물고 결사반대했답니다."

*

신유년 그 악랄한 옥사를 지휘하고 조작하고 부풀린 당사자가 누구던가. 위관 서용보였다.

형틀에 묶인 정약용이 조용히 내뱉었다.

"천주교 사상이 유교의 충효와 배치되는 개념이 아닌 터라 보유론(補儒論)의 관점에서 서학에 호기심을 가졌던 건 사실입니다. 사학이 아니라 서학이라 판단한 것은 거기에서 천문지리와 역법, 수학 등 과학 이론을 접할 수 있었기 때문입니다."

서용보가 호통을 쳤다.

"닥쳐라. 어느 안전에서 헛소리를 나불거리는 것이냐? 신주를 불사르고, 조상의 제사를 모시지 않겠다는 너희들, 부모가 지어준 이름 대신 요상한 세례명으로 교감하는 사학의 무리는 패륜이다. 짐승만도 못한 악의 무리들은 그 종자를 박멸하여 극렬로 다스릴 것이야. 매우 쳐라."

약용은 죽을지도 모른다는 시린 예감이 들었다.

이월 열하루, 이차 국청이 열렸을 때 정약용의 배교를 두고 위관들 사이에서 가타부타 이론이 들끓었다.

"진산 사건이 말미가 되었을 겁니다. 정약용의 배교가 명명백백한데, 죽일 수는 없소" 말하는 위관도 있었지만, 무죄 석방은 불가하다며 끈질기게 유죄를 주장한 장본인이 서용보였다.

"지금 위급한 상황에서 임시변통으로 진술한 말들이 참인지 거짓인지는 두고 봐야 할 거요. 그러니 무죄석방은 불가하오."

노론의 하수인 격인 홍희운이 서용보의 말을 받았다.

"그렇습니다. 천 사람을 죽여도 정약용 하나를 죽이지 못하면 아무도 죽이지 않는 것만 같지 못한데, 공은 어찌 힘을 다투지 않소."

정약용이라면 이를 갈던 홍희운이 국청 마당으로 달려가 대사간을 향해 삿대질을 했다. 서용보, 홍낙안, 이안묵, 그들이 물고 늘어진 대상은 정약용이었다. 서용보가 노론 벽파의 수장인 심환지의 사랑방으로 달려가 정약용의 사형을 부추겼다.

"살려두면 안 됩니다. 정가 놈들은 씨를 말려야 합니다. 내장 깊숙이 천주에 물든 종자들인데, 배교는 임시변통입니다. 정약용 주변 인물들이 모조리 천주학쟁이들입니다. 매형인 이승훈이 북경에 가서 천주쟁이 꼬리표를 달고 왔으며 정약현의 사위가 황사영이고, 이가환이 이승훈의 외숙이며 성호 이익의 증손자로 정약용과는 은밀하게 내통하여 순진한 백성들에게 천주를 성역화해 오염시킨 장본입니다."

*

몇 달 간격으로 다시 영의정 서용보가 편지를 보내왔다.

약용의 묵묵부답은 미련한 처사였을까? 서용보가 두 번씩이나 편지를 보낸 것은 진정 화해를 바라서일까? 아니었다. 정약용이 굴욕과 비굴이라는 깔개에 꿇어앉아 머리를 조아리기를 기다리는, 그 소슬한 학문적 오만을 깔아뭉개려는 비루함은 아니었을까?

해배가 되었다고 해도 약용은 발이 묶여 있었다. 명예회복과 재신임의 관건이라 할 수 있는 사면복귀의 패를 거머쥔 서용보였다. 그 길목에 버티고 선 영의정 서용보의 앙당그린 손아귀에 사면복귀의 '붉은 끈'이 쥐여 있었다. 조정으로 연결된 사다리였다. 약용은 서용보가 보낸 서찰을 화롯불에 던져 넣었다.

서용보하고는 사사건건 어긋났고 하는 일마다 꼬였다.

한강 주교(배다리) 사건이 서용보를 비틀었을 것이다.

*

노들 나루 배다리 공사의 경위는 그랬다. 서용보가 정약용에게 선수를 빼앗긴 건 실력의 문제가 아니라 임금의 좁은 식견과 정약용에 대한 임금의 편애에서 비롯된 선택이라 했다.

노론의 입질과는 달리 임금의 처사는 공평했다. 노론의 서용보와 남인의 정약용에게 동시에 한강 주교 설치에 대한 조사를 명했다.

임금에겐 강을 가로지르는 주교가 필요했다. 아버지 사도세자를 위한 임금의 첫 삽이었다. 매봉산 자락, 멀찌감치 내친 사도세자의 묘소를 보고 온 지관의 말이 그랬다.

"망극하게도 무덤 속이 물구덩이라 하옵니다."

"물러들 가라."

모두를 물리고 혼자 남은 방에서 임금은 바닥을 치며 절규했다. 아버지시여! 물구덩이에 누워 계시다니요? 어찌하오리까? 그 옹색한 뒤주 속에서 여드레 동안 정강이에 핏줄이 터지도록 쪼그리고 앉아 있던 아버지, 그것만으로 부족했습니까? 불민한 소자를 용서하옵소서. 별을 보면서 달을 보면서 비가 오면 빗줄기를 보면서 합장한 두 손이 가슴속으로 기어들었다. 갈비뼈 마디마디에 피가 묻어 밤마다 생살을 꼬집고 긁어댔다. 고질로 긁어댄 상처가 덧나면서 기어이 부스럼으로 도지게 만들었던 빌미는 손톱이었을까? 물구덩이에 누워 계십니다, 그 말을 듣고도 십삼 년을 기다려야 했다. 기다리고 견뎌야 했던 세월, 임금은 편한 잠자리에서 다리를 뻗고 잠들지 못했다. 이장은 쉽지 않았다. 한탄하는 임금의 목소리가 전각에 들이치는 빗줄기를 타고 내렸다. 한 해를 두 해를 그렇게 미뤄야 했다.

임금은 주교의 기본 설계를 손수 해서 세 정승에게 내렸다. 영의정, 좌의정, 우의정을 주축으로 한 주교사가 기존했지만 설계는 임금 자신이 했다.

"노들 나루 도강 배다리 설계요. 잘 살펴보시고 보충할 것이 있으면 짚어내보시오."

배다리 설계를 받아든 연로한 대신들은 서로의 눈치를 보며 난감해하는 얼굴이었다. 임금이 넌지시 한마디를 덧붙였다.

"가주서(승정원일기를 쓰는 보조) 정약용에게 이르시오. 주교를 설치하는 데 가장 합당한 후보지를 조사하도록 하시오. 젊고 과학적인 안목이 있는 사람이오."

임금은 서학서를 통해 과학에 귀와 눈을 열고 있는 정약용의 이름을 건져 올렸다. 임금은 공정했다. 노론의 서용보와 남인 계열의 정약용에게 주교에 유리한 입지를 조사하라며 어명을 내렸다.

임금의 기대는 적중했다. 약용은 현장감에 능했다. 입만 살아서 탁상공론으로 조정을 좌우지하는 낡은 인맥들에게 쐐기를 박은 계기가 되었을 것이다.

약용은 조용히 움직였다. 가장 실용적이고 경비를 절감할 수 있는 주교 후보지 물색이었다. 동호와 빙호와 동작, 약용이 마지막으로 노들 나루에 대한 답사를 종자 한 명을 데리고 나섰다. 보고 듣는 대로 일일이 적었다. 먹물과 붓은 약용이 늘 지니고 다니는 필수품이었다. 상선을 빌려서 직접 도강을 하며 조사에 임했다. 몇몇 후보지 가운데 노들 나루의 강폭이 그나마 제일 좁았고 수심은 깊고 물의 흐름은 빠르지 않았다.

노들 나루에 배다리가 낙점되었다. 서용보의 압구정 나루안은 자동 폐기되었다. 노론 정객들이 발끈했다. 서용보가 입에 거품을 물었다.

"가문으로 보나 지식의 높낮이로 보나 인품이나 인물로 보나 감히 정약용이 서용보를 욕보이다니, 두고 볼 것이야."

서용보가 이를 갈았지만 노론의 정객들조차 정약용의 배다리 설치안의 타당성과 합리성을 거부할 수는 없었다. 눈에 쌍심지를 박은 노론 정객들이 약용의 배다리 공사를 지켜보았다.

*

공사는 진척이 빨랐다. 정약용이 상선 여든 척을 빌리며 조건을 내세웠다. 정부의 쌀을 운반하는 권리와 일부 상인들이 장악하고 있는 어물 독점권을 폐지한다는 혜택이었다. 기득권이 주어진 시전 상인들에 국한되던 것을 일반 상인들에게 허용함으로써 상업의 활성화를 일으킨 계기가 되었다. 선주들이 서로 다투어 배를 납품하려 난리였다. 또 한 가지 약용의 조건은 배에 어떤 구멍도 뚫지 않는다는 것이었다.

좌우로 배 마흔 척을 가로세우고 삼으로 새끼 꼰 밧줄로 배를 튼실하게 묶었다. 못이나 연장을 쓰지 않는 대신 가장 많이 소용된 것은 삼으로 엮은 밧줄이었다. 그 질기기가 고래 심줄보다 더했다. 배는 상류 쪽으로 돛을 내린 상태로 칡뿌리로 묶고 좌우로 가로놓인 목판에 빗장을 질렀다. 강의 양안에 선창다리를 만들어 밀물 시 강물의 수위가 높아지더라도 흔들리지 않게 하기 위해서였다. 선창다리 설치 발상은 배다리 공사에서 단연 백미였다. 마지막으로 연결된 배 위에 편편한 널빤지를 덮고 그 위에 모래와 잔디를 깔았다. 임금은 일 년에 두어 번 화성으로 옮긴 사도세자 아버지의 능으로 행차했다. 그때마다 배다리가 가설되었다. 임금의 화성 현

릉원 행차는 조용히 치러졌다. 거하게 거느리지도 거들먹거리거나 떠벌리지도 않았다. 어가를 타지 않고 말을 애용하는 임금의 행차는 조촐했다.

공사의 총책을 맡은 채제공이 약용을 보고 치하했다.

"임금께서 요긴하게 쓰일 인물이라 하시더니 빈 말씀이 아니셨소."

약용이 고개를 저었다.

"주교 공사는 하나에서 열까지 주상의 작품입니다. 자질구레한 지엽적인 것들은 아래위 참여한 분들의 공입니다. 감히 제게 공을 돌리지 마십시오."

채제공이 "지덕을 겸비한 인물이라, 노론의 과녁이 됨직도 하구나" 탄식했다.

당파의 문제라기보다 개인적인 감정이 앞섰는지도 몰랐다. 삼십대의 청정한 문사들은 서로를 견제했고 서로 겨루었고 서로를 별렀을 것이다. 한강 주교 설계에서 참패한 서용보는 두고 보리라, 이를 갈았다.

붉은 끈

이청은 안달이 났다. 우리 스승님 왜 저러시나? 제자들 생각은 눈곱만큼도 안 해주시니, 뼛골 빠지게 부려먹고는 나 몰라라 하시는 거잖아. 청은 첫새벽부터 안채 마당에 서서 스승이 기침하기를 기다렸다. 부지런한 이 집 식구들은 너나없이 묘시에 일어났고 진시에 아침 밥상을 들였다. 그 유별난 규칙에 온 식구들이 일사분란하게 움직였다. 처음 사랑에 기거했을 때 청은 이른 조반을 시틋하니 밀어냈다. 한술도 뜨지 않은 밥상을 머슴이 그대로 들고 나가버렸다. 맨입으로 점심을 기다려야 했다. 어떤 불평도 어떤 이유나 사연도 마재의 여유당에서는 먹히지 않았다. 제멋대로 눕고 제멋대로 먹고 제멋대로 퍼질러 앉던 청의 몸뚱이가 엄한 질서 속에서 곤욕을 치르다가 몇 달 만에 겨우 갈피를 잡았다. 견딜 만했고, 나쁘지 않았다.

약용은 내실 미닫이 틈새로 이청의 낌새를 내다보고 있었다. 좁은 걸음나비로 오르락거리는 청의 각박한 심사를 모르지 않았다. 안쓰러움이 목젖까지 차오를 즈음 약용이 안방 문을 열고 나섰다. 청이 코앞으로 달려들었다.

"영의정 나리 댁에 가셔야 하지 않을지요? 두 번씩이나 사람을 보냈는데요. 제가 길잡이를 하겠습니다."

약용이 나직이 일렀다.

"서용보를 찾아가는 일은 없을 것이다."

그는 바투 갈구는 청의 눈을 어슷하니 비켜갔다.

청은 그의 집필을 마무리 정리하고 있었다. 청뿐 아니라 다산초당의 제자들까지도 머지않아 그가 조정에 나가 중책을 맡으리라는 기대감을 안고 있었다. 스승이 조정에 나가면 제자인 자신들에게도 기회가 주어질 거라는 희망의 눈빛이었다. 그는 모르지 않았다. 노여움이라는 값싼 감정놀음이 아니었다. 제자들에게는 벼슬길이 절박한 바람이긴 했다. 약용의 일거수일투족에 제자들의 눈이 고리처럼 걸렸다. 그가 제자들을 위해서 길을 터주는 역할에 인색하다며 반발하는 제자들, 비난의 화살이 쏟아졌다. 영의정의 서찰을 두 번씩이나 받고도 꿈쩍하지 않는 그를 향해 청의 원성이 하늘을 찔렀다. 학연과 학유를 불러내 애걸하다가 끝내는 협박을 얼렀다. 사람의 도리를 으뜸으로 아시는 스승님이 그 도리를 스스로 벗어넌지시는데 보고만 있을 거냐고, 으름장을 질렀다.

그날로 청이 마재의 여유당을 박차고 나갔다. 더 이상 가망 없음에 대한 등돌림이었다. 죄 없는 나무 대문 문지도리를 팩하니 걷어찼다. 청이 이틀이나 차린 밥상을 묵혔다. 저물녘 대문 밖을 서성거리는 그에게 학연이 와서 고했다.

"봇짐을 챙겨 갔다 합니다. 인사도 없이 그런 법이 어디 있어요, 신의라곤 눈곱만큼도 없는 인간입니다."

약용이 센 입바람을 토해냈다.

"내가 끈이라고 믿었던 게야. 화를 끓이지 마라. 그게 인지상정이라."

*

약용이 해배되어 상경하기 며칠 전 귤림처사 윤단이 부실한 몸을 끌고 초당으로 올라왔다.

"조정의 부름이 있을 것이오. 다산 같은 대학자를 버려둘 임금이 있겠소?"

그런 일은 없을 거라고, 약용이 고개를 저었지만 그들의 기대치에 찬물을 끼얹을 수는 없었다.

윤종삼과 윤종진 형제가 머리를 조아렸다.

"저희들을 이끌어주셔야⋯⋯."

그런 의도가 없었다면, 약용의 한마디에 초당을 내주고, 조상으로부터 물려받은 산장의 흙살을 마구 헤치도록 내버려두었을까?

허술한 학당으로 자녀들을 보내기나 했을까? 거기까지 생각이 미치자 약용은 등이 시렸다. 이음줄이 있었다면 열여덟 해 동안 잊힌 존재로 강진 구석에 구겨 박혀 있었을까? 정약용, 잊힌 이름이었다. 선왕이 승하하기까지 그의 진로에는 막힘이 없었다. 사람들이 흔히 말하는 좋은 자리 높은 위치에 있으면서도 거드름을 피우거나 뇌물을 받거나 허튼짓을 하지 않았다. 맑은 물에 잡어가 살지 않듯이 약용의 지나친 청렴이 주변을 멀리 밀어냈을 것이다. 누구 하나 보살펴준 적도 없었고 누구 한 사람 다독여 내 사람으로 만들지도 않았다. 혼자서 승승장구했고 혼자서 돌밭을 헤쳐나간 정약용이었다. 주거니 받거니, 내 술 한 잔에 두 잔 술을 나누지도 않았다. 고지식함과 청빈함은 정치인의 외고집일 뿐, 타협과 화합을 미처 생각하지 못했다.

"스승님, 이 못난 제자를 세상 밖으로 밀어주시지요."

상하좌우 전후가 우주의 순리라 했던 역의 이치는 어디에 두고 왔을까? 기억들이 물마루가 되어 약용을 적셨다. 새삼 사람을 가꾸라던 임금의 목소리가 그리웠다.

"독불장군으로는 아무것도 못한다. 끌어주고 밀어주고 받쳐주지 않으면 고립무원이다."

어떤 애착이나 미움이나 그리움도 이생에서는 닿을 수 없음이었다. 지존이시여, 그의 어깨가 부르르 떨렸다.

이청의 심사가 얄팍하긴 했지만 학업에 거는 열의는 타의 추종을 불허했다.

해배되어 초당을 떠나는 마지막 날 밤, 술자리였다. 술상은 푸짐했다. 저마다 들고 온 안줏거리와 술로 밤의 한 고비가 넘실거렸다. 초당의 윤 씨 제자들이 태반이었고 봉놋방 사의재(四宜齋) 제자로는 이청과 김재경이 꼽사리로 끼어 앉았다. 이별주였다. 열서너 살, 떠꺼머리 머슴애들이 이십대 후반에서 삼십대 청년으로 턱부리에 수염을 달았다. 모두들 말을 아끼는 대신 술잔 퍼 나르기에 바빴다.

초당의 제자 윤종진이 말을 풀어냈다. 공부는 허술하지만 양반가 자제다운 준수함을 거느린 제자였다.

"찬 이슬 내리는 한로하고 상강의 딱 한가운데 구월 보름입니다. 제비는 날아가고 기러기 날아오고 이슬 서리 되어 한기가 몰아드는 계절입니다. 농부들의 도리깨질 소리가 여기 초당까지 들립니다. 오상고절이라 그 기백이 은둔하는 선비에 비유되는 국화가 이 계절의 삭막함을 가려주지요. 감정의 빛을 감추라며 엄하게 다스리던 스승님의 안면이 슬픔 반 기쁨 반이라, 그 애매한 기색이 술맛을 쓰게 합니다."

그러다가 숨을 돌린 후 덧붙였다.

"새삼스럽게 공부 안 한 죄가 무겁습니다."

약용이 술잔을 비우고 한마디 거들었다.

"늘 후회는 늦게 오는 법이라네. 종진이 자네는 성질이 유하고 반듯하지만, 집중력이 떨어지고 흐트러지는 낌새가 있어, 그것만 조심하면 뜻을 키울 수 있을 거네."

칭찬이었음에도 종진의 얼굴은 활짝 펴지지 않았다.

"선생님, 저희 집안이 노론하고는 등진 세월을 사는데 어찌 제가 과거에 입신하겠는지요? 하지만 선생님께서 다시 조정에 드시면 저희들을 이끌어주실 줄 믿습니다."

약용의 손이 무겁게 쳐들렸다.

"허튼 기대는 하지 말게나. 내가 조정에 든다는 보장이 있던가? 과거를 위한 공부도 좋지만 스스로 마음 때를 벗기기 위해 공부를 해야 할 것이네. 다만……."

말꼬리를 잡고 늘어진 건 종진이 아니라 청이었다.

"다만? 왜 말씀을 자르십니까? 욕망을 성리학에서는 죄악시하지만 선생님께서는 욕망이 삶의 원동력이라고 해석하셨습니다. 전 욕망을 실현하기 위해 반드시 과거에 응시할 생각입니다. 선생님께서 붉은 끈 한 치만 당겨주시면 됩니다."

청의 발언에 모두들 흰자위를 굴렸다. 아전 나부랭이가 까불어, 하는 눈치가 노골적이었다. 사의재 제자들이 발을 붙이지 못하는 다산초당이었다.

이청이 한 번 더 꼬집어 말했다.

"왜 내 말이 틀렸어? 너희들도 과거 보자고 공부하는 거잖아."

약용이 불시에 목구멍을 간질이는 딸꾹질의 기미를 느꼈다. 얼

른 물그릇을 들고 입안에 들이부었다. 혼잣말이나 딸꾹질의 징후
는 몸속에 옹이처럼 박혀 이젠 걸핏하면 못다 한 말 쏟아내듯 밖으
로 나오려 버둥질쳤다.

약용이 이청을 쳐다보며 말했다.

"하늘을 향해 키를 세우는 나무처럼 스스로 성장하라는 말이었
지, 출세를 위해서 오로지 과거를 보라고 부추긴 적은 없다. 더구나
붉은 끈 한 치라니, 듣기 거북하구나. 오로지 과거에 급제하고 벼슬
하는 것만이 욕망하는 인생의 전부란 말이냐? 내가 누차 이르기를
사람답게 삶을 누리자면 끊임없이 배워야 하고 그 배움에는 길이
있다고 하지 않았던가."

윤종진이 그의 말을 받았다.

"선생님 말씀에는 삼사재의 씨앗이 들어 있습니다. 과거를 보
고 입신하는 것이 군자의 길이긴 하지만 늘 스승님께서 입에 올리
는 성호 이익 선생님의 삶도 무던하고 본받을 만합니다. 노론 벽파
의 하늘을 찌르는 권력을 감히 누가 꺾을 수 있단 말입니까? 이 땅
을 적신 붉은 피가 내를 이룬 후에야 천지개벽이 이뤄지겠지요. 지
금 스승님께서 여기 강진 땅에 유폐되신 것도 개혁의 조짐을 두려
워하고 위협으로 느낀 노론의 비열한 술수가 아니겠는지요? 하지
만……"

말을 매듭짓지 않은 채 종진이 계속했다.

"과거는 한두 번 보고 가망 없으면 차선책을 강구해야지요. 선
생님 말씀대로 뽕나무도 심고 누에라도 칠 생각입니다. 집사람이

솔선해서 하겠다고 나서니까 제가 민망하고 미안해서요."

고개를 끄덕이던 약용이 한마디를 씹어 뱉었다.

"안사람이 두 손 작파하고 밥솥에 불을 지피는 대신 방에 칩거하는 게름뱅이라면 차라리 출부시키는 도리밖에. 양반이 뭐 벼슬인가. 본디 양반의 내력이 짧을수록 양반티를 내더구나."

은근히 힘준 목소리였다.

술병이 비자 청이 병을 들고 일어났다. 약용이 말렸다.

"술이 남았으면 들고 오고, 없으면 내려갈 생각은 마. 그믐이잖은가?"

열려 있는 문 저편이 장막처럼 캄캄했다. 모두의 시선이 어둠 속으로 빨려 나갔다. 나가려던 청이 자리를 비집고 주저앉았다.

"상이 놈 끝내 안 옵니다. 그렇게 스승님 앞에서 알짱대더니, 표리부동한 녀석이라니까요."

청의 날 선 목소리가 새카만 밤의 골을 잘게 부쉈다. 뜬금없었다.

윤종기의 오른팔이 높이 처들렸다.

"금시초문이네. 황상이 표리부동이라? 성정이 느긋하긴 해도 사람 됨됨이가 건실하고 무던해 보이던데, 아닌가요?"

마지막 말은 스승인 그를 보고 하는 말이었다.

약용이 입이 말라 물을 찾았다. 기다리고 있기라도 한 듯이 홍임이 숭늉 대접을 다반에 받쳐들고 들어왔다. 여섯 살 홍임은 키가 낭창했고 땋아 내린 댕기머리가 서고리 아래까지 길었다. 숭늉 대접을 내려놓은 홍임이 청을 바로 쳐다보았다.

"상이 아재는 어제 왔다 갔어요. 상이 아재도 없는데, 흉보지 마세요. 그럼 나쁜 사람이래요."

종진의 입이 딱 벌어졌다. 그것이 끝이 아니었다. 윗목에 나붓이 꿇어앉은 홍임이 때로 엄하고 때로 차갑고 때로 풀솜처럼 자상한 부친을 올려다보았다.

"아버지, 제가 하나 말씀드려도 돼요?"

약용이 다문 입가에 미소가 어렸다. 우리 홍임이가 무슨 말이 하고 싶은 건가? 이미 청에게 돌멩이 하나를 던졌는데.

"남을 아프게 하는 말이라면 하지 말고, 헤어지기 전날 아쉬움을 달래는 말이라면 해도 좋지 않겠느냐?"

홍임이 두 팔을 무릎 위에 가지런하게 놓고 꼿꼿이 세운 몸피를 흩트리지 않고 말했다.

"공자께서 이런 말씀을 남기셨지요. 이불문인지비(耳不聞人之非)하고 목불시인지단(目不視人之短)하고 구불언인지과(口不言人之過)라야 서기군자(庶幾君子)라. 모두 잘 아시겠지만, 귀로 남의 그릇됨을 듣지 말고, 눈으로 남의 단점을 보지 말고, 입으로 남의 허물을 말하려 하지 말아야 군자라 했습니다. 저보다 공부가 높은 아재들 앞에서 알은체해서 미안해요."

살포시 일어난 홍임이 그를 부축하며 "아버지 주무시러 가세요. 절 나무라실 거라면 여기서 말고 밖에 나가서 말씀하셔요" 하고 방을 나갔다.

모두들 입을 딱 벌리고, 이청이 눈을 질끈 감았다.

*

황상이 들렀던 어제 오후, 국화꽃 앞에 앉아 있던 그는 스스로 국화가 되기라도 한 듯 눈과 코를 박은 채 고즈넉했다. 그가 상을 끌어다 국화 옆에 앉혔다. 누릿재를 넘어온 해가 마당 끝에 그림자를 드리웠다. 상이 스승의 옆얼굴에 대고 말했다.

"선생님 안으로 드세요. 몸이 젖습니다."

짚신에서 비어져 나온 버선에 물 먹은 흙살이 묻었다.

그가 상의 구긴 표정을 보고 작게 웃었다.

"좀 젖으면 대수냐? 공부는 실하게 하고 있겠지? 내년 과시에 꼭 장원을 해야 할 것이야."

상이 희미하게 웃었다.

"선생님께서 고결하고 굳센 절조를 지키며 사는 은둔의 삶을 찬양하시지 않았습니까? 전 백적 산자락으로 옮겨 앉았습니다. 그동안 꾸려두었던 잡곡 씨앗을 챙기고 돼지하고 닭을 몰고 갔지요. 개울 가까이 터를 잡아 농사가 어렵지는 않을 것입니다."

약용이 흙살을 탈탈 털어내고 일어났다. 그 손놀림이 조금 거칠었다.

"백적산이 그리 급하더냐? 과거를 한번 보라 하지 않았던가? 시도해보지도 않고 포기하는 건 스스로 못난이로 자처하는 꼴이다."

상은 꿈적도 안 했다. 약용 역시 더는 말리지 못했다. 하늘은 청복을 아낀다는 말로 상을 부추긴 장본이 누구였던가. 거친 옷에 짚

신을 신고 못가에 발을 씻고 고송에 기대어 휘파람을 분다. 마당에
는 백학 한 쌍 기르고 꽃과 나무와 약초를 가꾸며…… 그것이 청복
이라 되뇌던 그의 말을 상이 씹지도 않고 삼켰음이 분명했다.

*

　이청이 대문을 박차고 나갔던 날 약용은 온종일 문밖에서 서성
거렸다.
　황상이라면 그러지 않았을 것이다. 학연의 면전에서 스승을 타
박하고 공 없는 세월의 봉사에 대해 투정질을 했을까? 그는 속이
쓰리고 아팠다. 벼슬길을 열어줄 수 없는 자신의 막막한 처지가 민
망했다. 그렇다고 해도 작별의 얼굴도 감춘 채 사라진 청의 처사는
섭섭했다.
　청이 말을 할 때 곁눈질로 살피고 말을 덜어내고 보태는 버릇은
옳지 않았다. 잔재주를 부리고 고요함을 질색하는 탯거리에 그는
은근히 질려 있었다. 상은 속이 깊어도 의뭉하지 않았다. 제자들을
가지런하게 세워놓고 저울질을 하는 게 아니었다. 묘한 상황에 부
딪칠 때마다 아차, 하는 깨우침이 뒷골을 때렸다.
　"이청 말입니다, 표리부동한 녀석이라니까요."
　약용이 학연의 말을 잘랐다.
　"그간 애 많이 썼는데, 아무것도 손에 쥐여주지 못했구나. 채집하
고 분석하는 재주가 탁월했거늘, 내가 청의 뒷배를 봐주지 못했어."

학연이 툴툴거렸다.

"과거에 낙방한 것이 어디 아버님 탓인가요. 이청이 벼슬 운이 없어 번번이 쓴맛을 본 겁니다."

약용이 푸, 날숨을 쉬었다.

"시효가 지났는데, 누구인들, 내 끈이 되어줄 성싶으냐? 학유야, 너 종어(宗魚)라는 민물고기를 알겠구나. 한갓 민물고기인데 어찌 종어라는, '현감의 어'라는 거한 이름이 붙었는지 내가 설명해주마. 겉모양이 예쁘고 맛도 희한한 이 민물고기를 진상하면 벼슬의 급이 올라간다고 해서 붙은 이름이란다. 만년 미관말직의 벼슬아치들이 종어를 진상해서 진급했다는 게야. 내가 노론에 한 치만 양보했더라도 이 지경으로 고립무원했겠는가?"

학유가 불퉁한 목소리를 질렀다.

"그래서 후회하시는 겁니까?"

그가 헛, 공소한 웃음을 날렸다. 학유라는 녀석, 심지가 올곧구나.

"그런 말이 아니지 않느냐?"

줄이 닿았다면? 약용은 문득 임금의 그늘 속에 서 있던 자신의 모습을 떠올렸다. 활쏘기에 열등했던 그는 매번 북영(창덕궁 서쪽에 있던 훈련도감의 본영)에 남아 연습을 해야 했다.

*

집사가 서용보 앞에 머리를 조아리며 보고했다.

"책 더미를 싣고 왔더이다. 사랑방에서는 제자들이 집필의 마무리로 분주하더이다. 아직도 그 꼿꼿함이 여전하더이다."

서용보가 쇳소리를 질렀다.

"헛소리, 책이 몇 권인데 싣고 왔단 말이냐?"

집사가 땅개처럼 바닥에 엎드렸다.

"나락 두어 섬은 실히 넘음직했소이다."

서용보의 곰방대가 놋재떨이를 후려쳤다.

"주둥아리를 함부로 놀리는구나. 책을 두어 섬이나 싣고 왔다니, 버캐가 슨 네 눈깔은 이제 아무짝에도 쓸모가 없구나."

호된 말의 맷집에 집사는 비실거렸다.

반병신이 되어 달구지를 타고 왔어야 할 정약용이 책을 싣고 제자를 거느리고 두 다리로 걸어왔다는 사실이 서용보는 달갑지 않았다. 십팔 년을 구겨 박아두었는데, 아직도 건재하단 말이냐? 정약용을 향해 서용보는 다시금 퍼렇게 날을 세웠다.

약용의 학식과 인품에 존경심을 지녔던 일부 관료들이 상소를 올렸다. 정약용을 재등용하여 많은 후진들을 위해 그의 학문을 활용해야 한다는 상소였다.

서용보가 손사래를 쳤다.

"천만번 불가한 일입니다. 사학이 골수에 밴 정약용을 다시 등용하여 조정에 들인다면 청정한 유교의 이념을 더럽히고 오염시킬 것이 분명하거늘, 다시는 정약용의 이름을 거명하지 마십시오."

영의정 서용보의 단호한 반대였다.

나약한 군주는 굳이 약용의 등용 문제로 노 정승과 척을 질 까닭이 없었을 것이다.

그 이야기를 전해 듣던 날, 약용이 혀를 찼다.

"쌍가마로 모시러 온다고 해도 갈 생각 없다. 임금(정조)이 안 계신데, 내 말이 먹히기나 할까? 어림없지. 굶주리는 백성들이 목에 걸리지만, 군주도 못 하는 개혁을 일개 서생이 무슨 힘으로……."

약용이 경탁 서랍에서 임금의 어찰을 꺼내들었다.

이달 말일경 보겠구나.

고독을 거느린 곤룡포

임금이 규장각에서 공부하는 유생들을 활터로 불러냈다.

"활쏘기는 정중동(靜中動)이면서 동중동(動中動)이라, 활기참과 고요함이 하나이기에 동정일여(動靜一如)라. 활쏘기는 단순한 무예의 기술이 아니다. 동작과 동작 사이에 쉼이 없고 정과 동의 균형과 유연함이 필수라. 이는 기술이라기보다 예술의 차원이 아니겠느냐?"

창경궁 활터인 춘당대에는 성균관 초계문신들이 도열해 있었다. 의관을 단정하게 갖추어 입었고 두루마기 소맷자락은 좁은 토시로 묶었다. 하늘은 높고 바람은 싱그러웠다. 활쏘기에 마침한 날이라, 무복으로 차려입은 임금의 맵시는 날렵했다.

임금은 시력이 좋지 못함에도 백오십 보, 먼 과녁을 향해 오십 번 쏘아 마흔아홉 번을 명중시키는 명궁이었다. 육안으로 과녁을 맞힌 게 아니라 마음의 눈으로 쏜다고 했다.

임금은 활을 잘 못 쏘는 문신들이 별도의 훈련을 하도록 지시했다. 정약용은 그날도 북영에 잘 못 쏘는 대열에 남았다. 임금이 지나가는 말처럼 나직이 일렀다.

"스스로를 지키는 강한 자만이 진정한 평화를 누릴 수 있음이야."

활쏘기 열등생인 약용을 은근히 놀리는 말이었다.

"활쏘기는 각각 자신의 과녁을 향해 쏘는 것이라, 너의 과녁이 어딘지, 무엇인지, 아직 헤아리지 못한 게 아니더냐?"

그랬음에도 정약용은 훈련원의 무과 시험관으로 임명되었다.

"나라에 도적이 들면 너를 기용할 것이다" 은밀하게 건네준 『병학통(兵學通)』은 약용의 사랑방 경탁 위에 있었다. 노론 정객들이 노골적으로 반기를 들었다. 내막이 그랬다.

*

시험장의 행태는 공평하지 않았다. 반가의 자제들과 지방에서 올라온 응시생들을 차별했다. 사대부 집안의 응시생들은 활쏘기나 말타기에 성적이 부진했음에도 합격이었고, 지방에서 올라온 실력 있는 응시생들은 낙방의 고배를 마셨다. 그 부조리한 상황이 역력했다. 하지만 함부로 나설 수 없었다. 명징한 증거를 확보해야만 했다. 그때 응시생 한 명이 약용의 눈에 띄었다. 입성은 촌스러웠지만 다부진 몸피에 눈에 총기가 서려 무사다운 기백이 넘치는 청년이었다. 시험관이 나누어준 활과 시위를 시골 청년이 찡그린 미간을 하고 살폈다. 부당하다는 항변이 구긴 얼굴에 나타났다.

세 번의 기회가 있었고 그 세 번의 점수를 합쳐서 기록으로 남겼다. 시골 태생이 분명한 그러나 신중해 뵈는 그 응시생이 과녁을 향해 활을 쏘았다. 시위는 과녁의 중앙을 향해 날아갔지만 꽂히지 않고 바닥으로 나가떨어졌다. 두 번과 세 번 역시 같은 모양새였다. 조짐이 묘했다. 정약용이 군졸을 시켜 응시생이 쏜 활촉을 주워 오게 했다. 상황을 주시하고 있던 시험관들이 웅성거렸다. 그러거나 말거나 약용은 군졸이 들고 온 활촉을 감별했다. 참으로 치졸한 속임수였다. 쇠붙이로 된 활촉의 뾰족한 끝 부분이 살짝 뭉개져 있었다. 순간 약용이 몸을 일으켰다. 응시생들이 배당받은 활과 시위를 한 사람 한 사람 관찰했다. 모두 달랐다. 양반가 자제들이 들고 있는 응시생의 활촉은 뾰족했다. 지방 응시생들이 들고 있는 활촉의 부리는 잘려 있었다. 흑백이 분명한 사안이었다. 약용이 시험관을 불렀다. 두 개의 활촉을 들이댔다.

"하실 말씀이 없으신지요? 응시생들이 자기들이 쏜 화살촉을 뭉갰다고 우길 생각은 아니겠지요?"

시험관들은 자기들은 모르는 일이라며 부인했다. 기물을 보관했던 하급 관리들의 실수라며 얼버무렸다. 부정을 인정하지도 사태의 심각성을 인지하려 들지도 않았다. 겁을 잃은 태도였다. 오랫동안 결탁된 비리의 반복이었다. 조정 대신부터 지방 말단 관리에 이르기까지 깊숙이 팬 부패의 골이었다. 무관 시험만 그러했을까? 조정에서 이루어지는 모든 등용문에는 노론 정객들의 줄을 댄 인사들만 입성이 가능했다. 그 구조적인 틀이 완강했다. 임금의 심기가 오죽하면 뒤통수에 날아와 꽂히는 노론의 눈총을 의식하면서도 무관 시험에 정약용을 시험관으로 위촉했을까? 부패의 내막을 속속들이 알고 있는 임금의 더운 숨결이 약용의 귓바퀴를 물어뜯었다. 올곧은 백성들의 상소는 임금의 손에 이르지 못했다.

시험관들이 보는 앞에서 약용은 상소를 올리기 위해 지필묵을 찾았다. 시험장 안팎으로 살기가 등등했다. 그때 눈에 익은 군졸이 달려와 쪽지를 건넸다. 약용이 쪽지를 열었다. 채제공이라는 이름 석 자 아래 서명만 있을 뿐 백지 상태였다. 언제 어디서나 약용을 감싸는 남인의 수장 채제공이었다. 백지 편지는 자제하라는 암시일 터였다. 누군가 발 빠르게 시험장의 상황을 귀띔한 모양이었다. 약용은 자리를 털고 일어났다.

"다시는 이런 폐단이 있어서는 안 될 것이오."

정약용이 일보 양보했음에도 노론은 술렁거렸다.

*

규장각 초계문신들을 위한 강학 시간이었다.

임금은 개혁 정치의 첫 삽으로 창덕궁에 왕실 도서관인 규장각을 설치했다. 선왕들의 글이나 시문을 보관하는 공간으로서 규장각의 규모는 임금의 의지에 따라 크게 확장되었다. 사도세자의 폐위로 정통성에 직격탄을 맞은 임금이었다. 스스로 정통임을 알리고, 왕권을 취합하기 위한 구심점으로서의 규장각이었다. 임금은 취지를 분명하게 밝혔다.

"규장각이 의도하는 바는 문화국가로서의 우문지치(右文之治)와 인재를 양성하기 위한 작인지치(作人之治)로 집약할 수 있을 것이오."

창덕궁 후원에 들어서면 수줍은 여인처럼 부용지가 비스듬히 들어앉았고, 꽃을 피우기 전 연잎의 무성한 푸름이 물을 덮었다. 남쪽에 서 있는 부용정의 늠름한 자태는 잘생긴 선비처럼 빼어났다. 동쪽의 영화당과 춘당대를 양 날개에 거느린 북향의 규장각은 아래층이었고 이층엔 주합루 현판을 달았다.

자객이 설치던 경희궁에서 창덕궁으로 옮긴 임금은 규장각이 들어선 후원의 부용지를 하루가 멀다 하고 걸음하였다. 그날, 봄 아지랑이가 후원 자락에 몽환처럼 어른거렸다.

임금이 "좋다, 무릉도원이 따로 없구나" 중얼거리며 둘러보았다. 그때 한 그루 청정한 나무 기둥 하나가 임금의 눈으로 걸어 들어왔다. 잘못 보았는가, 잠을 설친 눈가에 안개막이라도 서렸는가 싶어 임금은 눈을 크게 열었다. 공중 높이 치솟은 푸름이 온통 부용지 언저리를 풀무질하고 있었다. 임금은 걸음을 멈추었다. 푸름의 장대한 솟구침이었다. 환시였는지 착각이었는지 그 자리에 우뚝 멈추었다. 옥색 두루마기에 갓을 눌러쓴 젊은 성균관 서생이 임금의 행차에 허리를 조아렸다.

임금은 규장각 안으로 들어가 어좌에 좌정했고 이어 들어간 성균관 태학생들이 임금 앞에 꿇어앉았다.

임금과 신하의 사이가 지척이었다.

"고개를 들라."

엎드린 유생들에게 내린 임금의 첫마디였다. 부드러웠으나 갈라진 목소리였다. 어느 순간 임금의 눈이 정약용의 얼굴에 고리처럼 걸렸다. 임금은 규장각으로 오르던 순간 몸을 홀치고 지나가던 기묘한 느낌을 떠올렸다. 스물두 살 미소년 티를 못 벗은 싱그러움에 눈길이 머물렀을까? 성균관에 입성한 말단 생원이었다. 임금이 가까이 와서 앉으라며 손짓했다. 송구하고 황송한 탯거리로 모두들 무릎걸음으로 다가앉았다. 임금이 오른쪽 끄트머리에 앉은 정약용에게 물었다.

"이름이 무엇이며 나이는 몇 살인가?"

정약용의 길고 가느스름한 눈빛이 반짝였다. 여느 신하들처럼 굽실거리지도 우물쭈물하지도 않았다. 당당하고 활기찼다.

"임오 생, 정약용이라 하옵니다."

순간 빗금 하나가 임금의 용안을 스쳤다. 짧은 순간이었다.

"임오 생이라 했는가?"

임오 생이라는 말을 듣는 순간 임금의 용안에 한줄기 심지가 타올랐다. 사도세자가 뒤주에 갇혀 울부짖던 목멘 소리가 임금의 언저리에 맴도는 듯했다. 약용은 임금의 얼굴을 바라볼 수가 없었다.

임오년 생, 어쩌다가 그해에 태어난 정약용. 언제 어디서 누구의 자식으로 태어남이 자의로 할 수 있는 일이던가.

임금은 초계문신들의 신상명세서를 낱낱이 기억하고 있었다. 약용에게 다시 말을 건넸다.

"부친이 정재원이라?"

임금은 부친의 함자를 기억하고 있었다. 약용의 가슴이 저릿했다. 입궁을 준비하던 약용에게 아버지 정재원이 입김처럼 불어넣어준 말이 있었다.

"외롭고 힘든 세월을 살아오신 임금이다. 본디 따뜻하고 자상한 성품이지만 그 가슴 안에 가시등걸을 품고 있는 분이지. '아! 과인은 사도세자의 아들이다.' 담담한 목소리였지만 말끝이 떨렸다 하더구나. 몇 십 년 동안 가슴속에 똬리 틀고 있던 원한이었겠지. 왕좌에 앉기까지 임금이 걸어온 길은 멀고 험난했다."

동궁의 즉위 문제를 둘러싸고 '죄인지자 불위군왕(罪人之子 不爲君王)'이라는 흉측한 여덟 글자가 조정 안팎에 회오리쳤다. 죄인 사도세자의 아들 이산은 임금으로 옹립할 수 없다는 노론의 억지였다.

약용이 설핏 스치는 눈길로 임금의 용안을 살폈다. 저 잔잔한 미소, 저 의연한 어깨 위에 얹힌 완강한 버팀의 의미는 무엇일까? 세손으로 살아야 했던 스물다섯 해 동안 하고 싶은 말, 도모했던 모든 것들을 참아내고 다져 눌렀을 어깨였다. 아버지 사도세자가 정신 질환을 앓았다는 당찮은 누명을 씻어내고 세자의 명예를 회복시켜야 한다는 일념의 무게가 실린 어깨였다. 어느 한날, 편안한 날이 있었을까. 어느 하루 속내를 꺼내어 눈 맞추며 교감할 상대가 있기나 했을까. 그래서 임금은 세속에 때묻지 않은 청정한 소나무 같은 약용에게 눈길이 멎었을 것이다.

시를 좋아하는 임금은 불쑥 성균관에 들르곤 했다. 즉위 칠 년, 서른두 살 임금의 용안은 창백했다. 불면의 그늘이 서린 엷은 눈시울에 실핏줄이 내비쳤다. 짙은 눈썹과 솟은 콧날, 지그시 다문 입매에는 한세상을 다 산 것 같은 담담함이 서렸다. 임금의 책임은 막중했다. 조정을 장악하고 있는 노론과의 대치는 불가피했지만, 등극 일성으로 내비친 탕평책을 시행하기 위해서는 화합과 타협이라는 현상을 유지해야 했다. 임금은 끓어오르는 심장의 파고를 다져 눌러야 했다.

*

임금은 다시 정약용을 찾았다. 약용은 여전히 성균관 태학생이었다. 정조 십일 년 삼월 반제에서 약용이 수석을 차지한 그날 밤, 임금이 약용을 성전각으로 불렀다. 촛불이 휘황했다. 평복을 입고 신하를 맞이하는 일은 드물었다. 임금은 약용에게 시권을 낭송해보라 했다.

약용이 학성군의 장수에 대한 시를 읊었다. 한 구절, 한 구절 낭송이 고비를 넘기면 임금의 지그시 감은 눈시울에 미소가 서렸다. 낭송이 끝나자 임금이 물었다.

"네가 그 사실을 어떻게 아느냐?"

약용이 아뢰었다.

"조보에서 보았습니다."

임금은 상을 내렸다. 『국조보감』 한 질과 백면지 일백 장이었다. 팔월 시험에서 고등을 차지한 약용이 다시 중희당에서 임금을 알현했다. 임금의 관자놀이에, 눈가에, 입술에 설핏 지나간 미소가 창호지 간살에 비친 야윈 그림자 같았다. 나직하고 여운이 긴 목소리로 약용아, 불렀다. 임금이 상으로 술을 내렸다. 큰 사발에 술이 남실거렸다.

약용이 몸을 웅성거렸다.

"황공하오나 술은 못하옵니다."

임금은 쩔쩔매는 신하의 모습을 장난스럽게 바라보다가 "마셔라. 과인이 상으로 내리는 술이 아닌가" 했다. 약용이 술 대접을 들고 눈을 질끈 감은 채 입으로 들이부었다.

임금이 소리 내어 웃었다.

"잘도 마시면서 엄살을 부렸단 말이냐?"

약용이 "엄살이 아니옵니다" 뒷걸음쳐 물러나가면서 머리를 조아렸다.

임금은 술을 못 이겨 비틀거리는 약용을 빈청에서 재우라며 내관에게 일렀다. 그 목소리가 버들가지처럼 휘어졌다. 약용이 한밤중, 목이 말라 눈을 떴을 때 어깨 위에 실린 부드러운 이물감에 소스라쳤다. 임금이 낮에 입었던 곤룡포였다. 불화로에 덴 듯이 사지가 오그라들었다. 약용은 부드러움이 담긴 손을 타지 않은 유년을 살았다. 온기로 토닥이던 손은 아홉 살에 여읜 모친과 함께 사라졌다. 새어머니나 큰형수의 자상한 보살핌이 없었다고는 못 했다. 하지만 속속들이 속살까지 배어드는 온기는 아니었을 것이다. 그래서 책 속에 더 파묻혔는지도 모른다. 그렇게 약용의 뿌리는 임금을 향해 뻗어나갔다. 충심이었는지 사심이었는지 사모의 순연한 뿌리였는지는 알지 못했다.

*

임금의 숙제는 늘 좀 과했다. 중용에 관한 질문 칠십여 개라니, 태학생 모두들 혀를 내밀거나 동공을 키웠다. 규장각 책 더미에 코를 박아야 했다. 한 달에 한 번인 과제보다 열흘에 한 번꼴로 보는 시험이 부담스럽지 않다면 거짓말이었다. 성적이 서열을 가름하는 기준이기에 게으름을 피울 수 없었다.

약용은 퇴청하는 길로 수표교 방향으로 발길을 돌렸다. 중용에 관해서, 임금의 입에서 그 말이 떨어지는 순간 약용은 하나의 이름을 떠올렸다. 광암 이벽이었다. 맏형 약현의 처남이었다. 벼슬을 마다하고 초야에 묻혀 책을 읽는 학자였다. 이벽은 형수의 기일이면 어김없이 마재로 건너왔다. 열여섯 살 섣달그믐, 천진암 강학에서 촛불을 켜놓고 유학 경전을 설파하던 이벽. 덩실한 덩치에 긴 수염발과 부리부리한 안광이 예사롭지 않았다. 그날 밤, 그 엄숙하고 숙연했던 촛불과 이벽의 나직하나 힘준 목소리가 하나되었던 순간의 감동을 약용은 잊지 못했다. 한 조각 기억이 아니라 살갗에 파고든 새김이었고 뼈에 파인 문양이었다.

이벽의 논리는 정연했다. 유교 사상과 기독교 사상을 결합하여 새로운 윤리 규범을 만들어야 한다는 이벽의 말에 약용이 앉음새를 고쳐 예를 올렸다.

중용에 대한 이벽의 논리는 그랬다. 중용이라, 이벽이 그 크고 우람한 몸체를 좌우로 흔들었다.

"중(中)은 양극의 합일점이고 용(庸)은 영원한 사용성이요, 지나치거나 모자람이 없는 상태가 아닐까 해요. 중은 객관적 대상 세계에 있고 용은 주관적 세계에 있음이지요. 변화하는 시대 상황에 맞게 주관과 객관이 분리되는 것이 아니라 일체적으로 결합되고 융화한다는 중용을 실천하는 것이 이 시대가 요구하는 철학입니다."

뒤늦게 합석한 중형 약전이 잔기침으로 말문을 열었다.

"공자께서 말씀하시기를 군자는 중용을 따르고 소인배는 중용에 반한다 하셨습니다. 오늘 사돈어른의 좋은 말씀 많은 가르침이 되었습니다."

기웃해진 해가 지붕 너머로 그림자를 던졌다. 일어나려는데 이벽이 다른 화제를 꺼냈다.

"두 분의 생각은 어떠신지요? 이황 대감의 이기이원론하고 이이 대감의 이기일원론에 대한 생각이 궁금하외다."

약용이 말을 받았다.

"중용의 이해는 실천에 있습니다. 그런 의미에서 이이 대감의 논지에 손을 들고 싶습니다. 이황 대감께서 부르짖는 성(誠)은 우주 만물의 원리입니다. 하늘과 땅, 자연과 사람이 따로가 아니라 하나라는 관점은 불변의 진리이긴 합니다만, 조선이 안고 있는 불합리한 계급제도나 빈부로 극대화된 상황은 순연한 도덕적 가치만으로는 해결되지 않습니다."

이벽이 결론을 내려놓았다.

"그렇습니다. 실천입니다. 이상을 추구하는 주관적 진리는 철학 유파들의 이상향일 뿐 이 각박한 현실과는 거리가 멀지요. 삶은 추상이 아니라 만져지고 느껴지고 맡아지는 것이 아니겠어요."

*

규장각 대청이었다. 임금은 높직한 용상이 아닌 보료방석에 앉았고 태학생들은 마루에 앉았다.

임금이 줄지어 앉은 태학생 가운데 앞자리에 앉은 약용을 지명했다.

정약용이 목소리를 골랐다. 써 가지고 온 원고를 보고 하는 말이 아니었다. 지그시 눈을 감고 포갠 두 손을 가지런히 놓은 채 명주 실 타래를 풀어내듯 말을 쏟아냈다.

"중용의 책문 일흔 가지를 한꺼번에 독식함은 중용에 어긋나는 일이라 여겨집니다. 그래서 소신은 중용의 도를 이루는 치중화(致

中和)의 방법에 대해서 요약해보겠습니다. 중화(中和)의 중용은 조화로운 감정의 조율이며, 시중(時中)의 중용은 어떻게 살아야 하는지에 대한 고민입니다. 신독(愼獨)의 중용은 군자의 마음가짐이며, 집중(執中)의 중용은 넘치거나 치우치지 않은 범위 안에서 판단하고 결정하는 태도를 기르는 것입니다. 다음으로 자신을 생각하는 마음으로 다른 사람의 처지를 헤아리고 용서할 줄 아는 충서(忠恕)의 중용과 어떤 상황에서든지 최고의 답을 가려낼 줄 아는 자득(自得)의 중용, 조그마한 것을 믿고 실천하는 지성(至誠)의 중용이 있습니다."

한소끔 숨길을 가다듬은 후 약용이 계속했다.

"기천(己千)의 중용은 남이 열 번 하면 나는 천 번을 하겠다는 마음으로 문제를 해결하는 태도입니다. 살아가는 동안 수많은 실패를 거듭하며 상처를 입기도 하지만 실패와 좌절에 넘어지지 않고 후회하지 않으며 굳은 의지로 삶을 유지하는 자세가 불회(不悔)의 중용입니다. 천지위언 만물육언(天地位焉 萬物育焉)이라 하듯이 중과 화를 지극히 하면 천지가 제자리를 편안하게 하고 만물을 잘 육성한다는 깊은 가르침에 고개를 숙입니다. 중용과 중화의 관계를 성정으로써 말하면 중화이고, 이의로써 말하면 중용이지만 그 실체는 같다는 말씀입니다. 하늘의 명을 받은 것을 성(性)이라 하고, 그 성을 따르는 것을 도(道)라 하며 도를 닦는 것을 교(敎)라 합니다. 도는 잠시도 떨어질 수 없는 것이라, 만약 떨어질 수 있다면 그것은 도가 아니라 하였습니다. 중은 양극의 합일점이기에 신중한 실행과 실천이 근본이라 하겠습니다."

약용이 말끝을 오므렸다. 주변의 눈치가 보여 더 이상 혼자만의 발언을 지속할 수 없었다.

고개를 끄덕이는 임금의 입이 귀에 걸렸다.

"써 온 쪽지도 안 보고 전부 머릿속에서 나온 말이더냐? 비상하구나."

임금이 약용의 긴 사설을 요약해주었다.

"결국 중용의 중심 가치는 상호성의(相互誠意)의 원리가 아니겠느냐. 동정과 배려하는 정성이 도덕의 중심 가치라는 말이겠거니. 극단에 치우침이 없어야 하고 좋고 나쁨에 가치를 지니지 말아야겠지. 소소한 일도 간과하지 말고 최선을 다해야 하고 세세한 것을 놓치지 말아야 하며 이 모든 일에 최선을 다하라는 가르침일 것이야."

일곱 명의 초계문신들이 돌아가면서 조사해 온 중용의 이치와 가치에 대한 발언을 했고 그것을 종합해서 임금이 결론을 내렸다.

*

남인인 이기경이 같은 계열의 남인 정약용을 고발했다. 죽란시사로 어울렸던 교우였다. 광암 이벽의 강론에 같이 참석해서 서책에 실린 서양 과학을 논하기도 했었다.

약용이 책을 보면서 말했다.

"히브리의 지혜는 지식을 쌓아 과학기술로 발전하여 실용적인 지식 기술을 생활에 접목하는 것입니다. 동양의 지혜는 통합적이고 연역적인 방법으로 지혜를 축적하여 우주적 공동체 속에서 중용을 중요한 덕목으로 키우려는 것입니다."

그때 이기경이 말을 받았다.

"서양의 것과 동양의 것이 근원적으로 같은 맥락을 유지하고 있다는 말씀 아닌지요?"

경청과 발언의 자세가 고즈넉했다. 그 나직한 귀 기울임이 수용이라 생각했던 약용의 생각은 착각이었고, 그땐 그런 기척을 알지 못했다.

약용이 계속했다.

"히브리의 지혜는 옷을 만드는 기술, 집을 짓는 기술, 철을 다루는 기술, 항해술, 법적인 판단력, 이런 실용적인 지식 전문적인 기술을 서술하고 있습니다. 성경의 지혜는 나 자신을 알게 하는 품성과 세상을 알게 하는 지성을 선물로 약속하는데, 이는 모두 천주를 알게 하는 영성이라 합니다."

마지막 말이 단서가 되었던가. 이기경의 고발은 갑작스러웠고 도발적이었다. 이기경은 서학이 문둥병인 양 진저리를 치며, 약용을 체제를 거부하는 역적 패거리로 몰아붙였다.

화성을 적시는 비

오랏줄에 묶인 채 타박타박 걸었다. 태백 준령을 타고 넘어온 북서풍이었다. 멀리 산성의 나부끼는 깃발이 진눈깨비를 견뎌내고 있었다. 어느 한날, 임금이 서 있던 자리였다. 그런 날들이, 너무 멀어서 확실하지는 않았다. 장용영 깃발이 아닌 것만은 확실했다. 뜨거운 것이 약용의 목울대를 넘었다.

약용이 과천을 지나 수원 들목에서 군졸에게 청을 넣었다.

"선왕의 묘소에 참배를 하고 싶은데 잠시 기다려주면 안 되겠소."

나이든 군졸이 박장대소를 물고 씨부렁거렸다.

"나들이 가는 길도 아니고, 죄인의 몸으로 선왕의 묘소를 더럽혀서도 안 되오. 잡생각 안 하고 부지런히 걸어도 화성 접고 평택에 당도하려면 한밤중일 거요."

약용이 목줄이 꺾이도록 뒤돌아보았다.

"화성에 새 도읍을 건설할 계획이다. 과인이 만든 성곽의 기초 설계다. 한번 보겠느냐?" 임금의 설계에는 규모와 형식을 갖춘 대체적인 윤곽이 제시돼 있었다. 사도세자의 현륭원이 있는 화성은 임금에게 묘역 이상의 의미를 지닌 공간이었다. 한양이 노론의 서울이라면 새로 건설할 화성은 임금의 백성과 개혁 정치를 위한 새로운 도읍지라야 했다. 당파정치를 근절하고 강력한 왕도정치의 실현을 위한 새로운 터전의 설계였다.

*

임금의 목소리에 녹이 슬어 걱실거렸다.

"과인은 변화에 부응하고 백성을 위한 공평의 정치로 화성에서 새롭게 시작하려 하오."

임금은 화성 축성 공사를 미룰 수 없었고 되돌릴 수 없었다. 새로운 왕국의 권위를 강화하고 당쟁의 도구로 희생된 아버지 사도세자의 명예를 추숭하여 만백성에게 효의 모범을 보여야 했다. 화성은 정신의 가치를 으뜸으로 떠받드는 유교의 실천 도장이기도 했다.

임금이 한 기초 설계에 약용이 세부를 첨부하는 작업이었다. 어찰에 담긴 사연이 그랬다.

성곽의 규모나 배치도는 과인이 십 년을 두고 그리고 지우고 매만진 기초 설계다.

내관이 들고 온 참고 서적이 한아름이었다. 중국의 윤경이 집필한 『보약(堡約)』에 유성룡의 『성설(城設)』이었다.

창경궁은 사도세자의 신음 소리로 앓고 있는 궁궐이었다. 달이 없는 밤이나 비 오는 저문 날이면 궁궐 으슥한 골마다 목 안에 가둔 신음 소리가 기왓장을 들썩였다. 환청인가? 임금은 귀에 솜방망이를 틀어막았다. 잠을 설친 아침마다 축축하게 감기는 음기를 더 이상 감당할 수 없었다.

*

약용이 설계의 세부를 완성했다. 임금의 의지가 축성의 구석구석 채워지고 넘쳤다. 명군의 안목과 식견은 한 시대를 앞질러 멀리 내다보고 있었다. 임금은 넘볼 수 없는 천재였다. 그래서 더더욱 존경하고 흠모했을 것이다. 정약용에게 임금은 스승이었고 선각자였고 어버이와 같은 존재였다.

어느 읍성보다 크고 높게 지어야 하고 성벽 둘레로 수로(해자)를 만들어 적의 공격이 있을 때 방어와 미적인 경관을 염두에 두어야 할 것이야. 공의 기지와 능력을 최대한 발휘해보라.

편지의 말미에 한마디를 덧붙였다. 임금의 간곡한 심중이 짧은 문장 속에 배어 있었다.

약용이 축성 방안을 여덟 가지로 마무리지었다. 서쪽 팔달산 정상에서부터 동쪽의 낮은 구릉을 잇는 긴 성벽은 시가지를 둘러쌌다. 그 모양이 완만한 환을 그렸다.

축성 공사를 위해 약용이 고안해낸 기구들의 쓰임새가 공사 기간을 대폭 줄이는 데 기여했다. 거중기의 도르래가 그랬고 유형거의 짐수레, 소 네 마리가 끄는 커다란 수레, 열 마리가 끄는 대자 수레, 소형 수레 등등, 맨땅에 막대기를 깔고 그 위로 돌이 굴러내리게 만든 구판, 바닥이 활처럼 굽어 있는 수레(설마), 중국의 기술을 참조했지만 조선의 실정에 맞는 독자적인 개발로 그 쓰임이 유효했다.

정약용의 거중기는 한 시대를 뛰어넘는 도약의 발판이었다. 마침내 조선에서도 문명의 이기를 실용으로 그 쓰임새를 확장하기에 이르렀다. 단언컨대 이는 문화 혁명의 차원이었다.

약용은 선배 학자들, 유성룡의 『성설』과 실학의 선구자인 유형원의 견해와 방식을 참조해서 설계했다. 도르래의 성능을 극한까지 끌어올리기 위해 위아래로 네 개씩의 밧줄을 연결, 좌우에 선 사람이 녹로의 손잡이를 돌리면 여덟 가닥의 밧줄이 무거운 물건을 가뜬하게 들어올렸다. 정한문과 팔달문 지붕 위 이층에 다포식 건물을 설계했고 축성에 필요한 자재들까지 일일이 기록했다.

약용의 성설을 접한 임금의 입이 딱 벌어졌다.

"내 어찌 이런 천재를 멀리 두고 있었던가. 하늘이 내린 인재로다."

감격과 탄식을 버무려 중얼거렸다.

1794년 정조 즉위 십칠 년 정월에 시작한 축성 공사는 이 년 말미로 1796년 구월까지 완공되었다. 가뭄과 흉년으로 공사를 중지해야 했던 여섯 달을 빼면 정작 공사 기간은 이십팔 개월. 가공할 속도감이었다.

백성들을 부역시키지 아니한다는 약용의 경제론은 임금의 개혁 의지와 상통하는 부분이었다. 획기적인 발상이었다.

임금은 무릎을 쳤다.

"하늘이 과인을 도왔도다. 약용이 짐의 숙원을 풀었으니, 반드시 크게 쓰리라."

임금의 화성 축성에는 그럴 만한 필연과 당위가 있었다. 붕당정치로 갈기갈기 찢기고 때 묻은 왕궁에 임금은 진저리가 났다. 살아생전 가까이 다가가지 못한 아버지 사도세자를 모신 화성 현륭원이었다. 화성이라는 지명답게 꽃과 나무를 심었다.

*

병조참의 정약용은 잠들지 못했다. 꽃비가 적시고 간 이월의 행궁은 춥고 스산했다. 평소 유수부 관청으로 사용하다가 왕이 현륭원 참배를 할 때는 행궁 전체가 궁중 식솔로 채워졌다. 궁녀들과 병졸들의 숙소인 득중정은 행궁 전체를 보듬는 위치에 있어 유사시에 대비해 기동력을 발휘할 수 있게 했다.

임금의 처소인 장락당은 어머니 혜경궁이 든 봉수당과 차양 모서리가 연결된 채 행궁의 중앙에 자리했다. 한밤이 이울자 횃불의 광휘가 비 묻은 구름을 내몰았다.

임금이 연 화성 회갑 잔치의 근본 의도는 아버지 사도세자의 존호를 격상시키고 명예를 회복하는 일이었다. 사도세자나 혜경궁은 왕의 지위가 아닌 세자의 위치였기에 존호를 올릴 때 옥책이 아닌 죽책문이라야 마땅하다는 논리였다. 그 내용으로도 난상 토론이 이어졌다.

임금은 사도세자와 혜경궁의 존호 문제를 담당할 상호도감을 제정하고 그 책임자에 채제공을, 도청랑에 정약용을 임명하였다.

사도세자의 존호 문제로 장시간 옥신각신했다. 신근봉을 쓰느냐 마느냐, 옥책을 쓰느냐 죽책을 쓰느냐에 대한 탁상공론이었다. 상호도감 도청랑의 신분으로 정약용이 논쟁에 깊숙이 관여했다. 모두들 딴지를 부렸다. 상호도감 토론장은 거품처럼 끓어올랐다.

대제학 서유신이 쓴 옥책문에는 금등지사(노론이 왕권을 모욕해 사도세자를 죽게 했다는 내용이 쓰인 비밀 문서)가 언급되지 않았다. 약용은 마음이 쓰렸다. 임금이 어떤 마음으로 이 거대한 사업을 펼치는지 너무나 잘 알고 있는 약용이었다. 그냥 넘길 수 없었다. 약용이 그들의 흉심에 칼을 찔렀다. 그의 발언은 결연했다.

"서유신 대신께서 쓰신 옥책문에는 금등지사를 언급하지 않았습니다. 그것은 임금의 의중을 묵살하는 일이기에, 부득불 개찬하여 군부에 근심을 끼침이 없어야 합니다."

채제공의 기름한 눈꼬리가 약용을 향해 흰자위를 굴렸다. 넌 좀 나대지 마라, 수습은 내가 해야 하느니라, 질책의 눈빛이었다. 아무도 입을 열지 않았다. 약용의 제안은 침묵으로 무산될 위기에 처했다. 약용은 다소곳이 읊조리는 몸짓이었지만 입을 열었다.

"신근봉을 쓰는 것이 옳습니다. 지금 우리 제신이 주상의 명을 받들어 이 옥책 등물을 만들어 대전께 올리면 주상은 스스로 그 효성으로 대전께 바치는 것이니 지금 우리가 어떻게 대전께 신이라 쓰지 않을 수가 있겠습니까?"

채제공이 밭은기침으로 분위기를 골랐다. 정약용을 보고 말했다.

"신이라 쓰느냐 쓰지 않느냐 하는 것은 관계됨이 매우 큽니다. 추숭하는 의의에 혐오스러운 바가 있기에 말합니다. 내가 처음 그대의 말을 듣고 크게 놀랐는데, 그 경위를 해석하는 말을 듣게 되어서야 개운해졌소."

눌변에 투박한 어투였지만 채제공의 말에는 어떤 권위가 실려 좌중을 압도했다.

토론과 설득이 필요한 상황이었고 정약용의 대처는 매끄러웠다. 거부할 수 없는 발언이었다. 채제공의 얼굴에 미소가 어렸다.

*

　귀경 후 노론의 여론 몰이가 심상치 않았다. 독 묻은 노론의 활촉이 약용의 심장을 겨냥하고 있었다. 정약용은 노론 사이에서 화태(재앙)로 불렸다. 임금을 현혹시키는 미사여구와 경박한 서구 학문의 정보로 어전을 오염시킨 장본이라, 저주와 악의를 숨기지 않았다. 약용은 언제까지나 임금의 비호를 등에 업고 외줄타기를 할 수 없었다. 정약용을 타도하라는 구호는 당사자의 소모전으로 마감될 사안이 아니었다. 스승으로 어버이로 깊고 소슬한 존엄으로 가슴에 품은 그분에 대한 불손이었고 손상이 아니라고 할 수 있을까.

　임금은 고심 끝에 정약용을 금정 찰방으로 좌천시켰다. 일곱 품계 낙하한 한직이었다. 우부승지에서 찰방으로, 정약용을 곤룡포에 보듬고 있다는 노론의 오해를 불식시키려는 의도가 전혀 없다고 할 수 있을까? 약용은 임금의 그런 처사를 원망하지 않았다. 충청도 충주를 중심으로 사학이 들불처럼 번지고 있었다. 천주교도를 엄히 다스려 사학의 혐의를 벗어던지라는 임금의 안타까운 배려였다.

　임금은 정약용의 천주교 혐의를 지워줄 필요를 느꼈다. 약용이 임금의 의중을 간파했다.

　충청도 예산 출신의 천주교 핵심 인물인 이존창이 잡혔다. 내포의 사도라는 별칭으로 불릴 만큼 종교적인 영향력이 지대한 이존창이었다. 약용은 눈을 질끈 감았다. 줄기차게 붙어다니는 천주교도라는 꼬리표를 떼고 싶었다. 임금이 이를 칭찬하며 큰 벼슬을 하사하려 하자 약용이 사양했다. 이존창의 목숨을 담보로 벼슬의 층계를 오르고 싶지 않다는 상소를 올렸다. 그의 상소는 간절함이 깃든 거부였다. 임금도 어쩌지 못했다.

*

노론의 수장 심환지의 사랑방에는 정약용의 홍문관 입성에 대한 우려로 들끓었다.

"심 대감, 보고만 계실 겁니까? 정약용이 도당회권에 들었답니다. 국정에 참여할 수 있는 조정의 문턱을 넘었는데 방관하고 있을 처지가 아닙니다."

서용보의 과장된 달변이 주변을 달구었다. 목만중이 거들었다.

"조정 안팎으로 남인들의 기세가 우후죽순으로 일어나고 있는데, 임금은 탕평책의 일환이라며 입도 뻥끗 못하게 하고, 예삿일이 아닌 듯합니다."

정조 십육 년 봄, 약용은 홍문관록에 입성이 가능한 첫 시험을 통과했다. 연이어 이차 관문인 도당회권에 들었고, 그것은 홍문관이라는 국정에 참여할 수 있는 최종 검증 과정이었다. 임금의 측근으로 정책에 일고를 보탤 수 있는 위치이기에 노론의 심기를 건드렸음에 틀림없었다.

임금은 대과에서 낙방한 약용을 조정에 들일 수 없었다. 남인의 젊은 선비 정약용에게 장원급제라는 훈장을 성큼 내줄 노론이 아니었다. 과거의 시험관들이나 당락을 결정하는 채점자들은 하나같이 노론의 벼슬아치들이었다.

임금의 현륭원 행차를 위해 도강 배다리 공사를 성사시킨 정약용을 임금이 신뢰의 보자기로 싸안고 있었다. 눈엣가시였던 정약용이 일약 고래뼈 같은 왕 가시가 되어 노론을 압박했다.

임금은 정약용을 예문관에 들여 곁에 두고 싶어 했다. 개혁적인 의식과 이론을 겸비한 젊은 선비의 지혜와 지모가 필요했다. 불가하다는 노론의 상소가 빗발쳤지만 임금은 개의치 않았다. 임금이 우상 채제공에게 약용을 한림회권 응시생으로 추천하라고 일렀다. 그 과정을 거쳐야만 조정에 들일 수 있었다.

추천장을 접수한 대간이 정약용의 예문관 추천서가 법을 어겼다며 탄핵했다. 입질에 오르내린 약용은 한림소시를 사양하고 물러났다. 임금은 진노했다. 대간의 한마디에 의지를 굽힌 정약용의 나약한 대처를 엄하게 다스렸다. 반드시 입궐해서 시험을 보라는 어명이었다. 약용의 우수한 시험 답안지에 노론이 티를 발라내고 흠집을 만들었다. 임금의 대응도 만만찮았다. 임금이 몸소 채점을 했고 당연히 정약용이 뽑혔다.

약용은 물러나야 했다. 임금의 입장을 난처하게 할 수는 없었다. 약용이 걸어가는 발치에 죽창이 날아들었다. 주저앉은 정약용을 임금이 불렀다. 약용은 조정에 나가지 않았다. 불편한 기척을 잠재우려는 항명이었다. 해미로 귀양 보내는 임금이나 귀양 가는 약용이나 서로의 속내를 가슴에 담아두었다.

*

정약용이 해미로 유배길에 올랐다. 임금의 자구책은 아니었을까.

임오 생, 약용이 그해 비명횡사한 사도세자를 만난 것은 운명이었을까? 십여 일의 해미 귀양살이에서 풀려나오던 길이었다. 옴이 올라 긁어서 덧난 피부가 발갰다. 귀경길에 온양 온천에 들렀다. 가려움증 때문에 걸음이 더뎠다. 그때 약용의 눈에 퇴락한 조그마한 단이 보였다. 오래 손보지 않아 기와는 깨지고 옆구리에 서 있는 홰나무에는 덩굴이 감겨 보기 흉했다. 왜 발길이 당겼을까? 약용이 지나가는 촌로를 불러세웠다.

"누구의 단인데 이리 망가졌는지 그 연유를 아시는지요?"

탕건을 쓰고 마고자 바람에 곰방대를 든 것으로 보아 근처에 사는 중인의 차림새였다.

촌로의 얼굴이 잔뜩 구겨졌다.

"저기 좀 보세요. 개나 고양이나 온갖 날짐승들이 똥오줌을 질러대서 냄새는 고약하고 밤에 지나가려면 등골이 섬뜩해요. 왕자 귀신이 출몰한다는 소문이 나돌기도 하고. 밤에는 무서워서 길을 에둘러 간다니까요."

약용은 궁금증을 그냥 지나치지 못하는 성품이었다.

"하필 왕자 귀신인가요? 그 사연이 좀 궁금하외다."

입이 궁금했던 촌로는 말벗을 만나 신명이 나 보였다.

"동궁(사도세자)께서 여기 온천에 보름 동안 머무시면서 활을 쏘고 마을의 노인들을 불러 술과 밥을 베풀었지요. 벼슬 못 한 가난한 선비들을 불러서 글쓰기와 시 짓기도 하셨고 잘 지은 선비에게는 술을 내렸었답니다. 그뿐이던가요. 동궁을 호위하던 군마가 수박밭에 들어가 망쳐놓았는데, 동궁께서 수박 값을 후하게 물어주시고 깨진 수박은 군졸들에게 먹였지요. 그때 동궁께서 손수 홰나무를 심고 단을 만드셨지요."

약용은 그런 경우를 허투루 접하지 않았다. 어떤 위치에 있든 백성의 육성을 들을 수 있는 기회였다.

주막집 평상에 마주 앉았다. 노인이 탁주 사발을 들이켜고 소매로 입을 훔치면서 기염을 토했다.

"정신 질환이 있어 좌충우돌하신다고 들었는데 그게 모두 중상모략하는 간신들의 이간질이었던 거요. 내가 보기에는 제왕의 재목이더이다. 한 가지를 보면 열 가지를 짐작할 수 있어요. 재물 없고 땅마지기도 없는 백수 선비들을 불러 토닥이며 서연을 열어 공부하라는 다정한 매질을 해주셨습니다. 그 인자함이 이 바닥 온천물보다 뜨거웠으니까요."

노인이 했던 말을 곱씹었다.

뜻밖의 말이었다. 정신병자로 낙인찍힌 사도세자의 다른 모습이었다. 노인이 손가락으로 가리키는 곳에 홰나무 한 그루가 덩그러니 서 있었다. 노인이 말했다.

"동궁께서 손수 심은 홰나무입니다. 홰나무 둘레에 단을 쌓았는데, 아무도 돌보지 않아 이 지경으로 황폐해졌습니다."

약용이 관아에 고해 단을 보수하고 잡초를 제거하고 주변을 정비했다. 이 소식을 접한 임금은 아침 수라에서 먹은 생선을 토했다. 온종일 물 한 모금 입에 넣지 않았다. 빈속에서 비린내가 진동했다. 주린 아픔이, 붉은 원한이 임금의 육신을 쥐어짰다. 임금이 손을 들어 허공을 어루더듬었다.

*

노론의 개라고 이르는 조화진이 역모를 고하는 상변(上變)이라는 극단적인 방법으로 정약용을 무고했다.

이가환, 정약용 등이 음험하게 천주교를 주장하며 궤도에서 벗어난 짓을 꾸미고 있으며 그 사악한 무리들이 천지를 어지럽힙니다.

가시 돋친 상소가 강녕전 어좌를 흔들었다. 비수보다 섬뜩했다.

"사학이 조선 천지를 오염시키고 있습니다. 그 한가운데 정약용이 우뚝 자리하고 있는데, 머지않아 비단 보자기에 싸인 비수가 세상을 난도질할 것입니다."

임금이 어탁을 내리쳤다.

"그 입을 닥치지 못하겠느냐?"

동부승지를 사양하는 정약용의 상소문은 양심선언이었다. 아직은 때가 아니었다. 지난해 천주교 혐의를 받고 있는 이존창을 체포

했지만 노론 벽파가 약용에게 거는 천주교도라는 의구심을 불식시키기에는 역부족이었다. 약용의 의도는 그랬다. 천주교 관계의 전말을 고백한 상소문을 올렸다. 상소문은 임금에게 고하는 것이었으나 결과적으로는 자신의 양심에 호소하는 피의 언어였다.

엎드려 생각하건대, 신이 나라의 두터운 은혜를 입은 것이 하늘처럼 끝이 없으니, 어떻게 모두 진술할 수 있겠습니까. 엄격한 스승과 같이 가르치시어 그 기질을 변화시키고, 자애로운 아버지같이 기르시어 그 성명을 보전해주셨습니다. 신이 돌아보건대, 누가 이런 성은을 받겠습니까. 신은 본래 초야에 묻힌 한미한 사람으로 부형의 음덕이나 사우의 도움도 없었는데, 다만 우리 전하께서 양육해주시는 공에 힘입어 어린 몸이 장성하게 되고 천한 신분이 귀하게 되었습니다.

(……)

신이 천주교 책을 본 것은 대개 약관 초기로 이 무렵 일종의 풍조가 있어 천문의 역상가와 농정의 수리기와 측량의 추험법을 능히 말하는 자가 있으면, 세속에서 이를 가리켜 해박하다고 했는데, 신은 그때 어렸으므로 그윽이 혼자서 이것을 사모했습니다.

(……)

약용이 한때 천주교를 받아들인 이유를 천문, 농경, 측량 등에 대한 서양 과학기술을 받아들이기 위한 것이라 솔직하게 고백했다. 사실 천주교는 새로운 교리 체계를 가진 종교라기보다 유학의 한 별파로서 받아들였다. 유학의 보유론을 바탕에 유지한 채 받아들인 신학문인 셈이었다.

약용이 상소에서 확실하게 밝혔다.

신의 경우 당초에 서학에 물든 자취는 아이의 장난과 같았는데 지식이 자라자 문득 적수로 여기고 분명히 알게 되어서는 더욱 엄하게 배척하였고, 이미 늦게나마 깨우치고 헤치고 보아도 진실로 가린 것이 없고 구곡간장을 더듬어 보아도 진실로 남은 찌꺼기가 없는데, 위로는 군부에게 의심받고 아래로는 당세에 견책을 당하였으니 입신을 한번 잘못함으로써 만사가 와해되었습니다.

약용이 자명소를 올리고 조정에서 물러났다. 정조가 붕어하기 몇 개월 전이었다. 행과 불행은 운명의 씨줄과 날줄이 되어 사람의 의지와는 무관하게 직진 보행을 가로막았다. 약용의 여유당 칩거와 정조의 붕어와 사학 엄금이라는 거대한 파고가 한 시대의 방점을 찍었다.

*

재위 이십사 년, 짧은 세월은 아니었지만 시간의 마디마다 파인 홈이 임금의 발길을 휘청거리게 했다. 발부리에 매달린 수천 수

만의 족쇄에는 개인적인 원한도 있겠지만, 굶주리고 소외된 백성에 대한 염려와 연민이 임금의 심장에 구덩이를 팠을 것이다. 약용은 알고 있었다. 임금의 더운 숨결에 탄식이 배어 나왔다. "나의 가여운 백성들, 배불리 먹이고 따스하게 입히고, 근심 없이 살게 해야 해. 약용아! 너의 그 영민한 지혜로 궁리를 해보거라." 거듭 되뇌던 말, 나의 가여운 백성들…… 어찌 그 가여운 백성들을 두고 가려 하시는지요?

병이 깊어 알현을 거부당했던 그날, 약용이 창덕궁을 등지고 돌아섰다. 나귀를 이끄는 종자를 먼저 보내고 걸었다. 회현동까지 먼 길은 아니었다. 살림살이와 이불 봇짐은 마차에 실어 마재로 보냈기에 텅 비어 있을 집이었다.

맥맥이 흐르는 그리움이 비수처럼 가슴을 벴다. 만남과 헤어짐이 운명인지는 몰라도 그 한순간의 만남이 한 선비의 인생을 바꾸었다. 흐르지 못하고 고인 이 멍울의 정체는 무엇일까? 약용은 불시에 깨달았다. 가슴에 손을 놓고 가만히 토닥였다. 그것이었다. 가장 내밀한 거기에 숨겨진 그리움, 그것은 손 닿을 수 없이 먼 존엄이었다.

우두커니 서 있는 사람

저물녘이었다. 약용이 낯선 길모퉁이에 우두커니 서 있었다. 허술하게 지른 포승이 갑자기 육중한 쇠스랑이 되어 몸을 죄어왔다. 개미 새끼 한 마리도 얼씬거리지 않았다. 그 농밀한 고요가 천주학쟁이 유배 죄인을 가파르게 후려쳤다.

마재에서 강진까지 내내 동행했던 포졸들은 삽시간에 사라졌다. 소금기 묻은 갯바람이 살 속을 파고들었다. 망건만 지른 상투머리가 바람 갈퀴에 흐트러졌다. 강진 바닥에 오롯이 내팽개쳐졌다. 약용은 사방을 돌아보았다. 싸리 울타리 틈새로 굼실거리는 움직임이 심상치 않았다. 누렁이 한 마리가 슬그머니 다가오더니 코를 킁킁댔다. 내버려둬도 괜찮을 인종인지 아닌지 감별하는 염탐꾼으로는 보이지 않았다. 개는 네 다리를 쭉 뻗고 땅바닥에 누워 마른 코를 벌렁거렸다. 약용이 참았던 숨을 들이마셨다.

자우룩 지펴지는 솔향기, 솔가지 태우는 냄새였다. 코끝이 알싸했다. 굴뚝에서 토해낸 저물녘 이내가 마을 지붕 위로 아스라이 번졌다. 약용은 잠시 눈을 감고 코에 스미는 푸른빛 연기를 들이마셨다. 죄인이라는 자신의 현존의 위치마저도 연기와 함께 하늘 어딘가로 수직 상승해버렸다. 연기는 청정하고 푸르렀다. 소나무는 더이상 매년 닥치는 풍수해를 버텨내지 못할 것이었다. 밥을 짓고 군불을 때고 집을 짓기 위해 죄 없는 소나무는 잘려나갔고 뿌리채 뽑혔다.

임금이 말했다.

"대안이 있으면 말해보거라."

약용이 아뢰었다.

"벌채한 만큼 소나무를 심도록 하는 법제와 빈 땅이나 집 텃밭에 나무 심기를 권장하고 실적이 좋은 백성에게 세액을 탕감해주는 법제를 만드는 방법이 있지 않을까 사료됩니다."

정약용이 제의한 소나무 벌채에 따르는 법안은 노론 벽파들의 코웃음으로 지지부진, 반대를 위한 반대에 걸려 시행이 더뎠다. 하지만 임금의 간절한 설득이 강산을 버무렸다.

나무가 울창하면 풍수해를 막을 수 있고 야생의 생명들을 기를 수 있으며 그 또한 백성들 삶의 터전으로 풍요롭지 않겠는가?

즉위 십삼 년 양주 배봉산 물구덩이에 방치되었던 사도세자의 능을 수원도호부 화성으로 이장하면서 임금은 식목 정책에 박차를 가했다. 현륭원 일대는 물론 팔달산 자락에 세운 행궁 언저리에도 나무를 심었다. 이용후생적 차원에서 닥나무와 뽕나무, 옻나무, 대나무를 백성들에게 권장했고 유실수를 심으라는 권고도 미루지 않았다. 광주와 과천, 시흥, 용인, 안산, 남양에까지 묘목을 나누어주고 나무 심기를 독려했다. 임금의 식목 정책으로 일천 그루 이상의 나무들이 수천만 개의 푸른 우산을 펼친 듯 장관을 이루었다.

그 임금의 묘지에 아직 흙살이 마르지도 않았는데, 천만리 내쫓긴 선왕의 신하는 갓 벗겨진 맨머리로 솔가지 태우는 연기 속에 우두커니 서 있었다.

열한 살 순조의 수렴청정으로 등극한 대왕대비 정순왕후의 사학 엄금 하교가 피바람을 일으켰다. 피도 살도 섞이지 않은 순조였다. 어린 왕의 머리 위에 앉은 정순왕후의 첫 하교가 천주교 탄압이었다. 천주교 신자를 체제를 부정하는 역도로 몰아붙였다.

누렁이가 떠난 자리에 실팍한 어둠 자락이 한기를 몰아왔다. 약용은 허기지고 목이 탔다. 어디서 출몰했는지 보이지 않던 사람들이 지나가면서 그를 흘끗거렸다. 기피하는 눈길이었다. 그의 천길 행색은 남루했다. 그래도 곧은 등뼈에 반듯한 약용의 품새는 선비다움을 거느렸다. 그의 온유한 시선에서 건네지는 의젓함이 함부로 할 수 없는 귀티를 품었다. 누군가는 약용의 가늘고 섬세한 눈을 두고 눈꼬리에 이슬을 달았다며 변죽을 울렸다. 그 이슬의 정체가 어떤 때는 날선 비늘이 되고 어떤 때는 한줄기 미소가 되어 사람의 마음을 포근하게 감쌌다고 했다. 약용은 칭찬인지 아닌지 가리지 않았다. 다만 감정을 담아내지 않으려는 노력에도 불구하고 얇은 눈가의 살점이 자신도 모르는 사이 떨리기도, 펴지기도 했으니까. 누군가 지나가면서 속살거렸다.

"글이 높다더니만 목심이 그리 빳빳하진 않구먼."

같이 가던 사람이 한 삽을 퍼 올렸다.

"그려, 벼슬아치 해먹었다던데, 거죽은 안 그래 뵈네."

먼저 입질한 사내가 "에끼 이 사람, 뭔 말이여? 천주학쟁이들이 착하다던데⋯⋯" 하던 차에 "저기 선비요" 하는 목소리가 그의 귀청을 싸잡았다. 분명히 자신에게 거는 수작이었다. 머리에 흰 무명 수건을 지른 조그마한 할머니였다.

"보소, 이리 와서 국밥 한 그릇 들고 가시요이."

그 말이 정말이오? 묻는 얼굴로 약용이 할미를 쳐다보았다. 주막집 할미가 무명 앞치마에 손을 닦으면서 대나무 평상을 가리켰다.

"글 읽은 사람은 무지렁이들하고 달러."

할미가 혼자서 구시렁거렸다. 텅 비어 있던 골목길에 눈이 숨어 있었던가. 우거지된장국밥 한 수저를 입에 넣는 순간 픽 하고 무언가 날아와 밥상을 뒤집었다.

"천주학쟁이 물러가라."

떼거리로 몰려와 소리쳤다. 몸을 가릴 만한 것이 아무것도 없었다. 자잘한 돌멩이들이 등때기를 치고 떨어졌다. 위협적인 가격은 아니었다. 겁을 주려는 지역민들의 거부감일 것이다. 돌멩이는 계속 날아왔다. 두 팔을 벌린 할미가 평상 앞을 막아섰다.

"그만들 하소, 제발."

손사래 치는 할미를 비켜간 돌덩이가 장독대 위로 굴러갔다. 퍼석, 깨지는 소리. 된장독 위로 날아간 돌이 옹기를 박살냈다.

"하이고, 우쩌란 말인고? 일 년 된장 농사 망친기라."

바닥에 퍼질러 앉아 통곡하는 할미를 위로할 겨를도 없었다. 자잘한 돌멩이가 할미의 등짝을 후려치고 나가떨어졌고 노인은 맥없이 널브러졌다. 약용은 자리를 털고 일어났다. 어둠 속에서 굼실거리는 누군가를 향해 나직이 외쳤다.

"나를 치시오. 이 할미가 무슨 죄가 있어 돌을 던집니까?"

낮은 싸리 울타리 위로 돌멩이 든 팔목이 넘실거렸다. 그때, 싸리 빗자루 든 손이 약용의 앞을 가로막았다.

"그만들 하시오. 죄가 있으면 관아에서 처벌할 것이오. 주막집 된장독을 깨쳤으니 돌 던진 사람이 물어줘야 할 기요."

말의 내용하고는 달리 울림이 얄팍한 목소리였다. 싸리 빗자루가 학춤을 추듯이 어둠 서린 허공을 휘둘렀다. 한순간이었다. 짙은 어스름이 검정 두루마기를 빨아들였다. 살필 겨를도 없이 날아온 돌멩이가 오지게 그의 등짝을 치고 나가떨어졌다. 누군가의 손이 그의 등을 내리눌렀다.

"몸을 낮춰야 합니다."

돌멩이가 등을 스치고 지나갔다.

"그만들 하세요. 일당 받으러 관아에 가셔야지요."

무슨 말인지 알 만했다. 그러려니 생각했다. 관아의 사주를 받고 온 일당들이었다. 이윽고 소요는 잦아들었다.

*

기묘한 정적이 주막 언저리를 내리눌렀다. 그때 그 난장판 속으로 오롯한 나무 한 그루가 걸어오고 있었다. 누런 광목 치마저고리에 검정 앞치마를 둘렀고 옆구리에 대나무 소쿠리를 끼고 있었다. 어슷하니 돌아선 풍경이 수묵화 속 여인 같았다. 낭자머리를 질렀지만 가늘고 휘어진 선이 박명 속에서 부드럽게 움직였다. 광목 치마의 부축을 받고 방문턱을 넘어가던 할미가 "진솔아, 뒷방에 군불을 좀 넣어야 할 기라. 상이, 이놈의 자식이 아직 안 왔어. 혼쭐을 안겨야 혀" 목소리가 빈지문 턱에 걸려 툭 잘렸다.

진솔이? 광목 치마 입은 여인의 이름이려니. 그 어름에서 약용이 상관없는 여인의 이름을 되작였다.

열린 빈지문 안은 컴컴했다. 광목 치마가 정지를 넘나들더니 방 안에 등잔불이 밝혀졌다.

그제야 약용이 어스레한 평상에 엉덩이를 내려놓았다. 개다리소반에 되똑하니 올라앉은 뚝배기에 손이 갔다. 식었지만, 이것저것 가릴 상황이 아니었다. 어제저녁 중형 약전하고 나주읍 율정의 초가 주막에서 막걸리로 허기를 채운 후 온종일 입가심을 하지 못했다. 흑산도라니, 중얼거리는 혀끝에 좁쌀 같은 돌기가 슬어 냉수 한 사발을 비우지 못했다.

"식었습니다. 데워드리지요."

소맷부리를 접어 올린 가느다란 손목이 우거지뚝배기를 들고 돌아섰다. 수저를 든 약용의 뻣뻣해진 볼 근육이 희미하게 물살졌다. 가뭇없이 따라간 그의 눈길이 정주간 나무 문짝에 엉겼다. 김 오르는 뚝배기가 개다리소반에 놓인 후에야 그는 머뭇대던 시선을 끌어당겼다. 데운다고 들고 간 뚝배기는 시래기장국밥이었다.

"잘 먹겠소만, 아까 국밥이 아니잖소?"

대답 없이 고개만 살짝 숙여 보이고는 정주간으로 들어간 대신 진솔 누부요, 하고 들이닥친 떠꺼머리 소년이 평상 앞을 비호처럼 지나갔다.

안방 빈지문이 벌컥 열렸다.

"상이 왔는가? 뒷방에 군불 좀 넣어야 할 기라. 그나저나 어째 늦었는가?"

평상 앞으로 굴러온 떠꺼머리 머슴애의 눈이 커다랗게 벌어졌다. 초면 인사도 없는 나그네를 향해 헤벌쭉 입이 벙싯거렸다.

"덕광스님이 해남 가신다기에 바래다드리고, 도토리 좀 주워오라 했잖아요."

지게참에 걸어둔 검정 자루를 평상 위에 부었다. 알찬 도토리가 한 말이 넘음직했다.

"상아, 배고프지? 밥 먹어."

진솔이라는 여인이 상이라는 소년을 정주간으로 불러들였다. 그는 별나게 정주간 풍경이 궁금했다. 자신과는 무관한 그림 한 장이 그려졌다. 부뚜막에 앉아 국밥을 먹는 상이라는 소년하고 정지 바닥에 쪼그리고 앉아 있을 진솔이라는 여인의 도무지 해법이 되지 않는 도란거림에 피식 웃음이 물렸다. 천릿길을 걸어오는 내내 그의 머릿속을 휘감았던 사유의 매듭은 혼자라는 극심한 외로움이었고, 그래서 그 도란거림에 마음이 당겼던가.

우거지된장국밥 한 사발을 단숨에 입으로 퍼 날랐다. 점잖지 못한 손놀림이었다. 뭔가를 떨쳐내려는 안간힘이 실린 수저질이었다.

주막집 할미의 친절이 예사롭지 않았다. 사연 한 자락 없다면 모두들 기피하는 천주학쟁이 죄인에게 국밥 한 그릇을 냉큼 내줄 리 없었다. 열려 있는 안방 빈지문을 향해 그가 한마디를 건넸다.

"나 때문에 독이 깨졌구려. 값을 쳐드리리다."

할미의 팩한 목소리가 미안함과 배려로 버무려진 그의 귀때기를 후려쳤다.

"값을 쳐준다 했소? 일 년 먹을 건건이 값을 얼마나 쳐줄 생각이오? 된장 담은 내 정성은 어찌 갚을 작정이시오? 세상에 값으로 매기지 못하는 것도 쌔고 쌨소."

야무진 일격이었다. 약용이 엉거주춤 일어섰다. 언제 나왔는지 상이 소년하고 진솔이 평상 가두리에 서 있었다.

"내가 실언을 했소. 대신 된장은 내가 퍼 담을 터이니 빈 그릇이나 내주시오."

곰방대가 문지방을 탁탁 내리치며 "내사 마······" 군소리를 쏟아 내려는 기척에 상이 소년이 날렵하게 몸을 날려 빈지문 앞을 가로 막았다.

"할매 그만하이소. 이 어르신이 거중기 만든 분이라는 소문은 할매도 들었잖소."

그믐밤이었다. 주막집 장독대 어둠 골에 숨어 된장을 퍼 담든지 고추장을 퍼 담든지 자신의 탓이라면 감내해야 할 일이었다. 스스로 입김이 가시기 전에 약용이 얼른 덧붙였다.

"할미, 하루 두 끼니면 돼요."

돌 맞은 등피를 문대던 할미의 고개가 뒤로 꺾였다.

"날 할미라 불렀소?"

약용이 고개를 끄덕였다.

"두 끼니라고? 두 끼니나 세 끼니나 밥값은 같소. 근데, 할미라? 듣던 중 예쁜 소리요."

자글자글한 주름에 물살 이듯 미소가 어렸다. 빈지문 문지방에 걸치고 있던 할미가 오른손 검지로 뒤란을 가리켰다.

*

약용이 소매를 걷어붙이고 방을 나섰다. 매반가 할미가 앓는 소리를 내며 방으로 들어간 지 오래되었다. 그런 험한 꼴을 당하면서도 뒷방에 군불을 지펴주겠다니, 보고 있을 수만은 없었다. 뒷방에 들어가 그는 땀에 전 버선을 벗었다. 장작불에 데워진 방구들이 금방 따뜻해졌다. 자시가 넘었을 것이다. 수북하니 쏟아진 된장을 다른 그릇에 옮겨줘야 할 것이다. 약용이 빈지문을 열고 나서는 순간 서늘한 바람이 마당을 쓸고 지나갔다. 정주간 빗장 소리도 함께였다. 마당은 말끔하게 치워졌다. 된장도 깨진 옹기 조각도 없었다.

막대기처럼 선 채 그는 동짓달 그믐이 풀어낸 두터운 어둠을 들이마셨다. 그때 정주간 문지도리가 삐걱 쇳소리를 질렀다. 조용한 움직임이 정주간을 나왔다. 진솔이 옹기 자배기에 담은 김 오르는 물을 평상 위에 놓았다. 거기, 깃을 접은 밤의 정적이 유배 죄인의 남루를 물 대야 속에 부려놓았다.

그는 잠시 물그림자에 눈길을 담았다.

"내가 써도 되겠소?"

물으나 마나 한 말이었다. 약용이 자신의 정감 서린 목소리에 놀라 얼핏 그 생경한 이물감을 털어냈다. 감정의 물기를 걷어낸 지 오래됐는데, 자꾸 목울대를 간질이는 이 서걱거림은 무엇인가.

"바닥에 내려놓을까요?"

접은 소매 아래 가느다란 손목이 물 자배기를 드는 순간 무언가 자배기 속으로 툭 떨어졌다. 여러 겹으로 묶어 저고리 앞섶에 질러둔 옷고름이었다. 그가 얼른 옷고름을 잡았다. 순간 옹기 자배기를 평상 아래 내려놓은 손이 뿌리치듯 옷고름을 앗았다. 약용은 등골이 써늘했다. 뿌리침에 무게감이 실리지는 않았다. 살이 베인 듯 싸늘했다. 옷고름 안에 감춘 그것은? 약용이 혼잣말을 씹었다. 이럴

수가? 더운 입김이 목 오름을 타고 터져 나왔다.

"조심하시오."

다음 말이 이어지지 않았다. 옷고름 속에 간직한 그것의 존재를 알게 된 순간, 그는 자신 속에서 버르적대는 멍울의 정체를 깨달았다. 허기처럼 내장을 긁어대는 그것, 갈비뼈 마디마디를 시도 때도 없이 벼린 날로 찔러대는 그것은 자괴감이었고 죄의식이었고 부끄러움이었다.

약용이 불시에 "진솔이라 불러도 되겠소?" 했다. 목소리가 떨렸다. 떨림은 몸을 휘감았고 온전한 그를 산산이 발겼다.

*

졸지에 마련된 거처에 약용은 감사했다. 지상의 방 한 칸이면 되었다. 더 이상 무엇을 바라? 비를 그어주는 지붕이 있고 바람을 막아주는 벽이 있고 몸을 뉘일 수 있는 구들이 있으면 되었다. 형 약전이 입버릇처럼 말하지 않았던가. "버리라, 비우라, 짐을 덜어내라."

약용은 봇짐 속에서 지필묵을 꺼냈다. 입안에 말을 담은 채 그가 중얼거렸다.

"이건 내 생명줄이오, 형님. 유배지에서 글을 쓰고 책을 엮음은 명예를 높이거나 후대에 남기려는 욕심이 아니오. 내가 나를 다독이고 다스리기 위한 방편이라오."

바닥에 닿은 등허리에 동통이 느껴졌다. 돌멩이 몇 개를 맞아서

가 아니었다. 국청에서 맞은 곤장의 후유증으로 등뼈가 휘어진 것
도 아니었다. 스물두 살, 관직에 올랐던 그날부터 등뼈에 실린 철심
이었다. 아내 혜완이 늘 말했다. "긴장한 탓이죠. 너무 자신을 조이
지 말아요." 그랬다. 활시위처럼 팽팽했다. 긴장의 감옥이었다. 그
래야만 했다. 그런 자세가 나라를 위하고 임금을 위하고 모두를 위
해서 필요한 정신의 근간이라 여겼다.

유배지 강진의 봉놋방인데도, 당겨진 시위가 느슨해지지 않았
다. 그 어느 때보다도 실하고 팽팽한 죔이었다. 어쩌면 평생 풀어내
지 못할 죔일지도 몰랐다. 그의 몸이 밤낮을 가리지 않고 덜덜거렸
다. 투석질 때문이었을까? 투석은 약용을 향한 질타였고 거부였고
미움이었다. 온몸이 움츠러들었다. 내가 무엇을 잘못했는가? 그들
에게 무슨 해악을 끼쳤단 말인가? 욱, 뜨거움이 치밀었다. 약용은
이런 감정이 낯설었다. 뼛속까지 유생인 약용이었다. 그는 스스로
다짐했다. 나는 선을 존중하지만, 체제를 거역하는 혁명가는 될 수
없다. 내 행위의 한계는 늘 현 상황의 안에서 된 목소리를 낼 뿐인
것이었다. 그것이 거역하는 죄라면 달게 받을 것이다.

거스름은 약용이 자신의 목에 걸고 나온 운명인지도 몰랐다. 세
상 도처에 만연한 모순의 뿌리를 베어내고 싶었다. 유교의 한 모서
리를 들춰보면 그 엄혹한 수직적인 관계의 폐단은 충이나 효를 떠
나 인간관계를 비틀었다. 그 비틀림은 충위였고 그것이 사람과 사
람의 사이를 갈랐다. 그를 아프게 했고 피 흘리게 했고 거스르게
만들었다.

투석이 약용의 몸속에 진을 치고 뭉쳤던 지병들을 들쑤셨다. 하루 두 끼니를 삭이지 못했고, 엇나간 허리뼈가 저렸고 복사뼈가 질근거렸다. 너무 혹사했다. 새벽 인시에 눈을 뜨면 세상의 빛이 감은 눈자위에 실려 마음이 맑아졌다. 그는 악의 부스러기가 깨어나기 전 어둔 새벽의 순연한 호흡을 아꼈다. 견딤이었고 억제였고 조율이었고 소진을 위한 유일한 작업이었다. 유배의 적막을 삭이기 위해서가 아니었다. 시간 죽이기 고육책도 아니었다. 몸과 마음을 단련시켜야 한다는 일념이었다. 대장장이가 쇠붙이를 불에 달궈 연장을 연마하듯이, 그는 자신을 두드리고 때리고 담금질했다.

학문이 학문 자체로 뇌 속에서 사장되는 건 바람직하지 않았다. 활용되고 실생활에 이용되는 도구로 연장으로 거듭 태어나야 했다. 그것이 실학이라는 생활 학문이 지닌 가치였다.

약용은 먹을 갈고 붓을 들었다.

학연이 학유 보아라.

너희가 독서하지 않으면, 나는 앞으로 마음의 눈을 닫고 흙으로 빚은 사람처럼 될 뿐만 아니라, 열흘이 못 가서 병이 날 것이고, 이 병을 고칠 수 있는 약도 없는 것인즉, 너희들이 독서하는 것은 내 목숨을 살려두는 것이다.

신유년 동짓달 스물이레, 동천여사

약용이 쓴 편지를 네절로 접어 책 보따리 속에 넣었다. 편지의 행간에 불어넣은 거센 입김이 협박이 아니고 무엇인가, 자신의 목숨과 자식들의 독서를 어르는 그 치졸한 품새에 그는 탄식했다.

*

정약용이 매반가 뒷방, 동천여사에 납작 엎드렸다. 주거지의 위치를 관아에 신고하고 포졸이 와서 확인하는 절차는 간단했다. 몸담고 있는 한 칸짜리 골방이 천지간에 떠 있는 섬이었다. 지키는 포졸이 눈앞에 어른거리지는 않았다. 쇠사슬이 칠 척 육신을 묶지 않았달 뿐 사슬보다 더 질긴 오랏줄이 약용의 거처 사방을 옭매고 있었다. 그러려니 했다. 죄인 신세가 처음은 아니었다. 장기현으로 유배 가기 전 열아흐레 동안 서소문 의금부에서 옥살이를 했다. 흙바닥에 깔아준 볏짚에 쥐와 벼룩이 들끓었다. 얼마나 모질게 긁었던지 온몸에 빗금 그어지듯 새겨진 생채기에 핏물이 흥건했다. 남양주에서 서소문 의금부까지 아들 학연이 매일 밥을 날라 왔지만, 밥알이 모래알처럼 푸석거렸다. 입맛이 없어서 그런 게 아니었다. 허기진 뱃구레 속에서 외침이 솟아올랐다.

세상의 변화를 수용해야 하는데, 변화에 대한 의식구조를 개혁해야 하는데 요지부동한 노론의 조정은 다양성을 지닌 변화를 반역이라 매도했다. 지덕을 겸비한 수재 문사들, 이가환이나 이승훈이 사학이라는 누명을 쓰고 죽어나갔다. 노론의 영구적인 부귀영화는 변화의 절대적 가치를 외면했고 배척했다.

약용은 사방 세 자 반의 좁은 공간인 주막집 골방의 냄새와 조도, 술청에서 빚어지는 소요 속에서 자신이 무얼 어떻게 대처해야 할지 손가락으로 그 해법을 가려보았다. 몸과 마음을 맞추어야 했다. 원망과 노여움과 불편은 먼 유배길을 걸어오는 동안 쉬엄쉬엄 토해내버렸다.

약용은 치유의 근본인 양생의 법칙을 글로 썼다. 양생의 초식은 줄이는 것으로부터 시작되었다. 칠정을 줄이고 백지처럼 담담하게 살 것을 스스로 다짐하는 순서였다.

생각을 줄이고, 걱정을 줄이고, 욕심을 줄이고, 일을 줄이고, 말을 줄이고, 근심을 줄이고, 즐거움을 줄이고, 기쁨을 줄이고, 노여움을 줄이고, 좋아하고 싫어하는 것을 줄인다.

약용이 붓을 놓으며 피식 웃었다. 어린 두 아들을 앉혀놓고 이르던 말이었다. 이제 그는 그 말들을 되새김질하는 소처럼 되씹고 있었다.

동천여사라. 약용이 얼결에 주저앉은 동문 밖 주막 뒷방이었다. 아들 학연에게 보내는 편지 말미에 동천여사에서 두 아들에게 부친다, 라고 썼다. 아들들에게 편지를 쓰는 것으로 그는 하루를 열거나 하루를 마감했다. 편지의 내용은 이랬다.

눈에 보이는 현물, 손에 만져지는 사물의 형체, 입에서 입으로 전해지고 민들레 깃털처럼 날아다니는 소문들, 마음의 눈으로밖에 보이지 않는 사물의 이면, 붓으로 기록하고 밥을 먹고 숭늉을 마시는 그 세세한 동작들이 바로 생명이며 삶의 징표라.

주막이라지만 별로 번거롭지 않았다. 강진 장날이면 떼거리 보부상들이 묵고 가긴 해도 며칠씩 거하는 일은 없었다. 주변이 허허했다. 빤한 거리에 강진 관아가 납작 엎드려 있었고 얕은 월출산 자락의 나무들은 두서없이 웃자란 활엽수들 천지였다. 한 가지 볼거리는 장터 둘레에 키 높이 쟁여둔 옹기 항아리였다. 크고 작은 항아리가 햇볕을 되쏘며 거북등처럼 반질거렸다.

하늘을, 구름을, 산의 능선을, 구강포의 노을을 보고 싶었지만, 약용은 걸어 잠근 빈지문을 열지 않았다. 강진 관아의 눈들이 지척 사방팔방에서 기웃대고 있었다. 그들의 감시를 염두에 둔 칩거는 아니었다. 스스로를 가둠으로써 숙고의 시간이 필요했는지도 몰랐다.

장기현 유배지에서 쓰다가 덮어둔 의서를 다시 쓰기 시작했다. 『마과회통(麻科會通)』의 원본은 포졸들의 악다구니에 실려 분실되었다. 초고지만 아까웠다. 장기에서 머물던 군교의 집 골방은 오 척 단구의 키를 세우지 못했고 냉돌 바닥에서 올라온 괴기 서린 습기가 몸속으로 스며들었다. 몇 달을 견디는 동안 사지 육신이 비명을 질러댔다. 소태같이 짠 된장에 물을 타서 먹어야 했던 반찬 타령이 아니었다. 살가죽만 붙은 약용을 보고 장기 사람들은 송장 치겠네, 혀를 차며 고개를 돌렸다. 약용은 몸져누웠다. 습하고 누추한 방구들 탓만은 아니었다. 먼길 걸어온 노독 때문은 더더욱 아니었다. 입맛은 쓰고 몸은 무거웠다. 깊이 잠들지 못하는 밤이면 어김없이 승하한 임금이 약용아! 오늘 정해진 시각 안에 시를 못 지었으니 벌을 받아야지, 했다. 곤룡포를 휘날리며 다가온 임금이 약용의 볼을 살짝 꼬집었다. 볼을 부비자 눈이 뜨였다. 임금이시여, 개구리처럼 엎드려 방바닥을 쳤다. 온몸이 불에 그슬린 듯 깡말라 뼈만 남았다. 모두 죽을 사람이라 치부했다. 소식을 듣고 큰아들 학연이 약초를 들고 내려왔다. 약용은 약초를 달여 마시고 기운을 차렸다. 장기현 사람들이 죽을 고비를 넘기고 일어난 약용을 의원이라 하며 그 요령을 물었다. 그래서 쓴 의서가 『촌병혹치(村病或治)』였다. 가난한 민초들을 위한 실제적인 치료법과 처방을 기록한 책이었다. 의원이 아닌데도 날마다 촌부들이 찾아와 병을 상담하고 약용에게 처방을 해달라고 졸랐다. "그 용한 처방 알려주이소." 병이 들면 무녀를 불러 푸닥거리를 하거나 뱀을 삶아 먹는 것밖에 몰랐던 촌민들이었다.

『마과회통』에는 체질에 따라 더운 약재와 찬 약재를 가려 달여 먹는 방법을 기록했다. 천연두가 창궐해서 어린 생명들을 묻어야 했다. 약용의 자녀 둘도 천연두로 잃었다. 그때 집필한 책이 홍역 예방법인 종두법을 소개한 의서였다. 압송되는 위급한 상황에 지필묵이나 공책들이 포졸들 눈에 들어올 리 없었다. 약용은 국법을 이기고 사학을 섬긴 대역 죄인이었다.

　장기현 의금부 나졸들이 들이닥쳐 약용은 한밤중에 서울로 압송되었다.

　황사영 백서 사건에 약용 형제를 연루시킨 '신유사옥'이었다.

　옳고 그름을 가릴 상황이 아니었다. 그들이 천주교를 사학이라 매도하면 죄가 되었고 임금이 아끼는 신하는 눈엣가시였다. 일국의 지존인 임금의 생사여탈조차 좌우지하려던 노론 벽파의 하늘을 찌르는 권세였다. 황사영은 맏형 정약현의 사위였다. 얼굴이 청동거울처럼 해사하고 맑았다. 분홍빛 도는 입술이 그랬다. 잡것을 접하지 않은 어린아이의 순한 본색이었다. 열여섯 살에 진사에 올라 임금을 알현했을 때, 맨손으로 어수를 접했다는 황사영이었다. 임금이 이르기를 "티 없이 순하고 깨끗한 미소년이로다" 공부를 더 해 나라의 보탬이 되라며, 한아름 용기를 안겨주었다. 그런 황사영이었지만 약종을 만나 다른 세상, 다른 시간 속으로 건너가기를 주저하지 않았다. 황사영은 스스로 천주의 종이라며 두 손을 모아잡았다.

　황사영 체포라는 지엄한 명령으로 조선 천지의 뱃길과 국경이 철통처럼 잠겼다. 조정의 국청에는 피바람이 불었다. 정약종, 이승훈, 홍낙민 등이 참수를 당했고 이가환은 모진 고문에 못 이겨 장사당했다. 황사영은 울분을 삭이지 못했다. 이런 상황을 베이징 주교에게 알려야 한다는 일심으로 제천의 토굴에서 편지를 썼다. 흰 명주에 깨알 같은 글씨로 쓴 학대받고 있는 천주교 신도들을 보호해달라는 간절한 편지였다. 황사영이 체포되자 줄기에 매달린 조롱박처럼 정씨 일가들이 체포되었다. 일가 푸네기가 모조리 천주학쟁이라 그 깊은 고리를 끊어야 한다는 노론의 논리였다.

약용을 죽이지 못해 눈에 불을 켜고 있던 노론의 홍낙안이 사헌부 집의로 국청에 섰다. 대사간 박장설에게 따지고 들었다.

"천 사람을 죽여도 정약용 한 사람을 죽이지 못하면 아무도 죽이지 않는 것만 못한데 어찌 공은 힘을 쓰지 않소."

약용은 정녕 이번은 무사하지 못하리라는 죽음의 예감이 들었다.

*

정약용이 참수로 두 토막 난 형 약종의 죽음을 확인했던 날 밤, 감옥 바닥에 정수리를 박은 채 날밤을 새웠다. 거친 감옥 바람벽에 거꾸로 곤두선 머리에 피가 몰려 눈앞이 아뜩했다. 치졸한 자학이었을까? 우애가 지극해서도, 빗금 지르는 양심의 고해성사도 아니었다. 자성의 회초리였다.

참수나 능지처참이 아닌 유배로 낙착된 것은 어떤 의미에서 요행이었을까? 그 생각만 하면 주리가 틀린 듯이 삭신이 아렸다. 한 어머니의 자궁에서 배태되고 한 밥상에서 밥을 먹고 자란 형, 약종의 천주교는 어머니 사랑이었고 여인의 사랑이었고 형제의 우애였고 부모를 섬기는 효였다. 약종의 영혼을 포진하고 있던 그 허한 구멍을 메워준 사랑, 어디에서도 누구에게서도 받아내지 못했던 거대한 결핍을 안고 살았던 형, 정약종.

약종에게는 따라다니는 한 자락 결핍, 모친으로부터 버려진 자식으로 인지되었던 세월이 있었다. 돌림병인 마마가 어린아이들을 싸잡아 죽음으로 몰아갔던 그해 여름, 삼형제 모두 앓아누웠다. 세 형제 중에 제일 먼저 석류알 같은 열꽃이 온몸에 핀 것은 약종이었다. 죽음의 꽃이었다. 며칠 뒤에 약전과 약용까지 옮았다. 온몸에 피의 망울을 피운 채 삼형제가 된숨을 몰아쉬고 있었다. 의원이 있어도 속수무책이었다. 삶과 죽음이 하늘에 걸려 있었다. 처음 앓기 시작한 약종이 숨을 할딱거리며 기절했다. 아이들을 격리시키는 것이 그나마 방법이라 생각했던 모친이 약종을 아랫방으로 옮겼다. 명은 하늘의 뜻이던가. 형제 셋이 모두 병을 털어내고 일어났다. 약용의 미간에 살짝 흔적이 남았을 뿐 다른 형제들은 말짱했다.

말을 잃은 약종은 가족들에게 데면데면하게 굴었다. 생경하고 어설픈 침묵이었다. 연이어 병상을 차지한 것은 간병에 지친 모친이었고 두 계절이 못 가서 세상을 떠났다. 이건 이러하고 저건 그러했다는 말과 이해를 어를 틈도 없었다. 부친 정재원은 외지에 부임되어 떠돌았고 어머니가 부재한 마재의 집은 지붕 없는 집처럼 사방이 황량했다. 열한 살 약종의 마음 밑바닥에 물웅덩이가 고였다. 어울리지 않았다. 약종은 가리지 않고 아무 책이나 탐독했다. 과거에도 관심이 없었다. 그러다가 천주교를 만났다. 그 지순한 믿음이 약종의 영혼을 갈무리해주었다. 가득, 넘치도록, 광희한 빛의 울타리가 약종의 영혼에 붉은 꽃으로 피어났다. 인간의 말이 불필요했고 인간의 세상이 부질없는 허접쓰레기장이었다. 한 어미의 뱃속에서 태어난 자식들이 모두 같은 세상을 살아가야 한다는 법이 있던가. 강의 지류는 천 갈래 만 갈래로 갈라져 바다에 이르는데, 그 갈래의 고비가 생의 마디인 것을. 목숨으로 대체한 약종의 천주는 불행이라든가 참혹하다는 말로 빗대어 말할 수 없는 것. 다만 그 위대함, 그 곡진하고 순수 무결한 사랑만이 약종의 영혼을 자유롭게 했을 것이었다. 무한히 베풀어진 그분의 은총이었을까.

약용은 답을 찾고 싶었다. 해답은 어디에 있는가?

찾아오는 사람, 맞이하는 사람

　혜장과의 만남을 먼저 주선한 쪽은 약용이었다. 약용은 해거름에 거처를 나섰다. 백련사 오르막길에 동백이 어우러져 숨 가쁜 줄도 몰랐다. 백련사 주지 혜장, 선(仙)과 선(禪)에 관한 한, 거기에 한 술 더해서 주역까지 통달했다는 승려 혜장을 염두에 둔 발걸음이었다.

　약용이 백련사 법당 문을 열고 들어갔을 때 불상 앞에 정좌해 있던 혜장은 목탁을 치고 불경을 외우는 승이 아니었다. 한 덩이 바위처럼 그 앉음새에 빛이 서려 있었다. 약용이 잠시 그 과묵에 눌려 서 있다가 법당 문을 닫고 돌아섰다. 혜장이 거느리고 있는 그 태산 같은 무거움에 속세의 돌을 던질 생각을 지웠다. 바쁠 것이 없으면서도 약용은 바삐 걸었다. 부처 앞에 뭉개고 앉은 승려의 태산 같은 모습을 본 순간 부처와 승려가 하나라는 생각이 들었다. 그것은 경전을 읽고 목탁을 울려 몽매를 깨우치는 의식을 배제하면서도 스스로 성불한 승려의 완벽한 초상이라 여겨졌기 때문이었다.

"잠시 걸음을 멈추시지요."

목소리가 약용의 뒷덜미를 움켜쥐었다.

"소리 기척을 숨기는 것은 사내대장부의 예의가 아닙니다."

약용은 걸음을 멈추었지만 돌아보지는 않았다. 귀에 날아온 목소리에 묵직함이나 신중함의 울림은 느껴지지 않았다. 목소리는 그 사람의 몸에 밴 지성과 심성과 일상의 풍경을 아우르는 발로라 해도 무방했다. 약용의 생각은 그랬다. 정좌해 있던 구도자의 안존한 침묵이 한순간에 부스러졌다. 가늘고 새된 목소리 때문만은 아니었다. 끓어넘치는 열정과 가열된 총기가 경망함으로 발산되었다. 약용이 웃는 얼굴로 혜장을 쳐다보았다. 두 손을 합장한 채 혜장이 그의 앞으로 꼬꾸라지듯이 다가섰다.

"오늘 일진에 귀한 분을 만날 것이라 해서 기다리고 있었는데, 순간에 매몰되어 오신 걸 놓칠 뻔했습니다."

약용이 한 발짝 물러섰다.

"일진이라 했소? 점괘를 본 모양이오?"

넌지시 떠보았다.

살집 두터운 혜장의 턱이 쿨렁거렸다. 내리깐 눈에 양쪽 입귀가 이지러진 초승달 모양을 하고 있었다. 세상을 바라보는 혜장의 시각에는 하찮은 것들, 내 어찌 이런 하찮은 세상에서 돌중으로 생을 마감해야 한단 말인가, 자조를 덧바른 표정은 아니었을까?

"점이라 했습니까?"

혜장의 얼굴이 해뜩하니 쳐들렸다. 어느새 웃음기를 씻어낸 진지한 얼굴이었다.

"그냥 직감이라고나 할까요? 주역을 공부했지만 점치는 따위로 그 높은 학문을 입에 올릴 수는 없습니다."

약용이 떠보려던 마음을 다져 눌렀다. 봉놋방에서 굳은 혀가 모처럼 말다운 말을 나눌 만한 학승을 만나니 평생 먹을 곡식을 얻은 듯 푸짐했다. 갑자기 쏟아진 장대비가 숲길을 막았다. 좋은 빌미였다. 선방에 자리를 폈다. 혜장이 등잔불 심지를 올렸다. 혜장의 눈가에 잔가시 같은 물살이 일었다. 약용은 승려의 입술을 적시고 지나간 웃음기가 궁금했다.

"그 미적지근한 미소의 의미가 궁금하오."

약용이 기어이 물었다.

혜장이 마주잡은 두 손을 가볍게 흔들었다.

"말씀 내리십시오. 아까부터 듣기가 거북했습니다."

조금 뜸을 들인 후 혜장이 말을 이었다.

"더 내려놓으셔야 심신이 편안해집니다. 마음의 질병은 약이 없어 손을 떨리게 하고 육신의 물기를 마르게 합니다."

혜장이 무릎을 꺼당겨 앉았다.

"몽매한 돌중이라도 모르지 않습지요. 주자학은 뜬구름같이 허하여 백성들의 가난을 구제하기는 요원합니다. 오로지 민생의 빈

곤을 해결하려면 스승님의 실학을 바탕에 둔 이용후생론만이 이 나라가 일어날 수 있는 지름길이 아니겠습니까? 한데 유배라는 칼을 쓰시고 이리 유폐되어 있으니 집필만이 유일한 무기임을 모르지 않습니다. 하지만 무릎 관절에 무리를 하면서까지 몰두하심은 자제하셔야 합니다. 그것이 어르신의 동공에 혈을 맺히게 한 겁니다."

약용의 손이 얼핏 눈두덩을 문댔다.

"핏발이 섰어. 거울이 없어 보지는 못하지만 누가 이르더군. 혈이 모였다고."

왜 그리 억지 포장을 했는지 모를 일이었다. 갑자기 눈앞이 부예졌다. 작은 글자들은 고물거렸고 먼 데 풍경은 들떠 보였다. 감은 눈자위를 손가락으로 꾹꾹 눌렀다.

"소승의 몰골을 한번 보시지요. 이 불룩한 뱃구레가 바로 그 증거입니다. 화를 곡주로 다스린 결과입니다."

쏟아낸 웃음소리가 입 거품에 버무려져 사방으로 튕겼다. 혜장이 말을 쏟아냈다.

"집념이 강하면 화가 뭉치는 겁니다. 태생적으로 학문에 거는 열정이 남다르신 건 알지만 눈에 혈관이 터져 토끼 눈처럼 빨개진 건 몰입한 결과가 아니지요. 덜어내고 지우고 뼈를 깎아 종내는 몸을 망가뜨리는 것은 집필이 아니라 마음속에 엉겨붙은 울분 때문입니다."

약용은 피식 웃음이 나왔다.

"내 안에 들어가본 것 같구려. 만난 지 서너 시진도 안 되었을 터."

웃는 약용의 입술 끝이 작게 오므려졌다. 밤잠을 설쳤다. 잠자리가 설어서 그랬을까? 아니었다. 급소를 찔린 기분이었다. 학문에 대한 열정이나 제자들의 공부를 챙기는 그 조금은 과도한 몸짓이 구도자인 혜장의 눈에는 허한 실존의 살풀이로 뵌 것은 아닐까.

약용은 일어나 앉았다. 이제 본론으로 들어가야 할 시점에 이르렀음을 알리는 자세였다.

"그대가 역에 통달했다던데, 역을 한마디로 풀이해보시게."

혜장이 손사래를 쳤다.

"당치않습니다. 역에 통달하다니요? 누가 들으면 웃음거리밖에 더 되겠는지요."

약용의 진지한 얼굴을 보더니 혜장이 마른침을 삼키고는 말을 풀어냈다.

"그렇게 말씀하시니 설익은 저의 한 꼭지나마 열어 보입니다. 용은 체로 삼습니다. 본체는 용 속에 있어, 용이 없으면 체가 없습니다. 때문에 신은 존재하는 것도 존재하지 않는 것도 아니며 역은 고정된 본체가 없다고 말합니다."

약용이 고개를 설레설레 저었다.

"추상적이고 형이상학적인 풀이는 사양하네. 구체적으로 설명해보게나."

잔기침으로 소리를 고른 후 혜장이 말을 이었다.

"소승이 어찌 대학자이신 스승님 앞에서 세 치 혀를 나불거리겠습니까? 역은 하늘의 이치이며 지혜의 완성이라는 말밖에 무슨 설명을 하겠는지요? 노자가 말하기를 사람은 땅을 본받고, 땅은 하늘을 본받으며, 하늘은 도를 본받고 도는 자연을 본받는다 하였습니다."

약용은 고개를 끄덕였다. 누가 누구를 시험하는 것이 아니라 서로를 나누고 싶음이었다.

"장자의 말에도 그런 의미가 내포되었더군. 바람이 불면 온갖 것들이 다 소리를 지르지만, 각기 다른 소리를 낸다고. 바람은 평등하게 불지만 바람을 맞아서 내는 소리는 만물이 모두가 각기 다르다는 말이 아니겠나."

*

산정은 산마루 중턱에 자리잡았다. 소나무에 둘러싸여 지상의 집이 아니라 신선의 놀이터 같았다. 약용은 대번에 반했다. 산정의 주인 윤단은 지병인 기침을 치료하려고 집을 떠나 요양 중이었다. 외가인 해남 윤씨네 푸네기였다.

"공부하기에 이만한 환경이 없겠군. 방 한 칸이 비었던데, 내가 여기 와서 공부하면 안 되겠소?"

약용이 혼잣말처럼 중얼거렸다. 나무와 바람과 천여 권의 서책과 저만치 펼쳐진 구강포의 풍경이 눈앞에 서성거려 눈을 떼지 못했다.

윤단이 무릎을 철퍽 때렸다.

"내 집에 소생들이 많은데, 공부를 봐주면 어떻겠소?"

지금 그 제자들의 글 읽는 소리가 쟁쟁했다. 새로 온 제자들은 책을 고르는데 동천여사 제자들은 군불을 지피고 방을 닦고 궂은 일을 하고 있었다. 약용이 대밭에 주저앉아 혼잣말로 웅얼거렸다. 같은 또래들인데, 누구는 층계 아래, 누구는 마른 방석이라. 누가 이리 불공평한 세상의 층을 만들었단 말인가? 약용은 마음 한귀가 아렸다. 사 년 동안 돌팔매를 맞으며 혹독한 겨울을 함께했고 모기에 물어뜯기는 혹서를 나눈 제자들이었다. 왜 그랬을까? 어째서 방으로 불러들이지 못했던가. 아전의 자식이나 양반의 자식이나 제자인 것을. 황상의 목소리가 그의 발길에 채였다.

"우리하고 방안의 저들하고는 다르다. 너나 내나 아전의 자식인데, 우째 양반하고 한방에 앉는단 말이야."

달은 구름 속에 가려지고 궂은 가을비가 추적거렸다. 한밤중, 돌멩이가 날아왔다. 멀리서 던지는지 손힘이 모자랐는지 돌멩이는 마당에 나가떨어졌다. 이튿날, 약용이 마당에서 돌멩이를 주웠다. 차돌이었다. 구강 포구에 흔전만전 쓸려 구르던 차돌멩이. 흠, 입술을 타고 내뱉은 긴 숨통이 침을 마르게 했다. 황상의 동생 황경의 짓이 분명했다. 주운 돌멩이를 방으로 들고 와 살폈으나 어떤 기호도 그어진 게 없었다.

윤종문, 윤종윤 형제하고 윤창모가 사서삼경을 들고 다산초당으로 올라왔다. 그 아래 열 살 안짝의 아이들도 섞여 있었다. 착실하게 공부를 다그치는 그의 센 입김이 노닥거리는 학동들을 물러가게 만들었다. 읽고, 가르치고, 쓰고, 그리며 그는 세월의 대못을 곰삭혔다. 하루가 한 달이 되고 한 해가 그렇게 열 번을 지나갔다. 신유년 동지에 유배지 강진에 당도해 다산초당으로 옮기기까지, 여덟 해를 둥지 없는 과객으로 헛돌았다.

윤단이 이불 짐을 싸들고 내려가면서 한마디했다.

"이보게, 자네 몰골이 마른 장작개비 같네. 살아생전이 한 번뿐인데, 날 보게나, 병이 나면 가족들도 의무만 있고 마음은 떠나는 거라네."

한마디를 덧붙였다.

"스스로 자신을 위로해야 할 나이가 된 거요. 공부나 집필이나 학동들 가르치는 서당 훈장 노릇도 정도에 알맞게 하시게나."

윤단이 두고 간 말이 귀와 코와 입으로 쏠려들었다. 장자도 그런 말을 했다. 무엇보다도 자신의 몸과 생명을 온전하게 하는 것이 첫째 덕목이라 했다. 스스로 자신을 위로하라, 그 말이 먹먹하니 가슴에 와 닿았다.

*

이른 봄에 시작한 연못 공사는 장마 전에 마무리되었다. 늘 그렇듯 일을 시작하기 전 그는 설계부터 했다. 웅덩이에 불과했던 연못이었다. 좌우에 몇 치의 폭을 넓히고 몇 푼 정도의 깊이를 파야 하며, 동쪽과 서쪽에 심을 화초와 남북으로 가로지른 좁은 가두리에 심을 화초의 종류까지 세세하게 적었다. 파낸 흙은 굽은 경사로에 층을 만들어 채마밭을 더 넓혔고 주워 온 돌로 연못의 두둑을 공이었다. 물 대롱을 만들어 석가산 둘레를 에돌아 흐르게 했다. 연못 가장자리에 꽃나무를 심어 볼품을 더했다. 윤단의 두 아들이 손을 거들었고 짬짬이 봉놋방 제자들이 일을 도왔다.

　꽃을 좋아하는 그가 연못 둘레에 작약, 수국에 모란을 심었고 산자락 덤불 속에 숨어 있던 복사꽃, 살구꽃까지 옮겨 심었다. 싹이 돋아 꽃을 피우기까지 작약의 그 강인한 기백을 그는 좋아했다. 솟아오르는 해오름처럼 붉은 꽃잎이며 꽃봉의 날카로움을 창끝에 비유했다. 그의 작약 예찬론은 여기서 끝나지 않았다. 싹을 틔워 꽃을 피우고 잎이 돋아 그 도저한 형태를 이루기까지를 그는 인생의 생성과 쇠락의 과정이라 읊조렸다. 작약만 그러할까. 꽃이야 피고 지며 또 다른 봄날을 위해 한겨울 땅속에 잦아들어 숨길을 움츠리지만 인간사의 영고성쇠는 또 얼마나 처연한 풍경인가. 어제도 그제도 오늘도 내일도 그 시작의 마디를 딛고 끝나는 날의 허무를 씹어 삼켜야 하는 인생, 그 질곡의 서사 위에서 약용은 꽃을 심고 나무를 가꾸었다.

　융성함 끝에는 쇠퇴가 따르고 모아진 것은 흐트러지며 오름이 있으면 내림이 있는 남루를 감내해야 할 것이었다. 하지만 그는 인생 중동에 댕강 잘린 당쟁의 희생양이 되어 유폐돼 있지 않은가.

거기까지 생각이 미치자 그는 사납게 고개를 흔들어 잡념을 털어냈다. 이 길이 있었기에 집필이 남았고 사유가 깊었으며 세상을 바라보는 온전한 시각을 갖추지 않았던가. 하늘이 준 청복이라며 약용은 자위했다.

*

가랑비는 오다 말다 감질만 냈다. 굳은살이 박인 땅이라 물을 먹이면서 호미질을 해야 했다. 학동들에게 숙제를 안긴 다음 약용은 초당 뒤뜰로 나갔다. 어제 진솔이 강진 장터에서 고추 모종을 한 무더기 사들고 왔다. "내일 내가 심을 거요." 고추 모종은 실하게 박아야 해서 그가 아무도 손 못 대게 일렀다. 염려했던 일이 벌어지고 있었다. 고추밭에 쪼그리고 앉아 있던 진솔이 그의 기척에 고개를 돌렸다. 웃음이 헤프지 않은 사람인데, 살포시 웃음을 발랐다. 고추 모종은 이미 어우러져 있었고, 한쪽 켜가 높은 밭뙈기에는 가지 모종하고 상추 씨를 뿌렸다는 흙살이 촉촉하니 젖어 있었다. 울타리 친 둔덕에는 키 큰 강냉이까지 가지런하게 어우러졌다.

그가 좀 된소리를 냈다.

"내가 한다지 않았소. 잘못 만지면 어린 모종들이 몸살을 앓는다고 했거늘."

진솔이 검지로 하늘을 가리켰다.

"해가 나오려 해서 서둘렀습니다. 이런 일은 제가 더 익숙하니다.”

미덥지 않아 그가 고랑을 타며 점검했다. 물기 머금은 흙살에 꼭꼭 다진 손자국이 선명했다. 그만하면 되었노라고 말하려는데, 진솔이 물동이를 이고 내려가고 있었다. 지극 정성이 눈에 보이고 만져지는데도 진솔은 허투루 틈을 주지 않았다. 반가의 아낙도 아닌 주제에, 약용은 군말이 입안에서 자작거렸다. 그는 뭔가 긴치 않았다. 하릴 없이 평상에 터부리고 앉는데, 빗긴 오후의 햇살이 보란 듯이 활짝 피었다. 그가 호미를 들고 일어났다. 밭 가두리에 흙을 공이고 턱을 만들었다.

약용이 윤단에게 넌지시 떠보았다.

“방 한 칸을 들이고 마당은 조선의 정원으로 손봐도 되겠소?”

윤단의 말이 재미있었다.

“조선의 뜰은 사람의 손을 타지 않아요. 나무나 풀, 화초가 제멋대로 기어오고 날아오고 터 잡고 들어선 마당이지. 우리 유생들이 인공적인 조합을 금기시한다는 건 염두에 두고 하세요.”

그가 살짝 꼬았다.

“설계와 의도가 자연스럽게 녹아 있을 뿐 전혀 제멋대로 내버려둔 건 아니잖소.”

산정은 방이 두 개라고 해도 붙어 있는 곁방이라 학동들이 거처할 방이 따로 있었으면 했다. 하지만 정작 속으로는 진솔을 들여앉히고 싶은 마음이 절박했다. 진솔이 매일 십 리 길을 오르내렸다. 산정에 들면서부터 왠지 진솔의 발걸음이 실밥처럼 늘어졌고 자주 된숨을 몰아쉬었다. 약용이 진작 결단을 내렸어야 했다. 사방 눈치가 보였고 혜완에게도 미안했다.

마루에 잇대어 방 한 칸하고 엉성하게나마 솥을 걸 만한 아궁이도 들였다. 산정 주인이 필요한 재목이나 연장들을 실어다주었기에 진행이 빨랐다.

토란을 캐던 날, 약용이 진솔에게 요리법을 일러주었다. 껍질 벗긴 토란을 뜨물에 삶은 다음 쌀을 불리고 짓이겨 옥삼죽을 끓여보라고 일렀다. 세상 떠난 어머니가 초가을이면 마당에 가마솥을 걸고 토란탕을 끓였다. 다시마와 무를 넣고 육수를 만드는 것이 우선 순서였다. 말린 홍합이 있어 한줌 넣었다. 건더기를 건져낸 육수에 으깬 쌀을 넣어 익을 즈음에 삶은 토란을 넣어 무르도록 끓였다. 쌀하고 토란이 어우러지면 간을 했다.

마당을 거닐던 그가 정지를 기웃거렸다.

"냄새가 좋구려."

긴 나무 주걱으로 솥에 눋지 않도록 휘휘 젓고 있던 진솔이 고개를 들었다. 뒷짐을 쥐고 역광으로 서 있는 그의 야윈 그림자가 진솔의 가슴을 헤집었다. 짧은 순간 확 달아오른 관자놀이가 불에 덴 듯이 따가웠다. 본가에서는 정지 근처에 얼씬거리지도 않았을 분이, 많은 것을 내려놓았을 것이었다. 그의 수굿함에 진솔이 몸을 숙였다. 진솔은 죽을 보시기에 떠서 수저하고 건넸다.

"간을 좀 봐주셔야, 짠 음식에 길든 제 입이 미덥지 못해서요."

받아든 그가 수저를 물리고 보시기째 들고 훌훌 불어서 간을 보았다. 진솔은 조마조마했다. 어쩌다 이런 분의 밥시중을 들게 되었는지, 뭔지 모를 가득함이 가슴을 채웠다. 웅덩이처럼 패어 있던 가슴이었다. 마를 날 없이 구정물 같은 가슴 웅덩이가 출렁거렸는데, 그의 곁에 머물면서 그 검댕이 구정물이 정화수가 되었다.

"간이 좋소. 어찌 들깨 넣을 생각을 했소. 전에 먹던 옥삼죽보다 풍미가 더하구려."

진솔이 입술에 비어져 나온 미소를 깨물었다. 들깨토란탕은 학동들에게 맛보기로만 주었다. 한번 끓이기가 쉽지 않았기에 약소하게 줄 수밖에 없었다. 사흘 동안 그의 밥상에만 올렸다. 밥은 남기고 뚝배기에 가득 담긴 들깨토란탕만 비워냈다.

초당에 무슨 옷을 입히든 남의 집 타작에 도리깨질하는 거나 다르지 않을 것이었다. 낡은 초당의 내부를 건드릴 수는 없지만 주변 여유 공간에 대한 쓰임새는 미리 언질을 얻어냈다.

*

농밀한 음기가 녹을 덧칠했다. 자고 깨어나는 아침, 명징한 문장이 떠오르는 대신 등피에 엉긴 시린 냉기에 녹이 슬었다. 한밤중 정강이가 땅기는 바람에 화들짝 일어났다. 두 손으로 발목을 잡고 어둠 속에 우두커니 앉아 있었다. 이제 좀 평온한 상태에서 제대로 된 집필을 할 수 있겠거니 숨을 내려놓은 순간, 외부가 아닌 내부에서 반란의 조짐이 일었다. 혹시 풍의 조짐은 아닌지. 봉놋방 사의재 시절 냉돌에 앉아 무릎을 혹사했다. 초저녁에 군불을 실하게 지펴도 새벽이면 식어 싸늘했다.

입 다물고 귀 막고 눈 감은 채 울화를 씹어 삼켰던 봉놋방 네 해 동안 군은살이 무릎에 박였다. 집필에 몰입하면서 무의식 속에 진을 치고 있는 잡다한 상념들까지도 묻어버렸다. 『단궁잠오(檀弓箴誤)』와 『조전고(弔奠考)』, 『예전상의광(禮箋喪儀匡)』이 세 권을 일 년 동안에 마감했다. 약용 스스로도 놀랐다. 몰입가경이라고 할 만했다. 글 쓰는 재능을 물려준 가친과 산수화의 재능을 내려준 외가에 깊이 감사하는 마음이었다. 그것으로 자족했다. 더 이상 무엇을 바랄까. 다만 아들 녀석들이 자신만큼 서책에 집중하기보다는 일상의 잔재미에 흥미를 느끼는 것 같아 안타까웠다.

과거도 못 보는데, 공부라니요? 둘째 학유의 메마른 항변이 늘 그의 심기를 들썩이게 만들었다. 편지를 보내도 매번 성실하게 답을 보내는 학연과는 달리 학유의 답장은 간결했고 한두 번 건너뛰는 것이 버릇으로 굳었다. 편지로 보내는 회초리가 그리 심한 반성을 건져 올리지 못하는 모양인가, 아비에 미치지 못하는 학구열에 비감해하고 안달하는 것도 이젠 진력이 났다. 유배 이 년 차에는 이천 자가 넘는 『아학편훈의(兒學編訓義)』를 완성했다. 원했든 원하지 않았든 몰입의 시간이었다. 그는 여세를 몰았다. 무속인의 신명처럼 연속적으로 『기해방례변(己亥邦禮辨)』 세 권을 일필휘지로 써 내려가 일 년 만에 마침표를 찍었다. 관절에서 뼈마디 부러지는 소리가 났다. 너무 매달렸다.

대둔산 학승 혜장이 인편으로 연뿌리 몇 촉을 들고 왔다. 앉자마
자 요설을 풀어냈다.

"스승님, 깊은 눈 속에 무언가 자글자글 끓고 있음은 모든 것을
털어내지 못한 오욕칠정의 티끌이 아닌가 하외다."

"당치않아."

볼멘소리가 불쑥 튀어나왔다.

"그 음흉한 장삼 자락에 구업을 짓지 말게나."

허리를 곧추세운 혜장이 넉살을 부렸다. 목에 건 보리수 백팔염
주가 좌우로 흔들거렸다.

"장삼 속에 감추다니요."

서른 중반에 대둔사 법회를 주도하는 대학승 혜장이 하는 말이
었다. 눈꼬리에 묻은 비늘이 십 년 연상의 약용을 지그시 맞바라보
았다. 입술에 냉소를 깨문 채 말했다.

"그렇지 않다네. 비우고, 씻어내고 탈탈 털어내고 속이 허해서
그런가보네."

아암 혜장이 미소로 맞받았다. 소리 내지 않는 웃음기를 혜장은
거짓 미소라 했다.

"실로 즐겁거나 화통한 기분은 소리 내어 홧홧거리며 웃어야 진
솔한 마음 표현입니다. 스승께선 늘 겹겹이 감싸서 속이 보이질 않
으니. 그것이 품격인지는 모르지만 소승의 눈에는 체모를 지키고

190

속내를 보이지 않으려는 비밀병기로 보이니 씁쓰레합니다."

약용이 하하, 소리 내어 웃었다.

"이렇게 말인가?"

그의 오른손이 무릎을 쳤다.

"사내대장부가 어릴 때부터 귀에 못 딱지가 앉도록 들은 말이 있지. 신중함에 대해서 과묵함에 대해서 채신머리에 대해서 말이네. 자제하고 윽박지르고 제재하는 교육이 사람의 심성에 굳은살이 박이게 한 건 사실이네."

*

하루걸러 부지런히 들르던 혜장의 발걸음이 나흘이 지났는데도 감감 무소식이었다. 약용은 입이 궁금했고 마음이 허해 자꾸 먼 산바라기만 했다. 쪽마루에 걸터앉았다. 별이 총총했다. 주먹 덩이만 한 큰 별이 화등잔 같은 눈으로 내려다보고 있었다. 문득 초구의 한마디가 생각났다. 하루 종일 씩씩하고 저녁나절까지 조심하라. 구겨 박혀 있는 처지가 바로 조심함이 아니겠는가. 약용이 서늘하게 감기는 심사를 털어냈다. 그때, 어둠 속에 한줄기 빛살이 설핏 흔들렸다. 호롱불이었다. 약용이 한밤중에 마당을 서성거린 것은 누군가를 기다렸기 때문일까. 필시 저건 혜장의 등불일 터, 호롱불은 그의 발치에서 멈췄다.

"무슨 백팔번뇌가 있으시기에 잠을 못 주무시고 야행성 박쥐가 되어 서성거리시는지요?"

약용이 "으흠, 박쥐라니? 위아래가 없구면" 혜장의 버릇없음을
은근히 다져 눌렀다.

혜장이 들고 온 등불을 가운데 놓고 쪽마루 끝에 엉덩이를 걸치
고 앉았다. 연시빛 등불이 혜장의 오른쪽 뺨, 약용의 왼쪽 볼을 발
갛게 물들였다. 두 사람 모두 어둠 한곳을 바라보았다. 쟁그랑거리
는 풍경 소리 너머의 어느 한 점을.

약용이 문득 물었다.

"건괘의 초구라 함은 무슨 뜻인가?"

혜장이 금방 맞받았다.

"구(九)는 양수의 끝입니다."

약용이 "음수는 어디에서 끝나는가?" 숨 쉴 겨를 없이 치고 물
었다.

혜장이 "십(十)에 그칩니다" 간단하게 답했다.

약용이 "그렇다면 왜 곤괘는 초십이라 말하지 않는 건가?"다그
치듯 물었다.

혜장이 맨바닥에 무릎을 꿇었다. 낮에 건뜻 내린 빗줄기가 아직
덜 마른 흙살이었다.

"산승이 몇 십 년 동안 역을 배운 것은 헛염불인 듯합니다."

그리고 긴 사슬을 풀어냈다.

"스승님, 초구는 잠겨 있는 용이니 쓰지 말아야 합니다. 구는 숨
어 있음을 말합니다. 용이 아래로 내려와 땅에 숨어 있어서 잠겨

있는 덕이 드러나지 못하고, 군자는 빛을 감추고 때를 기다리니 그 행이 이루어지지 못합니다. 때문에 쓰지 말아야 합니다. 스승님, 천지의 기운은 오름과 내림이 있고 군자의 도리도 행해지고 감춰짐이 있음을 기억하십시오."

말을 마친 혜장이 몸을 일으켰다. 그 듬직한 체구가 바닥을 차고 일어나는 모습이 사뿐하고 가벼웠다.

약용이 잠깐, 하고 붙잡았다. 이미 등을 돌리고 몇 발짝 걸어가던 혜장이 돌아보지 않은 채 걸음만 멈췄다. 약용이 "건괘는 주도적……" 거기서 말을 중단했다. 승복 자락을 휘날리며 백련사로 내달리던 혜장이 득달같이 달려왔다.

"공자는 한평생 부유했습니다. 시대가 공자를 밀쳐냈고 부실하고 혼미한 세상의 풍경이 공자의 멈춤을 외면하지 않았을까요? 세상을 따라 변하지 않았고 명성을 이루려고 썩은 동아줄에 매달리지도 않았지요. 세상의 인정을 못 받아도 번민하지 않았습니다. 공자의 말씀 가운데 가장 심오한 한마디는 뜻을 펼칠 수 있는 좋은 세상이면 도를 행하고, 뜻을 펼칠 수 없는 난세면 덕을 행하지 않는다는 확고한 의지이지요. 그래서……"

"그래서?"

약용이 혜장의 말꼬리를 잡았다.

혜장이 휙 돌아서 걸었다.

"이치입니다. 검손과 학문이 스승님의 명징한 간판이 아니겠는지요?"

약용이 눈을 들었을 때 혜장의 모습은 사라지고 없었다.

겸손과 학문이라? 약용이 조금 전 혜장이 앉았던 젖은 흙바닥에 주저앉았다. 건뜻 바람이 일어 느슨하게 묶인 망건을 흔들었다.

바람이 말을 걸어왔다. 풀어야 하네, 내려놓아야 하이, 헤픈 미소 입술에 묻히고, 갈비뼈 골골이 숨길을 터놓아야 할 것이야. 잠룡이라 하지 않던가. 물속에 잠수한 채, 코에 대롱을 박은 채, 거센 여울에, 몰아치는 폭우에 으르렁대지 말고, 부디 순하게 연명하게나. 그대가 짊어지고 나온 등짐을 난전에 벌이고 앉아 먹을 갈고 글씨를 쓰는 일이 주어진 운명이라 하지 않던가. 그것이 그대의 도가 아니겠는가.

가을의 단서

　동천여사 봉놋방에 사의재 편액을 걸기까지 한 해를 흘려보냈
다. 신유년 동짓달에 거처를 정한 뒤 반년 넘게 엎드려 있었다. 주
막집 할미가 그의 가슴에 돌을 던졌다.

　"어찌 헛되이 사시려 합니까? 천둥벌거숭이 애들 머리에 식자라
도 넣어주셔야지요."

　약용은 정신이 번쩍 들었다. 평상 가두리에 열서너 살 돼 뵈는
더벅머리 애들이 서 있었다. 아전의 자식들이었다. 그때 여럿 가운
데서 제일 어리바리했던 아이가 황상이었다. 근친 온 학연에게 그
가 황상을 가리키며 말했다.

　"저 허룩한 아이가 내 마음을 훔쳤어."

　처음 상이 찾아왔던 날, 그 수굿하고 맑은 인상이 아직도 눈앞에

생생했다. 열린 빈지문으로 상의 동작이 보였다.

"저기, 어르신!"

나직하나 갈라진 목소리였다. 두 손을 맞잡은 소년이 방문 앞에 서 있었다.

약용이 무슨 일인가? 묻는 얼굴로 내다보았다. 상이 깊숙이 허리를 조아리며 말했다.

"저는 황가에 상이라는 외자 이름입니다. 아명은 산석이라 부릅니다. 저 같은 미련통이도 사의재에서 공부할 수 있는지요?"

정식으로 제 신분을 밝히고 인사를 하는 탯거리가 듬직했다. 무명 수건으로 질끈 동여맨 숱 많은 더벅머리가 세차게 흔들렸다. 상이 공손하게 오른손으로 봉놋방 문설주 위를 가리켰다.

약용이 웃음으로 상의 말에 답했다. 그 수굿함이 기특했다.

"사의재라는 편액의 의미가 무엇인지 여쭤도 되겠는지요?"

약용의 입술이 벙글어졌다. 이놈 봐라, 당찬 질문이군. 약용이 얼굴에 겉도는 웃음기를 걷어냈다.

"새삼스럽구나. 매일 여길 들락거리면서도 상이 발걸음이 바쁘더구나."

나름의 관심을 표명한 말이었다. 약용이 짚신을 발에 꿰고 마당으로 내려섰다. 신장이 비슷했다. 마재에 있는 두 아들이 생각났다. 둘째 학유하고 비슷한 또래였다. 약용은 사의재 편액을 검지로 가리켰다.

"사의재가 무슨 뜻인지 알겠느냐?"

상이 짚신 신은 맨발로 댓돌을 툭툭 치다가 입을 열었다.

"네 가지의 마땅함을 지켜야 한다는 가르침이 아닐는지요? 언행에 대한 교훈이겠습니다만 제게 일러주셨으면 합니다."

약용이 상의 등을 방으로 밀었다. 눈발이 날리기 시작했다. 상은 맨발이었다. 약용이 혀를 쿡 찼다.

"칠칠치 못한 녀석이군, 한겨울인데……."

상의 대답이 재미있었다.

"버선이 온통 흙발이어서 벗어두었습지요."

지게 위에 걸쳐둔 버선을 가리켰다. 좌정하자마자 약용이 종이하고 붓을 내밀었다.

"한번 써보겠느냐?"

그가 건네준 붓을 들고 상이 턱을 아래로 끌어당겼다. 획이나 모양새에 흐트러짐은 없었지만 돌멩이같이 굳은 서체였다.

약용이 물었다.

"글은 어디서 배웠느냐?"

머뭇거림은 주변머리 없음인가, 답답한 녀석이로다. 약용이 지그시 바라보면서도 어떤 대답이 나올지 귀를 기울였다.

"천자문은 귀동냥으로 혼자서 공부를 했고『통감절요』는 덕광 스님에게서 배웠지요."

첫마디가 어려웠는지, 터진 입술에서 말이 술술 풀려나왔다.

"어르신께서 절 반년이나 지켜보시고도 먼저 말을 걸어주시지는 않으셨습니다."

약용이 헛! 헛바람 빠지듯 웃었다. 겉보다 속이 영근 녀석인걸. 맹랑해. 소리 내어 말하지는 않았다.

"내가 한번 풀이해볼 터이니, 사의재라, 생각은 마땅히 맑게 하되 맑지 못함이 있으면 곧바로 맑게 해야 하며, 용모는 단정히 하되 단정치 못하면 더욱 단정히 하고, 말은 요점만 말하되 말이 많으면 더욱 줄이고, 행동은 조심스럽게 하되 조심스럽지 못하면 더욱 조심히 하라는 의미가 아니겠는가."

상이 방아깨비처럼 앞뒤로 고개를 끄덕거렸다. 살집 두터운 뺨이 살짝 씰룩거렸고 벌어진 잇새로 내비친 잇몸이 볼그레했다. 술이나 담배로 바래지 않은 아이의 정한 입이었다.

"제 아비는 아전이올시다."

말은 거기서 툭 잘렸다. 상대방의 반응을 떠보려는 듯 긴 숨을 내쉬며 약용의 눈을 살폈다. 저물녘이었고 아직 등불을 켜지 않은 상태여서 방안은 어두침침했다. 앞뒤로 흔들리는 머리가 커서 어깨가 좁아 보였다. 엄한 부모 밑에서 자라는 아이들이 지닌 체형이 아닐까 하는 생각이 들었다. 상이 자주 눈을 치떠 약용의 표정을 살폈다.

상은 구부린 상체를 곧추세워 앉았다.

"어르신, 아둔한 제가 공부가 되겠는지요?"

약용이 말문을 열었다.

"자고로 외우는 데 민첩하면 제 머리를 믿고 공부에 소홀해지는 경향이 있고 글을 잘 짓는 사람은 재주가 많아 진중하지 못하지.

또 깨달음이 빠른 사람은 쉽게 깨닫지만 오래가지 못한다. 내가 보건대 너는 이 세 가지 모두를 갖추지 못했으니 공부는 너같이 질긴 성정이 이룰 것이야."

상의 눈이 번쩍 뜨였다. 약용이 두루마리를 펼치고 붓을 들었다. 그제야 상이 옴지락거리며 연적의 물을 벼루에 떨어뜨려 먹을 갈았다. 둔하고 굼뜬 손놀림이 좋게 보면 침착함이었고 밉게 보면 어눌한 품새였다.

"부족한 저를 제자로 받아주신다는 뜻으로 알고 물러가겠습니다. 어르신께서 집필하시고 잠깐 쉬는 시간이 신시 정도가 아닌지요. 아까 미시에 와서 사의재 앞에서 기다렸는데, 신시에 문이 열렸습니다."

상이 아전의 아이들을 주렁주렁 달고 왔다. 공부 안 하겠다며 도망치는 동생 경의 멱살을 쥐고 다른 손에는 이청, 황지초, 김재성 등 또래들 여남은 명을 쥐었다. 뒷방이 비좁았다. 할미가 남향 방을 내주었다.

"내일부터 사의재 문을 여시는 거지요?"

상이 묻고 물러난 지 몇 시간 만에 다시 헐레벌떡 뛰어왔다.

"저기, 어르신. 새로 부임한 현감 이안묵이 유배 죄인 천주학쟁이 정약용을 잘 감시하라고 엄명을 내렸답니다. 아전인 아비가 선비님 감시꾼으로 지목되었답니다."

*

    어두움이 한결 차분했다. 약용이 정좌를 풀자 곱았던 정강이에서 우두둑 뼈마디가 울렸다. 겨우 다섯 시간이었다. 통제라기보다 주어진 시간을 효율적으로 재단해야 할 필요가 있었다. 약용은 방을 나섰다. 유시가 멀었는데도 짧은 해가 산자락에 걸려 있었다. 며칠 전 상이 "선생님 저거 좀 보세요. 무당년 치마 같은 노을 좀 보세요" 나무 지게를 내려놓으며 엉너리를 피웠다. 구강포의 노을이라, 못 이기는 체 약용이 방문을 열고 나섰다. 상에게 이끌려 포구까지 걸었다. 무당의 쾌자 자락이라, 온통 석류를 짓이긴 것 같은 선홍빛이었다. 억, 소리가 깨물렸다. 피를 개칠한 듯 하늘과 땅 사이가 질퍽했다. 그는 날마다 그 시각이면 봉놋방 문을 열고 나섰다. 그날 보았던 그 선연한 핏빛 노을은 다시 오지 않았다. 날씨와 바람의 흐름에 따라 노을의 색감도 달랐다.

    이른 저녁을 먹고 약용이 방을 나설 즈음해서 나무를 해온 상이 슬그머니 따라나섰다.

    "제가 이 고장 토박이 아닙니까. 어르신 길잡이를 해드리겠습니다."

    상이 길잡이를 자청했다. 관아의 눈길이 부담스럽기도 했지만 어둠살에 묻혀 조용히 거닐고 싶었다. 포구의 바람은 짭조름했다. 소백의 완만한 서사면을 타고 내린 크고 작은 개천들이 영암 길목, 바람재, 장구목재를 외돌아 강진에서 어우러졌다. 민물과 바닷물이 섞

200

이고 부대끼며 포달지게 몸 사래를 틀었다. 출싹대는 계집의 치맛자락이듯 내지른 허연 포말이 관능의 비늘을 흩뿌렸다. 퍼질러 앉은 강변 방죽을 바람이 쓸고 갔다. 맵고 모진 강진 갯바람이었다. 눈앞이 탁 트였다. 내려오며 잠시 일별했을 때의 느낌하고는 달랐다.

상이 어슷한 자리에 퍼질러 앉았다.

"어르신, 여기가 산줄기하고 강줄기가 모이는 곳이랍니다. 오른팔에 장흥군이고 왼팔에 해남군, 북으로는 영암군이 내려다보고 있지요. 노령과 소백의 끝자락에 평퍼짐하게 퍼질러 앉은 강진벌입니다."

약용이 고개를 끄덕였다.

"네 설명이 제법 자상하구나. 그런 지리는 누구한테서 배웠는고?"

상이 엉덩이를 밀고 그의 곁으로 바짝 다가앉았다.

"백련사 덕광 스님에게 들었습지요. 제가 느려터지긴 해도 한번 들은 건 잊지 않습니다."

은근히 제 자랑이었다. 그런데도 밉상이 아니었다.

"어찌 이리 소슬하고 걸판진 지역이 숨어 있었던가."

약용이 혼잣말로 중얼거렸다.

동서남북을 돌아보아도 참기름을 바른 듯 풍요롭고 따사로웠다. 물길이 자작한 강진천 가장자리에 살얼음이 슬었다. 갑자기 돌멩이 하나가 발등을 치고 나가떨어졌다. 상이 몸을 날려 일어났다.

"누구요? 이제 그만들 하쇼."

한 번의 투석으로 잠잠해졌다. 상이 으스대듯 말했다.

"그래서 제가 길잡이를 한다고 나선 겁니다."

하늘에 걸린 야윈 초승달이 짚신 위로 잘게 부스러졌다. 약용이 쫓기듯 봉놋방으로 되돌아왔다.

*

약용이 첫새벽 통지 걸음에 멈칫했다. 주막 할미의 틈새 벌어진 빈지문에서 심상찮은 기침 소리가 새나왔다. 가래를 담은 둔한 쿵쿵거림이었다. 기침 소리에 버무려진 젊은 여자의 목소리는 진솔의 것이려니, 방문 앞에 선 그가 소리를 보냈다.

"잠시 보시오. 생강이 있으면 즙을 내든지 대추하고 함께 끓여서 마시게 하고……."

빈지문이 열리고 광목 치마 입은 진솔이 댓돌로 내려섰다.

그가 한마디를 더 일렀다.

"대파 뿌리하고 도라지나 생강도 어우러져 가래를 삭이는데, 지금 할미에게 뭘 먹이시오?"

앞치마 아래 거둔 두 손이 꼼지락거렸다. 기름한 속눈썹에 가려진 눈빛은 헤아려지지 않았다.

"예, 꿀에 절여둔 무에서 우러난 진액에 물을 타서 먹이고 있습니다."

약용이 "거 참 신통한 방법이오. 가래를 삭이는 데 무 만한 것도 없지요. 한 가지 유념할 것은 너무 덥고 건조한 방은 기침에 좋지 않아요. 물 자배기를 두서너 개 방에 두고, 가끔 문을 열어 환기를 해주는 것이 좋을 듯싶소."

급하게 말을 쏟아내고도 그 자리에 머물러 있었다.

"예, 그렇게 하지요."

진솔이 허리를 구부려 보이고는 정지로 들어갔다. 앞치마 끈이 가로질린 허리가 한줌이나 될까, 휘어질 듯이 잘록했다.

방에 들어온 약용이 먹이 마른 붓을 들고 다시 나갔다. 오늘 작업은 마감할 생각이었다. 우물에 가서 붓을 빨고 물 묻힌 손으로 얼굴을 문댔다. 붓에 물기를 빨아내고 방에 들어와 좌정, 해 짧은 동지의 유시는 어둑했다. 종지에 불을 댕기지 않은 채 그는 어스레한 어둠살을 깊이 들이마셨다. 바깥의 자잘한 움직임이 귀에 걸렸다. 그는 그런 자신의 허술한 동태에 은근히 부아가 일었다.

진솔이 밥상을 들이고 낼 때마다 그는 의미 없는 말을 걸었다.

"할미는 좀 어떻소?"

진솔이 두 손을 마주잡은 채 대답했다.

"예, 기침이 조금 덜한 듯합니다."

무명 심지에 기름 먹은 종지 불이 환했다. 진솔의 가는 몸피가 빛 그림자를 거느린 채 잠시 멈칫거렸다. 윗목에 치워둔 빈 물그릇하고 구겨서 버린 파지를 주워들었다.

그가 작게 중얼거렸다.

"보소, 거기……."

입안에 남은 말이 퍼석거렸다.

글을 쓰다가 빗나간 문장이나 획이 반듯하지 못할 때는 백지가 아깝지만 버려야 했다. 진솔이 구겨진 종이를 들고 손 다림질로 편 다음 네 절로 접어놓았다. 좁은 이마에 하관이 깎인 듯 갸름했지만 도톰한 입술이 날카로움을 보완한 얼굴이었다. 서남쪽 여자들의 납대대한 얼굴이 아니었다. 흰 살색에 도드라진 콧날 탓인지 입체감이 느껴졌다. 조부장한 어깨선에서 흘러내린 아랫도리는 알맞게 펑퍼짐했다.

"왜 필요하면 가져가고."

무슨 말이 더 하고 싶었던지, 그의 손이 사래를 치고 있었다.

약용은 문득 지난밤 꿈에 나타난 여자를 떠올렸다. 다반에 숭늉 대접을 들고 서 있었다. 말도 안 하고 움직임도 없이 그냥 흰빛의 그림자였다. 긴 옷고름을 둘둘 말아 저고리 앞섶에 매듭처럼 묶었다. 흐릿한 흔들림이 온종일 눈가에 스멀거렸다. 기억 속에 쟁여둔 여자가 있던가. 마른 개울처럼, 가문 논바닥처럼 그렇게 살아온 반생이었다.

약용이 말했다.

"할미가 입맛이 없더라도 기침을 이기려면 속이 든든해야 할 거요."

공연한 걱정이었다. 그는 손으로 얼굴을 쓸어내렸다. 쑥스러움을 다독이려는 손버릇인가, 쓴 침이 고였다.

진솔이 한발 뒤로 물러서며 "예, 알겠습니다" 문지방을 넘어섰다. 누런 광목 치마 아래 버선발이 희디희었다. 날렵한 버선코가 정갈했다. 못 볼 것이라도 본 듯이 그가 얼른 눈길을 치웠다. 빈 밥상을 들고 나가려는 진솔에게 약용이 물었다.

"할미 대신 내 밥까지 차리느라 수고가 많은데, 감기탕까지. 할미에게 살붙이가 하나도 없는 거요?"

실없는 궁금증이었다. 묶은 대님을 풀어 다시 묶었다. 오른쪽도 왼쪽도, 약용은 늘 자신의 가뭇없이 움직이는 손버릇에 실소했다. 몸가짐에 대해서 그렇게 자주 다그치면서도 자신의 손 습관은 어쩌지 못했다. 언행 불일치라니, 약용은 마른 혀를 꼬집었다.

"저희가 돌봐드리고 있습니다."

저희들이라니? 진솔이 문지도리 삐걱대는 빈지문을 두 손으로 열고 나갔다. 그것이 알고 싶었다. 옷고름 속에 쟁여둔 그것의 경로가 궁금했다. 궁금한 정도가 아니라 가죽을 벗긴 듯이 온몸이 아렸다. 묻지 말아야 했다. 첫날, 옹기 자배기에 더운 물을 떠 왔던 날, 조심하시오, 그 한마디가 호응과 배려에서 한 말이라고 해석했을까? 뜨거운 물을 조심하라는 말로도 풀이될 수 있었다.

약용이 천주학쟁이라는 죄명으로 유배 살고 있는 것을 알면서도 진솔은 무슨 기척을 보이지 않았다. 내색하고 알은체하기라도 하면 여기 봉놋방을 떠나리라, 약용이 마음을 굳혔다. 얽히고 싶지 않았다. 그의 상투머리가 천천히 도리질을 했다. 불시에 고개가 쳐들렸다. 두고 온 식구들은 이 시가에 무엇을 하는지, 술시를 넘긴 어스레한 봉창을 쳐다보았다.

큰아들 학연이 정월 제사에 쓸 문어 다리에 국화꽃 문양을 오리고 있을 즈음이었다. 흰 앞치마를 입고 집 안팎을 단속하는 혜완의 모습이 눈앞에 어른거렸다. 식구들은 저마다 맡은 소임거리를 들고 대청이나 안방에 모여 앉았다. 부친 정재원이 만든 명절 풍속이었다. 촛불 하나가 불시에 약용 가슴에 불을 댕겼다.

혜완은 해마다 향초를 사서 쟁였다. 단골 보부상에게 특별히 주문한 향초는 그 굵기가 커다란 대통만 했다.

*

저물녘, 진솔이 빈지문 밖에서 말의 기척만 들여보냈다.

"어르신, 마재에서 사람이 왔습니다."

그가 먹물을 듬뿍 머금은 붓을 놓고 허리를 곧추세웠다. 진솔이 어째서 누구라고 밝히지 않는가? 마재에서 들락거리는 아이들이나 머슴의 이름까지 알고 있을 터인데, 그가 문을 벌컥 열었다. 눈에 선 사내가 보자기를 들고 서 있었다. 쪽마루에 부려둔 고리짝을 보고 눈에 익은 보부상임을 알았다. 일 년에 한두 번 보부상이 들르면 딸애 홍연이 눈을 커다랗게 열고 오만 가지 진기한 물건으로 가득한 고리짝에 매달리곤 했다. 열세 살, 홍연이었다. 꽃잠이나 댕기나 매듭, 중국에서 건너온 비단을 보고는 자지러졌다. 홍연이 비단 당화를 들고 놓지 않았다. 그날 약용은 '여유당' 당호를 걸고, 심란함을 보듬은 채 잠시 안방에 앉아 있었다. 홍연이 비단신을 붙안은 채 혜완의 눈치를 살폈다. 이십여 년 이곳저곳 벼슬길을 전전했지만 쌓아둔 논밭이나 쟁여둔 재화가 풍족하지 않았다.

혜완이 딸애의 손에서 당화를 앗았다.

"댕기나 삼작노리개나 하나 고르렴."

본디 삼작노리개는 옥이나 호박이나 비취가 달린 제대로 된 보석 노리개였다. 혜완이 홍연에게 권한 것은 삼색 비단으로 아기자기 골무를 수놓은 아기 노리개였다. 홍연이 눈가에 물기가 어리면서 금방 울컥거렸다. 마음이 여리고 슬픔이 깊은 홍연이었다.

그가 잔기침으로 기척을 알리고 다가가 홍연에게 비단 당화를 안겼다.

"우리 홍연이, 비단 당화가 가지고 싶은 거지? 그럼, 얼른 들고 가렴."

혜완의 당긴 눈꼬리를 의식했지만 그는 한술 보탰다.

"부인도 하나 고르시오."

혜완의 등을 밀어 방으로 들이고는 방문을 닫았다.

"내가 언제 부인한테 이런 걸 선물한 적이 있소."

그가 검지로 '여유당' 당호를 가리켰다. 마지막 선물이 될지도 모른다는, 손이 하는 말이었다.

혜완이 고개를 살랑살랑 흔들었다.

"당치않아요. 아래위 동서들을 두고 혼자서 호사를 한들 어디 신고 나들이를 간답니까?"

*

심부름 온 보부상한테 그가 물었다.

"마재에서 뭘 사기라도 한 건가?"

노르스름한 기장죽에 곁들인 나박김치를 걸신들린 듯 먹고 있던 보부상이 소맷부리로 입을 닦고는 말했다.

"마님께서 작은 도련님 상답에 넣을 은비녀하고 삼작노리개를 주문하셨기에 갖다드렸습지요. 아가씨는 수실하고 바늘 한 쌈을 들여놓으시더이다."

"다른 건 없고?"

"마님께서 매년 소인을 부르시는 건 향초 때문이라, 올해도 중국에서 들여온 대초 한 봉 갖다드렸습지요. 쌍촛대는 대감께서 조정에 드나드실 때 준비하셨고요."

향초란 말이지? 그가 중얼거렸다. 혜완은 일 년에 몇 번 쌍촛대에 촛불을 밝혔다. 부모님 기일이 우선이었고, 섣달그믐날 대청마루 뒤주 위에 촛불을 켰다. 온 집안 구석구석에 촛불을 밝혔다. 장독대나 통지에 툇마루 사랑채와 대청마루에도, 대낮보다 밝았다. 그것만으로도 애들은 혜완을 졸졸 따라다니면서 환성을 질렀다.

약용의 생일 전날 밤이면 혜완이 촛불을 켜고 술상을 차렸다. 남스란치마를 입고 동백기름으로 다듬은 낭자머리가 일렁이는 촛불 아래서 귀기가 느껴지도록 고왔다. 오월 단옷날에는 창포로 우려낸 물에 온 식구들이 머리를 감았다. 식구들이 다 잠든 밤에는 그의 상투머리를 풀어 낮에 남겨둔 창포물에 머리를 감겼다. 누구 말이라고 거역할 수 있을까? 그는 어릴 때부터 머리 감는 일이 제일 성가셨다. 세상 떠난 어머니하고의 기억은 머리 감기 싫어하는 아들과 어머니의 숨바꼭질로 온 집안이 들썩이는 장면이었다. 어머니에게 부렸던 투정이 혜완에게는 먹히지 않았다. 데운 물이 든 대야를 들고 온 혜완이 스스럼없이 그의 옷고름을 풀었다.

"감으셔야 해요. 조정에 드나드시는 양반이 말끔하고 청결해야 합니다."

머리를 말리고 참빗으로 고르는 혜완의 손끝은 너무 여물어 그를 짜증나게 했다. 하나 잠시의 고통을 참고 나면 한바탕 질펀한 혜완의 시중이 그를 옴짝달싹 못하게 만들었다. 홍치마에 흰 저고리를 받쳐 입은 혜완이 술상을 들고 와 나부시 앉았다. 창포로 감은 낭자머리에 자줏빛 댕기를 물리고 은비녀를 지른 모습이 세상의 모든 기녀를 앞서는 자태였다. 젊은 약용이 술 한두 잔에 성급하게 몸이 달아올랐다.

"혜완이, 참 곱소."

꺼당겨진 겉치마가 흘러내리면 생명주 홑치마 사이로 실팍한 허벅지에 젊은 낭군이 코를 박았다.

"혜완! 그대의 작전에 나는 허깨비가 되고 말았구려."

이런 말들이 자신도 모르게 뱉어지고 쓸어 담으려 해도 사향같이 몽롱한 향기에 무너지곤 했다.

"어르신 향초 한 봉 두고 갈까요?"

보부상이 진솔을 흘깃거리며 체머리를 흔들었다.

"아니, 여긴 향초 좋아하는 사람 없다네."

혜완이 타다 남은 초는 아이들 생일상에 켜주었다. 다 닳아서 손마디 정도로 짧아진 초는 불김에 녹이고 무명 심지를 박아 작은 접시에 담아둬 뒷간이나 밤 걸음에 쓰도록 간수했다. 알뜰 살림꾼의 면모였다.

*

촛불이 혜완의 빛이라면 진솔은 무명실을 꼬아 들기름 종지에 불을 물렸다.

유배지에서 한동안 혜완이 켜준 촛불이 맘속에서 타고 있었다. 그런데 언제인가부터 촛불 대신 하얀 보시기에 무명 심지를 꼬아 비스듬하게 뉘인 들기름 종지가 그의 가슴에서 타올랐다. 진솔의 기름 보시기였다. 그 조금은 엷고 느슨한 조도가 기운 시력을 편안하게 해주었다. 촛불의 광휘한 불꽃은 화려하고 주변의 사물을 돋보이게 했다. 비스듬 뉘인 기름 종지의 그림자는 정갈하고 다소곳했다. 선호하는 질량이 더하고 덜하고를 떠나 두 여인이 만들어내는 불꽃의 내밀화는 그의 강마른 심지에 한줄기 수액으로 촉촉했다. 과한 욕심인가? 촛불이 타면서 흘린 촛농을 그는 초의 눈물이라 했고, 혜완은 자신을 태운 재라고 했다. 눈물이든 재든 그 타고 남은 찌꺼기는 볼품이 덜했다. 들기름 종지의 심지는 오랜 시간을

210

견뎌냈다. 닳아서 짧아진 심지 옆에 나란하게 무명실로 꼰 새 심지를 담가두었다가 다 탄 심지가 깔딱거릴 즈음 기름 먹인 심지에 옮겨 붙였다. 종지에 기름을 부어주는 진솔에게 그가 한 말이 두고두고 쑥스러웠다.

"종짓불이 진솔을 닮았구려. 냄새도 없고, 숨 쉬기가 편해서."

사실이 그랬다. 편안했다. 아늑하고 나른하고 편했다. 삭막한 유배지가 아니라 불꽃을 태우는 기름 종지가 그의 평온을 다독였다.

*

약용이 물었다.

"보부상은 갔소?"

진솔에게 질척대던 보부상의 짓거리가 영 눈에 거슬렸다. 보부상이 진솔을 흘긋거렸다. 옥잠화 한 개를 들고 보부상이 "어르신, 오십 평생 떠돌아당겼지만 오늘 이렇게 맛있는 기장죽은 처음이올시다. 나박김치하고 탁주 한 보시기가 소인의 발바닥에 힘을 실어줍니다. 부디 이 옥잠화를 저 고운 분에게 전해주십시오" 했다.

쪽머리 단장하는 옥잠화 한 개를 두 손으로 받쳐들고 받아달라며 간곡히 청했다. 세상에 공짜는 없는 것이라, 그리 맛있는 기장죽 얻어먹은 고마움이라며 부득부득 옥잠화를 드밀었다.

진솔이 정주간 문을 닫아 붙이고 들이갔다. 문지도리가 쇳소리를 질렀다.

흠, 기침 소리로 가볍게 거절의 티를 내보이던 약용이 손가락으로 집안 여인들의 숫자를 헤아려보았다. 마재의 부인과 아래위 제수씨가 둘, 홍연이하고 며느리가 둘, 그리고 진솔. 몇 명인가 입이 딱 벌어졌다.

"그만 가보게. 이 옥잠화는 할 사람이 없다네."

보채는 보부상을 내려보낸 약용이 마당으로 내려섰다. 솔방울 태우는 연기가 안개처럼 피어올랐다. 비 묻은 공기에 눌려 키를 세우던 연기는 날개를 펼치듯이 낮게 옆으로 번졌다. 안개 우산을 쓴 채 약용은 한참 동안 서 있었다. 섣달, 기운 해가 지면서 사방이 고요했다. 온종일 방에 앉았다가 어스름에 뭉쳐둔 소피를 해결하려 나선 걸음이었다. 유배지에서 맞이하는 여덟 번째 섣달그믐이었다. 우우, 산바람이 울었다. 사방이 어둠 절벽이었다. 공부하는 학동들도 명절을 쇠려고 집으로 내려갔다. 방에서 새 나온 희미한 종짓불이 어둔 바람골에 한 점 반디가 되어 반짝였다. 혜완의 촛불이 그리웠다. 감상을 접고 그리움을 품에 안은 채 그는 방으로 들어갔다.

열린 빈지문으로 나무 쟁반에 받친 숭늉 대접이 들어왔다. 그가 혀를 끌끌 차며 입안에서 작게 웅얼거렸다. 숭늉 따로 사람 따로, 라는 말인가? 이렇게 허룩할 수가? 그 말이 빈지문 밖으로 샜던가? 진솔이 "예, 금방 들어갑니다. 발이 젖어 버선이……" 발목에 걸린 버선이 내려 입은 치맛자락에 감춰지지 않았다.

"씻고 마르지 않아서……" 진솔이 돌아앉아 버선을 신었다.

진솔이 윗목에 밀쳐둔 보자기를 쳐다보았다. 그리 귀한 것이라

보부상이 밤에도 이불 속에 안고 잤다 하던데, 아직 풀어보지도 않았는가? "저 보퉁이는 마재의 마님이 보낸 것이라 하던데……" 밀쳐두었느냐고, 진솔이 말꼬리를 삼켰다.

*

보부상이 들고 온 보자기 속의 내용물은 뜻밖에 혜완의 비단치마였다. 약용이 보자기의 한쪽 매듭만 풀어본 후 다시 묶어 이불 위에 올려두었다. 호젓한 시간에 살펴볼 생각이었다. 불시에 노을빛으로 사윈 치마가 말을 걸어왔다. 그가 목을 젖혀 개켜둔 이불 위에 얹힌 비단 조각보를 바라보았다. 묶음이 허술했는지 비단 조각보의 헤실한 이음새가 흔들린 듯도 했다. 설마, 착시 현상이겠거니, 고개를 돌려 책상으로 눈을 끌어당겼다. 혜완의 목소리였다.

'조강지처를 잊으셨는지요? 그대만 유배를 살고 있답니까? 마재의 부인도 유배의 삶을 살고 있다는 것을 유념해주셔야지요.'

결기 묻은 목소리로 속살거렸다.

약용이 하! 탄식했다. 두 아들하고 진솔을 대면시킬 때 나하고 유배를 살고 있는 사람이라 말했다. 삼시 세 끼니 밥시중에 약을 달이고 차를 덖으며 입의 혀가 되어 부러진 그의 중년을 추슬러주었다고.

봉놋방에서 네 해, 보은산방에서 두 해, 이청의 묵재에서 이태. 그 짧지 않은 팔 년 내내, 약용은 곰삭은 따스한 말 한마디 안겨주지 못했다. 눈짓 한 번, 손길 한 번, 어투에 밴 온기조차 품에 가두고 헤프게 건들지 않았다. 그 억만금의 억제. 초당으로 옮긴 이후 태풍이 천지를 흔들었던 날, 파삭 뭉개진 정강이를 진솔이 부축했다.

"어르신, 제게 기대셔요. 아니면 아드님을 불러올까요?"

마침 학유가 초당에 와 있었다.

"내가 좀 기대겠소."

진솔의 야윈 뼈마디가 그의 심장을 관통하고 지나갔다. 약용이 진솔의 어깨에 지른 팔에 힘을 실었다.

"내 염치가 더는 못 견디는구려" 했을 때 진솔이 고개를 들었다.

"염치라, 다만 염치라 말씀하시면, 제게 불편한 다리를 기대신 건 염치라는 말씀이군요."

약용은 대답을 목구멍 깊숙이 삼켜야 했다.

"수고했구려."

약용이 그 말을 해놓고는 입을 오므렸다. 언젠가 진솔이 수고라 함은 부리는 이에게 던지는 치하라 꼬집었던가.

그때 그가 한마디 비틀었다.

"입이 없는 사람이라 여겼는데, 진솔이 입이 있었군."

노을빛 비단치마

약용은 등짝이 얼얼했다. 해거름 내내 왼손에 든 죽비로 오른쪽 등을 후려쳤다. 갈라진 대 끝이 살을 파고들었다. 맵고 아렸다. 피가 내밸 정도는 아니었다. 왜 죽비를 들고 나왔는지 모를 일이었다. 아마도 혜완이 인편으로 보낸 빛바랜 비단치마 탓일 것이다. 어젯밤에는 갑자기 나졸 두 명이 들이닥쳐 까발리고 들쑤시며 분탕질을 치고 갔다. 학동들이 글 읽는 방구석까지 뒤적거렸다. 무슨 허튼 정보라도 있었던 모양이라, 약용은 조용히 감내했다.

그는 당기는 뒷골을 문댔다. 보부상이 두고 간 그놈의 비단 조각보가 눈에 거슬린 것도 울적한 심기 탓이리라. 잠시 허리를 뉘일까 해서 목침을 찾는데 이불 더미에서 그것이 툭 떨어졌다. 보자기의 한쪽 묶음이 느슨했던지 떨어지면서 다섯 폭 비단치마가 바닥에 널브러졌다.

노을빛으로 사윈 비단치마, 한때 눈부시게 화사했던 붉은 비단의 쇠락은 처연했다. 서른네 해, 아직도 질감의 결은 아련했다. 사위고 퇴색한 비단은 부스러질 듯 부드러웠다. 되직한 숨소리가 마른 입술로 비져나왔다. 혜완이 대례청에서 입었던 붉은 비단치마였다. 곰삭아 후물거렸지만 개킨 자국이 선명했다. 사람이나 사물이나 세월 속에 온전함을 간직할 수 없는 것. 바람이 산을 흔들었다. 익은 열매들이 우수수 떨어졌다. 여문 도토리가 산자락에 내를 이루었다. 한나절 내내 소쿠리 든 진솔이 바람에 나뒹구는 도토리를 주워 담았다. 바라보는 나그네가 기둥처럼 서 있었다.

약용은 진솔을 멀찌감치 비켜두고 바라보기만 했다. 다가가지 못한 것은 조강지처 혜완에 대한 의리 때문만은 아니었다. 유배지라 해도 소실을 거두는 일이 큰 흉이 될 것은 없었다. 진솔이 옷고름 속에 쟁여둔 나무 십자가상이 그를 밀어냈는지도 몰랐다. 마음으로 안았고 가슴으로 보듬었지만, 그녀의 속살은 신성불가침이었다. 혜장이 말했던가. 진솔이 두 개의 신체를 가지고 있음이라, 그 하나는 그를 당기는 현상으로서의 몸이고 다른 하나는 절대자를 행한 지고지순한 향심이라 함부로 할 수 없었을까? 멈칫거리며 바라기만 했다. 혜완이 그 심정을 알기나 할까? 유배 죄인의 멈칫거림을 한 치의 연민으로 보았다면 새삼스럽게 낡은 비단치마를 내려보내 조강지처의 존재감을 확인시킬 이유가 있었을까? 혜완은 생각 없이 함부로 무슨 일을 하는 성품이 아니었다. 하나의 몸짓,

하나의 표정에도 의미와 토를 담아냈다. 무명에 명주를 덧댄 목도리나 새댁 시절에 입었던 홍치마를 유배지로 내려보낸 혜완의 의도가 그의 심장을 오그라뜨렸다. 미안하구려, 그 한마디로 혜완의 구긴 심사를 다림질할 수는 없을 것이었다. 약용은 뜬금없이 눈치를 살피는 자신의 어쭙잖음이 자꾸 발길에 채였다. 미안하다면, 진심으로 미안한 마음이었다면 어찌 진솔을 가슴으로 붙안고 살았을까? 살을 섞고 입김을 불어내지는 않았지만 그는 자신의 심장을 가로지르는 뜨거운 피의 내력을 읽었다. 그것은 사무침이었고 간절함이었다. 그래서 함부로 진솔을 헤집을 수 없었다.

약용이 비단치마를 보자기에 둘둘 말아두고 방을 나갔다. 손끝이 저릿했다. 좋지 않은 조짐이었다.

높은 방문턱을 넘다가 불시에 벽에 걸린 죽비에 눈이 갔다. 얼른 낚아챘다. 자신의 잰 손놀림에 그는 머쓱했다. 문턱에 두 발을 엇갈린 채 잠시 서 있었다. 약용은 자신도 모르는 사이 벽을 훑어 죽비를 거머쥔 연유가 무엇인지 알지 못했다. 얼마나 세게 잡았던지 손등에 퍼런 심줄이 꿈틀했다.

이태 동안 보은산방에서 주역을 공부하던 학연이 마재로 올라간 지 석 달이 지났다. 잘 도착했다는 학연의 편지 대신 혜완이 홍치마를 인편으로 보냈다. 서너 달에 한두 번 머슴 석이 소식을 품고 오르내렸다. 그는 이번 편지를 애타게 기다렸다. 학연이 무슨 말을 했기에 비단치마 보낼 생각을 했을까? 혜완의 생각이 읽히지 않았다.

시중드는 여자를 들여앉혔다는 말인가? 너희 아버지 체면을 놓으셨구나. 독수공방 십여 년, 내 마른 가슴은 어쩌라고? 얄미운 가격이었다. 혜완은 아픈 속내를 움켜쥐고 삭이는 성격이 아니었다. 어떤 방법으로든지 속에서 들끓는 군더더기를 담아두지 않았다. 빛바랜 다홍치마를 내려보낸 것은 안방마님의 건재를 각인시키려는 날 벼린 일침일 것이다.

*

누릿재 넘어온 바람살이 거칠었다. 댓잎이 서로를 훑치며 서럽게 울었다. 비단치마라니, 그는 마뜩치 않았다. 힘들게 감내했던 시간의 갈피를 헤집고 새삼스럽게 인편으로 보내온 비단치마는 뜬금없었다.

무슨 말이 하고 싶은 거요? 갑자기 농짝 맨 아래 넣어둔 홍치마를 꺼내 보낸 이유가 무엇이오? 내가 무엇을 잘못했소? 불시에 풍경 하나가 눈앞으로 다가와 살포시 주저앉았다.

그가 입고 있는 감색 물들인 누비 마고자를 눈여겨 처다보던 학연이 물었다.

"정갈하게 꿰맨 누비 마고자는 누구의 솜씨입니까?"

잔기침으로 침샘을 고른 후 그가 입을 열었다.

"학연아, 이곳으로 모두 솔가를 하면 어떨까 생각 중이다. 내 나이가 견뎌내질 못하겠구나. 해배길이 까마득하지 않은가."

학연이 무릎걸음으로 바짝 다가앉았다.

218

"아버님, 어쩌시려고요? 건강도 안 좋은 어머님께서 이 외진 고장에 오시는 건 무리라 생각됩니다. 농아를 묻은 이후부터 한동안 사물을 분간하는 의지마저 버린 듯했습니다. 온종일 멍해 계셨다니까요. 이곳으로 어머님이 움직이시면 딸린 애들이 또 몇이나 움직여야 하지 않을지요."

약용의 등허리가 허물렸다. 움켜쥐었던 등골이 헤실헤실 풀어졌다. 등뼈가 덜컥거렸다. 구부러지고 굽은 자세를 남아의 굴욕이라 말하던 그의 도저한 품격이 나달거렸다. 일자로 다물린 혜완의 굳은 얼굴이 떠올랐다. 머리 위에 하늘을 우러러 두려울 것 없이 살아온 생인데, 혜완의 다문 입 앞에서는 조용히 물러서는 것이 현명하다는 것은 열다섯, 첫날밤에 어린 신랑이 깨달은 평온의 대안이었다. 안방마님의 건재라, 누가 아니라고 했던가? 자갈돌 구르듯 머릿속에서 달그락거렸다.

약용은 뻣뻣한 정강이를 끌며 마당을 한 바퀴 돌았다. 마음이 바람을 타고 술렁거렸다. 엉긴 댓잎들이 곡소리를 내고 울었다. 마른 살갗을 바람이 훑치고 지나갔다. 너무 깊이 생각하지 말고, 누구도 아무도 기다리지 말라고, 성급하게 매듭 풀 생각은 접어두라고, 뭉친 그리움은 지병이 되어 정강이에 달라붙었는데, 이제 그만 덜어내라고 재우쳤다. 모두 내려놓았는걸, 입술에 매달린 혼잣말이었다. 필생의 업이라 여겼던 학문조차 손님이듯 머뭇거리며 어깃장을 부렸다.

지난봄 옮겨 온 다산초당에 층계를 만들어 채마밭을 일궜고 치자나무를 심었다. 꽃을 보려 함이었다. 그런데도 입은 가벼이 내려놓았노라, 엄포를 질렀다. 흙살을 고르는 손끝에 희열이 묻어 제 바람에 신명을 부르지 않았던가. 씨 뿌리고 채마밭 가두리에 둔덕을 만들고 파낸 연못에, 주둥이를 자발대는 붕어를 보고 흥에 겨워 어깨춤을 들썩인 사람이 누구이던가. 참으로 가증스러운 모순이었다.

빛바랜 비단치마 갈피에서 툭 떨어진 시 한 수. 처음 받았던 날에는 펼쳐보지 않았다. 그렇게 주름 갈피에 단단하게 여민 쪽지가 있으리라고는 생각지 못했다. 혜완의 낯익은 글씨를 대하는 순간 그의 가슴 한귀가 주물러졌다. 혜완아! 핑 눈가에 서린 이슬이 성가셔 손등으로 문댔다.

> 등불 아래 한 많은 여인은 뒤척이며 잠 못 이루네!
> 그대와 이별한 지 칠 년, 서로 만날 날 아득하니
> 살아생전에 만나기 어렵겠지요?
> (……)
>
> 혜완

울컥 뜨거운 덩어리가 목울대를 넘었다. 다정다감한 성품이 아닌데도 몇 줄 안 되는 시의 행간에 담긴 그리움이 절절했다. 미안하오, 미안해, 이 말밖에 달리 무슨 말을 해야 할지, 혼잣말로 중얼거리다가 불시에 약용이 붓을 들었다.

> 병든 아내 해진 치마 보내왔네 / 천 리 먼길 애틋한 정을 담았네
> 흘러간 세월에 붉은 빛 바래서 / 만년의 서글픔을 가눌 수 없고나
> 마름질로 작은 세 첩 만들어 / 아들을 일깨우는 글을 적는다
> 부디 어버이 마음 잘 헤아려 / 평생토록 가슴에 새기려무나

저녁 바람이 차가웠다. 약용은 풀어낸 목도리를 네 절로 접어 무릎을 덮었다. 혜완이 손바느질로 만들어준 명주 목도리가 강진의 갯바람을 막아주었다. 두 겹으로 된 목도리의 안감은 명주고 겉감은 무명으로 기웠다. 두루마기도 그랬고 바지저고리도 안감과 겉의 질감이 달랐다. 그 다름이, 무명과 명주의 상이한 감촉이 약용의 손끝에서 서걱거렸다. 그 조금은 낯간지러운 다름을 혜완이 검정색 물로 버무렸다. 명주의 부드럽고 포근한 질감이 간사한 몸뚱이에 소슬하게 솟았던 소름발을 뭉갰다. 혜완의 버무려짐이었다. 혜완은 늘 그 자리, 거기에 서 있었다. 농아를 안고 한 손을 흔들던 모습으로.

*

진솔이 걸레 자배기를 들고 들어왔다.

"한낮의 산보는 좋다 하더이다. 너무 멀리는 가지 마시고요."

점심 뒤, 진솔이 방을 쓸고 닦았다. 햇볕이 좋은 날에는 이불을 내다 걸었고 벗은 옷가지는 손 빠르게 들고 나가 물에 담갔다. 서책이나 지필묵은 건들지 않았지만 가지런하게 고르는 손끝이 여물었다.

그가 진솔의 물기 젖은 손등에 한 손을 겹쳤다.

"날마다 하는 걸레질, 적당히 하소."

길들지 않은 온기가 그를 당겼지만, 진솔이 손등에 덮인 손을 가만히 덜어냈다. 떠밀린 듯 방을 나가면서 그가 엷게 입술을 비틀었다. 다독이고 억제하고 누르고 눌렀던 어떤 부분이 화판이 벌어지듯 벙싯거렸다. 염치없음의 극치였다. 혜완의 속살에 닿았을 비단 치마를 받아들고 한나절 내내 회한에 울먹거리던 심사가 어쩌자고 한줄기 샛바람에 들썩인단 말인가? 요사스러운 감정의 변이가 미열처럼 관자놀이에 엉겼다.

비단치마가 그의 무디고 답답한 일상에 돌을 던졌다. 거칠고 억센 파고였다. 멈출 것 같지 않았다. 그는 자신의 안에서 서걱대는 돌기를 예감했다. 저녁 연기에 쫓겨 방으로 들어갔다. 숲을 끼고 앉은 산정은 오후의 햇살이 기웃해지면 검푸른 산그늘에 뒤덮였다.

*

박명 속에서 하얀 꽃봉이 갸웃 고개를 숙인 자태였다.

"적당한 그릇이 없어 우묵한 질그릇에 담았습니다. 내일이면 화판이 열릴 거예요. 치자꽃은 지금이 제일 예쁩니다."

차가워진 바람에 붕긋, 꽃봉 여민 치자꽃. 퍼런 녹색 잎 사이에 드문드문 숨은 듯이, 수줍은 듯 고개 드민 꽃. 봉우리 때와는 달리 흰 화판의 만개는 으스러질 듯이 여렸다. 초당을 한 바퀴 서성거리다가 모기에 쫓겨 방에 들어갔을 때 그는 그 꽃을 만났다. 뚝배기 턱에 비스듬히 가지를 뉘인 하얀 꽃 한 송이, 봉창에서 걸러낸 희미한 어스름 속에서 잔향을 품은 여인처럼 오롯한 모습이었다. 안개비에 함초롬히 젖은 여인의 살냄새가 그러할까, 참으로 기진한 아름다움이었다.

약용은 돌아보지 않은 채 치자꽃에 코를 묻었다.

"아니, 이 질그릇이 제격이오. 향이 맑고 순하군요."

"사람들이 말하더이다. 치자꽃은 청결하고 순함을 간직한 꽃이라지요."

그대의 모습이구려, 순연하고 여린데 어찌 이리 고혹적이오? 그 말은 소리 낼 수 없었다. 그 유치함의 극치를 그가 씹어 삼켰다. 무슨 할 말이 있어 그리 당황했을까.

그는 부탁하지 않았다. 시키지도 않았다. 물어보지도 않았다. 솔기를 발라내고 개켜져 있는 비단치마를 한번 쳐다본 진솔이 다리미에 불을 피워 들어왔다. 아무데나 나서거나 동작이 헤픈 사람이 아닌데, 그 단단한 고요가 그의 가슴을 훔치려 했다. 고개를 흔들어 당치않은 상상을 털어냈다.

진솔이 들고 있는 손다리미 숯불이 불티를 튕겼다. 순간 혜완의 비단치마가, 진솔의 얼굴이, 그가 들고 있는 죽비가 불에 덴 듯 발갰다. 왜 그렇게 쫓기듯 빈지문을 박차고 나갔을까?

*

진솔이 방석 위에 치마를 펼쳤다. 원앙의 기억이 사무친 다홍치마가 아닌가. 살짝 관자놀이가 상기되는 걸 느꼈다. 얼굴을 본 적은 없지만 멀리 유배 온 낭군의 마음 자락을 움켜쥐려는 안타까움이 주름골마다 배어 있었다. 다섯 폭 치마 솔기를 뜯은 걸 보면 뭔가 사용처가 있을 것이다. 그림을 그리든 글씨를 쓰든 일단은 접힌 구김살을 펴야 할 것이었다. 그래서 다리미에 숯불을 피웠다. 진솔은 왠지 손끝에 힘살이 풀려 된숨을 몰아쉬었다. 어쩌려고, 어쩌자고, 숙맥처럼 마음 깃을 풀려고 하는지 모를 일이었다. 어제 저물녘에 진솔은 그의 옷가지를 빨았다. 솜 둔 저고리여서 겉과 속을 뜯어내고 솜을 발라내어 빨고 삶았다. 방망이질을 하는데 기침 소리가 나서 돌아보았다. 그가 무명 수건을 들고 서 있는 것이 아닌가. 제자들의 글 읽는 소리가 낭랑했다. 말없이 무명 수건을 건네주고는 돌아서 걸어가던 사람, 고맙다는 말 한마디가 입안에서 가시가 되어 뭉개졌다. 어쩌려고, 진솔의 앙다문 입술이 피를 내뱉었다.

비단치마 한 폭을 뒤집어 방석 위에 편편하게 폈다. 양반가의 새 아씨 녹의홍상이었다. 중국 비단은 그 짜임이 톡톡하고 부드러웠다. 불시에 고개가 꺾였다. 젖은 물수건을 접힌 주름에 놓고 다리미를 얼레질하듯이 굴렸다. 접힌 부위가 세월을 먹은 탓인지 골진 주름이 다림질에도 먹히지 않았다. 자국이었다. 시간의 자국이었다. 그것이 아직도 생생하게 진솔의 귀청에 울렸다. 불시에 다리미 든 손이 멈춰졌다. 팔자 드센 여자, 열세 살 민며느리로 들어간 곽씨 집안에서 출부당한 명분은 돌계집이라는 죄명이었다. 하룻밤이나마 남정네 구실도 못 하는 어리바리 병신 자식을 감싸고들었다. 두 번째로 들인 각시도 석녀로 쫓겨났고 세 번째 들인 각시는 다른 사내의 종자를 품은 것을 달래고 다독여 떠도는 구설을 입막음했다지. 아쉬움도 미련도 없었다. 친정에 보태준 논 두 마지기와 손바닥만 한 밭뙈기는 다시 앗아갔다. 몇 구비 세월이 흘렀지만, 진저리쳐지는 가슴의 자국은 지워지지 않았다. 색 바랜 비단치마 주름 갈피처럼 저마다 가슴에 품고 사는 세월의 옹이인지도 몰랐다.

*

벌컥 방문이 열리고 그의 버선발이 코앞에 다가섰다.

"마주잡고 다리미를 눌러줘야 주름이 펴질 거요."

빨리 방에 들어온 것이 민망했던가. 비비적대며 그가 마주앉았다. 그가 두 손으로 치마의 끝을 잡았고 진솔이 오른손에는 다리미를 들고 왼쪽 버선발로 치마의 한귀를 눌렀다. 숯불이 과했는지 젖은 면포가 부지직 김을 피워 올렸다.

"이만하면 되었소. 수고했소."

진솔이 다린 치마폭을 횃대에 걸었다.

"훈김을 말려야 결이 살아날 겁니다. 그대로 접어두면……."

그대로 두면? 그게 어쨌다는 거냐고 물었어야 했을까? 진솔이 허리를 구부려 다리미를 집어 올렸다. 그가 따라 일어섰다. 순간 두 사람은 사이를 가늠하며, 서로의 눈을 쳐다보았다. 눈을 맞춘 건 처음이었다. 진솔이 그의 얼굴, 그의 눈을 맞바라보지 못했다. 얼음 알갱이를 품은 듯 싸늘한 촉수로 번들거리는 눈매였다. 진솔은 그를 느낄 수 있었다. 옆으로, 뒤로, 발목에 엉기는 시선을 느끼긴 했지만 그것뿐이었다.

"보리방아를 찧을 때는 검정 버선을 신은 듯했는데?"

진솔의 대답은 늘 살가웠다.

"예, 먼지가 묻었기에 벗어두고 새 버선으로 갈아신었지요. 어르신 공부하시고 주무시는 방을 더러운 버선발로 뭉갤 수가 없는 까닭입니다."

진솔의 그 마음이 가슴에 안겨왔다. 공부하고 글 쓰고 잠자는 방을 흙살 묻은 버선발로 더럽힐 수 없다는 갸륵함이라니, 치자꽃은 사흘 말미로 새 봉오리로 갈았다.

진솔이 침묵을 덧바른 그의 입술과 눈에 서린 간절함을 보았다. 무엇에 대한 간절함인지는 헤아리고 싶지 않았다. 몸인들, 마음인들, 그분이 바라봐주는 것으로 아픔의 골진 주름살이 펴질 터인데.

약용에겐 진솔의 고요함이 마음으로 밀어내는 동작으로 여겨졌다. 자그마치 여덟 해 동안이었다. 열린 덧창으로 스며든 기운 햇살이 노을빛 비단치마를 안고 버둥질을 쳤다. 어느 순간 진솔이 눈을 치떠 그를 바라보았다. 크고 검은 눈망울이 젖어 있었다. 그의 손이 다리미 든 진솔의 팔을 붙잡았다. 진솔은 피하지 않았다.

약용이 혀 아래 쟁여둔 말들이 침에 버무려져 굴러나왔다.

"내가 어려운 거요? 무서운 거요? 늘 몸을 사리니…….."

칼에 찔린 선혈처럼 붉은 말들이 토해졌다.

진솔이 살레살레 고개를 저었다.

"이도 저도 아닙니다. 이렇게 다홍치마가 어르신을 지키고 계시니."

"내가 아무래도 지친 것 같소. 자그마치 여덟 해요. 이생의 인연은 아니지만, 그대는 아마도 전생이거나 후생의 사람이 아닐까 싶소."

쏟아낸 말들이 살아 있는 생명체처럼 눈앞에 곰실거렸다. 이게 무슨 망발인가, 다홍치마가 빌미였을까? 약용은 몸이 시키는 것을 뿌리칠 수 없었다. 바람 골에 무너진 나무등걸이었다. 너무 지쳤고 너무 피로했다. '날 좀 붙잡아주시오.' 되울림의 목소리가 떨렸다. 그리 간절했던, 그 낭창한 허리를 와락 껴당겼다. 한줌밖에 안 되는 가녀림이 그의 가슴을 파고들었다. 진솔이 들고 있는 손다리미 숯불이 하얗게 사위어 재가 되었다. 그가 받아서 내려놓았다. 구강포 갯벌에 질펀하게 번진 노을이 초당의 등마루까지 선짓빛으로 물들였다.

치마허리에 반쯤 가려진 진솔의 가녀린 등피에 발간 노을이 타올랐다. 여인은 돌아앉아 벗은 저고리를 접었다. 그의 손이 의지와는 상관없이 성급하게 속옷의 매듭을 풀었다. 긴 세월 여체를 멀리했던 그의 마른 손길이 헛돌다가 어느 순간 불심지에 닿은 듯 타올랐다. 몸안에 실하게 다져 눌렀던 야성의 발톱이었다. 약용은 숨길을 잦혔다. 헉! 이런 여체를 보는 건 처음이었다. 등골을 타고 내린 오목한 척추의 휘어짐이 흐르는 개울의 곡류이듯 눈이 부셨다. 여인들의 앞만 봐왔지 뒤태에 눈이 감기기는 처음이었다. 불시에 그는 달아올랐다. 거역할 수 없는 억제로 몸을 가두고 살았다. 꺾인 중년의 서투름이었다. 깊고 뜨겁고 소슬한 진솔의 안에 그는 자신의 모두를 들이부었다. 새롭고 독한 몸의 마성이었다. 처음처럼 신선하고 황홀했다. 뜨겁고 감미로운 전율이 실핏줄을 타고 여진을 흘렸다. 떨림이 멈추지 않았다.

진솔아! 솔아! 신음처럼 배어나온 부름이었다. 자신의 몸이 내쏟은 신호였다. 뒷자리 요때기에 붉은 반점이 선연했다. 그가 손가락으로 그것을 문댔다.

"솔아, 혼인하지 않았더냐?"

옷매무새를 가리던 진솔의 입술이 살짝 울먹였다.

"밤마다 손가락으로 헤집었을 뿐입니다. 그러다가 매질이나 했고요. 골반뼈가 허물려 그게, 한쪽밖에 없었으니까요."

봉놋방 할미가 그랬다.

"진솔이 처녀 딱지도 못 뗐어라. 불알 한쪽밖에 없는 신랑이 손

찌검으로 밤을 새웠다지 않소."

탄식처럼 뇌까렸다.

노을빛 비단치마가 도발했다. 엉뚱한 원망이었다. 늙고 쇠락한 육신이지만 지조 있게 지켜 고스란히 혜완에게 되돌려줄 생각이었다.

*

붓이 손에서 겉돌았다. 뚝배기에 비스듬히 잠긴 희디흰 치자꽃이 노을빛 비단치마의 앞을 가리려 했다. 이 무슨 고약한 낭패란 말인가, 그의 마른 입술이 달싹였다.

자꾸 손이 가려 했다. 절제라는 이성의 마디가 후물거렸다. 단단하게 몸을 사렸다. 손끝에서 나부대던 떨림이 전신을 타고 기어올랐다. 임금 앞에서 뒷걸음쳐 물러날 때 떨림의 징후하고 비슷했다. 전신을 누볐던 그 아리고 섬세한 전율, 다시는 이생을 마감하는 날까지 그런 영혼의 떨림은 없으리라 장담했는데, 어쩌자고 한소끔 향기에 무너진단 말인가. 어이없었다. 맹랑했다. 약용은 느슨해진 대님을 실하게 묶었다. 당치않았다. 천만번, 당치않아, 이를 사려물었다. 목젖을 울리는 이 딸꾹질의 진의는 무엇이란 말인가? 일어나서 빈지문의 문고리를 걸었다. 허물어진 자신의 몰골을 누구에게도 보여서는 안 되었다. 휘어지고 나긋했던 등허리의 오목 줄기가 눈앞에 어른거려 아무것도 보이지 않았다. 실거지하고 들어온 진솔을 보고 물기 가시기도 전에 그가 옷고름을 풀어헤쳤다. 자제했던 세월의 부피를 상쇄하려는 목마름이었다. 사납고 거친 고비가 그를 무너뜨렸다. 그는 자주 날숨을 토해냈다. 한 구비를 돌고 나면 또 한 구비가 열병처럼 그를 휘잡았다.

단단하게 몸을 사린 쪽은 진솔이었다.

"어르신, 몸을 보존하셔요."

두어 계절을 넘길 즈음부터 핑계를 대고 진솔이 돌아누웠다.

그는 머쓱 물러났다. 틀린 말은 아니었다. 그의 몸 상태를 헤아린 진정 어린 말이었다. 그런데도 그는 그 작은 뿌리침에 역정이 일었다. 역정이 말문을 닫아걸게 했다. 본디 그는 더운 기질을 질색했다. 자신이나 가족이나 누구든 관계에 대해서 지분대는 탯거리를 경멸했다.

그는 동암의 학동들하고 온종일을 보내다가 이부자리 펼 시각이면 조용히 거동해 이불을 들썼다. 그는 속으로 천만번 되뇌었다. 당치않아, 이를 사려물었다.

*

약용은 우선 마름질을 했다. 비단 조각은 가로 세로 일곱 치와 세 치 오 푼으로 잘랐다. 가위질을 하다가 약용이 손을 멈췄다. 혜완의 의중은 고이 접어두고 간직하라는 의미가 아니었을까? 하피첩이든 무엇이든 치마의 본체를 조각내는 건 혜완을 거스르는 일이 아니고 무엇인가, 은근히 자괴감이 일었다. 하지만 보고 만지고 삭은 비단 올에서 혜완이 몸을 으스러뜨리는 외로움을 느낄 수 있었다면 그것으로 충분하지 않을까? 설사 기대하는 마음의 방향이 달랐다고 해도 지금 그가 하고 싶고, 할 수 있는 일은 하피첩을 만들어 두 아들에게 염두에 담아두었던 글귀를 남기는 일이었다.

치마 한 폭을 삼등분하고 길이는 다섯 쪽으로 나누었다. 세로 두 뼘, 길이를 한 뼘으로 잘라 도합 마흔여섯 쪽을 만들어 힘을 실어줄 한지로 배접했다. 한지는 비단 쪼가리보다 크게 마름질했다. 풀을 발라 비단을 붙인 다음 다리미로 눌러주자 빳빳해졌다. 그 공정이 실로 섬세한 손길을 필요로 했다.

삶에 대한 철학과 인생 지침을 적었다.

나는 전원을 너희에게 남겨줄 만한 벼슬을 하지 않았지만 오직 두 글자의 신부, 즉 절대적 믿음이 있어 삶을 넉넉하게 하고 가난을 구제할 수 있기에 이제 너희들에게 주노니 너희들은 소홀히 여기지 마라. 한 글자는 근(勤)이요, 한 글자는 검(儉)이다. 이 좋은 글자는 좋은 전답이나 비옥한 토지보다 나을 것이니 일생동안 써도 다하지 않을 것이다.

항아리가 대체로 완전해도 구멍 하나만 있으면 못 쓰듯이, 모든 말은 다 미덥게 하다가도 거짓말 한마디만 해도 도깨비처럼 되니 늘 말조심해라.

경이직내 의이방외(敬以直內 義以方外), 군자는 공경하는 마음가짐으로 자신의 내면을 바르게 하고 정의로운 행동으로 자신의 행동을 반듯하게 해야 한다.

화복은 문이 없으니 스스로 자처한 것이다. 화복은 운명적으로 결정된 것이 아니라 스스로 하기 나름에 달렸다.

주역의 말을 인용했다.

소소한 당부밖에 할 수 없었다. 폐족의 자식이 할 수 있는 일이 무엇인가? 흙으로 돌아가 벼를 심고 보리를 심어 생계를 확보하는 일이 우선이라 말할 수밖에. 학연이 스물여덟 살, 둘째 학유가 스물다섯 살, 펄펄 날아다녀야 할 청춘에게 흙을 파고 씨앗을 뿌려야 한다는 아비의 부탁은 가증스럽고 민망했다. 그는 편지 말미에 한 마디를 덧붙였다.

아들아! 먹고사는 일에 치여 문화적 안목을 버린 채 하루하루 밥벌레처럼 살아가는 세속의 삶을 경계해야 할 것이야. 삶의 근원에서부터 차오르는 기쁨은 어디서 찾을까? 기쁨은 거창하고 멋진 것 속에 있지 않고, 사소한 관찰과 미묘한 계절의 변화 속에 숨어 있음이라.

방싯 빈지문 틈새로 가위하고 김 오르는 풀 대접이 들어왔다.

232

"밀가루를 구하지 못해서 찹쌀풀을 쒔습니다."

목소리만 건너왔다. 소리 없이 문이 여며지고 어른대던 그림자가 비켜섰다. 뉘엿한 하지의 해거름이 문지방을 넘었다. 약용이 입술을 달싹였다. 수고했소. 들릴 리 없는 말을 건넸다.

풀 바르기와 다리미질은 진솔의 손을 빌렸다. 진솔은 아무것도 묻지 않았다. 옆에서 시시콜콜 묻거나 소리 내어 나불댔으면 냉큼 방에서 내쫓았을 것이다. 들고 남에 소리를 지웠고 간혹 묻는 말에도 나직한 음조에 부드러움이 실렸다.

외나무다리

며칠 전 상의 아비 황인담이 "새로 부임하는 현감이 이안묵이라 하더이다. 노론을 좌우지하는 인물이라 벌써부터 환영 행사로 관아가 들썩입니다" 말을 부려놓고 갔다.

강진 장터가 떠들썩했다. 놀이패들의 춤사위가 지축을 울렸다. 칠월 스무이틀, 처서라지만 한낮의 땡볕이 지글거렸다. 초목이나 사람이나 소금에 절인 듯이 시들거렸지만 놀이패들의 신명은 해거름에 이르자 절정으로 치달았다. 새로 부임하는 현감, 이안묵을 환영하는 놀이패가 먼지바람 속에서 뱅뱅이를 돌았다. 이안묵은 다른 새내기 현감하고는 격이 달랐다. 수렴청정 정순왕후의 신뢰를 한몸에 받고 있는 그였다.

이안묵이 목소리를 높였다.

"정약용의 주변을 단속해야 할 것입니다. 배교했다지만, 천주학쟁이들은 대나무 뿌리처럼 서로 엉켜 삶과 죽음을 나눈다 합니다."

정약용을 사학 죄인으로 강진 땅에 유배시켰지만, 노론 정객들이 안심하기에는 그의 존재감이 너무 막강했다. 유배지 봉놋방에 납작 엎드려 있는 정약용에게 임금을 무고한 죄라며 옥에 가두었다. 빗나간 촉이 아니라 나름의 정보가 있었던가? 정약용의 언저리에 천주학쟁이의 그림자가 어른거릴지도 모른다는, 이안묵의 조금은 예민한 짐작이었을 것이다.

노론의 속내는 반대파를 제거해야 한다는 하나의 목표를 향해 모아졌다. 임금의 독살설이 나돌자 노론은 가상의 적대적 대상을 사학에 걸었다. 어린 순조의 정수리에 앉아 신유박해의 피바람을 일으킨 정순왕후의 한판 승부수였다.

예순여섯에 왕비를 간택해야 했던 영조는 마지막으로 간택된 세 처자를 앞에 두고 물었다.

"세상에는 많은 고개가 있을 터, 어느 고개가 제일 넘기 힘들다 생각하는고?"

한 처녀는 추풍령이라 답했고 또 한 처녀는 대관령이라고 대답했다. 마지막으로 남은 김한구의 딸은 맑은 목소리로 "가장 힘든 고개는 보릿고개입니다" 하고 답했다. 영조는 다시 처자들의 모습을 이리저리 살폈다. 그중 김한구의 딸이 크게 다듬어진 미색은 아니었지만 행동거지가 단아하고 침착했다.

"하나만 더 물어보지. 꽃 중에서 어떤 꽃이 제일 예쁘던가?"

모란꽃이라 대답하는 처녀에 이어 연꽃의 아름다움을 칭송하는 처녀를 두고 영조는 다소곳이 고개 숙이고 앉아 있는 김한구의 딸에게 시선을 보냈다.

"예, 저는 목화꽃이라 하고 싶습니다. 목화는 추위를 막아주고, 몸을 가릴 무명천을 마련해주기 때문입니다."

영조가 무릎을 쳤다.

"지혜롭고 영민하도다."

간택은 단숨에 이루어졌다. 하지만 예순여섯 살의 임금은 열네 살 병아리 같은 계비를 품기에 너무 지쳐 있었다. 증조할아버지와 손녀 같은 연륜의 간극은 어린 왕비에게 외로움과 소외를 안겨주었다. 궁궐 한구석에 엎드려 오십 성상을 기다린 정순왕후였다. 생각이 깊었고 행동이 반듯했고 말과 웃음이 헤프지 않았다. 열한 살로 등극한 순조는 피도 살도 섞이지 않은 손자였다. 섭정의 권한으로 옥새를 대비전으로 옮기던 날, 정순왕후는 빈한했던 친정의 번성을 향한 욕망이 대전의 천장을 뚫고 치솟는 것을 느꼈다. 보릿고개와 목화꽃을 들먹여 사유의 말잔치로 획득한 계비 자리였다. 배태 한번 못 하고 영조가 유명을 달리한 뒤, 정조가 등극한 조정은 바늘방석이었을 것이다. 사도세자를 죽음으로 몰고 간 노론 벽파의 곁다리에 정순왕후 김씨의 역할이 없었을까?

정조의 임종 시, 정순왕후 김씨는 왕후인 혜경궁 홍씨나 손자인 동궁을 임금의 근처에서 내쳤고 내의원 제조 심환지까지 물렸다.

"내가 직접 받들어 올리려 하니 경들은 잠시 물러가시오."

내실에는 철천지원수에 다름 아니었던 대비가 정조의 임종을 지키고 있었다. 곧이어 비통한 곡소리가 임금의 서거를 알렸고 많은 사람들이 정조의 죽음을 앞당긴 장본으로 정순왕후 김씨를 지목했지만, 누가 그 정황을 밝힐 수 있었을까? 독약을 써야 독약이 아니었다. 더운 약재를 써야 하는 몸에 찬 약재를 쓰거나 농도가 강한 탕약도 독약이 될 수 있음이었다. 종기를 앓는 왕에게 인삼을 장복시켜 열꽃에 불을 지핀 자가 누구이던가?

심환지가 임금과 편지로 소통했다고 해서, 정조의 서거 후 곡소리를 높여 슬픔을 과장했다고 해서 독살을 도모하지 않았다고 장담할 수 있을까? 서찰과 독살은 별개의 사안이 아니었을까? 사흘 말미로 임금의 어찰을 받아 챙겼다지만 그것이 충정을 증빙하는 증거일 수는 없었다. 심환지는 정순왕후의 발아래 엎드렸다. 어린 왕과 궁궐의 뒷방에서 평생을 보낸 늙은 정순왕후가 노론 벽파와 대치될 정적이 될 수 없었다.

사학은 빌미에 지나지 않았다. 체제를 전복시키려는 반역이라, 그 엄혹한 족쇄가 사학 죄인을 비틀고 쪼았다. 검붉은 선혈이 하늘과 땅 사이에 차고 넘쳤다.

*

보은산방의 빈지문이 사납게 흔들렸다.

"죄인 정약용은 오랏줄을 받아라."

끌로 바위를 쪼아 새긴 그 이름, 이안묵. 강진 유배지에서 만날 줄 누가 알았을까? 눈 감고 귀를 막고 입을 봉한 채 낮은 바닥에 주저앉은 약용을 세상이 들쑤셨다.

약용이 물었다.

"내 죄명이 무어라 하던가?"

달려든 군졸 두 놈이 양쪽 팔을 꺼당겨 질질 끌고 나갔다.

"가보면 알 것이야. 천주학쟁이 죄인들이 모여서 작당모의를 한다지?"

약용이 관아로 끌려가 땅바닥에 무릎을 꿇었다. 칠월 불볕이 관아의 형틀을 달구었다. 흙살을 데운 부연 연막이 살기가 되어 피어올랐다. 약용이 무거운 눈꺼풀을 밀어 올렸다. 지난밤, 축시가 넘어서야 겨우 눈을 붙였다. 잠은 짧았고 그 얕은 잠 속에 오색의 무늬가 어룽거렸다. 꿈은 늘 어수선했다. 두물머리 뱃전에서 이벽의 흰 두루마기 자락이 바람을 안고 펄럭거렸다. 누군가의 너부죽한 손바닥이 그의 갓머리를 쓰다듬었다. 그 손의 온기가 전신으로 번졌다. 달싹거리는 입에서 의미 모를 소리가 새어 나왔다. 주여, 했는지 임금이시여! 했는지 학연아, 했는지 모호하고 아득했다. 두미현의 가파른 물살에 쓸려 배가 심하게 요동치면서 몽롱함이 싹 가시었다.

잡아온 죄인을 반나절이나 땡볕 바닥에 내동댕이쳐두었다. 내버려둔 의도는 자명했다. 죄명을 씌워 감옥에 가둘 만한 빌미가 있을 리 없었다. 골병들게 패대기쳐 목숨을 단축시킬밖에. 약용의 학문에 대한 식견과 넘볼 수 없는 재능에 대한 시기심 때문이었을까? 약용이 동부승지로 몇 단계를 승승장구할 때 이안묵은 이조좌랑에 불과했었다.

이윽고 현감 이안묵이 팔자걸음으로 대청마루에 나타났다. 내딛는 발걸음에 거드름이 무거웠다.

"죄인 정약용은 들어라. 귀양살이하는 신분을 잊었는가? 천주 죄인 패거리들하고 어울려 임금을 원망하고 세상을 비웃으며 조정을 모함하는 짓거리가 역모가 아니라면 무엇을 역모라 할 것인가?"

약용이 치뜬 눈매로 좌우를 살펴보았다. 덩실하니 허리뼈 곧추 세운 현감 이안묵 둘레로 서슬이 퍼랬다. 좌우에 거느린 나졸들의 얼굴에도 득의에 찬 비늘이 번들거렸다.

불호령이 떨어졌다.

"죄인은 고개를 숙여라. 어느 안전이라고 대가리를 쳐들고 눈살을 세우느냐?"

약용은 입가에 번지는 냉소를 삼켰다. 이안묵 따위에게 자신의 목숨을 담보 잡히고 싶지 않았다. 목숨이 아까워서가 아니라 해야 할 과제가 많았다.

"역모라니, 금시초문이오. 아무데나 역모라는 말을 쓰지 마시오. 본디 역모를 애용하는 자들만이 역모라는 말을 함부로 입에 올리지요."

현감 이안묵이 들고 있는 등피로 허공을 후려쳤다.

"오만방자하구나. 죄인은 이실직고하라. 불손한 무리들과 어울려 만백성의 어버이인 상감마마를 원망하고 무능을 비난하는 입질을 했다니, 그 죄를 알렸다."

이안묵이 계속했다.

"정약용, 네 죄가 막중한 것은 청정 지역인 강진에 와서 이곳을 불온과 악으로 오염시키고 있음이라, 그 죄가 어떤 것인지 맛을 봐야 알겠는가? 죄인을 매우 쳐라."

이안묵의 쇳소리가 관아의 대청을 짱짱 울렸다.

군졸이 대추나무 막대기로 등때기를 후려쳤다. 울퉁불퉁한 대추나무 막대기는 천주학쟁이를 고문할 때만 휘둘렀다. 약용이 탄식했다. 내가 이 강진에서 죽는구나. 신유년, 그 악랄한 국청에서도 버티었던 갈비뼈가 맥없이 쪼개지고 있었다.

*

짚단 위에 패대기쳐진 약용이 허리를 가누지 못했다. 두려움이 사지를 물어뜯었다. 성긴 간살 사이로 들이친 막대기 같은 햇살이 누추한 감옥 바닥을 가로질렀다. 한기가 뼛속을 파고들었다. 한 패거리로 어울리는 천주학쟁이? 먼 울림이 귓가에 와 수런거렸다.

"택규입니다, 외삼촌, 천지간에 의지할 데가 삼촌뿐이라 월악산을 기어내려 여기 월출산에 이르렀어요."

환청인가? 설마, 헛것이려니. 약용이 손을 내저었다. 순간 머릿속이 새하얗게 비었다. 관아에 끌려오기 바로 전날이었다. 소피 생각에 허리춤을 추스르고 일어났다. 빈지문을 치는 작은 기척에 온몸에 소름발이 일었다. 또 투석질인가? 한동안 잠잠했는데, 이불을 뒤집어쓰고 눈을 감았다. 투석질이 아니었다. 기척은 멀어졌지만 잠은 이어지지 않았다. 가슴이 까맣게 졸아들었다.

잠을 깨운 기척은 잠잠했다. 약용이 윗옷을 입고 방을 나갔다. 택규냐? 소리 없는 소리로 불렀다. 그는 스스로 유령이 되어 밤을 헤집었다.

목에 채운 칼이 목을 비틀었다. 감옥이었다. 어둠 속에서 누군가 말을 걸어왔다.

'우리의 생은 끝이 있으나 지(知)는 끝이 없다. 끝이 있는 생으로 끝이 없는 지를 쫓는 것은 위태롭다. 무엇보다 자신의 몸과 생명, 삶을 온전하게 하는 것이 첫째 덕목이라, 지식이나 명예나 형벌, 선과 악도 자신의 삶을 해치는 것이라면 마땅히 삼가야 하거늘…….'

장자의 자아존중론이었다. 자아가 건재해야 타자가 자신 속에 깃들 수 있다는, 철저하게 개인의 자유를 추구하는 장자의 논리였다. 약용이 장자의 책을 머리맡에 두고 읽었다.

유배 죄인을 다시 체포한 것은 압살하려는 조짐이었다. 성리학의 뿌리를 흔들어 기존 세력에 도전하는 정약용의 실용주의는 노론을 위협하기에 충분했다. 그 논리가 비범했고 변혁을 주도하는 타당성 있는 실학은 첨예한 무기와 다르지 않았다. 정약용은 그들이 누리고 있는 번영과 권리와 명예를 손상시키는 악의 씨알이었고, 위험한 꼬투리였다.

*

　약용은 사흘 만에 풀려났다. 그 닷새 동안 이택규가 성긴 잠 속
에 찾아와 애걸했다. 모른다 하세요. 사실 제 거처를 모르지 않습니
까. 제가 거하는 곳은 이 지상의 공간이 아닙니다. 지상이 아니라면
어디란 말이냐? 부들부들 떨리는 몸을 끌고 검은 그림자를 따라가
다가 잠이 깨곤 했다. 그 사흘 동안 누구도 이택규를 거명하지 않
았다. 짐작일 뿐이었다. 더 이상 잡아둘 근거가 있었을까?

　이안묵이 강진 현감으로 부임한 지 닷새 만에 삼방낭청을 역임
하게 되었다. 자축 잔치가 벌어진 저물녘, 옥에서 끌려나온 약용이
어스레한 골목길에 내팽개쳐졌다. 그의 사지 육신이 헐겁게 삐꺽
덕댔다. 벽을 짚고 일어서려는데 마디마디가 결리고 당기고 쑤셨
다. 바닥으로 허물렸다. 그때 누군가 겨드랑이에 팔을 질렀다. 먹물
들인 두루마기에 방갓을 쓴 선비였다.

　"뉘시오?"

　쉿! 짧고 센 음향이 약용의 궁금증에 재갈을 물렸다. 부축하는
덩치가 연약했다. 멀지 않은 보은산방까지 밀고 당기며 말없는 말
을 주고받았다. 옷깃 사이로 미미하게 전해진 온기가 약용의 마른
가슴에 씨알이 되어 박힌 순간이었다. 깻잎 같은 손이 약용의 팔목
을 와락 당겼다가 풀었다. 다부지고 아린 밀착이었다. 팔죽지에 남
은 사나운 꺼당김이 멍이 되어 살 속으로 파고들었다.

　"어르신, 몸을 보존하세요."

242

귀에 익은 목소리에 그가 눈을 떴다. 관아의 문전에서 부축해온 그 깻잎 같은 손은 어디 갔는가? 혼절한 눈가에 검은 도포 자락만 어룽댔다.

옷을 벗기자 피 터진 살갗에 피멍이 흥건했다. 진솔이 닦아낸 물수건을 비틀어 짜면 핏물이 뚝뚝 흘렀다. 됐소, 약용이 손을 들어 그만하라 말렸다. 누가 기별을 했는지 황상이 뛰어들어왔다.

"선생님, 돌아누우셔요."

상이 그의 등과 허벅지에 두 손을 밀어넣어 옆으로 뉘였다. 그런 와중에도 스승과 제자의 눈이 얽히고설켰다. 상이 지키고 있기에 진솔이 방을 나섰다. 진솔이 겨울내 짚 속에 간수했던 토란을 꺼내 오삼죽을 끓여 내왔다. 석방이 되든 안 되든 진솔이 할 수 있는 옥바라지는 겨우 오삼죽 한 그릇이었다. 토란의 무딘 껍질을 벗기고 들깨를 갈면서 진솔이 그의 무사귀환을 천만번 더 힘주어 기도했다. 상이 수저로 떠먹이려 하자 약용이 윗몸을 끌어당겼다. 그는 궁금증에 몸이 달았다.

"그자가 누구요?"

진솔이 대답을 깨물고 방을 나가버렸고 상은 "진솔 누부가 모시고 왔는데요" 했다. 입을 맞춘 거짓말이었다. 그는 뼈마디가 욱신거려 앉을 수가 없었다. 며칠 밤낮을 이불 속에서 뭉갰다. 상이 아궁이에 군불을 일구었다. 더운 아랫목에서 멍든 몸을 풀었고, 주는 대로 마셨다. 홀가분했다. 언젠가 한번은 치러야 할 이안묵의 잔챙이 복수극이었다.

＊

불운은 겹치기로 다가왔다. 학연의 편지였다. 설마, 관아에 끌려 갔다는 소문이 마재까지 달려갔을 리는 없었다. 쪽지 한 장이었다.

아버님! 기체후 일향 만강하신지요? 오늘 슬픈 소식을 알려드 리려 붓을 들었습니다. 농아가 기어이 눈을 감고 떠났습니다. 온몸 에 열꽃을 피운 채 밤새 보채다가 삽시간에 숨이 멈췄습니다. 살고 죽는 것은 하늘의 뜻이라 하나 어찌 이다지 가혹한지, 숨진 농아를 끌어안고 오열하시는 어머님을 바라볼 수가 없습니다. 아버님, 이 만 줄이겠습니다. 강진 내려가는 인편이 있다기에 급하게 몇 자 올 립니다.

학연 올림

약용이 편지를 든 채 방바닥에 주룩 무너져내렸다. 막막하고 아 픈 죽음이었다. 네 살배기 막내아들 농장이 죽었다. 숭례문 석우촌 모퉁이에 서서 조막만 한 손을 흔들어 아비를 전송하던 막내였다. 가슴이 저리고 매웠다. 거짓말처럼 아이들이 죽어갔다. 무엇을 어 떻게 잘못했기에 하늘이 자식들을 데려가는가, 목 질린 한탄이 그 의 안에서 짓물러 터졌다.

아들아! 붓을 들어 한 줄도 쓰기 전에 눈가에 물기가 서려 어룽 거렸다.

(……)

내 아픔이야 그렇다고 해도 품속에서 꺼내어 흙구덩이 속에 집어넣은 네 어머니야 어떻겠느냐. 그 애가 살아 있을 때 말 한마디 행동 하나하나가 기특하고 어여쁘게 생각되어 눈앞에 어른거릴 것이다. 아무쪼록 너희들이 마음 다 바쳐 그 삶을 온전토록 하라.

(……)

새끼줄에 목이 감긴 듯 숨이 좋아들었다. 다하지 못한 것들, 더 보살피지 못했던 성긴 날들이었다. 스물두 살, 생원으로 합격하여 성균관에 들어가 서른아홉 살 임금이 승하하기까지 십칠 년을 벼슬아치로 살면서 마음으로 깊이 보살피지 못했다. 먹이고 입혔으나 다독이지 못했다. 반쯤은 아비였고 반은 벼슬아치로 살았다. 약소하고 미흡했다. 그럴 만한 변명 보따리를 싸들고 다니면서 자신을 비호하기에 급급했던가. 그건 그래서, 이건 이래서 어쩔 수 없었노라, 이유도 가지가지였다.

*

상념이 실밥이 되어 하나의 풍경을 건져 올렸다. 유배길 떠나던 그날, 석우촌 하늘은 쏟아질 듯 무거운 회색이었다. 성긴 눈발이더니 금세 어둑한 구름 속에서 굵은 눈이 퍼붓기 시작했다. 멀리, 혜완이 안고 있는 농아의 작은 주먹이 도리질을 했다. 세 살 먹은 아이가 아비를 배웅하는 손짓이었다. 그 손이 발갛게 얼어 있었다.

성글게 세워진 함거의 간살 너머로 보통이를 안고 달려오는 만아들 학연의 허연 입김이 약용의 가슴으로 달려들었다. 학연이 달구지 고삐 잡은 젊은 포졸들에게 굽실거렸다.

"골병든 몸이 찬 마파람을 견딜지, 부디 연로한 부모님 입성 한 벌 드리게 해주세요."

나이든 포졸의 흰창뿐인 옴팡눈이 학연의 보따리를 힐끗 훑었다. 눈치챈 학연이 따로 마련한 한지로 꾸린 봉지를 포졸에게 건넸다.

"찰밥하고 콩자반 조금 마련했어요."

포졸의 입이 헤벌쭉 벌어졌다. 학연이 부친에게 등을 보이며 포졸의 귀에 대고 작게 속삭였다.

"가는 길이 멉니다. 도중에 주막에라도 들르시면 목이라도 축이시라고 조금 넣었습니다. 어른께는 말씀하지 마세요."

약용이 큰아들 학연의 굽실대는 모습을 마땅찮게 흘겨보았다.

"비키지 못할까. 갈 길이 바쁜데 수작이 길구나."

가는 길이 멀었다. 노량 나루에서 배를 탈 때 함거를 버려야 했다. 약용은 팔이 묶인 채 걷는 일이 고되긴 해도 함거 속에 구겨 박혀 있을 때보다 한결 숨길이 트였다. 걷는 내내 동지 바람이 등덜미를 밀었다. 발자국을 뗄 때마다 곤장으로 문드러진 늑골이 어긋나며 결렸다.

약용은 붓을 집어던졌다. 부질없음이었다. 하루에도 수십 번, 덧없음이여, 혀끝에 노니는 그 말을 칡뿌리 씹듯이 질겅질겅 씹어 뱉었다. 그러다가 차츰 그 징후가 가라앉았다. 모든 것을 자신의 안으로 끌어당겼다. 목 넘기기 힘들어 그는 흰죽 반 보시기도 비우지 못했다. 허기졌지만 더운 기가 치밀어 아무것도 당기지 않았다. 죽사발을 든 채 진솔이 그 말을 풀어냈다.

"조금 때라 제 아비는 빈 배로 들어왔어요. 선주네 집 청지기가 들이닥쳐 집을 뒤지더군요. 어부 집에 말린 생선 한 마리 없겠습니까? 며칠 전에 잡아서 말린 생선을 구워 먹었는데, 그 냄새를 맡은 청지기가 아비를 관아로 끌고 갔어요. 얼마나 호되게 맞았는지 걷지를 못했어요. 아비가 피를 토하고 죽던 날, 어미가 집을 나갔어요. 설마 선주네 집, 배를 몰래 끌고 나갈 줄은 아무도 생각 못 했어요. 썰물 때라 배가 망망대해로 어미를 싣고 나간 겁니다. 완도 앞바다에서 배를 끌고 왔는데, 바짝 타들어간 시신에 날벌레가 엉겨 있었어요. 그것이 엄니의 복수였는지, 저는 모르겠습니다. 어르신 잡수셔야 합니다. 억울함이나 화기가 위장을 볶아치게 하시면 안 됩니다."

진솔은 울먹이지도 목소리를 키우지도 않았다. 열린 빈지문을 넘어 어둠 사리 저편을 헤집고 있는 눈빛이었다. 거기 돛도 삿대도 없이 흐르는 배의 고물에 누워 햇볕과 바람과 조갈로 까맣게 타버린 어미의 시신에 붙잡힌 눈이었다. 한 손을 심장에 얹었고 한 손은 옷고름 속에 감춰둔 작은 나뭇조각을 매만지고 있을 뿐이었다. 한갓 촌 아낙에 불과한 진솔의 함초롬한 매무새가 그의 동공 깊숙이 파고들었다. 맹랑했다. 그는 손바닥으로 얼굴을 쓸어내렸다. 어떤 표정도 담아내지 않으려는 손짓이었다.

진솔이 "겨우 삼년상을 치렀습니다" 하는 말을 듣고 약용이 광목 치마의 내력을 알았다. 비단옷보다 광목의 맵시가 그리 곱더니, 함부로 말을 지분거릴 수 없었다.

진솔의 그 묵묵한 동작이 수많은 말을 하고 있었다.

"화가 화를 불러 자신만 망가뜨릴 뿐입니다. 용서는 상대를 위해서가 아니라 화를 내고 분해하는 자기를 위해서 하는 것입니다."

진솔이 처음으로 그 앞에서 나지막한 동작으로 성호를 그었다.

밤에 온 손님

황인담이 술병을 들고 초당으로 올라왔다. 긴한 이야기가 있는 듯했다.

그가 물었다.

"먹은 걸 토한다던데, 속이 좀 편안해졌소?"

황인담이 목소리를 낮추었다.

"여자 하나가 걸려들었지 뭡니까? 천주학쟁이를 잡으려고 외지인이 들어오면 관아에서 잡아들여 어디서 무엇하러 이 고장에 왔느냐고, 닦달 문초하는 게 관행이 되었답니다. 재수없게 장날에 지나가던 젊은 선비가 걸렸지 뭡니까? 먹물 들인 도포에 바람 먹은 행색이 이 고장 사람이 아니라며 관아에 끌려왔어요. 남장을 하고 있어서 여자인 줄 몰랐는데, 천주학쟁이하고 연관된 물건이 있나 싶어 몸을 수색하다가 여자라는 게 들통났지 뭡니까?"

약용이 지네발같이 시린 예감에 몸을 흠칫 떨었다. 강진 감영에서 석방되던 날, 겨드랑이 아래를 파고들었던 그 희미한 온기가 되살아났다.

그가 물었다.

"이름이 뭐라고 하던가?"

황인담이 입맛을 쩝쩝 다셨다.

"지상이 없더이다. 풀꽃이라 하다가, 초순이라고도 하고요. "

풀꽃이라면? 약용이 되뇌는 입안이 밍밍했다. 초순이가 분명하다면 이택규가 강진 땅에 숨어들었을 가능성이 자명했다. 아궁이 속에 들어앉은 듯이 그의 몸이 끓었다. 학질이었다. 감옥엔 모기가 극성을 부렸다.

진솔이 달여주는 정체불명의 탕약을 마셨다. 수렁 같은 잠 속에서 이틀을 건너고 사흘을 가로질렀다. 눈이 번쩍 뜨인 날 그가 물었다.

"나한테 무얼 먹였소?"

진솔이 살포시 웃었다.

"약도 쓰기 나름입니다."

*

관아의 형틀에 묶인 초순이 입술을 깨물었다.

"백련사를 찾아가는 길입니다. 거기 혜암이라는 중이 주역 점에 용하다는 소문을 들었기에, 집 나가 몇 년째 소식 없는 아비의 행적을 알 수 있을까 해서 불원천리 찾아왔습니다."

이안묵이 목소리를 나직이 깔았다.

"무슨 엉큼한 비밀이 있기에 변장을 하고 다니느냐? 이실직고하지 않으면 맷집을 각오해야 할 것이야."

으름장을 질렀다. 본디 와글대는 탁음이 아래로 잦아들었다. 죄인이라는 확증도 없었고 굳이 현감이 직접 나설 자리도 아니었다. 하나 이안묵이 굳이 자리를 지킨 데는 나름의 까닭이 있었다. 초순은 드문 미색이었다. 비록 먹물 두루마기에 상투머리를 질렀지만 그 바탕이 관옥이었다. 꾸미지 않은 본색이었다. 비단옷에 화장발로 치장한 미색은 물에 담갔다 건지면 누리고 납대대한 토종의 본색이 백일하에 드러났다.

이안묵의 미인 감별안은 정평이 나 있었다. 대대손손 종실의 인연으로 이어진 집안의 내력이 그러했다. 집에서 부리는 여종들도 치마만 둘렀다고 쓰지 않았다. 사내나 계집이나 인물이 반반하고 탯거리가 낭창해야 사랑방 출입을 허락했다. 초순의 육색은 투명하고 보드라웠다. 다시 붙잡혀 온 초순이 이번에는 감옥이 아닌 내당의 마루에서 현감과 마주해야 했다. 평복으로 갈아입은 이안묵이 그 유려한 언변으로 구슬렸다.

"어쩌하냐? 이 강진 땅에 살 만한 집을 한 채 마련해줄 터이니, 배처럼 연하고 오디처럼 뜨겁고 석류처럼 화끈한 자태로 날 섬기겠느냐?"

초순의 사설도 만만찮았다.

"어찌 천한 이 계집이 나리의 명을 거역하겠나이까? 집 한 칸 안 주셔도, 이 관아의 뒷방이라도 마다하지 않겠나이다."

관아 근처에는 이미 들여놓은 애첩이 두 명이나 있었기에 초순의 등장은 계집들의 질투심에 불을 지를 뿐이었다.

"아니다. 어찌 너 같은 미인을 관아의 뒷방에 몰아넣을 수 있겠느냐?"

이안묵이 흐뭇한 미소를 흘리며 초순의 동그란 어깨를 보듬었다. 이안묵은 초순의 뼈 없이 몰캉한 몸피에 몸이 달아올랐다. 낮술을 마시지 않았지만 이안묵의 정신은 이미 술에 전 것처럼 아릿하고 몽롱했다. 치마 속을 더듬는 손길을 피해 초순이 몸을 비틀었다. 이안묵의 속살이 저릿저릿했다.

"대감마님, 잠시만 기다리시지요. 먼 길을 걸어왔기에, 지린내를 훔치고 대령하겠나이다."

이안묵의 메기 입이 커다랗게 벌어졌다. 대감마님이라, 정승에게나 붙이는 호칭이었다. 이것이 그래도 사람을 알아볼 줄 아는구나, 초순의 허리에 휘감겼던 동아줄 같은 팔의 힘살이 풀렸다.

통지에 간 초순이 낭자머리에 꽂고 있던 은잠화로 새끼손가락을 찔러 피를 냈다. 흰 고쟁이에 손가락을 쥐어짜서 피를 개칠했다. 달거리를 한다고 둘러대면 하루 말미는 얻을 수 있을 것이었다.

통지 밖에서 염탐하고 있던 아전이 곱실거렸다.

"초순 아씨? 거기 계시지라?"

초순이 목소리를 골랐다.

"함유. 내가 좀 더녀요. 금방 나갈게요."

초순이 저고리 앞섶에 쟁여온 빨간색 봉지를 확인했다. 기름종이에 겹겹이 싼 아편 가루는 중국에서 건너온 방물장수에게서 샀다. 만약을 위해 간직한 비상이었다. 새끼손톱에 좁쌀 알갱이만큼의 아편 가루를 꼭 찍었다. 초순이 아장거리며 이안묵이 기다리고 있는 내실로 사뿐히 들이닥쳤다. 그들먹하게 차려진 술상 앞에 이안묵이 고개를 빼고 앉아 있었다.

"대감마님, 이년이 올리는 술 한잔 받으셔요."

착착 감기는 계집의 교태에 이안묵이 헤실거렸다. 초순은 이안묵의 입으로 술을 흘려 넣으면서 새끼손가락으로 사내의 콧구멍을 살살 후볐다. 그것만으로는 성에 차지 않을 것 같아 빨강 봉지에서 한소끔 덜어낸 그것을 술잔에 탔다. 이안묵이 초순의 속치마에 고개를 처박은 채 코를 골았다. 초순이 이부자리를 펴고 퍼질러진 이안묵을 편히 누이면서 군소리를 잘게 씹었다.

"내가 이놈의 여린 맘 때문에 오래 몬 살 거라."

초순이 나가면서 아전 황인담에게 일렀다.

"현감 나리께서 아무도 들이지 말라 하세요. 아저씨들도 한잔 하시구랴."

치마를 쉰어 올리고 고쟁이 주머니에서 엽전 두 닢을 꺼내주었다. 마당에서 실실거리던 아전들의 입이 헤벌어졌다. 황인담하고는 안면이 있는 듯 은근한 눈빛을 주고받았다.

*

이택규는 귀밑머리 풀어준 초순의 첫 서방이었다. 정순왕후의
사학 엄금 하교가 전국으로 퍼지면서 마을 골목마다 군졸들이 칼
춤을 추며 천주학쟁이 검거 체포로 들끓었다. 그 무렵 정약용이 곡
산 현감이었다. 막내 누이동생의 아들 이택규가 곡산 관아로 피신
을 왔다. 천지를 뒤져서라도 잡아들이라는 골수 천주학쟁이 베드
로 이승훈의 아들이었다.

이택규는 몸집이 아담하고 귀골이어서 누가 봐도 서당에 다니는
초립동이었다. 빛살 짱짱한 대낮이었다. 대담한 행보였다. 어둠 사
리, 한밤중이었으면 관아의 군졸들도 눈에 불을 켰을지 몰랐다. 이
택규의 말인즉 그랬다. 함경도에서 과거 보러 한양 가는 길에 몸보
신이나 좀 하려고 들렀다며 너스레를 떨었다. 첫날부터 아전들하
고 어울려 탁주 사발을 주거니 받거니 친하게 굴다가 이틀 만에 훌
쩍 떠났다. 십 리 길까지 따라가 배웅하고 온 아전이 잠자리에 들
기도 전 택규는 벌써 관아의 뒷방에 숨어들었다. 비호같이 재빨랐
고 생각은 백 리를 내다보았다. 관기 초아하고는 이틀 머무는 동안
정분을 쌓았다. 약용에게 애소하던 초순이는 현감의 조카인 택규
를 보자 한눈에 반했다. 아궁이 속에 넣은 씨감자처럼 발갛게 타올
랐다. 천주학쟁이 이택규와 관기 초순의 사랑은 과거도 미래도 전

생도 후생도 바라지 않는 허허한 시간의 누대 위에서 작열했다.

한밤중, 돌팔매 소리에 깬 약용은 봉두난발한 두 사람을 금방 알아보지 못했다.

"외삼촌, 택규입니다. 여긴 곡산의 초순이고요. 방에 들어갈 처지가 못 됩니다."

쪽지 한 장을 쥐여주고는 바람처럼 어둠 속으로 사라졌다.

연결은 질긴 삼줄처럼 그들의 은총을 엮었다. 모두가 연줄이었고 인연이었고 절대자에 의한 빛의 아우라였다.

쪽지에는 '칠량 삼흥리'라고만 적혀 있었다.

*

학연이 바라를 두들겨 그의 해배를 호소했다. 순조의 석방 명령이 떨어졌지만 노론의 여론이 다시 들끓었다. 정약용의 해배는 불가하다는 상소가 빗발쳤다. 순조 십이 년 대사면에서도 정약용의 이름은 제외되었다. 탐관오리나 살인 강도까지 방면했던 임금의 관용이었다. 나라의 기강은 어디서부터 무너졌는지, 지방관들의 노략질로 백성들만 멀건 보리죽으로 연명했다. 강진 구석에 유폐된 죄인 정약용은 까맣게 잊혔다. 순조 십사 년, 마침내 의금부에서 석방 명령이 떨어졌다. 노론 정객들의 눈치를 살피던 담당자들은 해배 공문을 보내지 않았다. 약용이 엉거주춤 일어나려다가 다시 주저앉았다.

한동안 잠잠했던 울화가 벌겋게 타올랐다. 십오 년, 멀고 아득한 시간의 구비였다. 정약용의 이름 석 자는 노론의 세상에서 제외되었다. 기약 없는 해배였다. 강진, 이 외진 골에서 마구간의 소처럼 묶여 살고 있었다. 코뚜레에 걸린 사슬이 아무리 길다고 한들 그 테두리 밖 한 발자국도 내딛지 못했다. 하늘 트인 감옥이었다.

혜완에게 주려고 쓴 시는 아직도 서책 더미 아래 쟁여 있었다. 그해 여름은 참으로 견디기 어려웠다. 한밤중 깨어나서 시 한 수를 지어 먼 북녘에서 잠 못 이루는 혜완을 떠올리며 '아생(蛾生)'이라는 제목을 붙였다. 농아를 차가운 흙살에 묻어두고 온 밤이었다. 그 어린것이 의식이 없다곤 하지만, 캄캄한 밤을 무서워했고 혼자서는 한시도 못 견디던 아이였다. 붓을 들었지만 아이의 방싯한 모습이 눈앞에 어룽거려 글자의 획이 비틀거리며 종이를 찢고 붓을 뭉크러뜨렸다.

내 성품 진실로 활달한데 / 생각마다 슬프고 쓰라리니
하물며 그대는 아녀자로서 / 마음 어이 상심하지 않을 수 있나.
칠석이라 은하수는 비단과 같고 / 반짝반짝 별들은 빛을 나누나
가을벌레 울며 서로 화답하고 / 뜨락의 대나무엔 흰 이슬 맺혀
옷깃 부여잡고 잠 못 이루며 / 엎치락뒤치락 새벽을 맞네.
(……)

머슴 석이 편으로 혜완이 손수 바느질한 여름 나기 안동포 옷 한 벌하고 미숫가루를 만들어 보냈다. 옷 갈피 속에 학연의 편지가 들어 있었다.

아버님, 멀리서 생신을 축하드립니다. 마늘 농사로 엽전을 좀 꾸렸습니다. 모내기를 끝내고 할머니 제사 올리고, 어머니 생신만 지내면 내려갈 생각입니다. 부디 몸을 움직이시어 굳은 근육을 풀도록 하십시오. 미숫가루에 든 서리태와 흑임자는 어머님이 손수 농사 지은 곡식입니다. 볶고 찌고 빻는 과정에 어머니 손이 가지 않은 곳이 없습니다. 아침저녁으로 물에 타서 드십시오. 오늘은 이만 줄입니다. 학연 올립니다.

추신, 하고는 학연이 덧붙였다.

아버님, 이기경 대감에게 편지 한 장, 하시지요. 아버님의 해배에 대한 관문(關文)이 내려왔는데 이기경과 강준흠이 이를 반대하는 상소를 올려 없던 일로 되었다 하더이다. 제가 안타까워 이기경에게 부친의 해배를 간청하는 서신을 보냈더니 냉담한 답신이 왔기에 첨부합니다.

'제가 답답한 것이 없어 나에게 해배를 애걸하는 편지 한 장 없는

데 내가 무엇이 아쉬워 네 아비의 해배에 앞장서겠느냐'며 비아냥거립니다. 하지만 어쩌겠습니까.

약용이 붓을 들었다.

나에게 잘못이 없는데 저들이 하물며 뒤집어씌워 이렇게 오래도록 귀양살이를 하고 있지 않느냐? 내가 고향으로 돌아가는 것도 운명이고, 능히 고향으로 돌아가지 못하는 것도 운명이라. 죽고 사는 일에 비하면 하찮은 일이 아니겠느냐. 돌아가고 돌아가지 못하는 일로 남을 향해 꼬리를 흔들고 동정을 구걸한다면 그것은 대의를 어기는 치졸함의 극치가 아니겠느냐.

약용은 아들의 편지를 읽고 또 읽었다. 그는 빈지문 고리에 나뭇가지를 질렀다. 부실한 잠금 장치였다. 눈시울에 실리는 떨림이 건강상의 이유인지 복받치는 감상인지는 알 수 없었다.

이기경이 끝내 악연의 고리를 끊지 못하는 건가. 이기경이 귀양 갔을 때 모친의 상을 당했다. 약용이 물심을 기울여 이기경 모친의 장례를 거들었다. 무슨 보답을 받으려고 그런 것은 아니지만 이기경의 옹졸한 처사가 섭섭했다.

"정약용의 학문적 기세가 덩굴과 같아, 산지사방으로 뻗어나가면 나라의 근간이 흔들릴 것입니다."

지극히 염려된다는 이기경의 말이 해배의 걸림돌이 되었다.

약용은 문득 중형 약전의 말이 생각났다.

"인간의 속성 가운데서 배신만큼 달달하고 감칠맛 나는 것은 없을 걸세. 당질의 배신을 즐기면 결국 치아가 뿌리째 썩기 마련이지만 당장에는 타인의 멸망으로 얻어지는 쾌감이 만만치 않을 거야."

약용이 설마요? 했지만 그 설마가 이 지경으로 내몰았다.

왜 뜬금없이 이기경을 떠올렸는지, 아마도 학연의 편지에서 그이름이 들먹여진 때문일 것이다. 약용은 목숨을, 해배를, 이기경에게 구걸할 생각은 없었다.

죽란시사 시절 이기경을 높이 본 것은 그가 지닌 문학성과 관조하는 예리한 시선 때문이었다.

"여름 호수 연꽃의 만개를 인간의 언어로 엉구지 못합니다. 연꽃은 반쯤 벙싯거릴 때까지 그 순연한 속살을 보이지 않아요. 거기내재하는 은밀하고도 순수한 기적이 인간의 눈에는 보이지 않습니다. 연꽃은 물 위의 등불이라 누군가 한 말이 생각납니다."

약용이 감탄했다. 얼마나 기막힌 표현인가? 그런 시대의 문사가정약용 흠집 내기에 앞장섰다.

＊

순조 일 년 이월 팔일 의금부 금리들이 마재를 급습했다. 정약용과 중형 약전이 사학죄인이라는 죄목을 쓰고 국청에 꿇어앉았다.

"천 사람을 죽여도 정약용 하나를 죽이지 못하면 아무도 죽이지 않는 것만 못한데 어찌 힘써 다투지 않소."

홍희운의 짱짱한 쇳소리가 귀청을 쑤셨다. 대사간 목만중과 영의정 심환지에 교우였던 이기경까지 합세해서 정약용 일가를 내몰았다.

"정약용의 사돈 팔촌까지 모조리 천주질한 악의 무리들이오. 정약용의 매형이 이승훈이고 그 집 맏아들 약현의 처남이 이벽이오. 이벽의 사위가 바로 그 서학에 미쳐 날뛰는 황사영 아니오. 거미줄처럼 얼키설키한 인맥이 모두 사학으로 이골이 난 집구석인데, 어찌 약용이 그 질긴 그물을 뚫고 저 홀로 건재할 수 있단 말이오?"

이기경이 입에 거품을 물었다.

"천주교를 금하지 않으면 백련교의 난 같은 이변이 발생할 것입니다. 이승훈이 연변에 다녀오면서 서학에 관한 책을 한아름 들고 와 필사하고 출간하고 있습니다. 이를 소각하지 않으면……."

이승훈은 임금의 목에 걸린 가시였다. 미래의 재상감이라 보자기에 싼 보석처럼 아끼는 신하였다.

임금의 생각은 그랬다. 나라의 정신적인 학문의 지주는 어디까지나 성리학이었다.

"과인은 크게 염려하지 않는다. 정학(성리학)이 밝아지면 사학은 저절로 종식되지 않겠느냐? 유학자가 유학자답지 않기에 천주교가 설치는 것이 아닌가? 옳고 그름을 따지고, 이건 악이요, 이건 선이라 밀치고 당기지 말고 그러하기에 보다 건실하고 실천적 덕목에서 성리학자다움이 필요하다."

임금은 단칼에 이승훈에 대한 고발과 상소를 밀쳐냈다.

임금이 약용에게 물었다.

"이기경이 가까운 교우라더니, 어찌 같은 남인인 채제공을 공격하고 이승훈과 너를 고발하더란 말이냐? 진실됨이 없는 교우가 아니더냐?"

약용이 머리만 조아렸다. 이기경이 경원으로 유배를 간 후 약용이 이기경의 집으로 찾아가 살림의 편의를 돌봐주었다. 그런 공은 아무것도 내비치지 않았다.

천주교 신자들을 역린으로 다스려야 한다는 공론이 노론이 아닌 남인 공서파에 의해서 들불처럼 번졌다는 것이 남인들의 비극이었다. 임금이 승하하기까지 그 십여 년 동안 천주교는 잠재된 독소처럼 민초들의 가난한 아궁이에 불씨로 남았다. 불길도 들지 않는 민초들의 싸늘한 아궁이, 그 생존의 밑바닥에서 서서히 타올랐다.

참수가 아닌 유배가 약용에 대한 특혜라며 사헌부 집의가 질타했다. 국청의 가두리에 서 있던 한 사람이 나직이 중얼거렸다.

"죄 없는 사람을 죽이려고 두 번이나 큰 옥사를 치렀는데도 힘없는 나보고 힘쓰지 않았다고 원망하니, 답답하구려."

선왕의 무덤에 흙살이 마르기도 전이었다. 그리 성급해야 할 까닭이 무엇이었을까? 조정을 장악하기 위한 채찍으로 천주교를 이용한 자들의 명분 없는 발악이었다. 성리학을 부정하는 사교라니, 무지의 극치였다.

*

관아의 눈이 초당 언저리를 맴돌았다. 보은산방에 있을 때는 차라리 느슨했다. 황상이 그 말을 하기 전까지는 그저 월출산 산자락에 지천인 도토리를 줍거나 나물을 뜯으러 온 동네 사람들인 줄 알았다.

"선생님, 어떤 땅개처럼 생긴 더벅머리가 팽이처럼 굴러가더이다. 아비의 말로는 관아의 나졸들이 바짝 긴장해서 초당에 들락거리는 천주학쟁이가 없는지 눈알을 굴린다 하더이다."

진솔이 비슷한 말을 했다.

"도깨비불 같은 것이 밤마다 산속을 휘젓고 다닙니다. 감시하는 자들이다 싶어요."

촘촘한 감시의 그물망을 뚫고 홀연 이택규가 들이닥치던 밤, 약용이 보시기 등잔불을 손바닥으로 덮었다.

"외삼촌에게 누를 끼칠 생각은 없어요. 제 인생은 제가 책임집니다."

그리 가깝게 지낸 조카는 아니었다. 약용의 막내 누이가 이승훈하고 결혼해서 출생한 첫아들이 택규였다. 어릴 때 한두 번 봤을까 장성해서는 황해도 곡산에서 만난 것이 처음이었다. 이승훈의 아들 이름이 이신규라고 들은 것 같은데 택규라는 이름은 귀에 설었다. 하지만 그는 더 이상 캐묻지 않았다. 신규면 어떠하며 택규면 어떤가? 사학 죄인이 되어 피바람을 피해 몸을 숨기려는 그 애틋함을 넉넉하게 품어주지 못해 아쉬웠다. 자신에게 택규를 간수할 만한 그늘이 있기나 한가? 어디 은신할 의지가 없으면 유배 죄인이 제 몸 하나 겨우 빌붙어 사는 자신에게 기대왔을까.

쉿! 문밖에서 기척을 살피던 진솔이 문살을 툭 건드렸다. 위험을 알리는 신호였다. 약용이 택규에게 요때기를 덮어주고 숨소리를 삼켰다. 도리 없구나, 그는 탄식했다.

매제 되는 이승훈이 최초로 베드로라는 세례명을 받았다. 마흔 중반이었던 형 약종과 이승훈이 같은 날 사형을 당했고, 장기현으로 유배 간 그는 칠 척 단구를 바로 세울 수 없는 천장 낮은 골방에 버려졌다. 약용이 택규의 앙상한 손을 잡았다. 택규가 혼잣말처럼 작게 중얼거렸다.

"천주나 배교나 죽음이 혼자만의 것이 아니라는 데 아픔이 있는 거지요. 우린 모두 고구마 줄기처럼 엉겨 있잖습니까? 부디 건강하세요."

어둠 밭으로 튕겨 나간 택규를 그는 붙잡지 않았다.

날이 밝자 황인담이 올라왔다.

"보부상이 들락거린 것이 화근인 듯싶습니다. 잡아다가 곤장을 쳤어요. 고리짝 밑바닥까지 들쑤시고 지랄 난장판을 치렀지 뭡니까?"

삼흥리 도요지, 숯가마골, 걱정 거두십시오.

황인담이 쪽지를 건넨 후 바람처럼 내려갔다.

약용이 종짓불에 쪽지를 태우며 들숨을 쉬었다. 막힌 숨통에서 단내가 일었다.

*

소설(小雪)의 야윈 볕살이 대나무 사이로 들치다가 설핏 사라졌다. 세한삼우라, 소나무 매화에 대나무는 그 청정한 기개로 무서리 겨울을 견뎌냈다. 비감의 저울대가 급경사를 향해 굴러내렸다. 기우뚱거림이 몸의 균형을 무너뜨렸다. 약용이 준엄하게 스스로에게 뇌까리는 말, 땅에 발 딛고 직립한 자세로 세상 바라보기, 그 후렴구가 이곳 강진의 갯바람 속에서는 헛소리인 양 허공을 맴돌았다. 내장을 비워낸 듯이 허했다. 급물살을 타고 노화의 징후가 나타나기 시작했다. 입에 침이 말라 입술에 버캐가 슬었고 갈라진 혀에서 단내가 났다. 귀청 속에서 윙윙대는 날벌레 소리는 속수무책이었다. 그나마 더 성가신 징후는 배꼽 부위에 엉긴 체기였다. 하루 두 끼의 식사를 삭이지 못해 생밥이 끓어올랐다.

그는 해가 기울면 방안에서 꼼짝을 못했다. 통지 걸음을 자제하기 위해 점심 이후에는 물을 마시지 않았다. 요즘 들어 부쩍 관아의 눈이 번들거렸다. 걸핏하면 나졸들이 달려와 학동들의 방을 기웃댔다. 어둠살이 내리기 시작하면 숨어 있던 눈들이 불을 켜고 들쑤셨다.

약용은 조마조마했다. 황상에게 일러두긴 했다. 상의 아비 황인
담이 이택규하고 어떤 경위를 거쳐 연결되었는지 미주알고주알 캐
내지 않았지만, 상에게 이르면 냉큼 전달되곤 했다. 지난 정월 대보
름이었다.

중천에 떠 있는 달이 그를 마당으로 불러냈다. 몇 걸음 떼기도 전
에 갑자기 컴컴한 산비탈에서 나졸들이 산짐승처럼 떨치고 나섰다.
횃불을 휘두르면서 초당을 뒤집었다. 그들이 찾아내려고 혈안이 된
상대는 어둠 속을 벌레처럼 기어다닌다는 천주학쟁이들이었다.

*

그날도 느지막이 찾아온 황인담이 "한잔 걸쳤습니다" 하고는 퍼
질러 앉았다.

그가 넌지시 재우쳤다.

"외상값은 어쩌고 또 술타령인가? 아들놈을 너무 혹사시키는 거
아닌가? 일 년 열두 달 술 외상값으로 장작을 조달하게 하더니, 이
젠 옹기 장사까지 시킨다지?"

황인담이 딴전을 부렸다. 그의 말은 귓결로 흘리고, 책상 위에
놓인 주역 정묘본을 들고는 "선생님 용호를 사암(俟庵)이라 하셨군
요" 비긋이 미소를 깨물었다.

약용이 은근히 심사가 뒤틀렸다. 이런 시건방진 녀석 보게나. 속
으로 나무라면서 그가 능쳤다.

"그 능글맞은 미소의 의미는 무엇인가?"

황인담이 흠칫해서 변명했다.

"스승님, 사암이라면, 기다릴 사에 집 암자가 아닌지요? 스승님의 개혁 정신이나 학문적인 업적을 이 썩어빠진 노론 세상에는 알아주는 사람이 없지만, 후대에 가서는 인정받으리라는 기대를 품고 초막에서 기다린다, 아닙니까? 소인 비록 아전 노릇을 하고 있지만……."

그가 손을 들어 황인담의 말을 잘랐다. 비록 아전을 하고 있지만 그 정도는 꿰차고 있다는 말이었다. 황인담은 심성이 곧고 행동거지가 반듯하긴 했지만 조금 나대는 경향이 있었다. 황인담이 말을 이었다.

"제 자식의 스승님이면 제게도 스승입니다. 그러니 바른 말씀을 드려야지요. 스승님의 학문에 대한 질정을 기다린다는 생각에서 사암이라 용호를 지으신 것 아닌가요?"

약용이 눈을 치떴다. 틀린 말은 아니지만, 네 입의 한 치는 꿰매야겠어, 혼잣말이었다.

황인담이 불시에 그 이름을 떠올렸다.

"저기, 이계진이라는 이름이 생각나시는지요? 선생님께서 황해도 곡산 부사로 계실 때 살려준 이계진이 덕산 숯가마골에 왔습지요."

"그 먼 황해도 곡산 이야기를 자네가 어찌 알고 있는고?" 했지만 또렷이 사장된 한 토막의 기억이 벌떡 일어섰다.

약용이 황해도 곡산 부사로 부임하던 길이었다. 한 사내가 길을 막고 엎드렸다.

"주린 백성들이 죽어가고 있습니다. 이백 냥만 납부하면 되는 것을 구백 냥을 내라고 엄포를 지릅니다. 무고한 백성들이 잡혀가 곤장을 맞고 그 원성이 하늘을 찌릅니다. 관아에 가서 하소연이라도 해보자고 앞섰더니 천여 명의 백성들이 따라나섰는데, 제가 선동죄로 이리 끌려가고 있습니다."

먼 기억이었지만, 발부리에 엎드려 피를 토하듯 하소하던 이계진의 봉두난발이 눈에 선했다. 사암하고는 맥락 없는 이야기가 곁가지로 흘러 결국 이택규의 숯가마골로 이어지는가, 눈에 보이듯 빤한 이야기였다.

"발 없는 말이 천리 간다는 말씀을 모르십니까? 더구나 이계진으로 말하면 스승님이 곡산을 물러나실 때쯤 그도 고장을 떠났습지요. 천지로 떠돌다가 덕산 옹기구이 가마골에 와서 숯쟁이로 살았습지요. 자고로 옹기쟁이들은 두 줄기가 있습지요. 부모의 업을 물려받은 쪽하고 뜨내기로 피신할 처지에 있는 사람들이지요. 그들이 모여드는 곳이 옹기골입니다."

"안면을 트고 살았는가?"

궁금해서 그가 물었다.

황인담이 짙은 눈썹을 추켜올리며 왕방울 눈을 치떴다.

"하모요. 여그서 덕산은 지척인지라, 제가 솔깃했습지요."

황인담이 머리를 조아렸다.

"이계진이 곤장 맞고 죽기 일보 직전에 나리께서 살려주셨다 하더이다. 하루에도 천만번 뵙고 싶지만 세상 눈이 무서워 꾹 참는다고 하면서, 하루빨리 해배되시기를 기도한다 합니다."

잠시 우물거리다가 황인담이 "그 양반이 제게 천하를 안겨주었습지요" 하며 엎드린 채 나직하니 성호를 그었다.

약용이 꿇어 엎드린 황인담의 낮은 등을 토닥였다.

"일어나게. 그 사람 아직도 덕산에 있는가?"

몸을 일으킨 황인담이 손과 고개를 동시에 저었다.

"참숯을 한 지게 지고 나가서 안 왔답디다. 걸어서 두만강 건너서 청국으로 간다고 했답니다. 어디 가서 종살이를 하더라도 복장 편한 곳에 갈 거라 하더이다."

약용이 혀를 끌끌 찼다.

"청국이라고 복장 편하게 살 것 같던가?"

*

택규가 체포되었다는 소식은 한밤중 황인담이 내장에 담아왔다. 약용은 헉 소리를 뱉고 문 앞에서 널브러졌다. 가슴이 덜컹거렸다.

"한 발자국도 나가지 말라 그리 당부했는데, 초순이가 촐싹대는 바람에 택규가……"

황인담이 말을 잇지 못했다. 약용은 무던히 기다렸다. 무얼 어떻게 촐싹댔단 말이냐고, 눈으로 물었다.

"글쎄 말입니다. 택규에게 비린 것을 좀 먹여야 한다면서 개 잡는다는 소문을 듣고 나가서는 밤새 안 돌아왔다지 뭡니까. 찾으러 나간 택규가 못 볼 것을 본 것입죠. 초순이 동네 머슴 새끼한테 곤욕 치르는 걸 보고는 참지 못하고 쌈질을 한 겁지요. 외지 사람이라는 게 대번에 들통나면서 관아에 끌려갔는데, 혀를 깨물어 초주검이 됐더군요."

형틀에 묶인 채 죽은 시체로 끌어냈다는 말을 하면서 황인담이 통곡했다.

"다행인 것은 초순이 재빠르게 몸을 숨겼더군요. 온통 강진 바닥을 이 잡듯이 쓸어냈지만, 삼흥리 숯가마골에 숨어 있는 놈을 어찌 잡습니까? 거긴 어림없지요."

약용은 혼란스러웠다.

"거기 무슨 연줄이 있단 말인가?"

"삼흥리는 저희 조부님이 살아생전에 나무를 대주고 숯을 쟁이던 곳이지만 지금은 주문받은 백탄만 굽지요. 대구면 도요지나 삼흥리 도요지에는 외지인들이 많이 들락거립니다. 이따금씩 청국 사람이나 일본 놈들도 청자 기술 배우러 온답디다."

택규하고는 어떻게 아는 사이인가, 그가 궁금해하는 것을 눈치 챈 황인담이 고스란히 쏟아냈다.

"이어져 있습지요. 택규는 월악산에서 소백을 타고 넘어 영암 월출산으로 하산했습지요. 첫 행보로 선생님을 찾아갔지만, 신자들의 연결을 등에 쥐고 저를 의탁해서 왔습니다. 진솔 아지매가 부득

부득 새 옷을 입혀 보내야 한다고 하루 말미를 달라고 합니다. 아직 장사도 치르지 못했습니다."

그제야 그는 이틀 내내 진솔이 광목 치마를 빨고 삶아 다림질하는 걸 보면서도 용도가 무엇이기에, 저리 야무지게 서두는가 했다. 택규에게 입혀 보낼 수의였던 것을. 모두들 한통속이었다. 혼자서만 감감했다는 것이 좀 서운했다.

진솔이 밤새 바느질을 했다. 그 모습이 고요했다. 진솔이 날 휘잡아 치는구나, 약용이 중얼거렸다. 먹이고 입히고 토닥이면서도 자신의 삶이 그것에 그치지 않음을 단호하게 일갈하는 몸짓이었다. 비천한 집에 태어나 제대로 공부를 못한 촌 아낙이 아니었다. 저 가늘고 휘어지는 몸피 속에 강이 흐르고 나무가 자라고 별을 품고 있었다니, 눈부신 반짝거림이었다.

진솔이 택규에게 입혀 보낼 광목 수의를 그의 앞에 펴놓았다.

"어르신, 한 꼭지 써주셔요. 가여운 조카님의 명복을 빌어주셔야지요."

그 목소리가 간곡했다.

그가 먹을 갈았다. 붓을 들었지만 잠시 망설였다. 떠난 영혼에게 무슨 말을 할 수 있단 말인가? 편히 잠드시게, 천국에 다다랐네, 할 것인가? 약용은 붓을 들어 단숨에 써내려갔다.

부디 영혼의 나래를 펴라. 무진년, 시월

무슨 말이 하고 싶어 붓을 들었는지, 앞이 캄캄하고 가슴도 먹먹했다. 이택규를 두고 쓴 한마디가 아니었다. 한줌의 연민은 더더욱 아니었다. 모진 목숨으로 지켜온 세상 모든 하늘의 사람에게 헌사하는 약소한 한마디였다.

먹이 마르기를 기다려 곱게 개키는 진솔의 여문 마무리를 보면서 그가 중얼거렸다.

"천국이 그를 맞이할 것이오."

등불을 앞세우고 산을 내려가는 황상과 진솔의 뒷모습을 그가 먼발치로 배웅했다. 숱한 말들을 치아로 잘근잘근 씹었다. 혀끝에 바늘이 슬었다.

*

초순이 다시 나타난 건 새벽 어름이었다. 툭 건드리는 기척에 진솔이 소스라쳐 일어나 문고리를 젖혔다. 초순의 봉두난발을 대하는 순간 약용이 한 손으로 목을 그러쥐었다. 뒷골이 당겼다. 그 이태 동안 삼흥리 숯가마에 엎드려 있었던 건지, 몰골이 말이 아니었다. 몸이 말라, 뼈마디가 드러났다. 묻지 않았는데, 초순이 그의 궁금증을 풀었다.

"옹기도 굽고 불도 때고 일을 많이 배웠어요."

말을 끊더니 어깨를 들먹였다.

"그이가 이년 때문에 죽었습니다. 그런데……"

초순이 말을 잇마디에 깨문 채 오열했다.

그가 무슨 말이냐고 시선을 잡아당기자 초순 대신 상이 전했다.

"택규가 체포되어 가는 도중에 혀를 베었답니다. 늘 품고 다니던 조그마한 장도칼로 혀를 잘라, 자진했다 합니다."

약용이 두 주먹을 허공에 휘둘렀다.

"저런, 불쌍한 것, 저런……."

두 사람이 봉두난발을 하고 찾아왔던 첫날, 초순이 땅바닥에 머리를 조아렸다.

"나리, 나으리! 절 알아보시겠는지요? 곡산의 초아입니다."

작은 주먹으로 흙살을 움켜쥐며 울먹였다. 남장에 상투를 지르고 초립을 쓴 모습이 땀기에 절어 남루했지만, 그 애절함을 감추지는 못했다.

그가 일갈했다.

"그런 모양새로 길에 나돌아다닌다는 말이냐?"

그제야 같이 온 이택규가 머리를 조아리며 나리를 반복해 외치는 초아를 살짝 밀쳤다.

"그만해. 사람들 깨잖아."

낮으나 된소리였다.

나무 비녀

선달그믐 밤, 누릿재 바람골이 서걱거렸다. 엉긴 맨가지들이 서로를 훑치며 부대꼈다. 장작 한아름을 안고 정주간으로 들어가던 진솔이 어둔 밤의 자락에 눈을 파묻고 귀를 기울였다. 밤의 산바람은 곡소리를 실어냈다. 엉기고 부대끼면서 산다고? 그 말이 귓가에 남아 윙윙거렸다. 얽히고 말았는데, 초순이 가느다란 손가락을 깍지 끼면서 속삭였다.

"엮이지도 말고, 얽히지도 말아요."

누구하고, 무엇하고 엮이지 말고, 얽히지도 말라 했는지, 정체는 입안에 가둔 채 초순이 잡은 손목만 세게 비틀었다. 초순이 황상이 자리잡은 백저골에 간다더니, 주막 할미에게 기댔다. 아니 할미가 초순을 붙잡았다. 할미의 천식이 심해지면서 술청은 진작 문을 닫왔다.

할미가 초순의 손을 잡고 "나하고 같이 살자. 너나, 나나 의지가지 없기는 마찬가지 아니더냐?" 했다.

초순이 엎드려 기도했다. 감사하고, 또 감사합니다. 누군가를 향해 수없이 머리를 조아렸다. 진솔이 초순에게 할미를 부탁했고, 초순이 진솔을 향해 감사하고 감사하다며 고개를 기대왔다. 서로가 서로를 향해 부탁과 감사를 주고받았다.

진솔이 가마솥에 다시 불을 댕겼다. 설설 끓는 물에 찬물을 섞고 장작불은 옆 아궁이로 옮겼다. 정지 바닥에 물기가 흥건했다. 진솔이 녹두 가루로 거품 내 그의 머리를 감길 때까지는 이리 바닥에 질퍽대진 않았다. 어린아이도 아니면서 물장구를 쳤는지, 목욕 자배기 아래가 물 바닥이었다.

엇 춰, 그가 면포로 둘둘 감은 몸으로 진솔의 등을 밀어 방으로 들였다.

"이제 제가 씻을 차례입니다" 했지만 그는 들은 체도 안 했다. 그 느닷없는 몸 바라기에 진솔은 가끔 난감했다. 어찌 이리 성급하신가? 말보다 몸이 먼저시니, 그러면서도 그 뜨거움에 가슴이 데워졌다.

"녹두 가루가 몸 때를 가시는군."

보송한 살갗을 만지면서 그가 칭찬 같지도 않은 칭찬을 흘렸다. 낮에 맷돌을 돌리는데, 그게 무엇이냐고 그가 코를 들이댔다. 녹두 가루라고, 묵은 때를 씻어내는 데 이만한 비누가 없다고 하자 불쑥

"그거 넉넉하게 해서 마재에 좀 보내지" 했다. 진솔이 나직이 고개를 주억거렸다. 마재의 부인 생각이 난 모양인가, 그러려니 했다.

거피한 녹두를 고슬고슬 말려 맷돌에 갈고 갈아 촘촘한 체에 몇 번이나 내렸다. 진솔은 맷돌질이 힘에 부쳤다. 날곡이어서 잘 갈리지 않았다. 녹두 한 됫박을 더 갈았다. 팔목에 힘이 들어가면서 된숨을 몰아쉬었다. 아들들이 마재로 올라갈 때마다 참깨니 참기름이며 수수니 짐 보따리가 묵직했다. 언젠가 한번 진솔이 "마님께서 한번 내려오시질 않으시네요" 했다. 무심히 흘린 말인데 그가 된통 꾸짖었다.

"여기가 어디라고 출행한단 말이오? 천릿길을 걸어오란 말이오? 가마꾼을 몰고 오겠소? 알 만한 사람이 지각이 없구려."

지각까지 들먹이면서 그가 된소리를 냈다. 그게 그리 심사를 끓어 올릴 말인가, 뉘우치면서도 진솔은 가슴이 울컥거렸다. 진솔이 머리를 감고 말리는데 문이 열렸다. 숱이 많아 말리기까지 시간이 더뎠다. 하루를 마감하는 시각이어서 서둘 건 없었다. 그래도 진솔의 손놀림에 조급증이 배었다. 그때 불쑥 정주간 문 틈새로 팔이 뻗어와 그것을 내밀었다.

"이걸 질러보시오."

받으면서 진솔이 물었다.

"비녀 아닌감요?"

목소리만 정지문 틈새로 새어들었다.

"지금 이력이 하고 있는 대죽 잠이 보기 흉해 소나무 비녀를 만들었소.”

국화 잠이었다. 진솔이 받아 쥔 나무 비녀를 두 손으로 포개어 가슴에 품었다. 선물이라니, 온몸이 오한이 든 것처럼 떨렸다. 언제 깎았는지, 기척을 보이지 않았다.

비녀 꼭지에 국화꽃을 그려넣었고 몸통에는 ‘수복’이라는 글자를 새겼다. 진솔은 가슴이 찡 울렸다. 이런 자상함이라니, 태산을 보듬은 듯 뻐근했다. 그랬다. 진솔에게 그는 태산이었다.

비녀 선물은 처음이었다. 시집이라고 갔을 때 지른 비녀는 상답에 든 놋 비녀였다. 일 년을 뭉개다 쫓겨나던 날, 진솔이 놋 비녀를 강물에 던져버렸다. 제 손으로 대충 깎은 버들 비녀를 꽂고 다녔다. 비녀를 정절이라 했다. 십여 년 전 한양에서 유배 온 그분이 봉놋 방에 들었을 무렵 진솔은 황상에게 부탁해 만든 밋밋한 대나무 비녀를 질렀다. 누구를 위한 일편단심이었는지, 아문 가슴을 다독이며 대죽 잠이 휘어지도록 꽂고 있었다.

한 해를 마감하는 날 밤이었다. 진솔이 술상을 차렸다. 들기름에 볶은 삼색나물과 살짝 비린내를 가신 죽방 멸치에 참기름과 고춧가루를 먹였다. 입가심으로는 수수엿에 버무린 들깨 강정을 내왔다.

쪽머리에는 대죽 잠을 꽂은 채로 진솔이 술상을 들고 방으로 들어갔다. 그가 붓을 내려놓으며 진솔의 쪽머리부터 살폈다. 왜 국잠을 안 했느냐고 묻는 눈빛이었다.

“머리가 덜 말라서요.”

그러다가 이런 말도 작게 속살거렸다.

"분홍색 국잠을 제가 어찌 하고 다니겠습니까? 새댁도 아니면서."

진솔이 좀 과장된 너스레를 부렸다.

그가 무심코 중얼거렸다.

"이녁은 새댁이라네, 내겐 새댁이지."

분홍빛 국잠이라니, 분홍색은 연지로 먹인 색이 아닌데, 소나무의 조밀한 나뭇결은 색을 먹이기 쉽지 않은데, 이 선연한 붉음이라니. 그의 머리를 감길 때 왼손 검지를 꼭 쥐고 있어 진솔이 무엇이냐고 물었다. 아니라고 하더니 무명 조각으로 둘둘 감고 있었다.

"손가락을 베이셨군요."

덜 마른 핏자국이 깊었다. 황상에게 대장간 심부름을 시키는 걸 알았지만, 비녀를 깎으려고 날 벼린 칼을 주문한 줄은 몰랐다.

"어쩌시려고, 이리 무모하단 말입니까?"

진솔이 피 먹은 그의 검지를 혀로 감았다. 쑥 가루로 상처를 덮기 전에 침으로 소독을 하는 것이 순서라 싶었다. 그가 혀를 쿡 찼다.

"보소, 내 손가락이 그리 청결하지 않다네."

진솔이 고개를 저었다. 비녀를 다듬다 벤 손가락이었다. 진솔이 그의 손을 두 손아귀로 끌어당겼다. 이러지 마셔요. 이러지 않으셔도 제건 너무 버거운 당신입니다. 진솔이 속엣말을 목구멍 깊숙이 삼켰다.

그가 술상을 끌어당겼다. 한 해 끝날 진솔이하고 마주하는 술상은 올해도 세 번째였다. 봉놋방이나 보은산방에서도 진솔이 술상을 들이긴 했다. 술자리에 마주앉기를 권할 사이도 아니었고 그럴 처지도 아니었다. 상을 내려놓고 나가는 진솔의 뒤태를 멀거니 쳐다보는 것으로 혼자이거나 제자들하고 술잔을 나누었을 뿐이었다.

진솔이 국잠을 그의 손에 건넸다. 돌아앉아 꽂고 있던 대잠을 풀어냈다. 아직 덜 마른 머리채가 출렁 흘러내렸다.

"어르신 손수 쪽에 질러주셔요."

진솔의 목소리가 물방울이 되어 초롱, 떨어졌다.

조금은 대담한 진솔의 탯거리에 그가 놀랐다. 이 사람이 안 하던 짓을 다 하고, 그가 한마디를 질렀다.

"이녁에게 이런 오묘한 교태가 있을 줄 몰랐구면, 이제껏 겹겹이 숨겨두었더란 말이오? 이리, 어여쁜 여우가 이녁 안에 깃들인 줄은 정말 몰랐소."

진솔이 눈가에 살짝 미소를 흘렸다.

"어르신 세상의 여인네들은 모두 곱상한 여우로 태어나지 않았을까요. 남정네가 대하는 태도에 따라 곰도 되고 여우도 되는 거라 들었습니다."

"누가 우리 진솔에게 그런 당찮은 세속사를 알려줬단 말이오?"

"초순이한테서 배웠습니다. 오만 가지 모르는 것이 없고, 세상에 못할 일이 없다 하더이다."

"못할 일이 무엇이라 하였소?"

진솔이 잠시 숨을 다듬었다.

"택규 조카님을 안은 것은 어르신에 대한 앙심이라 하더이다.

진심을 뿌리치는 어르신의 얼음장 같은 심장에 대못을 박은 거라 하더이다. 그 대못이 이택규라 하더군요. 전 기함을 하는 줄 알았지요. 대못을 박고 싶을 정도로 사모했느냐고? 아마 제가 물었을 겁니다."

"그랬더니?"

다음 말이 궁금해서 터져 나온 질문이었다.

"어르신 유배지인 강진으로 가자고 부추긴 것도 초순이었고, 택규 조카님을 먼저 유혹한 것도 자기라 하더이다. 곡산 관아의 뒷방에서 택규 조카님을 안았던 날, 초순이 모시 홑치마를 걸치고 어르신 침소 앞을 밤새 오락가락하였다 하더이다."

그날, 약용은 잠들지 못했다. 곡산을 떠난 줄 알았던 택규가 초저녁에 다시 관아의 뒷담을 넘어 뛰어들었다. 모시 홑치마를 입고 오락가락하는 아기 기생 초아를 설핏 보긴 했지만, 저 어린것이 어쩌려고 저러나 싶어 차라리 가여웠다. 택규를 뒷방에 숨겨둔 채 밤마다 그의 침소 언저리를 서성거리는 초아의 그림자를 그는 야멸치게 물리쳤다. 앙심이라면, 그런 뿌리침에 대한 원망일 것이었다.

약용이 긴 머리를 둘둘 말아 피 먹인 국잠을 진솔의 쪽머리에 꽂았다. 신방에 든 신부도 아니면서 어찌 이리 수줍어하노? 불시에 진솔의 입에서 한숨처럼 비어져나온 한마디.

"서방님, 이부자리를 펴야 합니다."

순간 달아오른 그의 손길이 느슨해졌다.

"지금 무어라 불렀소?"

진솔이 도리질을 했다.

"아닙니다. 부디 꾸짖지 마셔요."

그가 혀를 끌끌 찼다.

"한 번 더 해보라지 않소. 헛들었는지, 잘 들었는지?"

"당치않게 요망을 떨었습니다. 서방님……."

그가 맥없이 무너져 내렸다. 휘어져 골진 진솔의 가느다란 등에 포개지면서 그의 허울이 녹아내렸다.

소란한 외로움

저문 겨울이 우수(雨水)를 딛고 서릿발처럼 나부댔다. 강진에서 얻은 한기가 데운 구들에서도 녹지 않았다. 붓을 든 손이 절로 풀어졌다.

학연이 무명 띠를 가지고 와 그의 손아귀에 붓을 묶어주었다.

"불편하시더라도 금방 익숙해지실 겁니다."

위로하는 말을 했지만 말하는 학연 자신도 확신이 서지 않았다. 보고 있던 혜완이 연민과 아쉬움이 헷갈리는 표정을 머금었다.

"이제 좀 쉬셔야 해요."

먹물을 머금은 붓이 바닥에 떨어져 얼룩을 만들었다. 약용은 헉, 더운 숨을 괴어올렸다. 이제 겨우 평온한 방석에 앉아 제대로 소진시키지 못한 공부를 마무리해야 했다. 모든 것이 미진하고 공허했다. 강진의 봉놋방에서 보은산방으로 거기서 또 이청의 사랑방을 거쳐 다산초당까지 그 멀고 막막한 세월을 누볐던 집필 오백여 권을 지게에 싣고 왔지만, 성에 차지 않았다. 유배 초기 봉놋방의 네 해는 죽은 듯이 엎드려 글만 썼다. 정강이는 굳었고 막힌 기혈로 이젠 걷는 일조차 지팡이 없이는 꼼짝을 못했다.

저만치 자작한 여울이 물안개를 피우면서 졸졸거렸다. 여기까지는 좀 먼 거리였다. 오늘 약용은 작심하고 한 마장은 더 걸었다.

*

약용이 걷는 내내 허리춤에서 버르적대는 그것을 꺼내 두루마기 소맷자락에 넣었다. 황상의 대금이었다. 무슨 비밀병기라도 되듯 식구들 눈에 띄지 않게 간수했다.

매일 저녁, 물걸레를 들고 들어와 방을 훔치는 혜완의 눈을 피해 여기저기 옮겼다. 혜완이 다가오는 기척이 느껴지면 여긴 되었소, 손사래 치며 밀어냈다. 혜완이 지그시 쳐다보다가 물러났다. 다 알고 있는 것처럼 비긋한 미소를 입술에 문 채 한마디도 묻지 않았다. 그게 뭐냐고? 뭐 그리 대단한 것이냐고? 대금 아니냐고? 한번 불어보시잖고, 그런 허접한 속내는 보이지 않았다.

공기가 축축했다. 약용이 대금을 꺼내 손바닥으로 쓰윽 문댔다. 해배되어 오기 며칠 전, 황상이 저물녘 초당에 들렀다. 아직 영글지 않은 알밤하고 도토리묵을 내려놓았다. 열여드레 달이 소나무 가지 끝에 매달려 훤했다. 그가 모처럼 마음을 풀어헤쳤다. 거푸 술잔을 입으로 날랐다. 그가 상의 잔에 술을 따랐다. "자, 한잔 들어" 했지만 상이 술잔 대신 대금에 입술을 댔다.

언젠가 나들이 갔을 때 아암 혜장에게 상이 이런 거 불 줄 아느냐며 대금을 꺼내 보였다. 혜장의 대답이 생뚱맞았다.

"선비나 중이나 감정의 먼지를 들쑤시는 도구는 만지는 것이 아니라, 삼가게."

한마디로 잘랐다. 그날따라 상이 느긋하게 혜장을 골려먹는 눈치였다.

"감정을 먼지라 하면 인간의 오욕칠정이 독이라 하는 말인지요? 성리학이 가지고 있는 폐단이 무엇인지 아십니까? 지나친 억제, 욕망을 죄악시하는 것입니다. 자연의 섭리인 인간의 본성을 풀어내고 들춰내어 다듬고 가꾸고 자제하고 초탈하게 넘어서야 하는 것이 도가 아닌가요? 애당초 겁부터 내면서 몸 사리는 것은 도통 못한 조악한 형태라 여겨집니다."

아암 혜장이 으하하, 소리를 키워 웃음을 토막 냈다.

약용이 넌지시 끼어 앉아 상을 거들었다.

"틀린 말이 아니구먼. 중과 화를 지극히 하면 천지가 제자리를 편안하게 하고 만물이 생육한다 하지 않던가. 다만 그 정도를 조율할 줄 아는 자만이 오욕칠정의 번뇌에서 초탈할 수 있다는 말이지. 시를 읊고 거문고를 타면서도 그 음률과 시상을 안으로 끌어들이는 자와 겉으로 드러내는 자의 차이가 아니겠는가? 상이 이런 취향을 가진 줄은 금시초문이군. 어디 한번 입바람을 날려보지."

대금을 다루는 상의 손놀림이 의식을 치르듯 조심스러웠다. 피리처럼 긴 대나무 구멍에 입술을 대고 손가락으로 음률을 조절하며 불었다. 한순간 쏴르르 대숲이 바람을 질렀다. 등골이 서늘했다. 대금은 거문고나 가야금에 비해 눈 아래로 보는 악기였다.

*

초계문신 시절이었다. 주변의 남인 계열의 선비들과 어울려 풍류계 죽란시사를 만들었다. 모임의 핑계는 다양했다. 살구꽃 필 때, 복사꽃이 망울을 터뜨리면, 노란 참외가 밭고랑에 수줍게 배꼽을 드러낼 때, 가을 서련지의 연꽃, 그 순연한 여인의 향을 탐하며 숨틔웠던 젊은 객기, 한 구비 상강이 지나면 서리 맞은 국화꽃에 취해 들숨을 쉬게 하는 시린 가을날, 첫눈 내리면 보고 싶은 붕우들. 한 해를 마감하고 더불어 새해를 맞이하는 섣달그믐, 한잔 술을 나누자는 소박한 모임을, 세월의 문턱을 넘어 이어지고 이어지는 새날의 붕우유신. 입춘이 지나고 매화가 피면 다시 만나 시 한 수 읊어보거나. 그렇게 간절함이 기웃대는 풍류계였다.

모이는 날이면 열다섯 명의 젊은 선비들은 문방사보(文房四寶, 종이 붓 벼루와 먹)를 들고 왔다. 같은 제목으로 시를 쓰고 나누어 낭송을 하며 술 한잔에, 시국을 근심하고 아파하며 개혁을 꿈꾸었다. 나이 어린 선비가 모임의 처음을 열었고 나이순으로 술과 안주를 냈다. 승진을 하거나 득남을 할 때도 한잔 축하술이 필요했던 죽란시사의 소박한 규약이었다.

약용이 궂은일을 자청했다. 승진이 거듭되었던 한 시기 약용이 자리 마련을 제일 많이 했을 것이다. 그중 그 어떤 계절의 어떤 모임도 서련지의 연꽃 틔우는 순간, 그 오묘하고 그윽한 풍미를 넘볼 수는 없었다.

오월 마지막 날, 선비들은 새벽 서대문 서련지에 모여 배를 탔다. 연꽃의 개화를 엿보려 연못으로 숨어들었다. 첫새벽녘, 배를 탄 선비들은 눈 감고 숨을 죽인 채 고요히 기다렸다. 흰 두루마기에 갓을 쓴 열다섯의 젊은 선비들이 나누어 탄 배는 그 자체로 한 폭의 아름다운 수묵화였다. 지시를 받은 사공은 소리 없이 배를 저어 연꽃 가운데를 누볐다. 연꽃이 망울을 터뜨리는 소리에 귀 기울이는 선비들의 그 다소곳한 자태는 비상하기 전 학의 고요한 집결과 비슷했다.

이윽고 그중 크고 뭉실한 연꽃 한 송이가 망울을 터뜨리면 여기저기서 봉우리 진 연꽃이 입을 벌리고 숨결을 피워냈다. 여리고 순하고 청정한 틔움이었다. 한 선비가 참지 못하고 나직이 읊조렸다.

"참으로 순연하고 맑은 목숨의 소리구려."

선비들은 시를 지었고, 흥에 겨운 어떤 이는 가락을 흥얼거렸다. 일시에 만개한 연꽃 사이를 학처럼 도도한 선비들을 실은 배가 외돌고 돌았다. 어디선가 한줄기 애잔한 선율이 귀를 잡아당겼다. 중형 약전의 대금이었다. 부연 물안개 속에서 대금 소리는 천상의 골을 누비며 흘렀다. 상이 그날의 그리움을 일깨웠다.

"무슨 곡이던고?"

그가 상에게 물었다.

"'청성곡'이라 합니다."

상이 대답했다.

"그거 한 번 더 불러주소."

혜장이 마른 소리를 냈다.

후드득 대바람 스치는 소리, 입바람 소리가 드세거나 소리를 쳐 올리지 않은 채 적막한 감상을 불러모았다. 울림이 깊었다. 기교보다는 순치한 음률이 사람의 심기를 건드렸다. 애달프고 슬픈 가락이 마지막이라고 여겨지는 부분에서는 기갈 찬 울림으로 파고를 넘실거렸다. 입술에 부어진 주름과 펴짐에서 문득 야성의 꿈틀거림이 엿보였다. 그날, 서련지 연못가에서 약전이 불었던 대금의 기억이 약용의 가슴을 헤집었다. 하지만 거문고의 장중한 가락에 비할 수 없었다. 휴대가 간편하다는 이유로 대금이지, 제대로 된 음률이라면 거문고라야 했다. 며칠 전 그가 혜완에게 "모처럼 거문고나 한번 들어봅시다" 했더니 혜완은 금방 고개를 저었다.

"학유가 들고 갔어요. 대현(현의 세 번째 줄)이 끊어졌잖습니까. 새 줄로 갈아서 우리 회혼일에 '사모곡'을 연주하겠답니다."

회혼일이라! 그가 혼잣말로 잘게 씹었다.

회혼일이 아직 열흘이나 남았는데, 마재 근처 귀어촌에 사는 홍연이 머슴을 앞세우고 친정에 들렀다. 머슴이 부려놓은 지게 짐이 푸짐했다. 기름한 옹기 단지 하나에는 모친이 좋아하는 감주가 다른 단지에는 부친을 위해 홍연이 제 손으로 담갔다는 청주가 남실거렸다. 혜완이 단술 단지 뚜껑을 열고 살얼음 슨 감주 한 보시기를 단숨에 마셨다. 머쓱해진 홍연이 "아버지, 제 손으로 빚은 술맛 좀 보실래요?" 하면서 혜완의 설레발을 얼버무렸다.

"잠시 거닐다가 와서 맛을 보마. 네 솜씨가 어련하겠니."

약용이 중년 티가 밴 홍연의 나직한 자태를 눈으로 훑었다. 명치에 얹힌 체기처럼 외동딸 홍연이 그의 눈에는 어설프고 안쓰럽기만 했다. 저것이 생산이나 제대로 할까, 하는 그의 염려를 제치고 혼인한 지 세 해 만에 떡두꺼비 같은 아들을 낳았다. 손자 이름 윤정기는 사돈의 양해를 얻어 약용이 지었다. 친구이며 사돈인 윤서유는 늦은 나이에 급제해서 정육품 사간원 정원에 부임한 직후 강진에서 남양주로 솔가했다.

홍연은 근처에 살아도 자발나게 친정 걸음은 하지 않았다. 가문마다 가풍이나 법도가 조금씩 달라 시집간 여자는 시댁의 가르침에 따라야 했을 것이다. 어리광만 부리던 홍연이 큰며느리다운 품격을 가꾸기까지 어려움이 없지 않았을 터, 하지만 친정 걸음을 할 때도 경망한 입질은 하지 않았다. 홍임에 대한 이야기를 할 때도 배다른 동생에 대한 감정이 내밴 어조는 아니었다.

"저희가 한양으로 솔가하던 전날 밤, 홍임이하고 그분이 절 찾아왔더이다. 연잎에 싼 찰밥하고 갖은 젓갈에 열무김치까지 한 바구니 들고 왔지 뭡니까. 저희 시어른께서 그 찬들을 이틀을 두고 아껴 잡수셨답니다."

방밖의 기척을 살핀 홍연이 말을 계속했다. 혜완이 차를 달이러 잠시 자리를 비웠다.

약용이 지나가는 말처럼 흘렸다.

"길 떠난 식솔이 만만찮았을 터, 누군 먹고 누군 보기만 했겠구나."

홍연이 설레설레 고개를 흔들었다.

"찹쌀 한 말로 밥을 지었다 하더이다. 복분자 우린 물에 소금 간을 해서 하룻밤 불린 찹쌀밥이 그리 맛있는 줄 처음 알았다니까요. 참 알뜰한 분인데……"

그가 소리를 질렀다. "객소리는 하지 말고, 그 아이는?" 홍임을 물어보는 말이었다.

홍연이 작게 속삭였다.

"홍임이 말입니다. 댕기머리를 하고 겨잣빛 무명 치마 입은 홍임이, 열한 살이라지요? 처녀 티가 나더이다. 어찌 그리 예쁜지, 사랑채 지나갈 때 시어른이 보고는 하시는 말씀이 내가 중신을 놓았다 하더이다. 몸이 무너진 사돈께서 힘들어하시기에 사람을 들여야 한다고 내가 된소리를 좀 냈구먼. 홍임 어머니 이야기를 하시는 거예요."

다반을 들고 들어서던 혜완이 멈칫 문턱에 발을 걸치고 섰다. 잠시 어색한 말미를 홍연이 재치 있게 구슬렸다.

"어머니, 저희 시어른께서 홍임 모를 억지로다가 산정에 머물게 했다는 말을 하고 있던 중이랍니다."

혜완이 퉁명스럽게 받아냈다.

"누가 뭐라더냐?"

혜완은 딸에 대한 자정이 유난스러웠다. 어려운 살림에 며느리들의 눈치코치를 받아내면서도 명절 빔을 지어 보내곤 했다.

사위 윤창모의 조부는 대대로 몇 천 석 하는 부자였고, 흉년이 들면 광문을 열어 이웃에게 곡식을 베푸는 데 인색하지 않은 사람이었다. 그가 유배 살았던 다산초당 시절에도 일 년 먹을 쌀을 대주곤 했다. 혜완에게 홍연이는 눈에 넣어도 안 아플 외동딸이었다. 유순한 성정만큼 먹는 것도 입는 것도 가리고 골랐다. 그래서 더 허약했다. 흔들리는 가마 멀미로 헛구역질만 했다는 홍연은 관골이 불거지고 휑한 눈자위가 그림자 같았다.

"좀 쉬어라. 내가 사랑에 나가마."

그가 서안 위에 둔 서책들을 주섬주섬 챙겼다. 유난히 추운 겨울을 보냈다. 입춘이 지났는데도 응달진 담벼락에는 살얼음이 끼어 있었다. 그는 겨울 내내 안방에서 공부를 했다. 이젠 추위를 몸이 견뎌내질 못했다.

홍연이 "사랑방에 아궁이가 바람을 타서 냉골인데요. 안방에서 하셔요. 전 괜찮아요" 하는 말끝에 치맛자락을 살짝 들어 보이며 작게 속살거렸다.

"이거 홍임 어머니가 해준 바지예요. 명주에 솜을 입혀 손누비로 지었는데, 겨울이면 이것만 입게 돼요."

차를 따르던 혜완이 눈길을 세웠다. 혜완이 홍연이 혼자의 자식이듯 치마폭에 싸고돌았지만 정작 홍연은 그를 세상에 없는 아버지라며 존경하고 더 따랐다. 보통의 딸들이 안부모보다 부친을 선호하는 정도가 아니었다. 남편 윤창모나 시어른 윤서유의 말을 빌리면 부친은 세상의 스승이었다.

"누가 유배 죄인하고 사돈을 할 생각을 하겠느냐? 그 인품과 학식과 의식이 만백성의 스승이라 해도 틀리지 않다."

남편 윤창모가 전해준 말이었다.

홍연은 홍임을 친동생처럼 여기고 홍임 모를 인정했다. 만인이 평등하다는 부친의 개혁 이념을 존중했다. 강진 시댁에서 살았던 삼 년 동안 다산초당에서 유배를 살고 있는 부친에게 자주 들렀다. 그때마다 진솔이 이것저것 챙겨주었다.

"홍임 어머니 잔정이 많던데요. 제가 음식을 좀 가리잖아요. 수수부꾸미나 밤조림, 도토리묵이나 기장죽에 도라지나 더덕을 조청에 조린 강정을 옹기 단지에 봉해서 오래도록 먹을 수 있게 했어요. 시어머니가 보시더니 손끝이 맵고 야무진 여자구나 하시던데요."

그 이야기를 혜완에게 한 모양이었다. 혜완이 한마디로 뭉개버렸다.

"그이가 좀 오지랖이지 않니? 솜씨 자랑이 하고 싶었던 게야."

세월이 저만치 흘렀는데도 진솔에 대한 감정은 가시지 않은 모양이었다.

혜완이 문득 물었다.

"그건, 옥잠화는 안 보던 거네."

홍연이 잠시 난감한 표정을 짓더니 풀어냈다.

"우리 집에 다니던 보부상 말이에요. 어머니 심부름으로 강진 아버님께 내려갔다가 관아에 체포되었는데, 그 고리짝을 황상이라는 아버님 제자가 간수했대요."

이야기가 길었다. 그가 언젠가 한번 혜완에게 대충 이야기했는데 귀담아듣는 눈치는 아니었다. 까마귀 날자 배 떨어진다는 옛말처럼 천주학쟁이 초순을 찾아 관아가 들썩였다. 홍연이 말했듯이 보부상이 혜완의 심부름인 비단치마를 다산초당으로 주고 가던 길에 잡힌 모양이었다. 황인담이 빠르게 손을 쓴 탓인지 보부상이 짊어지고 다니던 고리짝은 황상이 간수했다. 형틀에 묶여 다산초당 정약용이 천주학쟁이들하고 소통하고 있다는 한마디만 하면 풀어주겠다며 어르고 달랬지만 보부상은 비단치마 이야기만 했다. 혜완이 보부상 편에 내려보낸 노을빛 비단치마는 강진 관아로 나들이를 하고 왔다. 치마의 운명인가, 약용은 실소했다.

홍연이 낭자머리에 꽂고 온 옥잠화는 보부상의 고리짝을 처분하던 중에 그의 손에 들어왔다. 맷집으로 늑골 마디가 거덜난 보부상에게 주라고 약용이 엽전 두 닢을 황상에게 건넸다. 강진 윤창모에게 시집온 홍연에게 그가 준 옥잠화였다. 무슨 잘못이라고 홍연이 굳어 있는 혜완의 눈치를 살폈다. 아버지와 딸 사이에 건네지는 모든 것은 어머니의 손을 거쳐 전해야 한다는 것을 홍연은 그때 알았다. 홍연이 쪽머리에서 옥잠화를 뽑아 혜완에게 내밀었다.

"어머니, 제겐 이런 무게감도 버거워요. 어머니 하셔요."

혜완이 받은 옥잠화를 문갑 위에 놓았다.

"너한테 무거운 옥잠화라면 나한테도 무겁지 않겠니?"

혜완의 완곡한 사양이었다. 애지중지하는 홍연인데도, 혜완이 자신의 감정에 한 치의 어긋남 없이 가파른 잣대를 들이댔다. 생각하기 나름이었다. 그에게서 받은 옥잠화를 홍연이 십여 년 넘게 어미에게 말하지 않는 데는 큰 의미를 두지 않았기 때문이리라, 이해하면 될 것을 혜완은 심지가 꼬였다.

혜완은 자신을 배제한 어떤 상황도 인정할 수 없었다. 하찮은 것이라도 짚고 넘어가야 했다.

*

약용이 사위 창모를 사랑으로 불러냈다. 혜완은 치마폭에 홍연이만 감싸는 게 아니라 사위나 외손주 윤정기까지 싸잡아 조였다. 어우러지면 될 것을, 자신을 향한 말이었다. 창모가 강진 선산 시제에 다녀온 뒤로 독대할 기회가 없었다. 궁금했다.

"다들 어떻게 지내던가?"

두루뭉술한 질문이었다.

홍임에 대한 창모의 말이 더 구체적이었다.

"홍임이는 없고요, 홍헌이라는 사내아이가 황상의 공부방에 앉아 있던데요. 상이 장인어른께서 하시던 사의재 대신 '삼사재'라고 현판을 달았더군요. 아전의 자식들이 글자를 익히고 있더이다."

약용이 귀를 바짝 세웠다.

"홍헌이라니? 홍임이가 어쨌다는 말이냐?"

창모가 바깥 기척을 살피다가 목소리를 낮추었다.

"평퍼짐한 사내아이 옷을 입고 수건으로 머리를 질러 계집아이 모습을 감췄더이다. 그리 흙밭에 구르는데도 키가 날쌍하고 육색이 고와서 귀공자 티가 나던데요. 홍헌이로, 이름을 바꿨다는 이야기는 상에게서 들었습니다."

창모가 덧붙였다.

"보통 부를 때는 홍아, 하고 다른 사람들 앞에서는 헌아, 하고 부릅디다. 그 양반이 자식 하나는 명품으로 키우는가 싶던데요."

그 양반이라면 진솔을 이름인가? 그가 중얼거렸다. 창모가 이런 말도 실어 날랐다. 홍임이 열여섯 살 되던 해 봄 이야기가 그랬다.

"홍임이가 그림 재주가 있나봅니다."

그림 재주라면 외탁을 한 모양인가, 그는 나직이 탄식했다. 하지만 내색하지 않았다. 그가 시답잖게 들락거리면 그녀들의 일상이 흐트러질 뿐이었다. 보고 만지고 다독이는 것만이 정이던가, 그의 허연 백발이 설렁거렸다.

그가 지나가는 말처럼 물었다.

"올해 동암의 이엉은 이었느냐? 복숭아나무는 말라죽지 않았느냐? 연못 속의 잉어 두 마리 아직도 살아 있는가?"

한꺼번에 질문을 쏟아냈다.

창모가 꿇어앉은 무릎을 더 움츠렸다.

"이엉은 이었고, 붕어는 살아 있습니다. 복숭아나무, 석류나무 모두 잘 자라고 있는데, 장인어른 건강은 어떠하신지요?"

약용이 입술 양끝을 밀어 올렸다. 금붕어나 이엉이나 백련사 길목에 피를 뿌린 듯 선연하게 피던 동백의 건재가 궁금한 건 아니었다. 자연은 사람의 손이 게을러도 제바람에 살아남는 지혜를 타고 났음이라, 지금 그가 속살 깊게 알고 싶은 사연은 홍임 모녀였다. 묻고 싶은 것을, 궁금한 모든 것을 어찌 다 물을 수 있단 말인가. 열여덟 해를 거기 묻어두고 왔는데. 모질게 마음 문을 걸어 잠갔다.

진솔의 순정한 사랑, 자신의 핏줄인 홍임의 그 반디처럼 반짝이던 눈망울까지 묻어버렸다. 기억의 더께로 두꺼워진 가슴은 이제 녹슨 자물통이 맞물려 요지부동했다.

그가 손에 쥐고 어르던 돌멩이를 던졌다. 돌은 물 위를 구르다가 퐁당 떨어졌다. 던지고, 떨어지고 반복하는 동안 일렁거리는 물살에 떠오른 작은 얼굴은 홍임이었다. 그것이, 새끼발가락에 티눈이 박여 걷지 못하던 것을, 구르던 돌이 그의 가슴을 치고 가라앉았다.

사위 창모가 오면 혜완은 안방에 붙잡아두려 애달아했다. 사랑방에 나가 아들들을 물리치고 장인하고 사위가 나직이 속닥거리게 두고 싶지 않았다. 강진, 홍임 모녀에 대한 이야기를 나눌 게 뻔했다. 하나 열 사람이 도둑 한 명을 못 잡는다는 말이 있듯이 젊은 사위의 발목을 잡아두기는 쉽지 않았다. 잠깐 주방에라도 다녀오면 창모는 홍연을 혼자 두고 사라졌다. "윤 서방은 어디 갔느냐?" 홍연에게 물어보면 턱짓으로 사랑채를 가리켰다. "어머니 이상해요. 본디 사위 사랑은 장모라고 하지 않아요, 근데 저인 맨날 아버지하고 무슨 작당모의라도 하듯이……" 말꼬리를 내렸다가 작게 중얼거렸다. "장인이 더 좋은가봐요."

그날 창모는 느긋하니 앉아 있었다. 혜완이 회혼일에 쓸 가자미 식해 만드는 데 홍연이 거들고 있었다.

창모가 계속 풀어냈다.

"저의 육촌 윤종기 아시지요? 홍임이 아니면 장가 안 간다고 억지를 부립니다. 홍임이 울타리 밖으로 나가질 못한대요. 애가 달덩이 같아요. 너무 예뻐서 머슴애들이 난리도 아닙니다."

그가 실없이 뱉었다.

"홍임이가 몇 살이지?"

"장인어른도, 홍임이 나이도 잊으셨네요. 노처녀지요. 열여덟 해에서 육 년을 보태면 홍임이 나이가 나오지 않습니까?"

그가 불쑥 꺼냈다.

"몇 년 전인가, 홍임이 황천웅이하고 연애질한다고 하지 않았더냐?"

창모가 버릇처럼 몸을 흔들다가 그의 눈길에 잡히고 말았다.

"왜 몸을 비틀어? 신내림 받은 박수도 아니면서, 잠시만 눈을 놓아도 몸뚱이를 촐싹대는구나."

입이 부르튼 창모가 "둘이 죽이 맞는 모양이죠? 상이 공부는 높지만 벼슬 없는 농군이고, 홍임은 소실 출생인데 어슷하니 맞잖아요" 하고는 일어났다.

"언제 한번 홍임이 그린 매화를 한 장 가지고 오지요. 장인어른께서 저희들에게 주신 매화 가지에 멧새 두 마리를 홍임이 그대로 그렸더이다. 그림 솜씨가 놀랍던데요."

멧새 두 마리라? 그의 혀끝에서 잘게 씹힌 말의 알갱이들이 분분하게 날렸다.

*

매조도를 그린 것은 이십여 년 전이었다. 홍연이 혼례 때 비단치마 한쪽에 그린 매조도를 굳이 마재에 올려 보낸 까닭은 혜완이 비단치마의 쓰임새를 밝히길 바라서였다. 두 아들에게 준 하피첩을 머슴 석의 손에 들려 보냈을 때도 혜완이 "한 쪼가리도 버리지 마시고"라는 당부를 보내왔었다. 요리조리 대보고 잇대본 혜완이 한 폭의 반쪽이 없다는 기별을 보냈다.

그가 실토했다.

"홍임에게도 그림 한 장 그려주었다오. 내 핏줄 아니오?"

유배를 사는 동안 제일 난감했던 일이 풀리지 않는 자식들 혼사였다. 폐족의 식구 되기를 바라는 사람이 있을까. 그날, 윤서유가 홍연의 혼인 건을 들고 왔을 때 그는 내색은 안 했지만 감지덕지했다.

저물녘에 윤서유가 산정으로 올라왔다.

"차나무하고 유실수가 산허리를 감았구면. 공부하고 시만 쓰는 선비인 줄 알았는데, 집안을 꾸미고 단장할 줄 아는 재주가 가상하오."

윤서유가 들고 온 탁주병을 내려놓으면서 "오르막이 가팔라서원" 투덜거렸다. 여기저기를 돌아보다가 또 구시렁거렸다.

"부지런도 하이. 그 몸으로 나무 심고 돌층계도 만들고 연못도 넓히고, 훈장 노릇하랴, 어디 몸이 배겨나겠소."

약용은 붓을 내려놓고 일어났다. 꼬인 정강이에 냉기가 차올라 그렇잖아도 움직임이 필요한 시각이었다. 점심때까지 동암 근처는 누구도 얼씬거리지 않도록 주의한 탓인지 나뭇잎 흔들리는 소리 말고 주변이 고요했다. 손님을 맞이하는 그의 미간이 불을 댕긴 듯이 환했다. 집필을 하고 학동들을 가르치고 명상을 한다고 해도 가슴 깊숙이 똬리 친 구멍은 허허했다.

"반갑소이다. 술까지 들고 오다니, 산정까지 걷기가 수월한 길이 아니라오."

"그러게나 말이오. 해묵은 나무뿌리가 흙을 뚫고 나와 온통 사방으로 뻗어 산을 보듬었네. 자연도 인간사와 다르지 않아요. 제 뿌리를 보듬고 악착스럽게 삶을 버티는 모양새가 닮지 않았소?"

약용이 크게 고개를 주억거렸다.

"지당한 말씀이오. 산을 지키려는 나무뿌리가 땅 밑으로 깊이 파고드는 대신 햇볕이나 바람에 결구 들려 지상으로 노출된 모양새는 보기 흉하지요. 드러난 뿌리는 야위고 말라 볼품이 없으니, 햇볕을 탐한 노추한 몰골로 함부로 짓밟히고 걷어차이고 천대를 받기 십상이지요. 하지만 나무에 무슨 사유가 있겠어요. 사람이 만들어낸 궤변이라, 심심한 입에 담아본 말이외다."

약용이 중불에서 끓인 물을 커다란 차 주발에 부어 알맞게 식힌 다음 다기에 따랐다. 보고 있던 윤서유가 "다도가 손에 익었구려" 하고는 잔을 들어 향을 다셨다.

"이런, 다향이 깊고 서늘하이. 꿈속에서 설핏 스쳐간 여인의 잔향 같소."

약용은 차 맛을 꿈속에서 스친 여인의 잔향에 비유하는 윤서유의 촉촉한 정서에 감동했다.

"시인이 따로 없구려. 윤 처사가 이다지 감미로운 표현으로 차향을 새기다니, 놀랍소."

윤서유의 사람됨이 점잖고 따스했다. 자주 만나지는 않았지만 처가 푸네기 중에서 또래여서 말길이 열렸다.

찻잔을 비운 서유가 말을 꺼냈다.

"내가 오늘 올라온 것은 조모님 삼년상을 지냈으니, 전에 말이 오갔던 우리 창모하고 홍연이 성혼을 서둘러야 하지 않나, 상의를 겸해서네."

*

윤창모는 다산초당 제자 가운데 한 명이었다. 영민하고 반짝이기보다 순하고 무던한 편이었고 날쌔고 기백이 있기보다는 무르고 더딘 편이었다. 무릇 사람에게는 장단점이 있기 마련이었다. 번쩍이는 비늘을 지닌 젊은이는 그 비늘만큼의 비린내를 풍길 것이다. 영재를 얻으려 함이 아니었다. 딸을 맡길 만한 두터운 품성을 지닌 신랑감이라야 했다. 창창했던 한때 윤창모를 사윗감으로 천거했다면 고개를 저었을지도 몰랐다. 학문이나 기량에 있어 함량 미달이라고 내쳤을 것이다. 이젠 달랐다. 자질보다는 품성이었고 품성보다는 가계의 내림에 솔깃했다. 윤창모 하면 더 바랄 나위 없는 무던한 사위가 되어줄 것이다. 딸 홍연이 스물한 살, 혼기의 끝머리에 닿아 있었다. 유배 죄인 아비 때문에 자식들만 곤욕을 치르는 셈이었다.

"내가 이 모양으로 폐족이 되었는데, 사돈하기가 껄끄럽지 않겠소?"

연달아 곰방대를 태우는 약용을 두고 일어난 윤서유가 혀를 쿡 찼다.

"실없는 말은 그만하게나. 혼례는 내가 알아서 치르도록 할 터이니 염려 놓으시게."

유구무언, 약용은 뜨겁게 치미는 숨을 골랐다. 축하주라도 한잔 해야지. 그가 일어났다. 학유하고 초당 제자들은 어우러져 대륜산 나들이를 떠났고, 오늘 그는 혼자였다. 윤서유가 들고 온 청주병이 툇마루에 놓여 있었다. 오늘따라 진솔은 방앗간에 내려가고 없었다. 여남은 명이 넘는 학동들의 점심 한 끼니 장만이 콩밭 매는 일보다 쉽지 않을 것이었다. 진솔이 미리 차려둔 점심상을 그가 손수 들고 왔다. 열무김치에 무조림하고 속을 발라낸 멸치무침이 입맛을 당겼다. 솥뚜껑을 열자 놋주발에 수북하니 담긴 밥에 온기가 남아 있었다.

약용이 개다리소반을 들고 나오는데 윤서유가 봉당으로 버선발인 채 내려와 상을 받았다.

"이런, 어째 사람 하나 없단 말이오? 객이 와도 술안주 하나 챙겨주는 사람이 없으니, 쓸쓸하구먼."

상을 마주하고 술잔을 나누던 서유가 무릎을 쳤다.

"내 일찍이 말했잖소. 그 남당네가 본데 있는 사람이라고. 혼인한 남자가 사내구실을 제대로 못한 모양이오. 쫓겨난 여자가 남당네만은 아니었으니까, 자연 소문이 돌았지. 남당네 인물이야 한양 미인만 못할까? 마재의 부인이 섭섭해할지 모르지만, 이리 쓸쓸하게 중년이 기울고 있는데, 보기 딱하구려."

약용이 손사래를 쳤다.

"당치않소. 죄인의 몸으로 유배 온 처지에 소실이라니, 당치않아요."

"보아하니 풍이 온 것 같은데, 이곳은 누지고 습해서 보살피는 사람 없이 살기가 어려운 곳이오."

술 한두 잔에 곱은 마음이 해실거렸다. 약용은 입을 다물었다. 진솔이를 남의 입에 담아내고 싶지 않았다. 서유가 또 말머리를 쳐들었다.

"무조림이 맛깔스럽군. 그만한 미색에 음식 솜씨까지, 망설일 이유가 없는데……."

설레설레 고개 흔드는 약용의 미적지근한 태도가 서유는 영 마음에 안 드는 모양이었다.

"내가 들고 온 술은 내가 다 마신 모양이구려. 조만간 혼인날이 잡히는 대로 사주단자를 보낼 거요."

서유의 뒷모습이 동백나무 긴 그림자에 가려지는 걸 보고 그가 얼른 방으로 들어왔다. 우리 홍연이 시집가는구나. 가뭇없이 가팔라진 맥을 지그시 눌렀다.

매조도

　약용은 붉은색과 청색 물감을 보시기에 담고 동백기름을 조금
부었다. 붓으로 살살 저었다. 어우러지고 뭉개진 색들이 점점 제 색
을 버리고 다른 색상으로 엷어졌다. 오묘한 변조였다. 각기 개성이
다른 사람이 섞여 만들어진 이세들도 이런 현상인가? 그 신기함에
약용이 잠시 손을 놓았다.

　"이 귀한 물감을 어디서 구하셨을까요?"

　진솔이 대답을 몰라서 물어본 말이 아니었다. 그의 외가인 해남
윤씨 댁의 소슬한 명성은 남해 일대에 자자했다. 벼슬과 세속의 영
화에 연연하지 않고 흙과 바람의 섬으로 안착한 그들 일족의 유유
자적한 삶을 사람들은 신선에 비유하곤 했다.

　"외증조부(윤두서)님이 그림의 대가시지. 말을 그리시는데, 너무

302

아끼시어, 타지 못하신다네."

그가 서책 갈피에 넣어두었던 비단치마 한 조각을 꺼냈다. 노을빛 비단치마로, 하피첩을 만들어 아들들에게 보내고 남은 자투리 조각이었다. 한지에 밀풀로 붙인 비단 조각은 빳빳했다.

매화를 친 붓이 잠시 망설였다. 방싯 봉우리 젖힌 매화나무 가지에 날아와 앉은 멧새 한 쌍, 어찌 저다지 맑은 소리로 재재거리는가. 먹물을 듬뿍 머금은 붓끝이 노을빛 비단치마를 긋고 지나갔다. 덩치에서 뻗은 매화의 휘어진 가지에 어느새 망울이 맺히더니 벌어진 화판이 방실거렸다. 눈을 들어 아직도 뭔가를 쪼아대며 재재거리는 멧새 한 쌍이 비단치마 매화에 깃을 치고 앉았다.

"참으로 놀랍습니다, 어르신. 매화는 수줍게 미소 짓고 멧새들은 서로의 말로 정을 나누는 모습이 실물하고 하나도 다르지 않습니다."

붓을 든 그가 고개를 돌렸다.

"신중한 사람이 오늘따라 말이 과하구려."

진솔이 치마 솔기를 꺼당겨 오므렸다.

"제 말이 과한 게 아닙니다. 비단치마에 사뿐 날아 앉은 새 주둥이를 보시지요. 속살거리는 소리가 들리는 듯합니다."

"과하다는 말은 그림을 살펴보지 않고 건성으로 하는 말이잖소."

진솔은 무슨 말인지 모르지 않았다. 꽁지를 엇댄 멧새는 마주 쳐다보는 대신 한곳을 보고 있었다. 진솔의 고개가 갸웃했다. 마주 바라보는 원앙이 아니라면 같은 곳을 바라보는 원앙의 의미는 무엇일까? 진솔이 그의 앞에서 알은체하는 짓거리는 안 했다. 어찌 어르신의 깊고 은밀한 속내를 읽을 수 있단 말인가.

"우물거리지 말고 본 대로 말해보시오."

진솔은 눈을 내렸다.

"어찌 감히, 저같이 천한 것이 어르신의 그림을 보고 이러니저러니 입을 나불거릴 수 있겠습니까만 한 가지 의문스러운 점은 새의 눈이 마주함이 아닌, 같은 곳을 향하고 있는 것이 궁금합니다."

기침으로 숨을 다듬은 그가 말했다.

"내가 묻고 있지 않소. 그걸."

진솔이 두 손을 맞잡아 포갠 무릎 위에 가지런하게 놓았다.

"예, 제 옹졸한 소견으로는 함께 살아가야 할 내일과 모레, 그리고 먼 세월 저편에 눈길을 던져둔 것은 함께할 세월을 함께 나눈다는 의미가 아닐는지요."

약용이 하, 나직한 탄성을 어깨 너머로 던졌다.

"내가 듣고 싶었던 말을 해주는구려. 진솔의 결이 너무 순해서 내 마음의 까칠함이 많이 깎이었소."

사위 될 윤창모와 고명딸 홍연을 눈앞에 나란히 세웠다. 혼례식에 가지 못하는 귀양살이 아비의 애환이 가슴을 저몄다.

펄펄 나는 저 새가 내 뜰 매화에 쉬네 / 꽃다운 향기 강렬해 기꺼이 찾아왔지

머물러 지내면서 집안을 즐겁게 하네 / 꽃이 활짝 피었으니 열매

도 많겠구나

가경 십팔 년 칠월 열나흘 동암에서

*

진솔이 무슨 말을 할 듯하다 입을 오므렸다. 그가 흔히 말하는 결이 무엇인지 어떤 것을 두고 하는 말인지 물어보지 않았다. 그런 건 상관없었다. 까칠함이 깎이었다는 그의 말에는 진솔이 고개를 끄덕였다. 그는 차고 고집스럽고 엄했다. 그의 마음 문을 열기까지 깜깜한 절벽 앞에 숨 모아 기다렸다. 어쩌다가 눈길이 마주치면 그가 피했다. 진솔은 피하는 그의 눈을 잡지 못했다. 강가에 구르는 돌멩이처럼 그의 언저리에서 구르다가 말 인생이라, 마음을 접고 눈길을 접고 애탐을 접었다. 그의 마음은 그의 눈은 멀리 북쪽을 향해 떠돌았다. 입덧이 심해 밥을 푸다가 헛구역질하는 걸 보면서도 고개 돌리던 그였다. 밥을 먹을 수 없어 해쓱해진 몰골을 보면서도 아래로 내리뜨는 무심을 빙자한 눈길. 부풀어오르기 시작한 아랫배를 본 이후부터 그는 잠자리를 찾지 않았다. 속살을 후비던 뜨거운 갈퀴 같던 손길이 딱 멈췄다. 밤새우며 허벅지와 겨드랑이를 후볐던 그 절박한 보챔은 어디에 감추었을까? 산달이 다가올수록 지독한 한기가 진솔의 속살을 파고들었다. 하루하루가 얼음굴에 갇혀 있는 것 같았다. 번갈아 다녀간 아들들이나 횃대에 걸려 있는 부인의 비단치마를 두고 하는 말이 아니었다. 그가, 그가 바라보는 눈이, 그의 내리뜬 눈길이 얼음장이었다. 진솔이 나물을 무치고 김치를 버무리다가 그 손으로 아랫배를 만졌다. 그분의 아이를 품었는데, 더 무엇을 바랄까.

*

진솔은 저녁상을 물리고 설거지를 마치면 정지 구석에 세워둔 나무 자리를 내려놓고 꿇어앉았다. 편편한 나무 판때기에 네 개의 다리를 박아 층이 높았다. 겸상 크기만 했다. 황상에게 말했더니 두말하지 않고 얕은 나무자리를 만들어 왔다.

진솔이 기름접시의 심지를 낮추고 꿇어앉아 두 손을 모았다. 옷고름 속에 접어 쟁여두었던 작은 나무 십자가를 꺼내어 손에 꽉 그러쥐었다.

"묵주는 다음에 가져다줄게요."

초순이 제 손목에 차고 있는 것을 준다기에 진솔이 사양했다. 보리수 알갱이에 십자가가 매달려 있었다. 덕광 스님에게서 얻은 보리수 알갱이로 만든 팔목 염주에 십자가를 매달고 매듭으로 마감 처리를 했다. 매듭 끈을 구하지 못해 강진 장날이면 보부상들의 짐을 살피기도 했다. 그가 하피첩을 만들고 남은 비단치마 한끝을 얻었다.

다림질로 치마 주름골을 폈던 날 저녁이었다. 가위에서 베인 자투리가 바닥으로 툭 떨어지는 순간 진솔이 얼른 그것을 주웠다.

"어르신, 이걸 저에게 주시면 안 됩니까?"

약용이 퍼뜩 짐작 가는 데가 있었지만 물었다.

"그 작은 자투리를 어디에 쓰려고?"

진솔은 숙인 고개를 들지 않았고 약용은 더 이상 캐묻지 않았다. 비단 올이 헤실헤실 풀어지려 했다. 올의 가장자리에 찹쌀풀을 발라 풀림을 막은 뒤에 작은 바늘에 실을 끼워 갈대 속대보다 가늘게 기웠다. 나무 십자가에 구멍을 뚫어 비단 오라기를 매듭으로 묶었다. 가볍고 살가워 저고리 앞섶에 묶고 다녀도 버거워 보이지 않았다. 진솔은 미숫가루를 들고 가마골에 갈 때마다 그들, 이택규와 초순이 하는 대로 무릎 꿇고 앉아 기도를 했다.

'자신을 사랑하고, 이웃을 사랑하고, 천지간의 모든 목숨을 사랑하는 마음으로 슬픔이나 고통, 미움이나 증오까지도 사랑으로 품으면 영생의 기쁨을 얻을 것이라' 했다. 사랑은 은총이며 무한한 용서라 했다. 그 이상은 알지 못했다. 하루의 일을 마감하고 정주간 나무 방석에 앉아 묵주를 들면 비로소 하루를 무사하게 살았다는 작은 충일이 가슴 가득 번졌다. 그분이 안겨준 영광이었다. 덜어내도, 퍼내도 줄지 않는 옹달샘 같은 빛의 웅덩이 속에 앉아 진솔은 밤마다 날개옷을 입고 하늘을 날았다.

진솔이 그분을 향해 간절하게 빌었다.

'저의 남루한 시간을 버티게 해주셨고, 비루하고 더러운 세상에서 저를 지켜주시고 견디게 해주셨습니다. 더는 바라지 않겠습니다. 선비님이 손을 건네주시니, 전 가득합니다.'

순간 정지문의 문지도리가 삐걱대며 틈을 벌렸다. 앗! 살피는 눈이, 숨기는 자의 눈을 잡고 발갛게 타올랐다.

진솔은 일어서지도 않았고 손에 든 묵주를 감추지도 않았다. 진솔의 그 담대한 자세에 약용은 얼른 정지문을 닫았다. 약용이 쇠방망이에 얻어터진 듯이 저린 가슴을 문댔다. 언제 어디서 그분을 만났느냐고 물은 적이 있었다. 진솔은 배시시 웃기만 했다. 말 못 할 사연이라도 있는 게지, 그는 재우치지 않았다. 그날, 상의 아비 황인담이 한낮에 초당으로 올라왔다. 약용이 "근무해야 할 낮시간에 웬일인가?" 물었다. 황인담이 마루턱에 걸터앉아 "제가 아마도 탈이 난 모양입니다" 한숨을 내리깔았다. 그가 혀를 찼다.

"술을 작작 마시게나."

한참 앉아 있다가 황인담이 말했다.

"전 그만 내려갑니다."

여느 때와 달리 깊숙이 허리를 구부렸다. 진솔이 미리 마련해두었던 듯 삼베보에 싼 뚝배기를 들려주었다.

"녹두 미음이에요."

공손한 탯거리였다. 퍼뜩 그의 생각이 그쪽을 향했다. 이택규의 거처를 가마골에 마련한 당사자가 황인담이라는 말을 들었을 때 기척 하나가 그를 일깨웠다.

"황인담이더냐?"

헛짚어 그가 쐐기를 박았다.

"예, 그러합니다."

진솔이 치뜬 눈매로 목소리는 깔았다.

황인담, 술로 빈 뱃구레를 채우고 술병을 얻었지만, 아전으로 살면서도 아전 같지 않았다.

진솔이 진상을 털어놓았다.

"상의 아비되는 그 양반, 사람 됨됨이가 개울처럼 흘렀지요. 초순이를 살려 내보냈어요. 황인담이 아니었으면 어찌 초순이가 그 엄혹한 생지옥을 벗어날 수 있었겠어요."

또 그런 말도 했다.

"택규 조카님을 삼흥리 도요지에 알선한 장본이 누구라고 생각하셔요? 도요지에는 아무도 함부로 들이지 않아요. 연줄이 없으면 어디를 가거나 발을 못 붙이는 세상 아닌가요?"

황상의 아비, 황인담? 대수롭지 않게 대했다. 의식이 있는 아전이구나 하는 정도였다. 그런 숭고함을 품고 살았다니, 술 마신 죄밖에 없는 순한 영혼인데, 하늘이시여 그를 보살펴주셔야지요. 주문도 아니었고 기도도 아니었다.

약용은 학동들이 잠들 때까지 정지문 앞에서 지키고 서 있었다. 동암에 유하는 학동들이 물을 찾아 정지에 들를지도 몰랐다. 진솔이 광목 치마에 흰 버선을 신고 꿇어앉은 모습은 한 폭의 그림이었다. 정지문 틈새로 고개를 조아리는 진솔의 옆모습이 칼로 빚은 돌처럼 차고 정갈했다. 그의 더운 가슴이 울컥거렸다. 유배 죄인으로 쫓겨온 생의 마디에 저 뜨거운 불의 혼을 만날 줄이야. 활활 타오르는 불꽃의 화석이었다.

*

"이다지 결이 고울 수가?"

진솔을 밤에 안을 때마다 그가 무심하게 중얼거렸다. 결이라? 칭찬인지 아닌지 그 의미를 헤아리기보다는 이제 겨우 한줌 건네준 그의 온기가 진솔의 가슴을 데웠다. 낱알처럼 부글거리던 체기가 그의 온기로 다독여지고 삭아 뱃속의 아이에게 자양분이 되었으면 하는 바람이었다.

"결이라 함은?" 묻는 진솔에게 그가 말했다.

"삼베와 무명, 명주의 그 올올한 차이가 어디에 있는 것 같소? 거친 일을 하면서도 속에 품은 심지가 보드랍고 따스하고 질기니, 그것이 결이 아니고……"

진솔이 눈을 치떴다.

"질기다는 말씀은 제가 모질다는 말씀인지요?"

그럴 리가, 그가 혀를 찼다. 견디고 있지 않은가? 이 언덕 강파른 바람골에서 삼시 끼니를 숨 돌릴 새 없이 척척 차려내지 않소. 고맙고, 고마운데, 내가 보답할 방법이 약소하구려. 그는 말하지 않았다.

그의 어눌한 침묵에 진솔이 고개를 주억거렸다. 그것이면 되었다. 진솔이 강진의 논바닥에서 밭고랑을 매고 수수엿을 고고 바느질품으로 끼니를 연명하는 천한 백성인데, 이 바닥 인생이 자신에게 주어진 운명인데, 입을 막았던 손을 힘없이 내렸다. 어질러진 주변을 주섬주섬 치웠다.

"저녁 진지 잡수실 시간입니다. 규칙적인 식습관은 허한 위를 길들이는 첩경이라, 어르신께서 하신 말씀을 잊으신 건 아니겠지요. 어르신 많이 신약해지셨어요."

염려를 아우르는 목소리가 잘게 떨려 나왔다.

왜 무슨 일이 있소? 하는 눈빛으로 그가 진솔을 쳐다보았다. 진솔의 순한 눈길에 평온이 깃들었다. 그 유순하고 맑은 눈이 말했다. 가시를 내리세요. 쉬셔야 합니다. 어르신 눈가에 비늘이 번뜩여요. 그랬다. 긴장으로 살아온 마흔 등마루였다. 약용은 한나절 한순간도 헛되이 보내지 않았다. 어깨 위에 실린 강파른 힘살을 풀어내지 않았다. 그래야 했고 그런 완벽한 조짐이 자신이라야 했다.

유배지 강진에서 홀연 나타난 진솔이라는 여인이 안겨준 평온, 나른한 휴지(休止)를 그는 탐욕스럽게 껴안았다. 깊고 따스하고 청결했다. 그가 질색하는 행동거지를 보이지 않았다. 그 안온을 줄줄이 꿰어 차면 열 가지도 넘을 것이다. 조가비처럼 다문 입술이 듬직했다. 갉작거리지도 목소리로 말을 씹지도 않았다. 굼뜨거나 촐싹대지도, 치맛바람을 일으키지도 않았고 아무리 힘들어도 센 입김을 풍기지 않았다. 일곱 명 제자들의 점심 한 끼니? 말은 그랬다. 어젠 온종일 깻잎을 씻어 말린 후 무명실로 묶어 단을 만들었다. 된장에 박고 졸인 간장에 켜켜이 재는 걸 보았다. 산등성이를 훑으며 쑥부쟁이나 민들레, 고사리에 버섯까지 몇 소쿠리나 담아 날랐다. 뜯어 온 산나물을 마당에 부리거나 그의 눈이 지나가는 곳에서 가리지 않았다. 찌고 말리고 단속하는 과정을 좁은 정지에서 해치우면서도 그릇 소리 한번 내지 않았다. 참 여문 사람이구나 싶었다.

진솔이 석 달 말미를 보듬고 있어 숨이 가쁘긴 했다. 하필 추석 무렵이어서 벌써부터 학당들 상차림에 신경이 쓰였다. 정이월에 담가둔 오사리 새우젓에 막물 조기 몇 마리를 보리쌀 독에 심어두긴 했지만, 한창나이에 몇 끼니 밥상이나 올릴까. 부지런히 캔 쑥은 말렸고 고사리도 삶아서 말려두긴 했다. 여름이 여물기 전에 몸이 더 부풀기 전에 바지런을 떨어야 했다. 나물이 지천이었지만 몸이 무거워지면서 손이 굼떴다. 이른 봄에서 여름 들기까지 마을 아낙들이 월출산 누릿재를 온통 헤집고 다녔다. 이불 보퉁이만 한 산나물 자루를 들고 메고 굴리면서 내려왔다. 오월 단오가 지나면 나물에 물이 올라 억세졌다.

그날 진솔이 도라지 무더기를 발견하고 일행에서 떨어졌다. 도라지는 반찬으로도 해 먹지만 그가 즐겨 마시는 겨울 차였기에 욕심을 부렸다. 보랏빛 도라지꽃이 진솔을 불렀다. 해산이 한 달 말미였다. 가뭄이어서 흙살이 단단했다. 진솔이 도라지 줄기를 한줌 쥐고 휘익 뽑아냈다. 그때였다. 뭔가 손목에 휘감기는 섬뜩한 느낌에 벌러덩 주저앉았다. 뱀이었다. 진솔이 앞치마 끈으로 손목 부위를 묶었다. 독사는 아니었다. 산이 습해서 뱀이 많았다. 입으로 물린 부위의 피를 빨아내어 뱉었다. 할 수 있는 데까지. 늘 지니고 다니는 쑥 가루를 상처 부위에 발랐다. 뱃속에 든 아이 때문에 불안했지만, 따끔한 동통은 느껴지지 않았다. 욕심을 너무 부렸다. 해거름이 다 돼서야 초당에 도착했다. 마당에 서성거리던 그가 진솔의 흐트러진 모양새를 보더니 "무슨 일이 있소?" 대번에 눈길이 매서워졌다. 진솔이 얼른 왼손을 뒤로 감추었지만 그래서 더 미심쩍었는지 다가와 감춘 손을 당겼다.

"뱀에 물렸지만 독사는 아니거든요."

그가 몸을 날렸다. 바가지에 떠온 물에 소금을 풀어 진솔의 상처 부위에 들이부었다. 그리고 등을 들이댔다.

"강 의원한테 가야 하오. 독사가 아니라지만 모든 뱀에는 고유의 독이 있기 마련이오. 태아가 안전한지 진맥도 해야 하고."

진솔이 업히지 않으려 몸을 버텼다. 지팡이 없이는 운신도 못 하면서 임산부를 업고 언덕을 내려가겠다니, 안 될 말이었다.

"다리가 성하니까 걸어가도 됩니다. 아프지도 않아요."

진솔이 그의 등을 밀어냈다. 등에 닿았던 손바닥에 남은 온기가 가슴골을 타고 전신으로 번지는 걸 느꼈다. 이 우주만큼이나 크고 대단한 남자가 나같이 비천한 계집을 업어준단다. 진솔은 살점이 떨리고 입술이 타들어갔다. 그가 강진맥 한방까지 따라왔다. 닦아 내고 바르고 약 두 첩을 받아 산정으로 올라왔다. 두 사람이 나란하게 걸어서 초당을 오르내린 첫 나들이였다.

다음날, 빨랫감을 들고 나갈 때 그가 말렸다.

"손에 힘주는 일은 당분간 하지 마소. 상이 있긴 하지만 학질 후유증으로 아직도 비실거리니 도와달라 할 수도 없고."

설거지를 하고 방에 들어가자 그가 젖은 손을 잡았다. 진솔이 물기 마르지 않은 손을 빼내려 하자 그가 실하게 당겼다.

"수고했소."

약을 바르고 붕대를 감은 손목이었다. 그가 잡은 진솔의 손 위에 자신의 오른손을 겹쳤다. 그런 자상한 몸짓은 처음이었다. 깜깜한 한밤중이 아니면 곁에 있어도 못 본 체하는 그였다. 감정을 드러내지 않아 속내를 알지 못했다.

진솔은 갸웃했다. 뱀에 물린 것을 두고 수고했다는 말인가, 진솔이 눈을 내리깔았다.

"수고라니요? 저를 부리는 것으로 보시는 겁니다. 어르신 모시고 사는 아낙이 해야 할 일인데, 어찌 수고라 하십니까?"

"허, 그렇게 들었다면 오해요. 하지만 이녁이 부른 배를 안고 종종걸음 치는 걸 보면 내가 편치 않구려."

한마디를 덧붙였다.

"진솔이도 입이 있구먼. 할 말을 할 줄 아니 말이오."

그리고 한마디를 보탰다.

"수고를 치하함은 높낮이가 없는 말이오. 그건 이녁이 오해한 거요."

"예, 알았습니다. 제 입이 아니고 뱃속에 든 아이의 옹알이라 생각하셔요."

그가 목소리를 키워 웃었다. 그런 웃음소리는 처음이었다. 갈대밭 사이로 바람이 술렁거렸다. 더위 먹은 바람이었다. 한나절 내내 땡볕이 차지했던 산정 툇마루에 칠월 칠석 물먹은 바람이 드러누웠다.

*

전날부터 진통이 왔지만 진솔은 티내지 않고 산통을 목구멍 안으로 삼켰다. 매반가 이모할머니께도 출산 예정일을 말하지 않았다. 다산초당으로 옮긴 이후부터 발걸음이 뜸해진 황상이 해거름에 젓갈 한 통을 들고 올라왔다.

진솔이 절구에 보리를 닦으면서 숨이 가빠 헉헉대는 걸 보고 상이 절굿공이를 앗았다.

"진솔 누부요, 산월 아닌가요?"

진솔이 아니라고 고개를 저었다. 번거로운 건 질색이었다. 집필과 서당 일에 몰두하는 그의 일과에 출산의 비명이 끼어들 여지는 없었다. 성가신 존재로 살고 싶지 않았다. 그가 먹을 음식을 만들고 깨끗한 이부자리나 옷을 챙기는 것만으로도 분복이라 진솔이 자신을 다독였다.

하필 그날 밤, 자정 무렵 진통이 몸을 쥐어짰다. 진솔이 요때기 한 장을 둘둘 말아쥐고 정지로 내려갔다. 그의 단잠을 깨울 수가 없었다. 잘못되면 어쩌지, 하는 생각뿐이었다. 회임 사실을 알았을 때 그의 입가에 스민 미소 한 자락에 진솔은 가슴을 쓸어내렸다. 싫어하는 기색은 아니었다. 마재의 딸이 윤창모와 혼례 말이 오갔던 날, 멧새 두 마리가 매화 가지에 올라 재재거리는 그림을 그렸다. 점심 식사 후 그가 다시 비단 조각을 꺼냈다. 만삭의 몸을 한 진솔을 지그시 바라보다가 붓을 들었다.

진솔이 오후 내내 밖에서 설거지를 하고 들어갔을 때 그 그림을 보았다. 멧새 한 마리가 매화 가지에 매달려 있었다.

설명도 없고 질문도 없었다. 먹이 마르자 그가 그린 비단 조각을 백지 갈피에 펴 넣었다. 가경 계유년 칠월 열나흘에서 딱 한 달, 나흘 만에 자궁 속의 생명이 세상 밖으로 나오려고 버둥질을 쳤다. 진통을 씹어가며 가마솥에 불을 피우고 가위를 끓는 물에 삶고 정지 바닥에 포대기를 깔았다. 정지문 틈새로 팔월 열아흐레 달빛이 갸웃, 들이쳤다.

*

약용이 새벽녘, 아이 울음소리에 잠이 깼다. 유배 와 머문 지 석 달이 빠진 열두 해였다. 그는 가슴속에서 일고 있는 자잘한 설렘에 고개를 저었다. 정지로 내려갔다. 포대기에 싸인 딸애를 안은 그의 긴 눈꼬리의 살점이 떨렸다. 미소인지 울음기였는지 분간할 수 없는 미망이었다.

"수고했소."

한마디였다. 그가 아이를 안고 방으로 들어갔다. 이녁의 핏줄만 보이고 해산한 어미는 안중에도 없는 기라, 뒷정리를 하면서 진솔이 속엣말로 중얼거렸다. 미리 끓여둔 미역국 두 그릇에 상을 차려 방으로 들어갔다. 아이는 누워 있고 그는 책갈피를 뒤적이며 아이의 이름을 찾고 있었다.

"홍임이가 어떻소? 마재의 딸애가 홍연이거든."

"정홍임인가요?"

진솔은 울컥 울음이 복받쳤다.

해산한 기척은 어디에도 내비치지 않았다. 삼신 새끼를 걸거나 기저귀를 널지도 않았다. 산정의 팔월 스무날 아침은 고요히 열렸다. 새벽녘에 앞치마를 조여 매고 나온 진솔의 아랫배가 홀쭉해진 것 말고 변한 것이 있다면 아이를 안고 있는 쉰두 살, 약용의 어설픈 모습이었다. 진솔이 정지에 나가면서 "안아주면 손을 탄다고들 합니다. 뉘어두세요" 했지만 그는 작고 곰실거리는 아이를 안았다. 작은 핏덩이가 그의 굳은 가슴을 맥맥하니 덮혔다. 기저귀를 갈아주다가 그는 놀랐다. 기저귀에 쓸려 연한 속살이 빨갰다. 진솔이 몇 번이나 삶고 빨아서 그나마 골을 삭히긴 했지만 신생아의 살은 견디지 못할 것이었다. 그의 궁리는 글 쓰는 한지를 구겨 골을 삭여 기저귀로 쓸린 부위에 덧대주었으면 하는 거였다. 그래서 시도해보았다. 진솔이 보더니 그냥 말갛게 웃었다. "우리 홍임이 호강하는구나. 아버지가 아끼시는 백지를 기저귀로 감았으니 더 무엇을 바라겠니?" 하면서도 백서지 기저귀는 안 된다며 내쳤다.

"여자들은 솜 싸개 천기저귀에 쓸려 퍼렇게 멍이 들면서 살아요. 평생 여러 번 기저귀를 차야 합니다. 우리 홍임이도 이제 십여 년 지나면 달거리를 할 것이고, 해산한 아랫도리도 기저귀를 감아야 하지요. 홍임이 연한 살이 쓸려 아플 것이라 염려하시니 그 자상한 자애로 우리 홍임이⋯⋯"

진솔이 말을 잇지 못했다.

"그런가? 그랬군."

그는 맥없이 구시렁거렸다.

스무 살에 첫딸을 안았지만, 닷새 만에 세상을 떠났다. 무엇이 잘못되었는가, 말을 담은 입을 다물고 그 탓을 혜완에게 밀어붙였었다. 한동안 혜완 곁에 가지 않았다. 많은 아이를 안았었다. 튼실한 혜완의 자궁에서 태어난 아이들은 누구의 탓이랄 것도 없이 생을 밀어내고 사라져버렸다. 울고 보채고 토하고 밤새 뒤척거렸다. 온 집안이 갓난아이의 시중으로 웅성거렸다. 비 오는 날이면 마루에 주렁주렁 걸렸던 기저귀에 갓머리가 쓸려 고개를 숙이고 다녀야 했다. 비리고 습한 냄새가 아릿해질 때면 어린것이 흰 보자기에 둘둘 말려 방을 나갔다. 그렇게 여섯 아이를 흙에 묻었다. 아이를 묻는 일은 순전히 약용이 혼자서 치렀던 고통스러운 의식이었다. 유행병으로 보낸 아이도 있었지만 소홀하게 간수한 탓으로 보낸 아이도 없지 않을 것이었다. 내실에 들어설 때마다 신생아와 그 어미에게서 맡아지던 비릿한 냄새의 기억은 늘 좀 아쉽고 씁쓰레했다.

홍임은 잘 먹고 잘 잤다. 보채지도 울지도 않았다. 그는 새록새록 잠든 아이의 얼굴을 신기하게 바라보았다. 약용이 아침상을 들고 들어온 진솔의 부기 어린 얼굴을 보고는 볼멘소리를 질렀다.

"동천여사의 할미를 불러왔어야지 않소. 산후조리를 해야 할 것이오."

진솔이 머뭇거리다가 "초순이가 도와주고 있습니다. 상이 연락했나봅니다" 했다.

"안 보이던데, 그래서 정지에서 그릇 소리가 난 건가."

그가 정지문을 벌컥 열어젖혔다. 초순이라니, 그림자도 보이지 않았다.

"요즘 초순이 주막에 와 있어요. 할미가 많이 아프세요. 술청을 접었고요, 낮에 잠시 올라와서 학동들 점심 챙겨주고 해산 빨래를 해주고 내려갑니다. 제 몰골을 어르신께 보이고 싶지 않답니다. 아직도 젊고 예쁜데, 떠꺼머리총각처럼 하고 다닙니다."

진솔이 덧붙였다.

"사흘 동안 비가 내려, 그 많은 기저귀를 다림질로 말려주고 갔어요. 어찌 그리 착하고 예쁜 사람이 있는지, 내일 올라오면 치하 한마디해주셔요. 제가 억지로라도 방으로 데리고 들어올게요."

대바구니에 차곡차곡 쌓인 기저귀에 배내옷이 방 귀퉁이를 차지했다.

"부질없소. 대면 안 하는 것이 좋을 듯싶소. 대신 이녁이 잘해주고 있지 않은가, 그만하면 품앗이하는 거요."

진솔이 고개를 내둘렀다. 남정네들의 그 무심한 등돌림에 가슴이 서늘했다. 언젠가 자신에게도 닥칠 혼자만의 그리움이 되겠거니. 하지만 이별을 예감하면서 지금을 한탄할 생각은 없었다. 내일은 내일이고, 오늘은 오늘이다. 숯검댕이 칠을 하고 다니는 초순의 일편단심이 너무 애처로웠다. 정지문 걸어 잠그고 티 내지 않고 음식을 장만하는 그 순한 기척이 사랑 아니고 무엇일까? 언제 보았다고, 진솔하고의 무슨 정이 두터워 해산바라지를 자처하고 왔을까. 오로지 멀리서나마 바라기할 수 있는 님의 소리에, 님의 향기에, 님의 거동에 귀와 눈을 걸어두고 있는 초순에게 진솔은 공연히 미안한 생각이 들었다.

*

팔월 열아흐레, 약용이 아기의 첫 울음소리를 들었을 때 쉰두 살, 관자놀이가 붉어졌다. 그 붉은 마음을 멧새 한 마리 외롭게 매화 가지에 노니는 모습으로 비단 조각에 그렸다. 붓끝이 떨렸다.

　묵은 가지 다 썩은 그루터기 되려더니 / 푸른 가지 뻗어 나와 꽃을 피웠구려
　어디선가 날아온 채색 깃의 작은 새는 / 한 마리만 혼자 남아 하늘가를 떠도네

계유년 팔월 열아흐레

*

초순은 너무 얄팍해서 그림자 같았다. 택규의 장례를 치르고 한 계절이 지났다. 주막 할미의 장례도 소리소문 없이 초순이 혼자서

320

치렀다고 황상이 말했다. 진솔의 해산 뒷바라지가 끝나고 이제 훌훌 털고 떠나리라 했다. 옹기 불가마에 익어서 그런지, 얼굴에 마른 버짐이 슬어 잿빛이었다. 우묵한 눈자위에 그늘이 짙었다. 거스러미 슨 마른 입술에 자주 침을 발랐다.

진솔이 초순의 등을 밀어 방으로 들였다.

"더운밥 한술 뜨고 가요. 내 금방 차릴게."

초순의 마른 입술에 미소가 번졌다.

"나으리, 이거 제가 구웠습니다."

길고 좁은 필통이었다. 유약을 바르지 않은 표면에 갈대로 훑친 빗살무늬가 자연스럽고 질박했다.

"네 솜씨구나. 물레 돌리는 네 솜씨가 일품이라고 상이 아비가 입에 침이 마르게 칭찬하더니, 손재주가 비상하구나."

과한 칭찬을 듣고도 초순이 웃지 않았다. 허름한 입성 탓일까. 검정색 무명 고쟁이에 허리까지 내려온 풍성한 반저고리 차림이 그랬고 허연 무명 띠로 질끈 동여맨 떠꺼머리 머슴애 꼴이 그랬다. 험한 세상에 신분을 가리기 위한 입성이었지만 그 변장이 영 겉돌았다. 아무리 품이 큰 옷이라도 긴 목선이나 동그란 어깨의 흐름을 감추지는 못했다. 토분으로 개칠했을 손인데도 희고 기름하고 가지런했다.

진솔은 나가고 초순이 방에 남았다. 무슨 할 말이 있는가, 약용이 천천히 먹을 갈았다. 경위를 물어보지 않았다. 흘러간 물에 방아는 돌지 않는다고 하지 않던가. 택규나 초순 모두 흘러간 물이었다.

초순이 살포시 일어났다. 몇 걸음 뒤로 물러서더니 두 손을 올려 큰절을 했다.

"부디 건강하시고, 평안하소서."

말 속에 버무려진 속울음이 작게 떨려 나왔다.

그가 벼루에 문대던 먹을 놓았다. 왜? 무슨 일인가? 절은 왜? 많은 말들이 눈빛에 쓸려 나갔다. 그 일은 갑작스러웠다. 초순이 그의 무릎 위로 휘청 무너졌다. 눈을 까뒤집고 입술을 깨물었다. 혼절한 것은 아닌 것 같았다. 혼절하면 입을 벌려야지 입술을 깨물었다는 건 어떤 결의나 속내를 내비치는 표정이 아닌가?

"초순아, 많이 힘들구나. 몸과 마음을 불살랐던 그 크나큰 은혜는 저버린 것이냐?"

그가 초순을 안아 아랫목 아이 곁에 뉘였다. 정지로 난 쪽문을 열고 진솔을 불렀다.

"초순이가 열이 있는 모양이오. 꿀이 있으면 좋으련만."

예. 대답만 보낸 진솔이 뜸을 들였다. 꿀이 어디 있단 말인가? 진솔이 앞치마를 벗어던지고 부리나케 초당의 층계참을 구르듯 뛰어내렸다.

갑자기 홍임이 깨어나 자지러지게 울었다. 우는 아이를 감당 못한 그가 빈지문을 열어젖혔다. 그제야 초순이 일어나 아이를 안고 다독였다. 그가 "애들은 울면서 크는 거라. 눕혀둬라" 했다.

초순이 문을 열고 나가면서 "나리, 참 무정하십니다" 돌아보고, 목을 꺾어 또 돌아보았다.

그는 좌정을 풀지 않았다. 보내던 눈길도 거두었다. 그것밖에 무엇을 더 할 수 있다는 말인가? 그가 할 수 있는 배웅이었다.

*

뜬금없었다. 진솔이 눈을 내리뜨고 무릎에 포개 얹은 손등에 힘줄을 당겼다. 무슨 할 말이 있는 모양이라, 그가 건네는 지긋한 눈길을 받아냈다.

"어르신, 시중드는 여자를 원하시는 거지요? 다만, 어르신 마음으로 저를 품으시는 건 아니시죠?"

그는 대수롭지 않게 "왜 내가 뭘 섭섭하게 했소?" 흘렸다.

진솔이 도리머리를 저었다.

"제가 어르신께 섭섭하고 어쩌고 따질 처지나 되는지요? 가끔 저를 다루는 어르신 손끝이……."

말을 맺지 못하고 진솔이 입을 오므렸다.

갑자기 그는 매사에 느슨해졌다. 먹는 거나 잠자리나 그리 열중했던 공부도 맥없이 사그라졌다. 그는 자신의 허룩해진 움직임을 몸의 상태와 연관 지었다. 무슨 말을 보태고 덜 생각은 없었다.

그런 날들의 진솔…… 자작으로 비운 술병을 들고 그가 작게 웅얼거렸다. 그저 여퉈두었다네. 여퉈둔 가슴인들 오죽하겠는가?

진솔이 먼저 눈치를 챘다. 약용의 기웃대는 걸음걸이에 눈을 걸고 있던 진솔의 눈가에 물기가 서렸다.

"어르신, 몸을 마음대로 부릴 연세가 아닙니다. 방에 군불을 지필게요."

꽃을 지운 초겨울, 백작약 뿌리를 뽑아 감초하고 달여 하루 세 번, 그가 약 보시기 비우는 것을 진솔이 지켜보았다.

"근육이 뭉치고 쥐가 나는 데, 백작약감초탕만 한 약이 없다 하더이다."

약효는 미미했지만 진솔의 마음 씀씀이가 고와서 시고 쓴 작약 감초탕을 주는 대로 마셨다. 더 이상 뭉치는 것 같지는 않았다. 몸의 움직임이 전 같지 않았지만 공부나 채마밭 손보는 일을 늦추지는 않았다. 봄에 심은 국화가 잎을 틔우고 꽃을 달았다. 활기찬 기상이 가상했다. 국화에 눈길이 가 꽂혔다. 햇살 번지는 봄날을 두고 가을 무서리에 꽃봉을 열었다. 기다리고 견디며 품어주고 다독여주는 국화의 결기라니. 아름다움의 극치가 아닐 수 없었다. 피고 지는 기간이 길었다. 강한 생명력에 헤프지 않고 담백한 국화는 은둔하는 선비의 모습이 아닐까.

도연명의 시 「술을 마시다」 한 구절이 생각났다.

동쪽 울타리에서 국화꽃을 따다 / 우두커니 남산을 바라본다

생의 뒤안길 걸어가는 나그네의 방문 앞을 지키고 서 있는 국화, 한밤중, 눈이 떠지면 신발을 꿰고 나가 살피곤 했다.

약용이 꽃을 심고 아끼고 가꾸면서도 스스로에게 질문했다. 꽃

에 대한 애정이 각별한 것은 선비의 도에 어긋남일까? 취향일 뿐이었다. 가무를 즐기거나 술이나 색을 즐기는 취향과 다르지 않을 것이었다.

*

혜장이 들어서면서 코를 벌름거렸다.

"스승님, 이 그윽한 향기의 출처가 참으로 궁금하외다."

진솔이 다반 위에 손바닥만 한 면포를 깔고 노란 산국 한 송이를 곁들여 내왔다. 다반을 내려놓고 나가는 진솔의 뒤태를 바라보며 혜장이 나직이 중얼거린 말이었다.

"스승님, 여기 초당에 숨어 계시니, 귀가 어두우시지요? 며칠 전 누가 이 한갓진 골을 지나갔는지 모르실 겁니다. 겨우 하루 낮, 하룻밤이었으니까요. 온통 국화향을 질펀하게 펴 날랐더랍니다."

"무슨 말이 그리 장황한지, 날 골릴 생각이 아니라면 얼른 본론이나 말하게."

"초순이 소리 기척 없이 다녀갔어요. 진솔이 해준 반찬을 받아 가느라, 인사도 못 했다 하더이다."

약용이 눈을 내리깐 채 찻잔을 들고 마른 입술에 한 모금 적셨다. 상이 설핏 그 이야기를 흘렸다.

"초순이 벌써 몇 번이나 다녀갔습니다. 미숫가루하고 밥만 얻어 갔습니다."

말하는 상의 얼굴에 눈물과 콧물이 엉겨 줄줄 흘렀다.

"그 예쁜 사람이 먹칠한 얼굴에 봉두난발을 하고……"

말을 잇지 못했다.

혜장이 문득 중얼거렸다.

"초순이 흘리고 간 국화향은 자지러지지요. 자칫 사람을 홀리게 합지요. 진솔의 단아하고 솔깃한 품성하고는 반대되는 앙칼짐이 초순의 매력이기도 하고요."

그가 팩하게 내뱉었다.

"중이 못하는 말이 없군. 흉측한 상상을 품고 사는 줄은 몰랐구 면."

"스승님, 불순하게 오해하진 마십시오. 울면서 초당을 내려가는 모습이 가엾더이다. 그 심정이 오죽하겠는지요?"

그가 턱을 쳐들고 물었다.

"그래서?"

찻잔을 소리 나게 내려놓은 혜장이 말을 이었다.

"사람에게는 뒤집을 수 없는 격차가 있기 마련입니다. 타고남과 만들어짐의 차이라고나 할까요? 초순이 지닌 열정은 무모하고 외람되고 몸을 상하게 하는 독한 향을 품었습니다. 하나 진솔의 치맛자락에서 풍기는 녹향은 너무 순하고 맑아 그 청정함이 시든 것을 일으키고, 더께진 녹을 닦아내는 치유의 향이지요. 소승의 곁에도 그런 선사가 있기에 여기, 데리고 왔습니다."

"초의 의순이라 합니다."

풀 옷이라? 약용은 혜장 뒤에 서 있는 푸른 승려를 바라보았다. 침침한 동백나무 울짱을 뚫고 홀연 나타난 빛의 타래 같았다. 눈이 부셨다. 그는 실소했다. 빛의 타래라니, 감상이 만들어낸 어휘의 남발이었다. 그는 공소했다. 금방 밝고 정갈함이라고 첫 느낌을 수정했다. 자잘한 새김질이었다. 약용은 가끔 생각이 고인 웅덩이에 빠져 허우적거렸다. 유배의 후유증인지도 몰랐다. 혼잣말도 그랬고 대님을 풀어내고 탕건의 매듭도 묶지 않았다. 조임이 싫었다. 까탈인지 과민함인지 그 만만찮은 돋기를 다독여야 했다.

"인사가 늦었습니다. 큰 어른을 지척에 모시고도 진작 찾아뵙지 못한 게으름을 용서하십시오."

약용이 합장하는 젊은 중의 푸른 기개에 압도당했다. 학유 또래로 보였다. 말이 생각을 앞질렀다.

"용서라는 말은 과하구려. 일차 면식이 없는 사이에서 용서는 당치않소."

초의의 손이 한 번 더 합장을 했다. 혜장이 앉을 자리를 찾아 두리번거리면서 한마디를 질렀다.

"스승님의 솔직함에는 두 손 듭니다. 영혼이 맑지 않으면 용서라는 말을 뭉개서 받아드릴 터인데, 스승님께서는 일언지하에 당치않다며, 사양하십니다."

약용은 손등으로 눈을 비볐다. 안개가 서렸는가? 부빈 눈을 치떠 초의를 바라보았다. 푸른 서슬에 눈이 시었다. 맞받는 눈길이 무구했다.

초의가 낮으나 울림이 있는 목소리로 말했다.

"진작 찾아뵙고 가르침을 받아야 했는데, 소승 앉은자리에 군살이 박이는 신세가 아니라 이제야 인사드립니다."

약용의 다문 입꼬리가 비긋이 쳐들렸다. 흐뭇함을 내비치는 마음 표정이 그랬다.

"신세라? 그런 신세는 정해진 것이오?"

불시에 그 말이 그의 입에서 튀어나왔다.

초의가 승복 자락을 여미면서 "말씀 낮추시지요. 송구합니다" 합장한 손을 가슴으로 끌어당겼다.

약용은 한 그루 수국처럼 푸른 향내를 피워내는 초의에게 걸어둔 눈길을 내렸다. 집요한 시선에 스스로 민망함이 앞섰다.

"기탄없이 말씀들 하세. 무슨 말을 해도 토를 달 생각은 없으이."

초의가 눈을 감고 꿇은 무릎 위에 두 손을 가지런히 포갰다. 청자처럼 서슬 푸른 초의의 삭발한 머리가 아래위로 끄덕거렸다.

혜장이 끼어들었다.

"초의의 자가 중부(中孚)입니다. 이는 유교와 불교를 넘나든다는 깊은 사유를 확장한 오묘한 의미의 자가 아닐까 합니다. 풍택의 중부괘로 바람이 못 위로 분다는 상징이고 바람이 불면 물살이 일듯이 사람의 한결같은 마음이라야 사람을 움직일 수 있다는 뜻입지요. 순수하고 경건하고 한결같은 신심으로 초의의 자를 해석하고 싶습니다."

초의가 혜장을 향해 깊숙이 고개를 숙였다.

약용은 승려들이 주고받는 말에 귀를 기울였다. 언젠가 혜장이 주고 간 글귀들이 눈앞에서 곰실거렸다. "겸손을 보듬고 학문을 파고들면 사람들이 모일 것입니다." 약용의 심장을 겨냥해 날 버린 칼날이 되어 쓰윽 그었다. 내게 사람이 없는가? 그가 물었는지, 기억에는 없었다.

"사람이 왜 없겠습니까. 사람이 지천인걸요. 하지만 진정한 내 사람이 몇이나 있겠는지요. 마음으로 보듬으셔야……"

약용이 손을 들어 혜장의 입을 막았다.

"알았네. 지나치게 주도적이라는 말은 귀에 담아두고 있네."

약용은 정좌한 채 눈을 감고 좌우로 몸을 흔들었다. 그는 속으로 되뇌었다. 자신을 바르게 세우고 보전하라는 말이군. 여타의 말은 귀 밖으로 흘렀다. 바르게 세운다, 그게 쉬운 일인가? 공부하고 책을 쓰고 또 쓰면서 잠시도 잡념에 앗기지 않으려 버둥거리는 이 심사는 무엇인지 약용은 그 속수무책의 상념에 치를 떨었다.

초의가 부려놓고 간 다선일미(茶禪一味)라는 한마디가 그의 베갯머리에 와 서성거렸다.

"차와 선은 같은 맛이라 차 한 모금 마시면 일체가 됩니다."

그는 불시에 몸을 일으켰다. 초의에게 차와 세상은 둘이 아니라 하나인 것을.

불씨 한 점

　황상이 아비 황인담의 사십구재를 지내고 초당으로 올라왔다. 아비의 장례를 치르느라 상의 몰골이 말이 아니었다. 상이 탁주 한 병에 젓갈 한 보시기를 챙겨 들었다. 부조 대신 그가 축문을 지어 준 것이 고마웠던 모양이다.

　그가 책상을 밀어내고 앉을자리를 펴주었다. 제자들이 와도 책상을 움직이는 일은 없었다. 그의 별난 제자 사랑법이었다. 상의 파인 볼을 보고 약용이 혀를 찼다.

　"정신 줄을 놓으면 안 된다."

　상이 손바닥으로 쓰윽 얼굴을 쓸어내렸다. 꿇은 무릎을 더 당겨 앉았다.

　"관아에서 아비가 하던 아전 자리를 받으라 하는데, 어찌하면 좋을지 선생님, 가르침을 주십시오."

"그럼 냉큼 출근할 일이지 여긴 왜 와? 늦었지만 지금 당장 가거라."

상이 고개를 저었다.

"전 내키지 않습니다. 아전의 실상을 아시면 이 나라가 왜 이다지 부패하고 날로 쇠락해가는지 알 것입니다. 나라가 일을 하는 아전들에게 한푼의 녹봉을 안 줍니다. 적당히 백성들로부터 뜯어서 살아가라는 조정의 알량한 정책이 가난한 백성들의 등을 치고 피를 토하게 하는 근원임을 아셔야 합니다. 악질 아전들이 말단 권리를 휘둘러 백성들의 쌀독을 쓸어 담고 농사 밑천인 망아지까지 잡아가는 세상입니다. 제가 그 짓거리를 해야 하겠는지요?"

약용은 진작부터 아전의 실상을 알고 있었다. 아전 사회에도 계급이 있다는 것을. 관아의 경제 문제를 관장하는 호전 육조나 형전 육조를 담당하는 아전들의 권리는 대단했다.

그가 상에게 물었다.

"이청의 아비는 육부 가운데 어느 기관에 속하는지 아느냐?"

"이청의 아비는 호전 육조를 담당한다고 들었습니다. 개네는 제법 살지요. 저의 아비는……" 잠시 망설이다가 "제 아비는 율기 육조를 맡고 있었습니다" 하고 말끝을 여몄다.

그가 기억을 끌어당겼다. 황상이 사의재에 처음 왔던 날, 할미가 구시렁거리는 소리를 들었다.

"아전 아비 술 외상값으로다가 나무를 대준다요."

"아전이라면서 술 마실 여유도 없다던가?" 하는 그의 말에 할미가 "아전도 나름이래요. 이청의 아비는 부자 부럽잖게 잘살건만, 상이 아비는 맹탕 마른자리만 뱅뱅이 도는데, 무슨 국물이 있겠소."

*

며칠 전 상이 '애절양' 이라는 제목으로 시 한 수를 지어 왔다.
"선생님! 졸작입니다. 아낌없이 꾸짖어주십시오. 스승님이 내려주신 「학질 끊는 노래」를 읽고 들끓었던 신열이 도망간 듯 가뿐해졌습니다."

갈밭 마을 젊은 아낙 곡소리 길고 길다 / 가진 아이 못 기르고 지 아비 남근 잘라

시아버지 죽던 해에 포수로 차출되고 / 올해는 봉군에다 충군까지 겹쳤구나

칼을 갈아 방에 들자 피가 자리 가득하니 / 민 땅에서 자식을 거세한 잔혹함도 참으로 울적하도다.

(……)

권세가는 한 해 내내 티끌만큼도 세금 내지 않았는데 / 벗겨내고 거둬들여 마냥 헤쳐가 거지와 흡사하도다

이 법을 바꾸지 않으면 이 나라는 반드시 약해지리라 / 깊은 밤, 이 생각에 속만 끓어오르는구나

"시가 씩씩하고 시대의 아픔이 잘 표현되었다. 그런 의미에서 상의 「애절양」은 곪아터진 시대상이 절절하게 표현되었구나."

말끝에 그는 자작으로 술병을 기울였다. 상이 무릎걸음으로 다가앉아 술병을 앗아 스승의 잔에 따랐다.

"젓갈 간이 건건해서 입에 달구나."

그가 조개 젓갈 한 점을 입에 넣었다.

"좋은 시를 지었으니 너도 한잔 받아라."

그가 제자에게 술을 따랐다. 없던 일이었다.

약용은 그제서야 진솔이 곁에 있다는 것을 깨달은 사람처럼 말했다.

"자네도 한잔하게. 내가 오늘 무척 기분이 좋소. 상이 시를 읽고 이렇게 흐뭇할 수가 없구려."

상이 다람쥐처럼 달려가 보시기 하나를 들고 왔다. 스승과 진솔의 잔에 술을 따르고 기척을 살폈다.

"진솔 누부요, 곡주 한잔 못 한다면 강진 사람 아니지요. 목이나 축이세요."

그가 잔을 들어 진솔에게 건넸다.

"상의 말이 맞는가? 몰래 마시지 말고 술자리에서 함께 마시는 게 술맛을 돋우는 첩경이라네."

진솔이 "제가 언제 몰래 술을 마셨다고 하십니까? 술지게미가 아까워서 한술 맛본 걸 두고두고 핀잔을 주십니까?" 토라진 듯 몸을 돌려 앉았다.

약용이 말의 포문을 열었다.

"부끄럽고, 부끄럽도다. 어찌 이 땅의 관리들은 힘없고 가난한 백성들의 가죽을 벗긴단 말이냐?"

상의 고개가 점점 숙여들었다. 약용이 고개를 숙이는 상을 나무랐다.

"상아, 부끄러운 것은 탐관오리이거늘, 네가 무슨 연유로 고개를 조아리느냐?"

"제 아비가 아전이라, 그 썩어문드러진 탐관오리의 하수인 노릇을 하다가 술독이 올라 죽었습지요. 목구멍이 포도청이라 아전 노릇 하는 아비를 말리지 못하지만 백성들 등골 빼먹는 현감의 수족 노릇에 손발을 맞추는 팔자가 부끄럽고 또 부끄러울 뿐입니다."

"부끄러움을 아는 것은 이미 심상의 눈을 틔운 것이라, 네 공부가 헛되지 않았구나."

"스승님 덕입니다. 제 몽매한 무지의 때를 벗겨주신 스승님 은혜 뼈 묻는 그날까지 간직하고 가꿀 것입니다."

약용이 소리 내어 하, 웃었다.

"간직함이라는 말은 알겠는데, 은혜를 가꾸겠다는 말은 생소하구나."

약용이 상의 시 「애절양」을 읽고 수정 보완해서 밑줄을 그은 원본을 건넸다.

상이 두 손으로 받아 저고리 앞섶에 질러 넣었다.

"폐단이라. 나라에 대한 임무라면 양반이나 중인이나 농부나 가리지 말고 군포를 바쳐야 할 터인데, 그것이 시행이 안 되는 세상이다. 임금께서 한탄하시며 애를 쓰셨지만 노론의 완강한 반대를 꺾지 못하시더구나."

그랬다. 상이 시 「애절양」에서 읊었듯이 하늘의 저주로 태어난 가난한 백성들은 죽은 시신에도 군포를 달아야 했고, 태어난 지 백일도 안 된 아기의 목에도 군포를 달아 세금을 내야 했다. 오죽했으면 갈밭 마을 남정네가 자신의 양근을 잘랐을까. 한순간의 욕정을 못 견뎌 자식을 낳게 했더니 태어난 지 며칠 만에 군적에 올랐네. 땅을 치며 통곡하는 남정네의 손에 들린 피 흘리는 양근을 들고 아낙이 그 고을 현감을 찾아갔다. 심상찮은 사태를 예감한 군졸들이 관아의 문을 열어주지 않았다. 부패한 폭정의 질긴 고리였다. 이 땅의 정치가 그랬고 이 땅의 관리가 그랬다. 번드르르한 속을 들여다보면 썩어문드러져 곪지 않은 곳이 없었다.

약용은 『목민심서』 열네 권의 마지막 장에 한마디를 남겼다.

관속을 통솔하는 방법은 위엄과 믿음이다. 위엄은 청렴에서 생기는 것이며 믿음은 성실함에서 나오는 것. 이 두 가지를 지니고 있는 목민관에게는 복종하는 수하가 있을 뿐이다.

*

새벽녘에 황상이 올라왔다. 철 이른 삼베 고쟁이가 서걱거렸다.

"다비식에 안 가시렵니까?" 상은 면벽하고 앉은 스승의 등을 향해 한 번 더 물었다. "저 혼자 다녀올랍니다."

묵묵부답, 스승의 침묵을 싸안은 채 상이 초당의 동암을 나섰다. 성긴 빗발이 가을을 재촉했다. 상이 닫고 나간 빈지문에 틈새 바람이 셌다. 기운 해가 식은 밥상머리를 넘은 지도 한식경이 지났다.

"몹쓸 사람, 그리 몸을 함부로 굴리더니……."

약용의 입에서 탄식이 흘러나왔다.

＊

"사람답게 살려면 만물의 뜻을 알아야 하고 주역은 만물의 뜻을 규명하고 변화를 알려주는 학문이라, 천명은 하늘의 뜻에 따름이며 순명은 하늘의 명에 따름이라 했습니다. 사람답게 살아야 할 것이며 자아를 세우는 일이라, 건강을 해치면서 공부에 집착하는 스승님의 열정을 비하할 생각은 없습니다. 하지만……."

혜장이 말꼬리를 늘였다.

그가 채근했다.

"무슨 말이 더 하고 싶은 건가?"

잠시 뜸을 들이다가 혜장이 계속했다.

"제자들의 시간을 공부에 묶어두시는 것은 하나는 알고 둘은 모르시는 일입니다. 지금 한창 모를 내는 시기가 아닌지요? 상이 한밤중에 화톳불을 켜놓고 모를 심는 것을 보고 소승이 뛰어들어가

336

거들었습니다. 공부보다 생존이 다급한 제자들을 풀어주시지요."

장죽을 쳐든 약용의 오른손이 왼손 바닥을 탁탁 내리쳤다. 식은 장죽에서 엽의 재가 떨어졌다. 비위에 거슬리는 말이었다. 약용이 마른침을 꿀꺽 삼켰다.

"붙잡아두다? 유폐라니, 당치않아. 그 말이 지닌 의미가 무엇인지 아느냐?"

아암 혜장이 두 손을 모아 잡은 채 약용을 바로 쳐다보았다. 허룩하니 부푼 몸피와는 달리 촉수 같은 눈의 갈고리가 그에게 꽂혀 있었다.

"유폐란 깊이 가두어두는 것이지요. 그것은 마치 호랑이를 잡아 우리에 가두어둔 형국과 다르지 않습니다. 지금 신혼인 상을 공부에 묶어두시려는 스승님의 제자 사랑을 모르지는 않지만 세상일에는 순서라는 것이 있지 않겠는지요?"

약용이 목소리를 굴렸다.

"됐네. 자기 앞가림이나 잘하게나."

생각의 마디가 미간에 골을 세웠다. 은유의 의미를 몰라서가 아니었다. 혜장과의 마지막이 될 줄 알았다면 자신의 생각을 그 자리에서 피력했을 것이다. 뒤늦은 후회가 늘 머리카락을 헤집었다.

아암 혜장이 바위 같은 무거운 몸을 사뿐 일으키더니 두 손 합장하고 방을 나갔다. 불손한 몸짓은 아니었다. 민망하고 죄송스러워 몸을 굼실거리던 상이 스승 앞에 꿇어앉았다.

"선생님, 고정하십시오. 과거하고는 무관하지만 스승님이 공부하라시면 저는 죽을 때까지 공부할 겁니다. 제게 주신 삼근계는 제 삶을 바꾸었습니다. 부지런하고, 부지런하고, 부지런하라는 가르침을 일 년 열두 달, 한순간도 잊은 적이 없습니다."

고개 조아리는 제자 상을 약용이 지긋한 눈으로 바라보았다. 머리끝에서 발끝까지 온통 늙은 거북이거나 고삐 물린 황소거나 바위 같은 듬직함이, 그 무게감이, 그 수굿함이 그의 야윈 가슴을 파고들었다. 속으로 한탄했다. 너 같은 진국을 발탁해 조정에서 활용해야 하거늘, 천한 신분이라 오르지 못할 옥상옥이었다.

"물 한 모금 마시고 올랍니다."

그렇게 나간 혜장은 곧바로 대흥사로 줄행랑치고 말았다. 혜장의 넉살이 아쉬웠던 게 아니었다. 혜장이 싸고도는 상의 소식이 그리 궁금했을 것이다.

약용은 문득 운명인가? 불시에 그 화두에 붙잡혀 길을 잃은 듯 헛헛했다. 길을 잃은 것이 아니라 멀리 가버린 혜장의 존재가 만들어낸 공동이었을 것이다.

혜장의 마지막 모습이었다. 물 한 모금 마시고 올랍니다. 물 한 모금이 이승과 저승을 가름하는 경계란 말인가? 그럴 줄 알았네. 가슴이 허했다. 텅 빈 뱃구레에서 둥둥 북소리가 울렸다.

*

옹기 자배기를 머리에 인 진솔이 가파른 언덕을 올라가고 있었다. 상이 달려가 진솔이 이고 있는 자배기를 받아들었다.

"이 무거운 것을…… 진솔 누부가 너무 고생하십니다."

"콩을 갈아야 하는데 산정에 맷돌이 없어서 방앗집에 댕겨오는 길이라네. 두부가 아직도 따끈해. 상아, 올라가서 두부 한 점 먹고 가. 두부 한 점 먹이고 싶었는데, 어찌나 모질고 독한지, 그냥 가버렸지 뭐야."

누구를 빗대놓고 하는 말인지 상은 알고 있었다. 택규를 두고 하는 말이었다. 숯가마골에 살았던 택규의 마지막 모습은 숯이 되어 사위어 있었다. 상이 광목 치마로 만든 수의를 입히는데 초순이 제가 하게 해주세요, 하고 밀어냈다.

"제가 이 사람을 죽였어요. 이년이 생사람을 잡았어요."

*

일순 사위가 깃을 접었다. 만신처럼 가지를 흔들어대던 낙엽송들도, 주야장천 포달지게 칭얼거리던 구강포의 파도소리조차 시간의 저편으로 사라져버렸다. 어릿대는 땅거미가 진솔의 검정 통치마 자락에 묵직이 매달렸다.

"진솔 누부야, 제발…… 그 약한 몸을 너무 부려먹지 마소." 씨종도 아니면서, 그 말은 입안에서 궁굴렸다.

흘러내린 머리카락을 쓸어올리는 진솔의 먼 눈길이 젖어 있었다. 죽고 사는 건 하늘의 일이라지만 서른 고비도 못 넘긴 날것의 젊음이 야속하고 덧없었다. 진솔이 지나가는 말처럼 "상아, 넌 해 줄 수 있을 거야. 초순이 말이다. 네가 좀 거둬주면 안 되겠니? 그 놈의 숯가마골에 보내지 말고" 했다.

황상이 고개를 흔들었다.

"내가 무슨 힘이 있어요?"

돌아서는 상의 어깨가 축 늘어졌다. 전에 못 보던 궁상이었다. 진솔이 바닥에 쪼그리고 앉았다.

"뭔 일이니? 왜 그러냐고?"

상이 나뭇등걸에 기대 등을 펵펵 내질렀다.

"진솔 누부요, 오늘은 그만 내려가봐야 해요. 두부는 마음으로 먹고 가네요."

진솔이 호들갑스럽게 상을 꺼당겼다.

"잠시만 기다려. 아직 따끈해. 근데 담아 갈 그릇이 없구나."

진솔이 머리에 두르고 있던 무명 수건을 벗어 접더니 두부 두 모를 담았다.

"가다가 뭉개지거든 찌개로 끓여 먹어. 이건 애당초 너 주려고 콩 두어 줌 더 넣었던 거야."

상이 받아든 무명 수건에서 두붓물이 배 나왔다. 상의 둥실한 콧구멍이 실룩거렸다.

한 발짝 떼어 놓던 황상이 목소리를 키웠다.

"진솔 누부! 난 아직도 기억해요. 그분이 말했어요. 하늘의 사람은 지혜가 처세술이 아니라 했어요. 늘 깊은 감사로 매시간 매 순간을 받아들이고, 신뢰와 공평함과 용기를 나누며 책임감 있는 삶을 살아야 한댔어요. 그리고 당부했어요. 근심과 분노와 질투를 통제하고 사모하는 분께 진정한 품성을 이바지하는 것이라고요."

상이 옹기 자배기를 진솔의 머리 위에 얹어주었다. 짚으로 엮은 동그란 똬리가 떨어졌다. 상이 똬리를 주워 옹기 자배기하고 머리 사이에 공이며 중얼거렸다.

"이리 무거운 것을."

진솔이 한 손에 머리에 인 옹기 자배기를 쥐고 한 손으로 옷고름을 만지작거렸다. 그 탯거리가 정석(丁石)을 새긴 바위처럼 고즈넉했다. 진솔이 눈을 치떠 상을 바라보았다.

"상아, 네가 있어 내 옆구리가 든든해."

올라가고 내려가는 두 사람 사이로 야윈 바람 갈퀴가 골을 누볐다. 내일, 선생님의 둘째 아드님, 학유가 온다고 했다. 그래서 두부를 만들었는가, 진솔의 그 지순한 노고가 왠지 상은 가슴이 아렸다. 바보같이, 왜 그런 말이 튀어나왔는지 상은 제 입을 손등으로 막았다.

*

약용이 모처럼 바닥에 나무 판대기를 깔고 수묵화를 치고 있는데, 상이 올라왔다. 하지의 해거름이 따라왔다.

"선생님, 잠시 기다리십시오."

황상이 소나무를 타고 오르더니 새끼 밧줄을 걸었다. 햇볕이 들이치는 어름에 주렴을 매달았다. 길이는 세 자가 넘었고 폭은 양팔을 펼친 정도였다. 갈대로 촘촘하게 엮어 센 바람에도 늘어질 염려가 없어 보였다. 남서쪽 나뭇가지에도 대각선 모양으로 갈대발을 걸었다. 햇볕은 비껴갔지만 바람을 안고 샐샐거리는 주렴의 흔들림이 풍치를 만들었다.

그는 초당에서 백련사 가는 길목 누릿재를 '귤동 풍구'라 불렀다. 바람의 입이란 말인가요? 아니, 바람골이라는 말입니다. 제자들은 저마다 한마디씩 내놓았다. 이래도 좋고 저래도 좋았다.

다복솔이 어우러져 골이 깊고 아늑했다. 울퉁불퉁 땅을 후비며 기어오른 나무뿌리가 사람들 발길에 채여 뭉그러졌다. 약용은 저물녘이면 성긴 갈대 돗자리를 펴고 앉아 구강 포구를 내려다보았다.

"발 한 자락이 어찌 이리 풍치를 자아내던고. 네 솜씨도 좋지만 발을 나뭇가지에 걸 생각을 했다니 그 생각이 오묘하구나."

상의 얼굴이 벌게졌다. 모처럼 스승의 칭찬에 입이 귀에 걸렸다.

나무 밑동에 앉았던 그가 일어났다.

"차라도 한잔 해야지. 여긴 차 부뚜막이 없으니 산정으로 내려가는 게 좋겠구나."

황상이 손사래를 쳤다.

"아닙니다. 여기 바람골에서 차를 달여 마시면 더 좋을 듯합니다. 제가 금방 준비하지요."

상은 신명이 났다. 늘 실밥처럼 붙어다니던 이청이나 초당 제자들도 오늘은 강진 장날 풍물놀이패에 불려 내려갔다. 상이 초당 올라오는 초입에서 이청과 마주쳤을 때 사당패거리 놀이에 가자며 휩쓸었다. 이청이 "왜 스승님하고 뭐 독대할 일이라도 있냐?"라며 눈을 굴렸다. 상이 들고 있는 갈대발을 보여주며 스승님 심부름이라고 둘러댔다.

"상아, 이거 들고 가" 하는 소리에 돌아보았다. 진솔이 짚방석을 내밀었다.

"맨땅에 습기가 차. 어르신 깔고 앉으시라고."

상이 "진솔 누이도 같이 올라가요" 했지만 진솔은 고개를 저었다.

"점심에 하지 감자 넣고 수제비 끓이려고 반죽하고 있어. 상이 몫도 했으니까 먹고 가."

상이 고개를 끄덕이며 속엣말로 중얼거렸다. '씨종도 저리 지극 정성으로 주인을 모시지는 못할 거야.'

진솔이 흐르는 땀방울을 소맷자락으로 닦아냈다. 황상이 달려가서 간짓대에 걸려 있는 무명 수건을 거두어 진솔의 목에 걸어줬다.

"진솔 누부야, 수제비에 땀방울 떨어질라."

진솔이 고개를 들고 상을 쳐다보았다. 장작불에 그슬린 매무새나 땀에 범벅된 얼굴에 해맑은 미소가 피어 있었다. 상이 속엣말로 작게 중얼거렸다.

"진솔이 누부는 마리아님이다. 성모마리아야."

문득 진솔의 목소리가 상의 귀를 당겼다.

"상아, 그 말 하는 네 마음은 어디 가 있는데? 그냥 우리는 마음이 시키는 대로 하는 거라."

상이 다기를 들고 댓바람에 바람골로 올라왔다.

상이 들고 온 짚방석을 스승의 엉덩이 아래로 밀어넣었다.

정지에서 끓여온 무쇠주전자에 손을 대본 약용이 차를 넣었다. 차가 우러나는 동안 상이 초의 선사가 하던 대로 다반에 무명 수건을 깔고 찻잔을 놓았다.

그가 손안에서 굴리고 있던 솔방울을 보고 약용이 말했다.

"상아, 이 솔방울의 질서정연한 배열을 한번 보려무나. 이 자디잔 솔의 비늘이 겹치고 겹치면서 솔의 씨를 두르지 않았느냐? 참으로 기막힌 자연의 섭리라, 앙증스럽고 예쁘지 않으냐?"

찻잔을 든 채 상이 고개를 주억거렸다.

"솔방울 태워 화롯불을 일으키면서도 그 솔방울이 지닌 자연의 엄혹한 질서 같은 건 염도 못했습니다. 선생님, 저의 아둔함이 이제야 겨우 눈을 틔운 듯합니다."

성긴 갈대발이 걸러낸 바람이 한결 나른했다. 갈대발이 빗긴 햇살이 그의 수척한 얼굴에 그물 그림자를 드리웠다.

"바람이 좋구나. 산정에 온 지 일 년이 넘었지만 오늘 바람이 특별한 건 주렴 때문이라."

아침과 저녁의 바람이 다르고 봄과 가을 바람의 맛이 달라, 하지만 여름날 저물녘 바람은 딸아이의 손길처럼 싱그럽잖은가? 딸에 대한 그리움을 그는 그렇게 말했다. 햇살 쨍한 날, 바람에 흔들리는 주렴 사이 들이친 빛살 무늬가 그의 눈가를 건듯 스치고 지나갔다. 옷깃 여미듯 다독이고 감추고 토닥였다.

상은 물기 마른 스승의 야윈 모습에 가슴이 저렸다. 요즘 들어 부쩍 눈길이 멀어진 듯했다.

*

상은 조금 전에 스승이 하던 말을 되새겼다.

"상아, 넌 아궁이 속의 불씨 같구나. 어찌 그리 영글었느냐?"

뜬금없었다. 무슨 말끝에 나온 말인지 상이 생각을 거슬러올랐다.

약용이 윗목에 꿇어앉은 상에게 다가갔다. 가까이 오라 하지 않고 두 팔로 바닥을 짚고 구부린 자세로 이동했다. 상이 놀라 눈을 치떴다. 그가 당부했다.

"널 믿지만, 상아, 사람의 일은 모르는 거라, 초순이 이야기는 그냥 목구멍으로 삼켜야."

상이 고개를 쳐들었다. 불손한 탯거리였다. 하나 아비 황인담이 골수 천주교 신자였다는 말은 안 했다. 약용은 궁금했지만 덮어두었다. 충주 지방의 아전들도 천주 신자들이 많았다. 아전들이 지닌 폐단이·문제라면, 무보수로 생계를 알아서 챙기라는 나라의 무모한 정책이 더 문제가 아닌가 싶었다. 아전 나부랭이, 개돼지 만도 못한 것들. 사람 취급을 안 했다. 삼시 세 끼니보다 절박했던 바람은 사람 대접이었다. 천주 앞에서 그들은 평등했고, 세상의 모든 것이 공평했다. 천주교는 그들 아전의 빈 생존을 채워주는 지극한 양식은 아니었을까?

"사람은 저마다 타고난 무게와 분복이 있다고요. 저보고는 흙의 인생이라 하더군요. 흙의 인생이 물가에 가서 기웃거리거나 시장에 가서 얼씬대거나 관아 근처에 가서 알짱대거나 하면 태어날 때 얻어 온 한 바구니 흙의 인생마저 잃어버린댔어요."

모래를 씹은 듯 껄끄러운 목소리였다.

그가 고개를 끄덕였다.

"그래, 널 알지. 내가 잠시 실언을 했구나."

이 막막한 유배의 나날이 언젠가부터 꽃 마당에 든 것처럼 환해졌다. 비울 것은 비우고 채울 것을 채웠다. 약용의 입가에 미소가 어렸다. 서른 해를 건너뛴 세월의 단층을 가로지른 어린 제자였다. 어찌 그의 말 한마디에 모서리를 내비친단 말인가. 이제 그는 세상을 향한 분노의 돌기가 아니라 자신의 가슴에 소소하니 일어난 소름발을 다독이고 있었다.

그가 다시 "상아!" 했다. 그냥 불렀을 것이다. 상이 무릎걸음으로 다가앉았다.

"사람의 마음을 가꾼다 하였느냐?"

상이 어색한 사이참을 비비고들었다.

"사람의 마음이 간사하여 간직함을 가꾸지 않고 버려두면 필시 들녘의 떼처럼 황폐해지겠지요. 그래서 전 모든 관계는 가꾸기 나름이라 생각합니다."

약용은 뭉클 치미는 뜨거움을 지그시 눌렀다. 저것이 내 말라붙은 심사에 물기를 분사하는구나, 속엣말도 침과 함께 삼켰다.

약전이 유배 십육 년, 유월 초엿새 자시에 눈을 감았단다. 어째
서 유월이, 유월이, 약용은 방문을 닫아걸고 이마로 벽을 박았다.
지존께서도 유월이었고 중형 약전도 유월에 세상을 하직했다. 약
용 자신도 그 유월에 태어났다. 이 무슨 저주의 달 유월인가?

사십구재는 처서 이틀 뒤였다. 나무 그늘에 바람기는 서늘했지
만 대신 모기가 극성을 부렸다. 해시가 지나자 약용이 돗자리하고
술병을 들고 어둠발을 가려 산길을 올랐다. 만덕산은 야트막했다.
산이 아니라 나직한 산자락이었다. 참새 혓바닥처럼 생긴 작은 차
나무들이 지천이었다. 낮에 선뜻 지나간 소나기로 물기 머금은 소
나무의 푸름이 싱그러웠다.

사방으로 뻗어나간 나무뿌리가 산비탈을 보듬었다. 암팡진 기백
이었다. 폭우나 태풍에도 산사태를 막고 뿌리로 얽혀 서로의 건재
를 지키려는 모양새였다. 제 영역을 표시하기 위해 배설물을 흩뿌
리는 짐승의 그것과 다르지 않았다. 나무나 짐승이나 사람이나 제
가 태어나서 자란 터전을 지키려는 옹골찬 의지는 맥을 같이하고
있었다. 오름길에 들어서면서 그는 잠시 더듬거렸다. 무슨 당찮은
회한인가, 머리를 흔들어 생각을 털어냈다. 뒤엉킨 나무뿌리에 차
여 몇 번이나 휘청댔다. 두고 가는 둔덕이 그리울지도 몰랐다. 구강
포구가 내려다보이는 바람골이었다. 몸이 바람을 싫어하는데, 때없
이 바람에 실려 약전 형이 있는 흑산도로 날아갔다. 한 자락 꿈이

었지만 깨지 말았으면, 하동(河童)처럼 벌거벗은 마음으로 가슴을 문지르곤 했다. 입이 없어 말을 못 할까, 눈이 없어 보지 못할까, 귀 없어 세상의 소리를 듣지 못할까, 억울함이 차올라 마른기침을 쏟아냈다.

약용은 개울에 머리를 감고 젖은 머리카락을 틀어올려 상투를 지르고 망건을 썼다. 흰 두루마기를 입고 흰 무명 띠로 망건을 묶었다. 정성이었다. 맨땅에 돗자리를 깔고 한지 바른 판자를 공이고 향을 피웠다. 들고 온 호롱불 말고는 기름 종지 불은 켜지 않았다. 바람이 불을 일으키면 애써 몸을 키운 나무들을 태울 염려도 있었기에. 사방이 어둠 절벽이었다. 날짐승들도 깃을 접은 한밤, 습습한 바람에 물려온 모기떼가 윙윙거렸다.

*

또 한 사람의 죽음이 그의 일상을 흐트러뜨렸다. 택규를 보낸 지 한 계절이 미처 지나지 않았다. 아암 혜장도 세상을 떠났다. 술독이 올라 쿨렁거리던 배를 안고 다니면서도 절간에 시주 든 공양미를 싸들고 오던 혜장, "공양미를 훔치면 부처가 돌아앉을 터인데?" 약용이 하는 말에 혜장이 툴툴거렸다. "중 먹으라고 보태준 공양미라 스승님께 조금 나누어드린다고 부처님이 꾸짖지는 않을 겁니다."

혜장이 준 햅쌀이 아직도 정주간 옹기 자배기에 남아 있었다.

지난밤 꿈엔 안개비 자우룩한 어딘가를 내달렸다. 형님! 부르는데도 약전은 검정색 두루마기를 휘날리며 휙 지나쳤다. 수척한 모습이었다. 길게 늘어진 흰 수염이 바람을 타고 휘날렸다.

약용이 중형 약전의 부고를 받은 것은 소서(小暑) 하루 전날이었다. 부고는 우이도에서 서울로, 서울에서 강진으로 돌고 돌아 다산초당으로 올라왔다. 부고를 즉시 받았든 늦게 받았든 약용이 한 걸음 내디딜 처지가 아니었지만, 그 보름간의 간극에 목이 메었다.

*

요한, 낮고 희미한 소리가 약용의 의식을 흔들었다. 일어나시게 요한! 약용이 소스라쳐 몸을 일으켰다. 더듬는 손길이 허전했다. 무언가로 두루마리 쳐진 듯 답답했다. 눈만 붙이면 벼랑 끝에 서서 울부짖는 자신의 몰골이 어쩌자고 자기 눈에 보이는지, 기이한 현상의 연속이었다.

요한! 약용의 세례명, 그 부름이 머릿속을 휘젓고 다녔다. 불에 달군 쇠붙이가 되어 장을 지지고 목줄을 태웠다. 약종의 참수 소식을 듣던 날부터 자주 환청처럼 들렸다. 그 부름이 쇠갈고리가 되어 목줄을 잡아당겼다. 마음에 박힌 옹이가 드잡이 쳤다. 과연 잘한 일이었을까? 잘한 짓인가, 잘못한 일인가, 고개를 흔들어 털어내려 애썼다. 인의를 세상의 신념으로 삼았던 그 청정하고 순한 심성에 오물이라도 끼얹힌 듯이 구린내가 났다. 왜일까? 죽는 날까지 '배교'라는 오명을 뒤집어쓰고 살아야 할 일이 빈지문의 성긴 문살 사이로 들이치는 눈발처럼 시리고 매웠다.

새벽녘, 식은 구들에서 피워내는 냉기에 오그라든 육신이 덜덜
거렸다. 문득 빈지문을 열었다. 짚 시렁을 타고 내리는 빗줄기에 맨
살 드러낸 상수리나무들이 휘이휘이, 쉰 목소리로 상엿소리를 풀
어냈다. 머-다-더니, 머다-더니, 내 집 앞이 북망일세. 후드득 어깨
에 이는 찬바람을 그가 두 팔로 끌어안았다.

*

약용이 인기척에 돌아보았다. 고샅길로 올라오는 등불이 보였
다. 그가 작게 중얼거렸다. 늙으면 담도 작아지는 건가? 입가에 자
조 한 자락이 지나갔다.

"여기 계신 줄 알았습니다."

상이 곁에 와 앉았다.

약용이 열기를 몰고 온 상의 목덜미에 대고 부채 바람을 보냈다.
자신의 손놀림이 쑥스러웠던지, 나직이 우물거렸다.

"모기가 극성이라서……."

"그래서 제가 쑥을 태우려고 가지고 왔습지요."

상이 봉지에 담아 온 말린 쑥 한줌에 불을 댕겼다. 쑥의 진한 향
과 연기가 모기를 물리쳤다. 상이 들고 온 술병을 열었다. 한 보시
기 따라 두 손 받쳐 올린 후 절을 올리며 중얼거렸다.

"따스하고 정이 많고 반골 체질이라 습기 많은 섬에서 견디지

못하신 겁니다."

상이 봉놋방 시절 약전의 소식을 몰라 안절부절못하는 스승에게 흑산에 다녀오겠다는 용단을 내비쳤다. 그때 약용이 상의 시 한수하고 그런 뜻을 담은 편지를 흑산도로 보냈다. 그가 중형 약전의 답장을 받은 것은 두 계절이 지난 후였다. 약전의 편지에는 그가 쓴 편지에 곁들여 보낸 황상의 시에 대한 칭찬으로 두 장이 빼곡했다. 그가 상을 불러 편지를 보여주었다.

　월출산 아래 이 같은 문장이 나오리라고는 생각지 못했네. 참 대단하이, 이곳에 오려는 마음은 고맙지만, 중요한 것은 마음을 알아주는 것이지, 굳이 얼굴을 보아야만 마음이 오가는 것은 아니라네.

편지를 읽은 상의 얼굴이 벌겋게 달았다.

"과찬이십니다."

약용이 조금은 얼떠 보이는 상의 그 민망해하는 태도에 마음이 다가갔다.

상이 "먼 훗날, 저도 여기, 이 자리에 와서 기름 종지에 불을 켜고 향을 사르며 스승님을 기리는 밤을 가질 겁니다" 말했지만, 그 표정이 어떤지 어둠살에 묻혀 깜깜했다.

다산의 아들 노릇

닭싸움이 동티였다. 학유가 제안했고 학연이 못이기는 체 응했다. 말렸어야 했는데, 나른한 오후 무료함이 등살을 부렸다.

"형, 실한 놈으로 하나 골라잡아요. 닭싸움 한번 해보자고요."

심심하던 학연이 대번에 응했다.

"그래, 어떤 놈이 쌈팬가?"

학유가 백계 수탉이 힘이 세고 날렵하다고 권했다. 양계는 학유가 전담하는 분야여서 학연은 좋은 닭과 여린 닭을 구별할 줄도 몰랐다. 학유가 황계 수탉을 안고 자랑했다. 학유의 황색 장닭은 볏이 붉고 우람하고 직립으로 우뚝 서 있는 모양새가 군계일학이었다. 그런데 백색 수탉하고 맞붙은 학유의 황계 장닭이 볏이 쪼이면서 뒷걸음쳤다. 그때 통지에 다녀오던 약용이 그 광경을 놓치지 않았다. 예상 밖이었다. 황계의 참패가 확실했다. 학유는 그만하자는 학연의 말을 귓등으로 날린 채 삼세판이라고 우겼다. 황계가 뜯기고 밀려 비실거릴 때 약용이 기침을 하고 나섰다. 왼손에 죽비가 들려 있었다. 학유의 등때기에 죽비가 날아갔다. 상처를 입고 빌빌대던 황계가 픽 쓰러졌다. 또 한 차례 죽비가 휘돌아쳤다.

*

내 나이가 몇 살인데, 의기소침해진 학유가 속으로 구시렁거렸다. 강진 초당에 갔을 때도 그랬다. 아전의 자식 황상하고 비교하면서 눈길을 세웠다. 섭섭하다는 단순한 느낌이 아니었다. 그날, 말타기가 서툰 학유는 이틀 동안 길들지 않는 조랑말하고 실랑이 치느라 등뼈가 휘어질 듯 고단했다. 버선발도 눅눅했다. 옷 벗고 씻어야지, 하는 아비의 명령이 떨어지기만을 고대하던 학유는 눈을 내리깔았다. 아비는 아들의 긴 여정의 피로를 배려할 생각이 없는 모양이었다.

"편지에서도 일렀지만, 폐족이라 스스로 포기하고 독서를 멀리하면 심성은 조악해지고 행동은 거칠어져 천덕꾸러기를 면치 못하느니라. 그럴수록 다독이고 수양해야 세상의 굴욕으로부터 자신을 지키게 되는 거다. 아비가 하는 말을 명심해라."

학유는 머리를 조아리며 "예, 아버님 말씀에 따르겠습니다" 하고는 양반다리를 풀었다. 발이 저렸다. 막노동으로 방치한 몇 년 동안 양반다리로 길들여졌던 몸의 습관이 풀렸다. 몸을 흙바닥에서 함부로 굴리면서 조이고 가누어야 한다는 선비의 품격은 물속에서 숨을 참으라는 말과 다르지 않았다. 농사를 지으면서 독서를 게을리해서는 안 된다는 부친의 엄한 지시에 은근히 반발이 일었다.

학유가 꼼지락거렸다. 그러는 학유를 그가 지그시 바라보았다. 어찌 저리 출싹거리는가? 나이 들수록 학유는 외탁을 해서 골격이나 얼굴선이 각지고 날카로웠다. 자신하고는 손끝 하나 닮지 않은 학유를 볼 때마다 그는 비긋이 미소가 깨물렸다. 부모 가운데 강성 쪽의 인자를 닮는다는 말이 생각나서였다. 대신 딸내미 홍연은 타계한 어머니를 판박이처럼 닮았다. 밋밋한 흐름에 희박한 눈썹, 걸음걸이나 말하는 목소리, 그 안존한 탯거리가 어린 기억 속에 어머니를 떠올리게 했다. 몸이 가늘고 선이 여렸다. 저걸 어쩌나, 출산이나 제대로 할 수 있을지, 부스러질 것 같은 딸애가 학연의 얼굴 뒤로 설핏 스쳤다.

"아버님, 건강해 뵙니다. 어머님이 많이 걱정하셨는데, 염려 놓으시라 편지 올리겠습니다."

약용이 엷게 우려낸 생강차를 따라 아들에게 건네면서 물었다.

"너희 어머니 건강은 어떠시더냐?"

"한시도 몸을 가만두시지 않고 움직이십니다. 농아를 보내고는 말씀이 줄어들고 며느리들하고의 담소도 귀찮아하십니다."

약용이 학유의 손에 자신의 손을 겹쳤다. 드문 일이었다. 어릴 때부터 살의 접촉에 서툰 집안 내력이어서 그랬을까. 학유가 얼른 찬잔을 집어 들었다.

"손이 어찌 이리 찬가? 맥도 빠르고."

학유가 허리를 곧추세웠다. 그새 허리가 접혀 있었던가, 그의 매운 눈길이 아들의 허물어진 자세를 훑어 내리고 있었다. 앉음새는 반듯하고 곧아야 했다. 어깨에서 척추로 흐르는 등뼈가 수직으로 곧아야 하며 눈길은 상대의 두 눈을 직시해야 군자의 앉음새라 일렀다. "잠깐 나갔다 오겠습니다" 꽁무니 빼듯이 방문을 열고 나가는데 부친의 목소리가 밟혔다.

"한 시간도 못 버티는구나. 그래서 어찌 독서를 한단 말이냐?"

학유는 등이 시렸다. 양계에 농사까지 하는 주제에 독서라니, 우리 아버님 욕심이 너무 과하시다. 섭섭함이 울컥 치밀었다. 늘 그랬다. 공부를, 몸가짐을, 마음가짐에 목소리의 높낮이와 얼굴 표정에 이르기까지 자식을 자신의 작품으로 조율하려 했다. 있는 그대로의 자식을 인정해주면서 기준에서 벗어나는 버릇만 고쳐주면 될 것이었다. 학유는 언제인가부터 마음속에 잔가시가 일어 걱실거렸다.

그는 문지방을 딛고 나가는 학유의 거친 몸놀림에 미간이 구겨졌다. 저런 버르장머리?

*

동문 밖 매반가 뒷방 시절, 학연이 다녀갔다. 그는 늘 아들하고 제자들을 나란히 앉혀두고 눈 마름질을 했다. 황상의 옆에 앉아 있던 학연은 자주 몸을 비틀었고 손으로 머리를 긁적거리거나 귓밥을 만지작거렸다. 그는 마땅치 않았다. 황상은 아전의 자식으로 본데없이 자랐음에도 몸가짐이나 말하는 태도가 반듯했다.

잠깐의 나들이에서도 학연은 그의 심사를 비틀었다. 비가 그치고 햇살이 청명했다. 백련사까지 가볼까, 나선 걸음이었다. 비온 뒤라 지렁이가 지천이었다. 맨 앞장서 걸어가던 학연이 발부리에 채인 지렁이를 거침없이 발로 뭉갰다. 그래도 꿈틀거리는 놈은 한 번 더 밟았다. 상은 요리조리 피해서 걸었다. 약용이 돌부리에 채여 비명 지르는 학연의 촐싹거림에 고개를 돌렸다. 속으로 한탄했다. 어찌 저리 경박하단 말인가? 첫아이라 너무 아껴 키운 탓도 있을 것이었다.

상이 가고 난 다음 학연이 물었다.

"아버님, 제가 못마땅하신 거죠?"

비온 뒤 하늘에는 조가비 구름이 목화솜처럼 엉겨 있었다. 어떤 대답을 할 수 있을까. 약용은 책상 앞에 정좌한 채 눈을 감았다.

학연이 부자 사이에 엉긴 침묵을 살짝 걷어냈다. 목소리에 밴 가벼움에서 장난기가 느껴졌다.

"개울을 건너실 때 아버님이 누구 손을 붙잡았는지 누구의 팔소매를 잡았는지 아십니까?"

약용이 엉뚱하긴, 하는 눈으로 학연을 쳐다보았다. 학연은 웃지 않았다. 얇은 입술이 꼭 다물려 있었다. 그는 목안에 잠긴 밭은기침을 입안으로 쓸어 담았다. 비가 와서 도랑물이 넘실거렸다. 물살이

급했고 굳은 정강이가 거센 물살에 휘둘렸다. 상이 얼른 그의 겨드랑이 아래, 팔을 넣어 부축했다. 상의 거침없는 거동에 학연이 잠시 주춤거렸다. 떠밀린 듯 비켜서 있던 학연이 그제야 부친의 팔을 잡았다. 잡아당기는 힘살에 당겨 도랑 가운데서 그가 비틀거렸다. 학연이 어설프게 붙잡은 손을 그가 살짝 내쳤다. 그걸 두고 학연이 꼬집는 말이었다.

약용이 책갈피를 팔랑팔랑 넘겼다. 잠시 둥싯거리던 학연이 자리를 털고 밖으로 나갔다. 책장을 넘기고 있었지만 글자를 읽고 있던 건 아니었다. 학연의 말이 목에 걸렸다. 누구의 손을 붙잡았는지, 누구에게 의지해서 도랑을 건넜는지 학연의 질문에서 그는 두 가지 의도를 찾아냈다. 어떤 위기 속에서 세 사람의 행위를 관찰하는 학연의 예리함은 뜻밖의 수확이었다. 거기에 반해 전혀 예상치 못했던 다른 한 가지는 학연이 보여준 소외감과 비교 의식이었다. 왠지 가슴이 저려들었다. 연민이었을 것이다. 학연이 이런 속내를 보인 적은 드물었다.

*

학유하고 금곡사 나들이 가기로 한 날, 상은 나타나지 않았다. 약용이 그날, 문지방을 넘어서는 상의 뒤통수에 대고 넌지시 일렀다.

"아직은 꽃샘바람이 사납지만 금곡사에 한번 가지 않겠느냐?"

상이 "그리하지요. 한식이 지나면 바람 끝도 잦아들 것입니다"

목소리만 보냈다. 초당으로 옮긴 이후부터 관아에서 걸고 있던 감시의 눈길도 느슨해졌다. 그는 학유가 온 김에 강진 삼흥리 도예방에 들렀다가 금곡사까지 가볼 생각이었다. 봉놋방 시절엔 한 발자국을 나서도 눈치를 살폈다. 견디기 위해 견뎌야 했다. 온몸에 쇠추를 매단 듯 무거운 세월을 끌고 다녔다. 스스로 그 무게에 짓눌려 좌정을 고수한 칩거의 세월이었다.

지난해 도암면 만덕리 귤동 윤단의 초당으로 책 보자기를 싸들고 온 이후부터는 아예 정약용이라는 유배 죄인이 강진에 있는 것조차 잊고 있는 듯했다. 산중턱에 올라앉은 산정에서 약용은 모처럼 심신의 안정을 맛보았다. 계획한 대로 집필의 진행도 차곡차곡 엮었다.『주역사전』의 무진본 스물네 권을 완성, 머리맡에 두고 아침저녁으로 쓸어보았다. 어제부터『시경강의(時經講義)』산록의 초안의 골격을 쓰다가 문득 학유가 옆에 있다는 데 생각이 머물렀다.

딱히 금곡사가 아니라도 무방했다. 구강포의 바람을 옆구리에 끼고 들판을 걷고 싶었다. 그는 은근히 고대했다. 사시가 넘자 부아가 끓어올랐다. 그가 진솔에게 물었다.

"혹시 황상의 집에 무슨 일이 있는 거요?"

진솔이 젖은 손을 행주치마에 닦으면서 어둑한 정주간에서 고개를 내밀었다.

"상이 학질에 걸려 하루걸러 죽을 고비를 넘기는가 싶어요. 신열이 나고 아랫니를 덜덜 부딪치면서 말도 제대로 못하더이다. 아침에 흰죽 한 그릇 들여주고 왔어요. 경이 편에 선생님께 드릴 편지를 보낸다 하더이다."

상의 동생 황경도 사의재 초기에 와서 공부를 했다. 몸집이 단단하고 행동이 민첩한 반면 공부에 보이는 열의는 덤덤했다. 깐죽대는 이청하고 자주 티격태격했다. 산석(상의 아명)과 안석(경의 아명)이라는 아명에 돌 석 자를 두고 돌대가리라며 놀렸다. 기어이 이청하고 주먹질을 하다가 공부를 마감해버렸다. 상이하고 달리 경은 성정이 가팔랐다. 열 명 제자 가운데 유독 청이 짓궂게 굴었다. 같은 또래 아전의 자식들 중에 청의 학업 성적이 비교적 우수했다. 맹목적으로 들고파는 게 아니라 공부하는 방법이 체계적이었다. 스승이 알뜰하게 챙기고 다독이는 황상만 보면 눈에 쌍심지를 돋우는 이청이었다.

시에 남다른 재능을 발휘하는 상에 비해 청의 재능은 학문 쪽이었다. 필체가 반듯해서 초서를 하는 데 이청만 한 제자가 없었다. 상의 진도는 더디면서 꾸준했으나 동생 안석은 아예 공부에 대한 냉소가 깊어 관심이 멀었다. 한동안 청하고 드잡이를 치다가 제바람에 포기해버렸다.

*

약용은 그들의 다름을 이해했다. 모진 고문으로 세상을 하직한 둘째 형 약종도 한배에 태어났지만 생각과 행동이 달랐다. 삼형제가 거의 같은 시기에 종두를 앓았다. 먼저 시작한 약종의 상태가 제일 심각했다. 하루이틀, 목숨줄이 간댕거렸다. 죽는 줄 알고 어머니가 약종을 헛간으로 옮겼다. 죽고 사는 문제는 인간의 영역 밖의 일인지, 약종이 병을 털고 일어났다. 늦게 앓던 약용의 눈썹 아래 좁쌀만 한 티 하나를 남겨두고 약전도 완쾌되었다. 종두의 후유증은 엉뚱한 데서 불거졌다. 무슨 말 끝에 약종이 버럭 목소리를 질렀다.

"죽으라고 헛방에 내버린 자식인데, 뭐."

약용은 그 말의 의미를 그땐 몰랐다. 약종은 걸핏하면 겉돌았다. 버린 자식이라, 그 말이 왜 나왔는지 한두 해 지난 이후에 알았다. 이미 어머니가 타계한 후여서 부모 가슴에 못을 박지는 못했지만 그 옹이가 약종의 가슴에 박혀 있었던 것이다. 약종이 미친 듯이 구걸하듯이 하느님에게 매달렸다. 광적이라 해도 틀리지 않았다.

학유는 약종 삼촌이 헛간에 방치되었다던 이야기를 들었다. 가마니때기를 쌓아둔 헛방이었다. 사람이 살 방이 아니었다. 상세한 경위는 알지 못했지만 약종 삼촌의 버려졌다는 참담함이나 버려짐의 소외감은 느낄 만했다. 얼마나 참담했으면, 얼마나 외로웠으면, 약종 삼촌의 시커멓게 탄 구덩이 진 모습이 꿈에서도 보였다. 다정하게 굴던 삼촌이 아니었는데도 구정물 속에서 허우적거리는 꿈의 정체는 아리송했다. 신유년 그해, 열두 살이었던 학유는 나름의 생각을 지닌 소년이었다. 방바닥을 치고 울부짖는 숙모의 넋두리를 듣고 삼촌이 참수된 사실을 알았다. 학유는 혼자 굴뚝 턱에 앉아 때가 되어도 연기가 나지 않는 정주간을 쳐다보고 있었다. 참수라는 단어가 오래도록 학유의 기억 속에서 지워지지 않았다. 학유는 막연하게나마 삼촌의 참수와 부친의 유배 사이에 가로놓인 것이 무엇인지 고개를 갸웃거렸다. 사촌들하고 어울리면서도 공연히 어깨가 안으로 수그러들었다.

본디 활달했던 부친이었다. 십 년 유배지에서 세월을 삭인 부친의 모습은 허룩했고 쭉정이 같았다. 그렇게 쩡쩡하게 읊어대던 목소리가 귀에서 헛돌았다.

"학문이나 예술이나 농사나 종교나 느슨한 성정으로는 몰입하기 어렵고, 모질고 독하지 않으면 마분지 한 장도 뚫지 못하지. 학문은 자기 억제나 몰입이고 스스로 감옥에 갇혀 자물통을 채워야 하는 자기 단련이라."

학유는 그런 부친을 대할 때마다 숨통이 막혔다.

그는 나른한 오후 낮잠 한번 자지 않았다. 책상으로 대용하는 개다리소반 앞에서도 의관을 갖추었다.

술이 있어도 세 잔 이상 마시지 않았다. 해배에 대한 목마름을 겉으로 드러내어 탄식하지 않았다. 구걸하지 않겠다는 그 단호한 부친의 금기와 절제가 학유에게는 비단 보자기에 싼 비수처럼 위태롭게 보였다.

*

학유는 학연하고 달랐다. 선이 굵다고 해야 할까, 감정에 무딘 편이었다. 조금 심통스럽긴 해도 그는 고분거리는 큰아이보다 학유의 두둑한 배포가 눈에 안겨왔다.

일을 보고 들어온 약용이 흐트러진 책상을 보더니 혀를 찼다.

"좋은 버릇은 아니구나. 아비의 책장을 뒤적거린 거냐?"

"아닙니다."

학유가 손을 방바닥에 대고 뒤로 물러앉는데, 약용이 불시에 물었다.

"네 손이 그게 무엇이냐?"

학유는 두 손을 무릎 밑에 감췄다. 손톱에 낀 거무스름한 땟국이었다. 흙을 만지고 햇볕에 그을린 손마디는 지저분했다. 열여섯 살부터 밭고랑을 타며 흙을 만졌다. 공부하라는 부친의 간곡한 서한을 받을 때마다 온몸이 오그라들었다. 낮의 노동으로 저녁 식후에는 무거운 눈꺼풀이 등잔불을 견디지 못했다.

"씻고 오너라."

그의 목소리가 학유의 등을 밀어냈다.

학유는 장장 두 시간 동안 땀기 밴 몸으로 꿇어앉아 있었다. 저만치 서 있던 아버지가 모퉁이 너머로 사라지는 느낌이었다.

약용이 씻으라고 아들을 내보낸 후 이부자리를 폈다. 새로 세답한 이부자리는 보송했다.

씻고 오겠다며 나간 학유는 한식경이 넘었는데도 돌아오지 않았다. 용렬한 놈, 약용이 입안에 삼키면서 한숨을 쉬었다. 심기가 편치 않았다. 늘 좀 그랬다. 둘째인 학유에게는 가는 마음이 아렸다.

많이 보듬어주지 못했고 공부도 봐주지 못했다.

학유는 방에 들어와 걷어올린 바짓단을 내리고 펴둔 잠자리에 들어가면서 "주무세요" 하고는 돌아누웠다.

약용은 늦은 밤 모두가 비운 툇마루에 앉아 상투머리를 풀고 참빗으로 머리를 골랐다. 그것은 그의 의식 가운데 하나였다. 반백의 머리가 한줌이나 빠졌다. 얼른 파지에 싸서 조끼 주머니에 넣었다. 무의식적인 자신의 손놀림에 그는 피식 웃었다. 감추고 싶었던 것이 어찌 한줌 빠진 머리털뿐이었을까?

*

학유는 이불을 머리끝까지 뒤집어썼는데, 귀청이 뚫린 듯 소리가 몰려왔다. 문이 여닫히는 소리, 부친의 거친 숨소리까지. 질끈 감은 눈시울에 천근의 어둠이 덮어 눌렀지만 잠은 아니었다. 할 수 있다면 일어나 밤을 뚫고 산으로 내달리고 싶었다. 쏟아내고 싶었다. 내장 속에 쌓여 서걱대는 말을 소리 질러 토해냈으면. 이대로는 잠이 들 것 같지 않았다. 형 학연이 이태 동안 보은산방에서 아버지의 『주역사전』을 필사하고 돌아왔던 날, 학유를 불러냈다.

"자는 거야? 나와 봐."

학연은 윗옷만 걸치고 나간 학유를 사랑채 굴뚝으로 끌고 갔다. 어릴 때부터 굴뚝 옆 얕은 층에 앉아 속닥거렸다. 주로 부친에게 꾸중을 들었을 때 의기투합하는 형제는 굴뚝에 나란하게 앉아 심통을 까발리곤 했다. 학연은 후줄근해 보였다. 그 늘어진 어깨를 학유의 어깨가 슬쩍 건드렸다.

"왜 안 자고? 형 고단하지 않아? 해시가 넘은 것 같은데."

학연이 곰방대에 담배를 쟁이고 부싯돌로 불을 물었다. 느리게 다져 누르는 손끝에 힘이 느껴졌다. 가족들 앞에서 토해내지 못해 목구멍을 가득 메운 말의 부스러기를 쏟아낼 것 같은 기세였다. 그러지 않아도 오자마자 던져준 부친의 편지로 한두 마디 투덕거렸다.

양계에도 우아하고 저속하고, 맑고 탁한 차이가 있음이라. 농서를 읽고 좋은 방법을 가려서 해야 할 것이야. 색깔별로 나누어 해보고 횃대의 방향을 달리 해보는 것도 좋지 싶구나. 그리고 아들아, 시를 지어 닭의 정경을 묘사해보렴.

학유는 보던 편지를 놓고 일어났다. 앉았던 자리에 지푸라기가 풀썩 일었다. 온종일 닭장에서 뭉갠 탓이거니, 하지만 부친의 편지를 읽고 한마디 말도 없이 자리를 털고 일어나는 학유의 불퉁한 태도가 학연은 못마땅했다.

"읽었으면 편지함에 넣어둬야지. 네 편지를 누구보고 간수하라고 던지고 나가는 게야."

학유가 돌아섰다.

"아버님 욕심이 과하세요. 농사일에 양계까지 하는 아들한테 시를 쓰라고요?"

학연이 웃음기 없는 동생의 얼굴을 흘깃 쳐다보았다.

"시라기보다 양계를 계속할 처지라면 기록을 남기는 것이 좋겠지."

학연이 불시에 "혹시 술 없을까? 조모님 제사 지낸 지 며칠 안 됐지. 어디 있을 거야" 형답지 않게 소곤거렸다. 광에 들어가 한참 뒤적거리던 학연이 술 단지를 들고 나왔다.

학유는 술을 찾는 형의 기분을 모르지 않았지만 간수해둔 술독이 빈 줄 알면 어머니의 불호령을 감수해야 했다. 학연의 곰방대와 술 도둑질은 어쩌면 벽으로 둘러쳐진 일상의 출구인지도 몰랐다. 엄하고 반듯한 아버지 대신 어머니의 강골 기질이 점차 드세지는 요즈막이었다. 어디 의지하고 토로할 말상대가 있기라도 한가. 그런 아들들의 출구 없는 무기력에 연민을 느끼면서도 침묵으로 다그치는 어머니의 회초리는 가볍지 않았다.

"어머님이 찾으시면 어쩌려고요?"

잔도 없고 안주도 없이 돌아가면서 마셨다. 굴뚝 옆댕이 좁은 턱에 걸터앉아 술 단지 바닥이 빌 때쯤 학연이 조끼 주머니에서 그것을 꺼냈다. 올이 성긴 삼베 조각에 싸인 인장이었다.

"상의 선물이야. 애가 반듯하고 속이 깊어."

학유가 느물거렸다.

"도장 세 개에 넘어갔냐고요? 그냥 돌이잖아요."

학연이 "이건 귀한 해남 황원석이야. 봐. 화기재하고 내 이름을 새겼어" 으스대듯 어깨까지 우쭐했다. 계속해서 상의 이름을 들먹였다.

"본데없이 자란 아전의 자식인데도 애가 말짱하더라고. 아버님이 아끼는 것도 근거 있음이야."

부친은 편지에서도 황상의 기특한 면모를 거듭 새겨넣었다.

과거를 볼 처지가 아니지만, 그 처지를 원망하지 아니하고, 분해하는 마음을 다스리기 위해 공부를 한다는 말이 기특하지 않으냐? 너희들도 과거에 임할 수 없는 처지를 너무 비관하지 마라. 그러면 스스로 조악해지고 비천해지기 십상이라. 독서를 하고 경전을 읽음으로써 마음속에 쌓이는 불만과 원망과 비관을 스스로 자제하고 소진시키도록 노력해다오. 내가 아무리 일러도 젊은 네 가슴에 이 말이 가닿지 않겠지만, 독서를 안 하고 시간을 탕진하는 것은 스스로를 포기하고 망가뜨리는 일이 아니더란 말이냐? 죽음보다 못한 것이니라.

여간해서 누굴 칭찬하는 분이 아니었다. 과거를 보지 못하는 처지를 원망하지 아니하고 분해하는 마음을 다스린다는 말이 학유의 목구멍을 틀어막았다. 그 말이 가슴에 빗장을 질렀다. 과거를 볼 수 없는 폐족으로 낙하한 처지를 형 학연하고 술을 마시면서 한탄했다.

학유가 입을 씰룩거렸다.

"황상 그 사람, 능구렁이 같지 않아요? 난 그런 느물거림은 딱 질색인데."

학연의 마음을 비틀었던, 그 대목이었다. 황상에게 거는 부친의 애착이 손에 잡힐 듯했다. 학연이 입술을 오므렸다. 학유의 불평에 맞장으로 주절댄다면 쏟아낼 말이 한 말은 넘을 것이었다.

*

학유가 흙삽을 든 채 물었다.

"작약하고 국화를 유독 소중히 하는 특별한 의미가 있는지요? 다른 꽃에 비해 별로 예쁘지도 않은데요."

그가 학유 곁에 와 앉았다.

"작약은 인간의 영고성쇠와 닮아 그 의미가 가상하구나. 작약의 한살이를 보면 인생의 오름과 내림을 보는 것 같지 않더냐? 네가 좀 더 관심을 기울이면 꽃이 하는 말을 들을 수 있을 텐데, 건성으로 스치고 지나가면 세상살이 모두가 건성으로 너를 지나갈 것이야."

제자들 모두 스승의 작약 예찬에 숨죽여 귀를 기울였다.

"작약의 순이 올라올 때 보면 그 기세가 흙살을 헤치고 바위를 뚫을 것 같아 창끝에 비교할 수 있지. 이때를 벼슬로 치면 예문관 시절이라 할 수 있다. 잎을 틔우고 가지를 뻗는 이 시기는 성균관의 옥당 시절에 비유할 수 있을까. 그러다가 꽃망울이 터지고 꽃받침이 영글면 손대기 무서울 정도로 야성의 기백이 넘치는데 이때를 도승지나 직제학 벼슬 시기라 본디. 작악이 만발하고 그 향이 농밀하게 번지면 작약의 절정이면서 벼슬의 최고 지위인 대제학이나 판서로 자리를 굳히는 시기와 맞먹는구나. 하지만 열흘 견디는 꽃이 있더냐? 시들어 맥없이 늘어진 조락의 모습은 대문 밖으로 쫓겨난 여인의 모습과 비슷하지 않더냐?"

학유가 앉음새를 고치며 말했다.

"작약이 만개하고 조락하는 시기를 벼슬아치의 몇 단계로 비유하셨는데, 아버님이 직접 관찰한 결과겠지요?"

어딘가 건뜻 배틀림이 밴 목소리였던가, 황상이 가림막을 치고 나섰다.

"세상에 어디 작약만 그러하겠습니까? 모든 것의 태어남에서 흙으로 돌아가는 과정이 작약의 한해살이와 다르지 않은데, 스승님 작약의 영고성쇠는 다분히 작의가 느껴지기도 합니다. 그것보다 작약이 혈을 통하게 하는 좋은 약재라는 말은 진솔 누부한테서 들었습니다. 말을 에둘러 무언가에 비유하기보다는 작약의 구근이 훌륭한 약재로 실용에 쓰인다 하시면……."

상이 문득 말허리를 자르고 입술을 오므렸다.

그의 미간에 곤두선 빗긴 주름에 흠칫해서였다. 무슨 타박은 안했다.

학유는 상의 무람한 대거리에 은근히 성이 났다. 이놈 봐라, 어느 안전이라고 조동아리를 나불거려, 불끈했다. 그런데 부친의 얼굴을 바라본 순간 내뱉으려는 말을 삼켰다. 조금 전 미간에 골진 주름이 환하게 펴진 부친의 얼굴은 그 어느 때보다도 온유함을 담아내고 있었다.

"상이 말에도 일리가 있구나. 그럼 네가 얼마나 눈떼가 매운지 한 가지 물어보마. 국화가 지닌 특별한 아름다움에 대해서 말해보 거라."

상이 목소리를 골랐다. 스승의 따가운 후려침인지도 몰랐다.

"예, 국화는 서리 가을에 꽃을 피워내는 그 강인함이 지극합니 다. 꽃망울이 터져 만개에 이르는 그 긴 서리 바람 속에서도 꽃대 를 지키는 그 도저한 아름다움은 차라리 처연합니다. 그뿐이겠습 니까? 꽃잎 한 잎 한 잎마다 품은 농향의 기세는 위로 아래로 사방 으로 번져 고단한 일상을 다독여줍니다."

약용의 마른 입술에 미소가 번졌다.

"상이 눈이 맵구나. 사물을 바라보는 관찰의 태도가 바로 독서 의 끈기하고 맥락을 같이하지."

약용이 말끝을 오므린 채 학유의 옆얼굴에 눈길을 던졌다. 학유 는 부친의 시선을 받으면서도 그 눈을 받지 않았다. 어쩌지 못하는 그런 침묵의 막간이 학유에게는 익숙했다. 강진이라고 부친의 뿌 리가 달라진 건 없었으니까. 자식의 용량을 가늠하려는 응시였다. 학유는 발이 저려들었다.

약용이 되직한 목소리로 말을 이었다.

"내가 한두 마디 보태지. 국화는 견인불발(堅忍不拔)의 굳은 의 지를 간직한 꽃이라 가꾸거나 보는 이의 마음까지 굳게 여며주니 말이다. 실(實)이 오로지 손에 만져지는 것, 먹는 것이 전부라면 농 사짓는 농부만이 성인이고, 공부하고 시를 짓는 것은 헛염불이라는 말인가? 몸과 마음을 동시에 다스리고 함께 조율하고 가꾸는 것이 정신을 살찌우고 정서를 다독이는 것이라. 실학을 공부하는 내가 꽃에 지나치게 탐닉한다고 군소리를 하는구나. 그건 모르는 소리다. 방구석에 앉아 글을 읽고 공부하는 내게 꽃밭을 일구어 물을 주고 잡초를 뽑아내고 북을 돋워주는 것은 내 메마른 정서에 자양분을 주는 것이야. 어떤 의미에서는 수양의 한 가닥일 수도 있다는 말이지."

*

점심상이 들어왔다. 봄배추를 넣어 끓인 된장에 갓김치하고 조개젓, 된장에 무친 냉이나물이 먹음직스러웠다. 보리 수수밥이었다. 수저를 들던 학유의 입이 벌어졌다.

"진수성찬이 따로 없습니다."

밥상 위에서 어릿대던 학유의 눈이 앞에 앉은 부친의 감물 들인 누비 마고자에 모아졌다.

학유가 "형님이 보은산방에서 인사드렸다는 그분인가요?" 하고 고개를 들었다.

그가 고개만 끄덕였다. 학유의 고개가 갸웃했다. 학연의 말은 그랬다.

"몸종도 아닌데, 무슨 사례를 받는 것 같지 않던데, 하긴 주실 분도 아니지만 말이야. 바보 같진 않던데……."

학연의 말이 좀 요상했다. 학유가 그 말을 받았다.

"혹시 시골 아낙이 벼슬한 선비를 흠모할 수도 있겠지요. 그러니까 몸을 아끼지 않고 봉사하는 것 아닐까요?"

학연이 시틋하니 웃어넘겼다.

수북한 보리 수수밥이 반이나 줄었다. 진지를 잘 드시는구나, 학유가 고개를 주억거렸다. 어느새 귀양살이 열한 해를 견뎌낸 분이었다.

"뭘 바라는 사람이 아니다. 그냥 정중하게 한마디하면 될 것이야."

정중하게? 정중한 한마디라면? 학유는 속으로 헤아렸다. 밥그릇과 반찬 그릇이 말끔하게 비워졌다.

"보리밥이 내 입에 맞는 모양이라. 까탈을 부리던 소화도 수월해졌어."

밥상을 물리고 부자는 마주앉았다. 학유는 지그시 눈을 감은 채 좌우로 몸을 흔드는 부친의 속내가 궁금했고, 꿇어앉아 제 버선목을 비트는 학유의 성마른 손짓을 바라보는 그의 가슴에서 둥둥 북소리를 울렸다. 숙맥이라니, 누구를 보고 한 말인지 그 자신도 알지 못했다.

＊

약용이 방을 나섰다. 반을 채우지 못한 초승달이 구름을 빗나가며 흘렀다. 구름이 흐르는지 달이 흐르는지 은하가 흐르는지 그 흐름이 잠시 그의 심장을 가로질렀다. 몇 발짝 거닐다가 평상에 주저앉았다. 앉은 자리가 축축했다. 이슬인가, 손끝에 혜장이 두고 간 지팡이가 만져졌다.

약용은 방에 들어가 먹을 갈고 붓을 들었다. 목젖까지 차오른 무엇이 잠을 앗아갔다. 학유는 고른 숨을 쉬며 잠들었다. 그는 등잔불을 돌려놓았다. 다리 사이에 끼고 있는 이불을 어깨 위로 끌어당겨 덮어주었다. 듬직한 학유가 곁에 있는데도 뼛속으로 스며드는 한기에 그는 몸서리를 쳤다.

휘갈겨 내리 쓴 글귀는 부스스 몸에서 떨어지는 살비듬 같았다.

아들아! 아직은 미명이구나. 강진의 하늘, 강진의 벌판이 새벽이 다가오길 기다리며 죽로차를 달이는 차가운 계절이다. 아들아, 남해 바다를 건너 우두봉 넘어오다 우우 소 울음으로 몰아치는 하늬바람이 문풍지에 숨겨둔 내 귀 하나 부질없이, 부질없이 서울의 기별이 그립고, 흑산도로 끌려간 약전 형님의 안부가 그립구나. 저희들끼리 풀리며 쓸리어 가는 얼음장 밑 찬 물소리에 열 손톱이 젖어 흐느끼고, 깊은 어둠의 끝을 헤치다 손톱마저 다 닳아 스러지는 적소의 밤이여. 강진의 밤은 너무 깊고 너무 어둡구나. 목포, 해남, 광주 더 멀리 나간 마음들이 지친 봉두난발을 끌고 와 이 앙다문 찬 물소리와 함께 흘러가고, 아득하여라. 아득하여라. 처음도 끝도 찾을 수 없는 미명의 저편은 나의 눈물인가 무덤인가, 등잔불 밟혀 등뼈 자욱이 깎고 가는 바람소리, 머리 들어 강진 벌판이 우는 것 같구나.

붓을 든 채 약용이 책상에 고개를 묻었다. 육신의 피로가 정신을 갉작거렸다. 무엇에 홀린 듯 일필휘지로 써내려간 편지는 여러 겹으로 꼬불쳐 백지 묶음 속에 구겨 넣었다. 쏟아낸 감정을 아들에게 보이고 싶지 않았다. 유배를 살고 있는 자신이나 마재의 고단한 일상 속에서 시간과 씨름하는 아들이나 아내 혜완, 그들의 삶도 유배보다 더했으면 더했지 모자라지 않을 터. 어쩌자고 외로움 타령인지, 스스로 생각해도 한심스러웠다.

온종일 그렇게 재재거리던 새소리 대신 엉긴 솔잎들이 밤의 산자락을 흔들었다.

*

오후에 상이 술병하고 젓갈 단지를 들고 왔다.

그의 젓가락이 굴젓갈 보시에 가는 것을 상이 손을 들어 말렸다.

"간이 짜지는 않아도 진지부터 드셔야지 맨입으로 드시면 속에 간이 뱁니다."

학유가 쿡 웃었다. 맹랑한 배려였다. 자식인 자신이 가만히 있는데 상이 그의 건강을 싫어내며 중얼거렸다. 학유는 술잔 속을 물끄러미 들여다보았다. 뜨물 같은 농주 사발에 무엇이 보일까만, 학유는 이 자리에 녹아들지 못하는 자신의 이유 없는 긴장감이 불편했다. 상의 존재 때문인가, 이 자리가 편치 않은 것은, 거기에 생각이 미치자 관자놀이가 뜨거워졌다.

아들과 제자 사이에 그가 앉아 있었다. 학유의 미간에 서린 그늘이 소외되고 있는 제 존재에 대한 무력감이라는 것을 부친인 그는 알지 못했다. 그는 학유를 제외시키지 않았지만 젊은 감성은 뜻밖에 소외를 느꼈는지도 모를 일이었다.

*

약용이 밤새 쓴 시를 학유에게 읽어보라 건넸다.

"읽은 감상을 솔직하게 말해보거라."

애절양

갈밭 마을 젊은 아낙 울음도 서러워라 / 관아 문 향해 울부짖다 하늘 보고 통곡하며

징발당한 사내 못 돌아옴은 일찍부터 있었지만 / 자고로 남절양은 들어보지 못했네

시아버지 죽어 이미 상복 입었고 갓난아인 배냇물 떼지 못했건만 / 삼대의 이름이 군적에 올랐구나

가경 계해년 가을

두서너 번 반복해서 읽은 학유가 고개를 들었다. 뭔가 결연한 몸짓이었다. 학유는 거침이 없었다.

"애절양은 황상의 시 제목이 아닙니까? 스승과 제자가 경쟁이라도 하시는 겁니까?"

"무슨 말이 그래? 시를 읽고 그 느낌을 말해보라 하지 않더냐?"

"예, 솔직하게 말씀드립니다. 나무라지 마십시오. 시가 지닌 은유의 기품보다는 설명의 느낌이 강하다고 할까요?"

너무 노골적인 지적이었나? 학유는 얼른 방을 나섰다. 무슨 말이 따라 나오지는 않았다.

*

약용은 자신의 입에 재갈을 물렸다. 그는 속엣말로 이죽댔다. 버리고 취함은 취향이 아니라 신념일 뿐이다. 은유든 설명이든 상황의 질감을 생생하게 그리는 것이 내 시의 속살이다. 네가 알긴 뭘 알아서 나불거린단 말이냐? 그는 죽비를 들고 경탁을 후려쳤다. 문밖에 서 있는 학유가 듣거나 말거나 뭉친 심사를 그렇게라도 털어내야 했다.

약용은 초고 상태로 묵혀둔 『목민심서』를 들춰냈다. 학유가 건넨 한마디가 이렇게 어깨의 힘살을 뺄지는 미처 생각 못 했다. 바람골에 올라가고 싶었지만 나가면 학유하고 마주칠지도 몰랐다.

녀석의 얼굴을 맞대는 순간 움켜쥐었던 속살이 터져나올지 장담할
수 없었다. 언젠가 혜완이 말했다.

"학연이나 학유 어느 한쪽으로 저울대를 기울이지 마세요. 평평
해야 합니다."

그가 냉큼 한마디를 날렸다.

"내가 뭘?" 했지만, 뭔가 켕기기는 했다. 학연이 그런 날 벼린 평
을 했다면 약용이 어떻게 대처했을까? 닥치지 못하겠느냐? 감히
네가 뭘 안다고 나불거리느냐고 한방을 날렸을지도 모를 일이었다.

급조한『목민심서』의 초고를 훑어보았다. 약용은 습관처럼 어디
를 가거나 보고 듣고 느낀 것을 기록해두었고 그중 부친의 목민관
일화가 가장 많은 부분을 차지했다.

약용은 열여섯 살부터 부친 정재원이 지방의 현감, 군수, 부사
목사로 부임할 때 수행 머슴처럼 묻어다녔다. 견문을 넓히기 위해
서라기보다 목민관이라는 특정 공간에서 벌어지는 사건들의 속 갈
피에서 기묘한 관계의 불문율 같은 걸 엿보았다. 백성들의 생존과
가장 근접한 거리에서 행사하는 말단 권리 기관이었다. 그 속을 들
여다보면 묵힌 젓갈처럼 썩고 문드러져 손을 댈 수조차 없었다. 조
선의 백성들 대부분은 가난을 업고 태어났다. 장리쌀을 빌리지 않
고 일 년 동안 배불리 먹을 수 있는 백성이 몇 할이나 되었을까? 뼈
빠지게 농사를 짓고도 소출의 반에 반도 얻어내지 못하는 백성들
이 태반이 넘었다. 굶주리고 뒤틀린 백성들의 원성을 귀담아들었
기에『목민심서』의 집필은 약용 필생의 작업이기도 했다.

그 무렵 약용은 맹자의 성선설에 매료당해 있었다. 인의의 덕을 바탕으로 하는 왕도정치만이 정치적 분열 상태를 극복할 수 있다는 말에 동의했다. 왕도정치의 실천 방향은 백성들이 먹고사는 문제, 그 민생문제를 해결하는 것이 우선이었다. 백성들은 항산(恒産)이 있어야 항심(恒心)이 있기 때문이었다. 생업을 보장한 뒤에야 도덕적 생활이 이루어진다는 단순 논리였다. 약용이 늘 말했다. 실천하지 않는 학문은 정신의 허영기를 충족시키기 위한 도배지나 다르지 않다고.

수령은 수기치인지학(修己治人之學)이라 배우는 데 힘쓰고 수령의 본분을 깨닫고 치민하는 것이 목민의 역할이었다. 약용이 집필하는 데 나름의 요령이랄까, 서술의 체계대로 순위를 적었다. 목민관으로 임명되어 부임지로 내려갈 때의 몸가짐이나 의식 절차에 대한 상세한 내용을 첫머리에 두었다.

아전은 터줏대감이고 수령은 지나가는 손님이라는 뿌리 깊은 편견이 골수에 박힌 것이 지방 관리의 실정이었다. 궁색한 농촌 살림에 녹봉이 없는 아전들로서는 글만 읽다가 장원급제나 조정의 연결로 부임해 오는 수령을 대수롭지 않은 꼭두각시로 여겼다. 적당히 어르고 추스르면 아무리 괴팍한 수령도 얼마 못 가서 고분고분 뇌물에 길들여지곤 했다. 약용이 황해도 곡산 부사로 있을 때 실제로 경험한 일이었다.

두 번째로 목민관의 본질이라 할 수 있는 율기에 대한 지침이었다. 스스로를 다스리고 청심으로 백성을 가꾸라는 조언이었다. 청심을 잃은 선비는 절개를 버린 여인에 비유했다. 달콤한 유혹과 결탁했을 때 몸도 마음도 누더기처럼 더러워진다는 일침이었다. 목민의 가장 으뜸 정신은 노인을 공경하고 굶주리는 백성을 돌보며 장애를 가진 자들을 보호해야 한다는 점을 호소하는 조언이었다.

*

오늘 학유는 황상이 밭을 일구었다는 백적산에 들어가볼 작정을 했다. 학유는 부친이 입이 마르도록 칭찬해 마지않는 상에 대해서 잘 알지 못했다. 긴 시간을 함께 어우러져 무슨 일을 해보지 않았다. 어제저녁 밥상머리에서 학유가 슬쩍 비추긴 했다.

"사의재 학동들이 오늘 상의 일속산방 상량식에 간다 하더이다. 소자도 다녀올까 합니다."

약용이 대번에 고개를 내저었다.

"『주역사전』 마무리부터 해놓고 움직여야지. 작업하는 중간에 들썩이면 맥이 끊어지는데……"

그가 잠시 말을 끊었다가 다시 이었다.

"정 가고 싶으면 다녀오고."

『주역사전』은 봉놋방 끝 무렵인 갑자년에 시작해서 이듬해 을축년에 다시 수정 보완을 거쳤고 학연이 내려와 보은산방에서 병인본을 재구성했다. 정묘본의 퇴고를 학유가 숙제로 떠안았다.

학유가 외출 채비를 하고 나설 때 그가 덧붙였다.

"소만(小滿) 전에 나도 한번 가볼 생각이다. 산골에서 뭐가 제일 긴요한지 물어보고……."

학유는 예, 하고는 소리 없이 웃었다. 피부로 느낄 수 있었다. 부친이 학연을 대할 때의 그 의미 모를 엄숙함이 둘째인 자신을 대할 때에는 기묘한 나른함으로 깃드는 이유에 대해서 고개를 갸웃거렸다. 맏자식에게 거는 기대도 한몫했을 것이다.

"다녀오겠습니다" 하고 성큼 내딛는 학유를 무슨 수로 붙들어 맨단 말인가. 약용은 학유의 너부죽한 등을 보면서 들숨을 쉬었다. 아들의 뒷모습을 볼 때마다 그는 말로는 다할 수 없는, 맥맥해지는 가슴을 쓸어내렸다. 그 소소한 손의 동작이 어떤 의미를 내포하고 있는지 그 자신도 알지 못했다. 큰아들 학연이 오른쪽 귓밥을 잡아 늘이는 것을 볼 때, 그가 지시하고 따지고 명확한 보고를 원할 때 학유는 그 좀 특별하게 부릅뜬 눈매로 소실점 없는 먼 눈길을 두리번거렸다. 몽롱하고도 아득한 학유의 눈을 보면서 그는 아차, 자신의 무의식의 송곳이 아들의 심장을 찔렀는지도 모른다며 긴장을 늦추었다. 자식 앞에서도 긴장의 날줄과 씨줄이 팽팽하게 당겨지는 아비의 출구 없는 욕심이라니, 약용은 탄식했다.

의지가 된다거나 듬직하다거나 기특하다고 말하기보다는 애틋한 심정으로 바라보았다.

학유는 순간 몸을 돌렸다. 땅을 뚫고 드러난 나무뿌리에 걸려 휘청하는 순간 학유는 그들을 발견했다. 피할 수 없는 내리막 외길이었다. 어째서 두 사람을 보는 순간 피하고 싶다는 생각이 들었는지, 자신의 무의식적인 기피 증상에 학유는 흠칫했다. 바랑을 등에 메고 승복 자락을 펄럭이는 푸른 스님은 초의가 분명했다. 한 번 만났다. 백련사 대웅전 앞이었다. 해질녘의 긴 그림자를 거느린 초의는 푸른 얼음 막대기 같았다. 남자를, 그것도 회색 승복에 둘둘 감긴 까까머리 승려를 보고 아름답구나, 탄식처럼 뇌까린 자신의 입을 학유는 꼬집었다. 초의 선사의 선방에 올라가 부친 곁에서 차를 한잔 마셨다. 그가 각별히 챙기고 다독이는 승려였다. 황상에게 거는 그의 관심과 기대를 송진의 끈적임에 비유한다면 초의 선사에게 내비치는 정서는 겨울날, 대나무 잎을 쏴 쏴 훑치는 바람소리같이 청정하다고나 할까. 학유는 자신의 어슷한 비유법에 자신이 없었지만, 암튼 그랬다.

초의와 나란하게 걸어 올라오는 가녀린 선비가 학유 앞에서 멈췄다. 갓을 쓴 관자놀이에 파란 혈관이 곤두서 있었다. 남자로는 지나치게 얇고 흰 살결이 햇볕에 익어 발그레했다.

초의가 반색을 했다.

"스승님을 뵈러 가는 길입니다. 학유 되련님은 어디 가시는 길인지요?"

학유가 더듬거렸다.

"아, 잠시…… 황상을 만나러 가는 길입니다."

초의 선사가 손으로 학유를 가리키며 "이분이 스승님 둘째 아드님이십니다" 나란하게 선 선비에게 소개를 했다.

"정학유입니다" 하자 그가 "저는 과천에 사는 김정희라고 합니다. 반갑습니다" 답했다.

초의 선사의 손에 들려 있던 백팔 염주가 물살을 치며 출렁했다.

"아, 황상 처사를 만나러 가시는군요. 그렇잖아도 궁금했는데, 만나면 초당으로 같이 올라오시면……."

너무 간절한 표정이어서 학유는 머쓱했다.

학유는 가타부타 대답하지 않고 돌아서 걸었다. 발자국 소리가 들리지 않았다. 아마도 자신의 뒷모습을 바라보고 있을지도 몰랐다. 황상하고 약속을 한 건 아니었다. 설사 만난다고 하더라고 초의의 바람대로 상을 데리고 초당으로 올라올 생각은 없었다. 어디서 어긋난 것일까? 부친의 유배지에 들를 때마다 주변에 얼씬거리는 묵직한 사람들하고 어울리는 일이 불편했다. 사람 기피 현상은 어디서나 마찬가지였다. 농사를 짓고 책을 보면서 하늘과 땅, 강물만으로도 넘치는 일상이었다. 본디부터 그랬는지는 확실하지 않았다. 단순 명쾌하게, 스스로 낙천주의라며 모친 앞에서 기염을 토하기도 했지만, 그건 아니었다. 학유는 구겨지려는 심사를 다잡았다. 우울해하던 형, 학연의 심정을 그 부분에서 마주칠 줄 몰랐다.

남당에 봄물 설레고

진솔은 초당을 비워줘야 했다. 세상 떠난 귤림처사 윤단의 신위를 초당에 모신다고 했다. 사실이든 아니든 초당을 비워달라는 제안이었다.

유월 열엿새, 그의 육십여섯 생일상을 초당을 떠나기 전날 차렸다. 초의 선사하고 황상 부자에게만 연락했다. 초의 선사는 며칠 전 대흥사로 내려가면서 잠시 초당에 들러 한마디를 남겼다. "홍임아, 스승님의 생일상을 차리는 그 마음이 그리 따습고, 행함의 도리라 귀하구나" 하고는 진솔을 향해 합장했다.

진솔이 미역국에 쌀밥으로 생일상을 차렸다. 뒤늦게 올라온 초순이 뱃사람한테 부탁해서 얻었다는 참조기 두 마리하고 잔 새우 몇 마리를 들고 왔다. 나물 반찬이 주된 생일상에 물비린내가 푸짐하게 어울렸다.

"진솔 성님, 이 박복한 계집을 그분의 생신상 한쪽 모서리에 앉게 해주소."

그때까지만 해도 초순은 전날의 온유함을 되새기고 있었다. 초순이 바지런을 떨었다. 황상이 터 잡은 백적골에서 견디지 못하고 나온 초순이 삼흥리 도요지에서 조수로 일했다. 묶이기를 싫어하는 초순이 초당에서 며칠을 보낸 뒤, 자신의 진로에 대해 말했다.

"진솔 성님 제가 갈 곳은 삼흥리 도요지밖에 없는가 하요. 그래도 하늘이 이 박복한 년한테 손재주를 주셨으니, 그것으로 연명하라 하십니다."

홍임이 상차림을 다 한 뒤 앞치마를 풀었다. 진솔은 해마다 그의 생신이나 명절이면 홍임에게 한복을 입혔다. 그런 날, 첫새벽이면 홍임의 머리를 빗기는 일로 하루를 열었다. 이런 잔재미 없으면 내가 무슨 수로 버티겠니? 진솔이 혼자서 고시랑거렸다.

홍임은 다소곳이 앉아 어미의 손길에 몸을 맡겼다. 홍임이 속으로 어머니, 너무 감기지 마셔요. 어머니 돌아가시고 나면 내 어찌 살라고 이리 지극정성인지요, 했지만 말로 하지는 않았다. 오늘 아침 비로소 한마디했다. 늘 무명 수건으로 두리두리 말고 있던 머리 다발에 자주 댕기를 물려 길게 땋아 내렸다. 진솔이 울컥 목울음이 복받쳤다. 그런 기적에 홍임이 몸을 뒤로 젖혔다.

"어머니, 세발, 그러지 마소. 이제껏 잘 견뎌놓고, 왜 이리 호들갑이세요. 전 제 앞가림을 할 줄 압니다. 초순 아지매 구은 항아리를 팔든지, 수수엿을 고아 장사를 하든지, 살길이 창창한데 무슨 걱정을 하세요. 옛날, 마재의 마님이 절보고 인동덩굴 같은 계집아이라 하지 않았습니까?"

오늘 홍임은 감물 들인 기명색 치마에 하얀 모시 겹적삼을 입었다. 모시 적삼의 뒷등과 앞섶은 두 겹으로 내비침이 덜했다. 진솔이 홍임을 가꾸는 솜씨가 유별했다. 아무거나 입히지도 되는대로 먹이지도 않았다. 삼베 질감보다 연하고 모시발보다는 굵은 중간치 실로 손수 여름 강진포를 베틀에서 짰다. 치잣물이나 감물, 황칠 물감으로 색을 입히고 잿물에 삶아 그 색이 오래도록 연연했다.

홍임이 열일곱 살, 만개한 꽃봉인 듯 눈이 부셨다. 상의 대각선상에 앉은 웅이 눈을 바로 뜨지 못했다. 수줍음이 좀 과한 웅의 어설픈 품새가 상은 못마땅했다.

모두 밥상머리에 앉았다. 진시였다.

멀리 있는 그분, 누군가에겐 스승이며, 누군가의 지아비로, 또 누군가의 가슴에 오롯이 담긴 정인으로, 그분의 핏줄을 이어받은 홍임의 부친 정약용. 그 질긴 연줄로 일상을 연명하는 사람들의 조촐하고 정갈한 생일상이었다. 모두 자리에 앉자 상이 진솔하고 눈빛과 고갯짓으로 교감했다.

상이 말문을 텄다.

"스승님! 예순여섯 번째 생신을 축하드립니다. 부디 만수무강하십시오" 하고는 품에서 꺼낸 작은 십자가상을 두 손으로 포갰다. 둘러앉은 사람들도 저마다의 귀물을 손에 들고 성호를 그었다.

"주여! 저희에게 이 과만한 양식을 주시고, 마음을 모이게 해주시고, 보듬고, 베풀게 해주신 은총에 감사드립니다."

다섯이 동시에 나직이 호소한 아멘은 그 지극한 음조로 잠시 엄숙과 적요를 버무렸다.

*

상이 들고 온 잎차로 입가심을 하고 있는데, 초순이 조금 전 홍임이 한 말을 되씹었다.

"마재의 부인이 홍임이 보고 인동덩굴이라 했다지? 무슨 뜻인지 알기나 해?"

홍임이 고개를 가로저었다.

"인동이라는 글자는 겨울을 견디는 뭐 그런 거겠지요."

초순이 갑자기 목울대를 세웠다.

"어린애한테 인동덩굴이라 한 마재 부인도 보통은 아니지 싶네."

상이 두 번째 찻물을 우려냈고, 진솔이 빈 잔을 내밀면서 고개를 쳐들었다. 홍임이하고 같은 질감의 검정 치마에 치잣물 들인 모시 적삼을 입었다. 그 탯거리나 뒤태는 모녀가 엇비슷했다. 마흔 중반의 진솔이 흐드러진 화판처럼 절정을 이루었다. 상의 아릿한 눈빛이 그 둘레를 어정거렸다.

"여기 안 계시는 분 이야기는 하지 마소. 좋은 이야기나 험한 말도 해석하기 나름 아니겠어요.”

초순이 오늘 작심이라도 하고 온 듯 찻잔을 든 채 입술에 힘을 모았다.

“덩굴이 감아들면 나무가 말라 죽어. 진액을 빼앗기니까. 어린아이한테 못할 소릴 했구나. 하지만 홍임에게는 그런 당찬 구석이 있긴 하지.”

진솔이 무슨 말이냐고, 눈으로 물었다.

“진솔 형님이 홍임을 머슴아 옷 입히고, 마구잡이로 키우지만, 저기 보소 눈웃음치고 샐샐거리는 모습은 영락없이 가시나 냄새를 폴폴 풍기잖아요. 그러니, 마재의 안방마님이 그분 곁에 두는 게 두려워서 내쫓은 게지요.”

갑자기 벼락치기로 진솔의 손이 번쩍 쳐들렸고, 초순이 자지러들며 몸을 비틀었다. 따귀를 맞은 초순이 발딱 솟구쳐 일어섰다.

“우리 홍임이 마구잡이로 키우지 않았어. 그분 곁에 두면 어쨌다고? 참 몹쓸 사람이군. 내가 사람을 잘못 본 거네.”

초순이 옴팡눈을 굴렸다.

“와요? 입은 비틀어졌어도 말은 바로해야죠. 진솔 성님이사 그분 모시고 온갖 정분을 서리서리 누렸지만, 어떤 년은 눈앞에 바로 서지도 못하게 야박하게 쫓아내더이다. 그리고 내가 뭐 잘못 말했는가요? 강진의원 장 씨가 벌써 몇 차례나 매파를 들였어요. 첩실도 아니고, 재취댁이라면 오감한 자리 아닌감요?”

진솔이 목침을 들고 일어났다.

"나한테 섭섭한 게 있으면 말해. 왜 홍임을 걸고 넘어지니?"

상이 일어나 진솔의 손에서 목침을 뺏었고 천웅이가 홍임에게 나가자고 재우쳤다.

홍임이 초순을 똑바로 쳐다보고 말문을 열었다.

"초순 아지매가 우리한테 왜 이러는지 대충은 짐작해요. 하지만 여기 이 자리에 둘러앉은 사람들 모두 그분을 존경하고 아꼈던 사람들인데, 왜 남의 집 밥상머리에 와서 시비냐고요. 내가 누구 집에 시집을 가든 말든 그건 초순 아지매하고 상관없는 일이잖아요. 그런 말이나 하자고 오신 걸음이라면 이제부터 얼굴 안 보고 살았으면 해요."

만만치 않은 홍임의 한마디에 분해서, 초순이 바들바들 떨었다.

"뭐라? 건방지구나. 어른한테 대들어? 네가 뭔데……."

상이 일어나서 초순을 문밖으로 꺼당겨냈다.

"그만하소. 왜 이 좋은 날에 동티를 잡고 야단이시오."

상은 알고 있었다. 백적골에 와서 농사는 거들지 않고 초순은 질편하게 구들 차지만 했다. 사흘 낮과 이틀 밤 내내 몸을 치대고 알짱대다가 기어이 알몸으로 파고들었다. 홀아비로 산 지 오륙 년이 지난 상 역시 여체가 간절했지만 초순은 아니었다. 얌통머리 없음의 극치였다. 상은 거들어줄 안사람이 필요했지만, 손끝 하나 까딱 안 하면서 밤 시중만 들겠다는 논다니 기생은 자신의 처지에 맞지 않았다. 그렇다고 하룻밤 노닥거리다가 내보낼 정도로 강심장을 지니지도 못했다.

"내가 이래 봬도 평양 권반 기생이오. 내 어디가 성에 안 차는지 기어이 들어야겠소. 지난날, 홍임이 아비가 날 내친 것만으로도 한이 쌓이고 분이 차오르는데, 항차 당신이 뭔데 날 거부하기요?"

오늘 한복으로 차려입은 홍임의 그 나붓하고 도저한 아름다움이 초순의 눈에 불을 댕겼다.

상이 울근불근 분을 참지 못하는 초순을 데리고 초당을 내려갔다.

*

홍임이 앞치마를 입고 나오는 걸 보고 진솔이 말했다.

"뒤처리는 내가 하마. 그냥 하루쯤 처녀로 살면 안 되겠니? 모처럼 네 글방 친구 웅이 왔는데 말동무라도 해주렴."

누릿재 바람골, 무성한 나무 덤불이 유월의 땡볕을 가렸다. 웅이 앞서 걸었지만 홍임은 내키지 않았다. 내일이면 비워줄 초당의 마지막 하루였다. 그 하루를 혼자 방에 앉아 아버지가 남기고 간 파지로 묶은 책을 읽으며 보내고 싶었다. 그는 파지를 잘 내지 않았다. 가끔 쓰다가 잘못된 획이나 문장이 나올 때만 버렸다. 진솔이 그 버린 파지를 펴서 첩을 만들었다. 진솔은 스스로 언문을 틔웠고 웬만한 한문도 황상을 졸라서 공부했다. 그런 어머니가 너무 가여워서 홍임이 가끔 타박도 했다. "어머니 그 나이에 무슨 공부요. 그냥 곱게 늙으면 될 것을" 하면 진솔이 고개를 저었다.

"편지 한 장 정도는 쓸 줄 알아야제. 그 어르신은 언문보다 한자를 좋아하신다. 내 소원은 그분께 한자로 편지 한 장 쓰는 게야."

어르신이라니? 홍임이 어미가 애지중지하는 파지첩을 툭 던졌다.

"그럼 제가 가르쳐드릴게요."

모녀는 긴 동지 밤이면 그분이 두고 간 시를 베끼고 읊조렸다.

오늘 홍임은 마음이 좀 무거웠다. 초순이 한 말이 자꾸 귓가에 앵앵거렸다. 덩굴이 기어올라 나무를 상하게 한다니? 나무의 진액을 어쩐다나? 마재의 그분도 좋은 의미로 말했던 건 아니지 싶었다. 그분을 상하게 할지도 몰라, 내친다고 했던가?

웅이 걸음을 멈춘 채 늑장부리는 홍임을 기다렸다.

"왜 그러는데? 기분 풀어."

"나보고 인동덩굴이래. 덩굴이 나무를 죽인다잖아."

웅이 비긋이 웃었다.

"초순이 아주머니, 그냥 불쌍한 여자구나, 생각을 비워. 홍임이가 그 여자하고 시비할 사이도 아니고, 격도 다르잖아."

웅이 언제 챙겨왔는지 짚방석을 깔아주었다.

"네 고운 치마에 흙 묻으면 어째."

구강포의 물살이 하얗게 부서졌다. 한나절이 기울면서 바람이 설렁거렸다. 웅이 늘 들고 다니는 먹물하고 백지를 꺼냈다.

"너희 부친께 배우셨대. 검정 무명 자루에 먹물하고 백지하고 붓 두서너 개를 늘 휴대하고 다니셨다지. 예사로 보고 넘길 풍경도 반드시 기록하고 그렸고 날짜와 시간을 쓰셨다지. 그분의 제자인 울 아버지도 붓통 자루를 만드셨고 그 아들도 흉내낸 거야."

홍임이 방긋 웃었다. 비로소 굳은 뺨이 풀어졌다.

"좋은 습관이네. 기억은 한계가 있으니까. 그래서 그 자루를 차고 다니는구나."

웅이 먹물로 그린 수묵에서 홍임이 오롯이 살아났다.

"언젠가 내가 뭔가 끼적대고 있는데 지나가시던 초의 선사께서 뭐라 하셨는지 알아? 관음상을 그린 거냐? 네 그림이 독특하구나. 탱화를 그려보지 않겠니? 하시는 거야. 그 말씀이 너무 감사했지만, 그냥 고개만 저었어. 그때 내가 그린 그림은 관음상이 아니라, 홍임이 넌데, 네가 관음상을 닮았는가? 난 모르겠는데."

홍임이 웅이 들고 있는 붓을 앗았다.

"에이, 내가 한번 그려볼게."

홍임은 모래나 재에 꽃 그림을 그리고 놀았다. 나이들면서부터, 아니 그분이 그려준 매화나무에 외롭게 앉아 있는 멧새 한 마리가 어떤 의미로 다가온 뒤부터 꽃이 아닌 새를 그렸다. 훨훨 날아다닐 수 있는 날개를. 무한 바다 위를 나는 갈매기가 부러워 온종일 갯가에 앉아 나도 날고 싶어, 날고 싶단 말이야, 눈물을 찔끔거리기도 했다.

"와우, 홍임이 그림 천재구나. 넌 정말 하나도 버릴 게 없어. 그래서······"

뒷짐 지고 서 있는 웅의 모습이었다. 단숨에 그렸다. 홍임이 그린 그림을 첩에서 북 찢어냈다.

"그래서 어쨌다는 건데? 말을 하다가 왜 잘라?"

웅이 홍임의 손을 비틀어 잡았지만, 홍임의 손이 더 빨랐다. 바락 바락 찢은 웅의 모습이 삽시간에 쪼가리가 되어 한줌으로 남았다.

"왜 찢는데? 날 그렇게 함부로 해도 되는 거야?"

"정식으로 그려줄게. 이건 웅이 오라버니가 밉게 나왔어."

"몰라."

웅이 통박을 질렀다. 웅은 쌩하니 언덕을 내려갔다. 둘의 사이에 얼음 구덩이가 패어 두 계절이 속절없었다. 홍임이 미안하다고 편지를 보냈고, 그 이듬해 웅이 만나자고 한밤에 찾아왔지만, 홍임이 마음 문을 닫아걸었다. 화해는 우연찮게 찾아왔다. 그건 우연이었을까? 작의였을까?

상이 용수천 근처를 지나가는데, 빨래하던 진솔이 물에 빠져 허우적대는 걸 보고 구해냈다.

깨어나서 한 진솔의 첫마디가 그랬다.

"너희들 그러는 거 아니다. 서로를 측은하다 감싸고 보살펴도 못다 할 유한한 생인데, 미워하고 미워하면서 편한 마음이더냐?"

*

초순이 걸핏하면 초당으로 올라와 울음보를 터뜨렸다. 택규가 세상 떠난 뒤부터 정신이 오락가락했다.

어제는 강진 한의원 재취 건으로 홍임을 몰아붙였다.

"그만하면 과만한 혼반인데, 홍임이가 너무 뻗대는 거 아닌감?"

새벽에 딴 차를 덖고 있던 홍임이 나무 주걱을 들고 나왔다.

"그 이야기는 그만하라 했잖아요. 안 좋은 말 듣기 전에 내려가세요."

홍임이 다시 정주간으로 들어갔다. 거기까지가 한계였다. 초순이 무슨 빚쟁이처럼 물고 늘어졌다.

"하이고야, 홍임이 한번 당차네. 혼기 찬 처녀 있는 집에 매파 출입을 막다니, 시집 가긴 틀린가보다."

홍임이 냉수 한 사발을 들고 나왔다.

"내가 시집 못 가서 생가시내 귀신이 된다 해도 그런 영감탕구한테 시집 안 가요. 쉰 고개 넘긴 백발 영감이던데, 우리 아버지하고 비슷한 또래 아닌감요. 초순 아주머니나 거기 시집가소. 한마디만 더하면 물 사발 안길 거요."

갑자기 초순이 마당에 퍼더버리고 앉았다.

"하이고야, 새파랗게 어린 가시나가 날 물 먹인다네. 체머리 흔드는 영감탕구한테 시집가라고라? 세상 사람들아, 내 억울하고 분해서 몬 살기라."

빨래를 하고 올라오던 진솔이 휘청했다.

"그렇게, 체머리 흔드는 영감한테 와 우리 홍임이 시집가라 안 달이오? 정말 요상한 사람이네. 늙은 퇴기도 싫다는 체머리 영감탕구를. 마음을 바로 써야제. 그리 비틀어진 심보로 하늘을 보듬은들? 천당 가긴 틀렸네."

초순이 데굴데굴 굴렀다.

392

"아이고 분해서 어찌 살꼬? 이젠 악담까지 하네."

언제 왔는지 상이 서 있다가 홍임이 들고 있는 물 대접을 앗았다.

"보소. 초순 아지매, 정신 차리소" 하고는 물 사발을 입으로 들이부었다.

초순은 한겨울에 맨발로 다녔다. 저고리 앞섶을 열어젖히고 아무데나 몸을 부렸다. 진솔이 초순의 흙발을 씻기고 머리를 빗기고 헤벌어진 아랫도리를 무명 고쟁이로 감쌌다.

진솔이 성호를 그었다.

"초순아, 네가 나한테 온 건 그분의 명일 거야. 그냥 좀 조용히 살자."

세월이 사람의 혼을 삭였다. 정신을 놓아버린 숙맥의 덩치를 안고 토닥이며 진솔이 된숨을 몰아쉬었다.

홍임이 덖은 차를 대통에 넣고 봉했다. 해마다, 징검다리를 딛고 경중경중 건너온 열여덟 해 동안, 차를 덖어 마재로 올려 보낸 것은 다만 어미의 성화 때문만은 아니었다. 아버지, 그거 알아요? 구강 포구에 날아다니는 겨울새를요. 하지만 입도 뻥끗 안 했다.

홍임은 그 수고를 마다하지 않았다. 어미가 엮어내는 그 숱한 이야기를 홍임이 무명 통치마에 쓸어 담았다.

*

홍임이 자신의 평퍼짐한 모양새를 훑어보았다. 검정 두루마기에 초립을 썼다. 승복을 입을까 했지만, 앞섶에 지닌 그분께 죄를 짓는 것 같아 상이 아재의 검정 두루마기를 빌렸다. 보통 키에 자그마한 체구여서 두루마기가 그런대로 입을 만했다. 미리 마련해둔 삿갓하고 초립을 써보았더니, 삿갓은 왠지 밀사 같은 은밀한 분위기여서 초립을 쓰기로 했다.

황상은 지금 부재중이었다. 이레 전에 마재에 올라가는 걸음이라며 홍임 모녀가 살고 있는 동천여사에 잠시 들렀었다. 늘 입고 다니던 검정 두루마기 대신 흰 옥양목 두루마기를 입고 있었다.

어제가 춘분이었다. 감자 씨를 심고 파종할 씨앗을 다루는 농번기의 시작이었다. 바쁜 웅이를 먼 노정에 끌어낼 수 없었다. 더구나 열흘 넘게 서당 '삼사재'의 문을 닫을 수 없었다. 천웅이 전날 정약용이 사의재 편액을 걸었던 동천여사 북쪽 방에 서당을 열었다. 한 지붕이라고는 해도 출구가 남과 북이었고, 천웅의 조신한 행동거지로 불편함을 최소화했다.

홍임이 묘시에 집을 나섰다. 검정 두루마기에 복건을 쓰고 초립을 얹었다. 등에 가로질린 바랑에는 먼길 떠나는 나그네에게 필요한 것들을 꼼꼼하게 챙겨 넣었다. 오른손에는 길쭉한 마대 자루를 들었다. 국화 분이었다. 짐이 좀 무겁긴 했다. 열흘 말미였다. 홍임은 마재에 가려고 십 년을 별렀다. 관아 기생들의 옷 삯바느질만으로도 일감이 넘쳤다. 틈틈이 매듭 노리개나 골무나 수놓은 복주머니도 만들었다. 강진 장날이면 진솔이 나가서 팔아주었다. 십 년을 모은 엽전 꾸러미가 묵직했다. 반은 덜어내고 홍임이 허리에 전대

394

로 친친 감았다.

아무리 걸음을 채근해도 열흘 넘는 먼길이었다. 하루 한나절 구강 포구까지 걸으며 정강이에 힘을 실었고, 대장간에 부탁해서 송곳하고 장도칼도 보따리 속에 넣었다. 떠나기 전날 홍임이 진솔에게 터놓았다.

"어머니, 가지 말라 하지 마소. 아버지 얼굴 한 번만 뵙고 올라요. 원도 한도 없이, 못 가게 말리면 머리 깎고 절에 갈라요."

진솔은 말리지 않았다. 돌아누웠다. 홍임이 자는가 싶어 진솔의 코밑에 손을 대보았다. 우리 어머니 이제 정신을 놓았는가? 홍임이 어미 뒤에 누워 야윈 어깨를 보듬었다. 불쌍한 울 어머니, 무심하게 중얼거리다가 혼이 빠지게 한소리를 들었다.

"불쌍하다니, 여기 가여운 사람이 어디 있느냐? 내사 마, 그분의 은덕으로 널 얻었는데, 고마워해야지, 어찌 원망을 한단 말이더냐?"

이튿날, 진솔이 새벽같이 일어나 쌀을 불리고 빻아 말린 쑥에 버무려 쑥떡을 만들고 미숫가루를 마련했다.

"어미한테 하루 반나절 말미는 줘야 할 기라" 세운 목소리에 홍임이 "예, 그리하지요" 두말을 못 했다. 설마 천웅이에게 따라가라 일렀을까? 영암으로 가는 샛길에서 도둑을 만나 실랑이가 붙지 않았다면 웅의 기적은 몰랐을 것이다. 영암이 저만치 보여 홍임이 길을 재촉했다. 그때 사냥꾼 같은 늙수그레한 터럭 사내가 불쑥 나타났다. 다짜고짜로 보퉁이를 빼앗아 내달렸다. 홍임이 악바리를 쓰면서 따라갔지만 산 사내의 날렵한 동작에 힘줄만 빼앗겼다. 대책이 서지 않았다. 다행히 엽전 꾸러미는 허리에 차고 있었기에, 가는 길을 되돌릴 이유는 없었다. 홍임은 단념하고 돌아섰다. 그때 목소리가 홍임의 귀청에 날아와 꽂혔다.

"봐라, 홍임아, 세상 무서운 줄 모르고 까불다가 다 털렸지."

홍임이 반가움에 목이 질렸지만 만만하게 굴 생각은 없었다. 품에 지녔던 장도칼을 빼들고 눈을 치떴다.

"누구신데 사람 길을 막고 야단이시오? 농사는 어쩌고 남의 뒤나 밟고 다녀요?"

웅이 빙그레 웃으며 보퉁이를 내던졌다.

"발 좀 쉬었다 가자. 달렸더니 숨 찬다."

천웅의 느긋함이었다.

"나한테 시집올래? 내킬 때 대답해."

그 내키지 않았던 육 년을 기다리고도 묵묵 곁을 지켜내고 있는 천웅이었다.

홍임이 시큰하니 물었다.

"울 어머니 못 말린다니까. 뒤따라가보라 하던가요? 어머닌 날 도통 못미더워해서 탈이에요."

천웅이 고개를 설레설레 흔들었다.

"검정 두루마기 빨아준다면서 네가 슬쩍했을 때 알아봤지. 복건에 초립동이지만 이리 봐도 저리 봐도 변장한 미인이라, 내가 안 따라올 수가 있겠니?"

그리고 덧붙였다.

"아버지가 마재로 올라가실 때 홍임이 가고 싶어 할지도 모르겠구나 하셨어. 회혼일 언제냐고 묻기에 이월 스무이틀이라 일러주었다. 마지막일 터인데, 혈육의 당김을 뿌리치는 건 사람의 도리가 아니지, 하시는 거야."

천웅의 그 말이 홍임의 가슴에 돌을 던졌다. 빨리 가야 한다고 조바심치던 홍임이 천웅이 곁에 앉았다.

보퉁이를 풀고 들깨 강정을 꺼냈다. 볶은 들깨를 수수엿에 버무려 달달했다. 들기름 먹인 한지에 싼 쑥떡 한 쪽에 갓김치를 곁들였다.

웅이 활짝 웃었다.

"내가 올 줄 알고 넉넉하게 마련했구나. 암튼 진솔 누부의 알뜰살뜰은 알아줘야 해."

홍임이 눈을 흘겼다.

"그런 말만 안 하면 예쁜데, 가끔은 뚱딴지래요."

"하, 예쁜 구석이 있긴 한 모양이네."

언젠가부터 홍임이 무람없이 주고받던 반말을 올렸다. 어릴 때부터 사내 옷을 입고 사내처럼 행세해서 그런지 홍임은 활달하고 적극적이었다.

진솔이 여간 단속하지 않았다. 빤한 마을이었다. 불편을 감수하면서까지 다산초당에서 십여 년을 개긴 것도 사람의 눈이 한갓졌기에 가능했다. 그 가파른 언덕으로 천웅이 나뭇짐하고 물지게를 퍼 날랐다.

공도 모르고 홍임이 타박이었다.

"누가 도와달랬어요? 나무나 물이나 내가 해요."

홍임이 야멸치게 몰아붙이는데도 천웅은 묵묵 봉사를 자처했다.

동천여사의 주모 할미가 세상 떠난 후 천웅이 '삼사재' 편액을 걸고 훈장 노릇을 하면서부터 진솔이 초당에서 내려왔다. 천웅은 밤에는 초당에 올라가 잠을 잤다. 홍임이 자리에 없을 때면 진솔은 천웅의 손을 잡고 "내가 무슨 복이 있어 너 같은 아들을 얻었을꼬. 홍임이 겉으로 성미를 부리지만 본대없이 자란 쌍것은 아니라네" 했다.

천웅이 예, 짧은 한마디 이상을 꺼내지 않았다. 홍임을 마음에 두고 봉사하는 건 아니라 했다.

"우리 아버지가 진솔 아주머니 방구들 따습게 데워드리라 하더이다."

그렇게 수긍했다. 침착함이 덧나서 차라리 미련해 보였고 곱상하게 생긴 외모는 계집아이 같았다. 홍임은 그런 웅의 여린 외모가 편안했다. 부친이 풍기던 그 고고한 선비의 기질이 웅에게서 맡아졌다. 농사를 하면서도 곱상한 때깔은 변하지 않았다. 하지만 그것이 웅의 전부는 아니었다. 몇 년 전이던가, 머리 깎고 승이 되겠다며 홍임이 방방댔을 때 웅이 던진 한마디에 정강이가 꺾였다.

"모든 종교는 그 근원에 사랑과 자비와 은총이 함께하지만, 네 가슴에 품고 다니는 그분을 버리고 중이 되겠단 말이니? 지조도 없고 신념도 없구나. 네 종교는 근거 없는 허영심이었고 그 저급한 가치판단에 실망했다."

그날 모녀가 말다툼질을 했다. 치마저고리를 입으라며 진솔이 징징댔다.

홍임이 그러는 어미를 향해 소리를 쳤다.

"치마를 입으라는 건, 나보고 늙은 영감탕구 소실이 되든지 기생이 되란 말 아닌가요? 어머니가 진정 원하는 게 뭔지 솔직하게 말해보소. 기생 되긴 늙어서 틀렸고, 우리 집에 발이 닳도록 들락거리는 구강포 아지매가 장 씨 영감 첩실로 날 팔아먹으려는 농간이 아니고 무엇이오? 울 어머니 돈에 미쳤구려."

진솔이 울음보를 터뜨렸다.

"그럼 어쩌란 말이냐? 밭 한 뙈기 없는 주제에, 늙어 쭉정이 된 네 팔자가 진정 불쌍해서 그런다. 어디든 시집가서 자식 하나 얻으면 그 자식을 믿고 살면 될 것을……."

홍임이 그때 무심히 그 말이 튀어나왔다.

"그럼 차라리 웅이한테 시집갈라요."

왠지 진솔이 멈칫거렸다. 스물일곱 살 천웅이, 작은 나이가 아니었다. 그 세월이 되도록 홍임을 바라보고 있는 웅의 마음을 모르지 않았지만, 진솔은 뭔가 걸렸다. 그것이 빌미라면 빌미였다.

이태 전, 진솔이 용소 근처에서 이불 빨래를 하다가 물살에 쓸려 떠내려갔다. 이웃 아낙이 봉놋방 '삼사재'로 달려가 황상을 불러왔을 때는 진솔이 댐 근처 소용돌이에 휘말려 숨을 몰아쉬고 있었다.

강둑으로 끌어올렸지만 맥이 없었다. 물을 토하게 하고 입바람을 불어넣어 숨길을 끌어냈던 상의 고군분투가 없었다면 진솔은 살아 내지 못했을 것이다. 하필 왜 물살이 센 용소까지 가서 빨래를 했 는지, 다그치는 홍임의 말에 진솔이 희미하게 웃었다. 쉰 문턱을 넘 기면서부터 진솔이 작심한 듯이 식사량을 줄이고 뉘일 자리를 찾 아 두리번거렸다.

"내가 넘 오래 살았네."

그래서 용소까지 빨래 구실 들고 나들이갔던가?

황상이 "진솔 누부요, 그라지 마소. 이 너른 천지에 내가 의지하 고 믿고 경애하는 사람은 진솔 누이뿐인데, 어째 자꾸 묏자리만 찾 는 기요? 불쌍한 날 잡아주소."

진솔이 노발대발했다.

"비록 첩실이지만 내가 네 스승하고 살았는데, 뭐시라? 의지하고 경애하고 어쩐다고? 이 빌어먹을 인종아. 당장 내 눈앞에서 꺼져."

소리소리 질렀다.

황상이 두툼한 입술을 비틀었다. 그런 말이 아닌데, 내 그리 불 순하고 못된 제자 아닌데, 진솔이 누부가 요즘 안 좋은 쪽으로만 생각 길을 트시네.

*

어스름 내리는 영암 들머리, 뽀얀 저녁연기 번지는 고샅길을 둘이서 자박자박 걸었다. 경사가 급하지만 산을 질러가면 한 마장은 빨랐다. 마음이 바쁜 홍임이 앞장서서 오르다가 주룩 미끄러졌다. 산비탈에 풀만 있던가, 잔챙이 나무들이 미끄러지는 야윈 뼈마디를 휘잡아 접질렀다. 입술을 꼭 다물고 비명을 삼키는 홍임을 보면서 웅이 슬며시 장난기가 동했다. 웅이 모른 체하고 휘적휘적 걸어갔다. 도와달라고 하기 전에는 절대로 먼저 선심을 내비쳐서는 안 되었다. 살살 빌고 애원하면 모를까, 왠지 잠잠했다. 웅이 기어이 돌아보았다.

홍임이 버선을 벗고 접질린 발목을 주무르고 있었다. 웅이 다가 갔지만 왜 그러느냐고 묻는 대신 홍임이 대처하는 손길을 보기만 했다. 홍임은 친한 사이를 구실로 일일이 지분대는 꼴을 싫어했다. 장마로 아궁이에 물이 들었을 때 웅이 발 벗고 나섰다가 무안만 당했다.

"내가 하는 데까지 해보고 정 힘이 부치면 그때 웅이 오라버니에게 부탁할게요."

홍임은 부탁이라는 극약 처방을 만들어 접근에 금을 그었다. 그런 이후부터 웅이 아무데나 나서지 않았고, 홍임이 스스로 하는 데까지 해냈다. 누구 딸인데, 정홍임이라는 걸 잊어서는 안 되었다. 웅은 헤벌어지려는 마음을 다독였다. 그런 홍임이 너무 소중했다. 내가 감히 스승님의 따님을, 외람되고 분에 넘치는 욕심은 아닌가, 스스로에게 물었다.

홍임이 비상식량으로 가지고 온 주먹밥에 마른 쑥 가루를 이개

서 발목에 붙이고 무명 띠로 돌돌 감았다. 접질린 데는 그만한 민간 요법이 없었다. 웅은 미소를 입안에 가둔 채 홍임이 도와달라 애걸할 때까진 꼼짝 안 할 작정이었다. 홍임이 웅의 존재를 의식했지만 고개 한 번 눈짓 한 번 건네지 않았다. 누가 보면 한바탕 쌈질 뒤에 냉전을 버무리는 중이거니 오해할지도 몰랐다. 그림이 그랬다.

홍임이 나무를 붙잡고 겨우 일어났다. 한 걸음을 내딛다가 앗, 저도 모르게 비명이 터져 나왔다.

그제야 웅이 엉거주춤 등을 내밀었다.

"내 등에 업혀. 접질린 발목은 쉬어야 해."

홍임이 아랫입술을 지그시 깨물었다.

"웅이 오라버니, 내가 그리 가뿐하지 않을 텐데, 업고 간다, 고라?"

이월 열이틀, 꽃샘바람이 옷깃을 쳐들었다. 웅이 뻗정다리로 약을 올렸다.

"걸을 수 있겠으면 걷고. 여기서 뭉그적댄다고 삔 다리가 저절로 낫지는 않을 테고."

웅이 한마디를 보탰다.

"세상에 지름길 같은 건 없어. 정도를 걸어야지. 조금 늦으면 어때. 너희 아버지 회혼일까지 넉넉 도착할 수 있다고 했을 텐데."

홍임이 크게 양보라도 하듯이 고개를 살짝 끄덕였다. 지름길이 아닌 정도로 가야 한다는 웅의 말에 동의했다. 하지만, 그뿐이었다. 애오라지 휘감기는 감정의 씨줄을 홍임이 거침없이 잘라냈다. 홍임이 열세 살부터였다. 그때 웅이네 집에 중매쟁이가 자발나게 들락거렸다. 인물이 준수한 서당 훈장이었다. 웅은 그날 콩밭에 김을 매주고 내려가던 길이었다. 느닷없었다.

"홍아, 너 평생 시집 안 간다고 했지? 내가 머리카락 한 올도 안 건드릴게, 나하고 한집에서 살자."

홍임이 웃었다.

"말 되는 소릴 해. 한집에 살면서 머리카락 한 오라기도 안 만지겠다고? 만지고 안 만지고가 문제가 아니야. 시집 같은 거 안 가. 울 어머니하고 살래."

"어머니 세상 떠나고 나면 어쩔 건데?"

"그건 그때 가서 고민해야지."

그렇게 여섯 해가 지났다. 홍임은 아무래도 미안했다.

"웅이 오라버니 무겁다고 날 팽개치지 말기요."

*

나주 들머리에 있는 주막에서 하루를 풀었다. 홍임의 어설픈 남장에 아무도 눈길을 세우지 않았다. 홍임을 먼저 방에 들여보낸 후 웅이 짚신을 들고 정지로 들어갔다. 중년의 주모는 양반집 도령 같은 두 청년을 위해 밥을 다시 짓고 묵은지김칫국에 봄냉이무침까지 난리도 아니었다.

"이리 잘생긴 도령들이 우리 집에 드시긴 처음이라요."

웅이 아궁이 앞에 앉아 물먹은 짚신을 말리고는 소금 한줌을 얻어 방으로 들어갔다. 홍임이 벽에 기대앉아 살포시 졸았다. 접질린 왼발에 젖은 버선을 신은 채였다. 웅이 조심스럽게 버선을 잡아당겼다.

"아파요. 어떡하죠? 이런 다리로 어떻게 마재까지 가냐고요."

홍임이 공연히 앙탈이었다.

"그럼 가지 말까? 꼭 가야 할 필요가 있어? 매정한 분이잖아."

홍임이 한차례 사납게 몸을 떨더니 곧추 앉았다.

"그래요. 그 매정함을 확인하고 싶어요. 얼마나 독한 분이면 우리 어머니 청춘을 두루마리 쳐서 구강포 바다에 던졌는지, 그 얼굴을 한번 볼 거라고요."

주모가 밥상을 놓고 나가면서 홍임의 고운 자태를 흘끗 살폈다. 웅이 남긴 밥에 소금을 쳐대 접질린 발에 붙였다.

"발이 얼음장이야. 피가 안 통해서 그래."

웅이 홍임의 발을 품속으로 끌어들였다. 홍임이 작게 뿌리쳤다.

"괜찮아요. 이불이나 덮어줘요" 하더니 불시에 정색하고 물었다.

"웅이 오라버니는 평생 서당 훈장질 할 거라면 지방 향시에라도 한번 응시해보지그래요? 공부가 높은데, 아까워요."

웅이 망설이던 눈치더니 말을 이었다.

"왜 나라고 그 생각이 없었을까? 지방 향시에 응시했다가 초장에, 시험도 보기 전에 퇴출당했어. 응시 자격에 있는 가문의 내력에 대한 질의응답을 보고 내 발로 걸어 나와버렸어. 남의 집 종은 아니지만 난 보통 백성일 뿐이잖아. 굳이 따진다면 빈농의 자식이지."

홍임이 말문이 막혔다. 민망하고 미안했다. 웅의 학식이라면 진사가 아니라 성균관 태학생만 못할까? 다만 신분의 경계 앞에서 허물어진 웅의 좌절이 홍임의 가슴을 아프게 했다.

"그럼 그때였구나. 열흘 넘게 우리 집에 발걸음도 안 했어. 물도 장작도 안 해주고 얼굴도 내비치지 않던데. 그래서 내가 웅이 나 몰래 장가갔을까? 했더니 어머니가 혀를 차는 거야. 장가가면 갔지 너 몰래 가겠니? 당찮은 오만이구나. 자기 편할 대로 생각하는 그 심성은 누굴 닮았겠니? 하시는 거야."

웅이 금방 말을 받았다.

"홍임이한테 그런 경향이 없다고는 말 못 해. 열흘이 아니라 일 년 동안 소식이 끊겨도 믿고 신뢰하는 사이라면 지긋이 기다릴 줄도 알아야지. 그리고 아무리 가까운 사이라고 해도 망아지 코뚜레 끼듯이 안방 문고리에 사내를 묶어두고 미주알고주알 챙길 작정이라면……?"

홍임이 손사래를 치며 웅의 말을 잘랐다.

"우리 사이? 우리 사이가 뭔데요? 무슨 믿음? 무슨 신뢰? 참 좀 엉뚱하네요. 우리가 언제 기약이나 맹세 같은 거 한 적 있어요? 그냥 이웃, 그건 좀 그렇고, 그냥 친구 아닌가요? 그리고 코뚜레를 어쩌고 하는 건 지독한 독선이라는 거 몰라요?"

웅이 냉큼 사과했다.

"그 말은 취소할게. 혼인을 해도 안과 밖이 서로를 일으켜 세워야 한다고 생각해. 스승님께서 그러셨대. 안사람의 자질을 봐서 작업을 선별할 필요가 있다고. 농사하는 아낙, 길쌈에 실력을 발휘하는 여자, 장사에 능한 사람, 모두 제각각의 소질과 적성을 타고난 것을 살려야 집안의 가난을 부부가 합심해서 극복할 수 있다고."

옹이 한꺼번에 몰아쳤다.

"홍이 시집 안 간다고 했지? 그냥 내 곁에 있어주기만 해. 딱 한 가지 홍임이 해주었으면 하는 일, 홍임이 말고는 누구도 할 수 없는 일이 있긴 하지만 말이야."

"그게 뭔데요?"

홍임이 턱을 쳐들었다.

옹이 잠시 망설였다. 홍임이 한마디로 팩하게 집어던지면 어떡하나? 하지만 지금이 기회였다. 정말은 그 말을 타진하고 싶어 모든 일정을 미뤄두고 홍임을 쫓아왔다. 벽에 등을 기대앉았고, 네 개의 다리는 이불 속에서 가지런했다. 아랫목이 따뜻했다.

"난 그래. 홍임이가 아전의 여식들에게 글도 가르치고, 육아나 위생이나 살림살이도 가르쳐주었으면 해. 열 명도 넘을 거야. 아전의 여식들만 오겠어? 강진 장터에 널린 게 까막눈이 여자애들이잖아. 일 년에 보리 한 가마, 받아도 좋고 안 받아도 되고. 홍임이 머릿속에 가득한 글 보따리를 강진의 여식들에게 나누어줘. 그건 정신의 적선이야. 적선은 불교적인 표현이지만 좋잖아. 그거야말로 인간이 할 수 있는 최고의 봉사야. 가장 귀하고 가장 유용한 것을 베푸는 거잖아. 홍아, 내게 이런 생각이 없었다면 진작 장가가서 자식 놓고 알콩달콩 살았을 거야. 난 허투루 살고 싶지 않다. 우리가 스승과 부친으로 그분하고 연결이 되어 있는 것도 이 소명을 실천하라고 보낸 하늘의 명이 아닐까?"

홍임이 귀싸대기를 얻어맞은 듯 머릿골이 화끈했다. 오감이 파닥거리면서 촉을 세웠다. 글 한 줄 읽지 못하는 무지몽매한 계집아이들 머릿속에 글자를 넣어주라 한다. 거센 파고가 몸의 마디를 누볐다.

옹이 까무러칠 듯이 하얘진 홍임을 놀란 눈으로 바라보았다. 필시 아니라고 할 것인가? 홍임의 대답이 너무 궁금했다.

"왜 그래? 갑자기? 발이 많이 시린 거야?"

홍임이 고개를 저었다.

"아니, 아니라니까."

홍임이 옹의 어깨에 고개를 실었다. 얼마나 자주, 얼마나 오랫동안 그에게 기대고 싶어 했던가, 이 무거운 나이를? 이 버거운 성질머리를? 그래서 멈칫거렸다. 스무 살을 넘기고, 혼기를 놓친 후부터 쌩쌩하게 굴었다. 사나운 짐승처럼, 날쌘 승냥이처럼, 약삭빠른 살쾡이처럼 으르렁거렸다. 이래도 좋아? 스물둘 노처녀잖아. 땅뙈기 한 마지기도 없는 비렁뱅이야. 알기나 하고? 난 첩실의 딸년이라고. 손바닥으로 가린 눈에서 한줄기 눈물이 주룩 흘렀다.

홍임이 이불 속에 길게 뻗은 성한 다리를 세우고 고개를 숙이고 두 손을 모았다.

'하늘이시여. 이 어리석은 인생이 비로소 해야 할 일을, 하지 않으면 안 되는 일을 주셨습니다. 부디 저에게 힘과 용기를 주십시오. 전 당신의 종이며 동시에 부친 정약용의 딸이고 싶고 황천웅의 여자이고 싶습니다. 이 가운데 하나만 선택해야 한다면, 하늘이시여 저를 가엾게 여기시어……'

홍임의 어깨 위로 두 팔이 겹쳐졌다.

"난 널 믿어. 넌 아무렇게나, 아무 여자들처럼 살지 않을 거라 믿어. 그런 생을 살도록 널 내버려두지 않겠어. 하늘이 너에게 준 그 위대한 재능, 천재를 네 안에서 태우는 걸 하늘은 용서 안 해. 베풀어야 해. 퍼주고, 또 퍼주고 너의 바닥이 보일 때까지 모두에게, 세상의 무지렁이들에게 대들보를 심어줘. 그게 네 인생이야. 홍임아, 네 속에 그분의 피가 흐르고 있다는 것을 잠시도 잊으면 안 돼. 만백성의 스승인 그 어른의 피가 네 피돌기에 흐르고 있단 말이지. 그래서 넌 소금 같은 존재야."

홍임이 천천히 고개를 주억거렸다.

*

초사흘 초승달이었다. 홍임이 군말 없이 웅의 등에 업혀 객잔의 컴컴한 통지 걸음을 마쳤다.

웅이 홍임을 추스르며 작게 속살거렸다.

"우리가 마재에 갔다가 내려갈 무렵엔 저 달의 한끝도 안 보이겠지. 달이나 해나 사계절이나 이 모든 자연의 조화가 우리네 사는 과정하고 맞물려 있다는 생각이야. 그 융성과 쇠락의 반복에 발을 맞추어 살아야겠지. 난 지금도 기억하고 있어. 홍임이 부친께서 해배돼 널 데리고 마재로 떠나실 때, 내가 열한 살이었을 거야. 이제 가는구나, 그 섭섭한 마음이 커다란 구멍 같았어. 온종일 명심보감을 읽고 있는데, 아버지가 웅아, 아비하고 멱 감으러 가자며 나를 끌어냈어. 평생 처음 아버지하고 벌거벗고 구강포 바다에서 수영을 했지. 벌거벗은 아들하고 벌거벗은 아비가 물장구를 치면서, 그때 아버지가 하신 말을 난 잊을 수가 없어. 누구 앞에서도 함부로 자신을 내려놓지 마. 자기를 가치 있다고 여기고 존중하는 마음이 바로 효라고, 절굿공이를 갈아 바늘을 만드는 노력으로 살아야 한다고, 꿰맨 재봉선이 잘 보이지 않는 바느질을 할 수 있을 정도로 가늘고 뾰족한 바늘이어야 한다고, 그런 바늘이라면 네가 원하는 사람이나 사물을 얻을 수도 있고, 얻지 못해도 네 안에서 슬픔을 삭일 수 있는 마음 폭이 만들어진다고. 명심보감을 소리 내 읽는 널 보고 안심했다고. 스스로 볶아치는 마음을 다스리는 모습이 의젓하다면서, 태어나서 아버지에게서 처음 들어본 칭찬이었어."

홍임이 웅의 목에 두르고 있던 손으로 웅의 양 귀를 살포시 꼬집었다.

"웅이 오라버니 귀가 달마 귀를 닮았네. 귀가 크면 오래 산다던데, 내 귀는 너무 작아서 수명이 짧을 거야."

갑자기 웅의 목소리가 투박해졌다.

"실망. 내가 한 말을 듣고 고작 귀 타령이냐? 내가 처음 내 속을 꺼냈는데, 한마디 정도는 진지하게 말할 줄 알았다."

홍임이 얼굴을 웅의 등에 밀착시킨 채 두 팔로 겨드랑이를 헤집고 웅의 가슴을 가만히 보듬었다. 그 작은 홍임의 몸짓은 천 마디, 만 마디 말보다 지극했다.

웅이 다시 홍임을 불렀다. 작심이라도 한 걸까.

"홍임아! 낯간지러운 소리 한마디할게. 너만 쳐다보고 장가 안 간다고 우기는 날 두고 울 어머니 눈도 못 감고 떠나셨다. 홍임인 네 차지 아니다, 하시더라. 너희 아버지의 스승님 따님이잖니. 나한테는 너무 멀다 하셨어."

홍임을 업은 웅의 두 팔이 지그시 조였다.

"홍임아, 너 나한테 얼마나 못되게 굴었는지 모를 거야. 팩하게 토라지고, 삐지고, 할퀴고 하는 건 좋았어. 그런데 함부로 하는 건 많이 슬펐어."

홍임이 도리질을 했다.

"안 그랬어. 함부로 하지 않았어요. 그건 그냥 날 지키려는 금이 었었는데."

홍임이 다시 고요하고 단단한 자신으로 되돌렸다. 이렇게 얽히는 건가? 이렇게 자신을 허락하는 건가. 속절없이 자신을 허물어내는 이 남자에게 속해야 한단 말인가? 홍임이 자신의 나약함에 잠시 아뜩했다.

"늦었어. 들어가서 눈 좀 붙이자. 지금쯤 아버지가 마재에 도착하셨겠지? 우리하곤 어디쯤에서 길이 엇갈릴까?"

웅이 말했다. 방으로 들어갔다. 연지빛 호롱불이 신방처럼 아늑했다. 홍임이 두 발을 바닥에 내리짚었다. 정강이의 뻗힘이 좀 완강했다. 홍임이 정색했다.

"오라버니, 날 함부로 하지 않을 거지요?"

묵은 향기

손목에 묶은 붓이 덜렁거렸다. 약용이 묶은 매듭을 풀고는 팩하게 던졌다. 이따위로 무엇을 할 수 있단 말인가. 아랫목은 따뜻했고 춘분 절기의 오후는 나른했다. 설핏 눈자위에 실리는 무거움에 절로 눈이 감겼다. 순간 불을 문 부지깽이 같은 것이 눈앞에서 흔들렸다. 눈이 부셔 고개를 돌렸다. 온통 그놈의 부지깽이가 사방을 훌치며 구강포의 노을을 뭉갰다. 핏물 같은 노을이 질퍽하니 흘러내렸다. 잡으려고 버둥거렸다. 스승님, 절 받으세요. 머리를 조아리는 등을 향해 그가 손사래를 쳤다. 상이더냐? 무심한 것, 이제야 나타나다니, 벌컥 목을 지르다가 눈이 떠졌다.

머리맡에서 학연이 "아버님, 상이 왔습니다. 치원이 말입니다" 하며 한 팔을 그의 베개 아래로 넣었다. 가뿐했다. 우리 아버지 너무 마르셨네. 학연은 더운 속내가 터져 나왔다. 수종사에 다녀온 이후부터 거동할 때는 어김없이 학연아, 불렀다. 전에는 활달하고 붙임성 있는 학유가 부친 곁에 얼찐거려 학연은 멀찌감치 서 있었다.

"뭐? 치원이가 왔단 말이냐?"

그가 일어나려고 버둥거렸다.

"매정한 놈."

그의 입에서 뱉어진 첫마디였다. 마재에 돌아온 지 열여덟 해, 달마다 해마다 대문을 기웃대며 독한 놈, 입안에서 그 마디를 씹었다. 다독이고 키워온 정을 불쏘시개로 만든 놈이거늘, 이제 버릇이 된 혼잣말로 혀끝을 깨물었다.

"상이 왔다고? 상아!"

약용이 더듬거리는 손끝에 죽비가 따라왔다. 혜완이 발길에 거치적거린다며 횃대에 걸었다.

"내 죽비? 여기 두라 하지 않았소?"

그는 목에 감겨 색색대는 음조로 부아를 끓어 올렸다. 오른손목에 감은 붓이 허룽거릴 때마다 왼손에 든 죽비가 무릎을 치거나 경탁을 내리쳤다.

"무심한 것, 못된 놈!"

반가움이 욕지거로 뱉어졌다. 입안의 되울림은 분명치 않았다. 한줄기 눈물이 주룩 흘러내렸다. 한탄을 씹어내는 말의 부스러기였다. 제자와의 조우가 무딘 가슴을 후볐다.

"늦었습니다. 이제야 찾아봬, 죄송합니다. 선생님!"

상이 무릎걸음으로 다가와 그의 손을 잡았다. 상의 거칠게 마디진 손이 스승의 앙상한 손을 모아 잡고 다독였다.

"선생님, 제 능장을 꾸짖어주십시오."

방바닥에 숙인 머리가 방아깨비처럼 건들거렸다.

학연이 부친을 일으켜 뒤에서 부축했다. 약용은 우물에서 물을 길어 올리듯이 혀에 맴도는 한마디를 밀어 겨우 토해냈다.

"치원아. 널 못 보고 죽는 줄 알았구나."

상이 바짝 다가앉았다.

"어찌 그런 말씀을, 그 혹독한 세월을 잘 갈무리하셨는데, 죽음이라니요, 당치않습니다."

그의 허연 갈대머리가 좌우로 흔들렸다. 그제야 스승의 얼굴을 본 상이 당황함을 감추지 못했다. 합죽한 입안이 까맸다. 상이 다시금 울음이 복받쳤다. 그 준수하고 서릿발같이 예리하던 눈빛은 부옇게 흐려졌고 빠진 치아가 구멍처럼 까맸다. 붓을 묶은 오른팔이 무릎 위로 축 늘어졌다. 유배지 골방에서도 위엄과 권위로 다스렸던 그 준수함은 어디 두셨는가? 상이 오른손 주먹으로 방바닥을 치며 오열했다.

"어찌 이럴 수 있단 말입니까? 만백성의 스승이었던 분이, 어찌이 모진 세월을 버티지 못하고 종잇장보다 얇아지셨는지요? 억울하고 분하고 원통하옵니다."

약용이 허물린 허리뼈를 곧추세웠다. 입가에 희미한 미소 한 자락이 건듯 지나갔다. 만백성의 스승이면, 만백성의 임금이면 빗겨

갈 수 있는 유한의 세월인가? 그 유한이라는 시한이 가지는 가치가 살아 있는 날들의 삶의 질량이라는 것을 깨닫기에 상의 세월이 이른 모양이라.

"그만해라, 치원아. 그때 말이다. 금곡사에 갔던 날 농사일로 바쁜 널 불러냈지. 내려오던 십 리 길을 네가 나를 등에 업고 걸었다. 내가 물었어. 무겁지 않느냐고, 그랬더니 네가 하는 말이 제 아들 천웅이 녀석보다 가뿐한걸요, 하면서 두 팔로 내 엉덩이를 추슬렀다. 기억나느냐?"

상이 스승의 말을 이었다.

"울퉁불퉁한 소나무 뿌리가 산비탈을 들쑤시고 있는 곳이라 선생님이 걷기 힘드신데, 선생님은 어린애들처럼 떼를 쓰셨지요. 걷고 싶다며 두 다리를 버둥거렸어요. 스승님을 업은 채 앞으로 쏟아졌지 뭡니까. 교미하는 두꺼비처럼 길바닥에 납작 엎어진 채 꼼짝을 못했지요."

교미라니? 그가 혀를 찼다. "어째 나오는 대로 씨부렁거리느냐?"

초당에 당도한 스승과 제자는 잠시 맨 방바닥에 나란하게 누워 숨을 골랐다. 약용이 손더듬이로 상의 손을 잡았다.

"힘들었구나."

상이 벌떡 일어나 무릎을 꿇었다.

"선생님, 해배되어 서울 가실 때는 제가 등에 업고 가게 해주십시오. 제가 할 수 있는 일이 그것뿐입니다."

그런 상이 그가 해배되어 강진을 떠나던 날, 얼굴을 보이지 않았다. 복숭아씨를 머금었던 게지. 내 비록 모두를 다스리지 못했는지 모르지만 제자라는 놈이 삐져 가지고…… 중얼거림은 혀끝에 말려 삼켜졌다.

차반을 들고 들어온 학연이 부친과 상 사이에 맞춤하게 앉았다.

"상이 차를 넉넉하게 가지고 왔네요. 아버님, 너무 아끼지 마시고 드시고 싶은 대로 드세요."

학연이 상을 쳐다보고 "아버님이 차를 아껴 드신다네" 작게 속삭였다.

상의 시선을 따라가던 그의 눈이 가뭇없이 흔들렸다.

"병세에 차도가 없으신지요? 마재에 올라가시면 좋은 의원 만나서 회복되실 줄 알았는데……"

말끝을 오므렸던 상이 문득 생각난 듯이 "안방마님께 인사드리고 오겠습니다" 했다. 일어나려는 상을 그가 갑자기 몰아붙였다.

"상아, 종아리 걷어라. 붓이 없더냐? 종이가 없더냐? 백적골에 숨어 흙만 파고 사람의 도리를 못 하면 짐승과 다를 게 무엇이더냐?"

그는 또 옛일이 생각난 듯이 왼손으로 죽비를 들고 방바닥을 후려쳤다. 꿇어앉았던 상이 자리에서 일어났다. 학연이 그러는 상을 꺼당겼다.

"앉게, 앉아. 자네를 본 아버님께서 너무 반가워 하시는 말씀 아닌가."

상이 대님을 풀고 바지를 걷어올린 종아리에 죽비가 내리꽂혔다.

"너같이 무심한 녀석은 맞아야 해. 몸이 안 좋은 스승을 이십여 년이나 찾지 않는 제자가 세상에 어디 있단 말이냐?"

"스승님, 이십 년은 아니지요. 두 해를 더 지나야……."

말을 머금은 채 상이 울음을 토해냈다.

학연이 슬며시 물러났다. 죽비를 든 백발의 노인과 꿇어앉은 반백의 제자가 서로를 어르고 있었다. 한 폭의 수묵화 같은 풍경이었다.

*

상이 죽비를 만들어 오던 날, 약용이 손에 들고 요리조리 살폈다.

"어디 보자, 끝이 연하고 매끄럽고 여물어야 회초리의 따가운 맛이 사느니라."

제자와 스승은 눈을 비킨 채 웃었다.

"한번 시험해보겠느냐? 종아리 걷어라."

"잘못이 없는데, 어찌 종아리를 걷으라 하십니까?"

이 녀석 보게나. 이젠 제법 맞장을 뜨려 하는구나. 약용이 속말로 되뇌었지만 소리 내어 말하지 않았다. 늘 좀 어눌하고 수굿한 제자 상을 가슴에 담은 지 오래되었다. 동천여사 시절 빈지문 앞에 어릿하니 서 있던 열다섯 살 더벅머리 소년, 그 두텁고 진지한 심지는 여전했다. 베틀에서 내린 무명을 첫물에 삶으면 그 색상이 희지도 누렁지도 때깔 지지도 않았다. 탁탁하고 촘촘한 결이 상을 닮았음이라, 그는 고개만 끄덕였다.

"넌 찻물에 삶은 무명 같구나" 했더니 상의 커다란 황소 눈이 껌

삑거렸다.

"언젠가는 모시 체 같다고 하셨는디요."

"그나저나 비슷한 비유 아닌가. 말의 핵심은 밀도를 이름이고 거침 속에 순함이 깃들다, 해석하면 될 일을 말을 씹게 하는구나."

상은 손재주가 빼어났다. 글자의 획은 고르지 못했지만 대나무로 만들지 못하는 물건이 없었다. 한여름 땀에 전 살의 기척을 달래주는 죽부인의 휘어지고 나긋한 살가움이 그랬다. 말없이 갈대발에 둘둘 말아서 방구석에 두고 간 것을 한참 뒤에야 열어보았다. 죽부인이었다. 칼로 가르고 연마한 마디가 비단결이었다. 대님을 풀고 드러난 장딴지에 문대보았다. 맨살에 닿는 감촉이 풀 먹인 모시처럼 삽삽했다. 공부에 농사에 사의재까지 오가는 노고가 만만찮을 터, 복중 더위에 잠 못 이루는 스승을 위해 안겨준 죽부인이었다. 약용은 기특함이 마음을 채웠지만 입으로는 아무 말도 안 했다. 제자 여럿 중에서 상의 너부죽한 등짝에 기댄 건, 이유나 조건이나 구실이 아니었다. 마음 밑자락에 깔린 어떤 지순한 교감이었을 것이다. 그러지 말아야지 하면서도 유독 팩하게 꾸짖었고 모질게 닦달했다. 제자 사랑이겠거니 스스로 자위하면서도 그 마음 한 구석에 찜찜함이 남았다. 모진 말의 맷집에 견디는 끈기가 때로 숨에 벅찼을까?

죽비만 해도 그렇다. 딱 한줌에 드는 대를 골라 손잡이 부분과 네 쪽으로 쪼갠 부위를 다듬었다. 손잡이 부위에 삼근계라고 새겼다. 약용의 첫 가르침이었다. 부지런하고, 부지런하고, 또 부지런하라는 따가운 훈계였다.

"종아리 걷으라 하지 않았느냐."

어리바리 서 있는 상의 바지 위를 사정없이 내리쳤다. 뭘 잘못했느냐고 물어보지 않았다. 상이 수긋하니 바지를 걷어올렸다. 호되게 후려쳤다. 빗금이 피를 내뱉었다. 손을 거두고 제자의 얼굴을 살폈다. 무덤덤했다. 그 너부죽한 담백함이 그의 심기를 갈랐다. 빈지문 밖에서 인기척이 다가오다가 멈칫했다. 그가 상을 후려치던 죽비를 놓았다. 상이 말없이 걷어올린 바짓자락을 내렸다. 그건 어쩌면 스승과 제자가 만들어냈던 한순간의 묵계였을까?

손바닥이 벌겋게 부풀었다. 강론을 귀담아듣지 않고 졸음에 꾸벅대는 동자승을 깨치는 죽비로, 그의 왼손이 오른 손바닥을 내려쳤다. 그런다고 갈라진 마음 틈새가 아물기라도 할까. 마르고 헐거워진 마음이 천 갈래, 만 갈래로 갈라졌다.

*

벽에 등을 기대앉았던 약용은 스륵 옆으로 무너졌다. 이제 한 시진 이상 꼿꼿하게 앉아 있기가 겨웠다. 아들에게 상을 데리고 나가서 뭘 좀 먹이라고 일렀다. 상이 머뭇거렸다.

"형님, 먼저 나가시면 금방 나갈게요."

학연의 등을 밀어내고 상이 스승 곁에 앉았다.

"선생님! 홍임이가……"

말을 잇지 못한 상이 다시 침묵을 깨물었다.

쳐들린 그의 손이 눈앞을 휘저었다.

"홍임이가 어쨌다고?"

"출가하려는 홍임을 말렸습니다."

상이 마재로 올라오기 전날 동문 봉놋방으로 홍임을 찾아갔었다. 옛날의 동천여사가 아니었다.

상의 아들 천웅이 삼사재(三斯齋) 현판을 걸었다. 몸의 움직임이나 말하는 태도, 얼굴을 바르게 하여 품위를 기르라는 의미였다. 울타리를 새로 개비했고 스승이 심은 홰나무 아래 대나무 평상을 들였다. 채마밭을 일군 뒤 마당에는 닭장을 짓고 씨암탉을 길렀다.

홍임이 찻잎을 고르고 있었다. 스물세 살 홍임은 계집아이처럼 앳된 얼굴이었다. 진솔을 닮아 갸름한 윤곽에 예쁜 얼굴인데도 눈가에 서린 날카로움이 부친을 닮아 홋홋한 인상이 아니었다. 한번 노려보면 마을 사내들이 얼씬거리지 못했다.

"상이 아재 왔어요?"

정갈함이 얼음 같았다.

상이 울컥 쏟아지는 감정을 추슬렀다.

"내일 마재로 올라가는데, 전할 말이 있는지, 들렀구나."

홍임이 말없이 고개를 설레설레 흔들었다. 상이 아재라고 부르며 따르던 홍임, 네 살에 천자문을 독파하고 그가 해배길에 오를 무렵에는 명심보감을 달달 외우던 천재 소녀 홍임이었다. 그래서 그가 그 딸 홍임을 마재로 데리고 갔을 것이다. 계집아이가, 이

총기를 어찌할꼬? 탄식 한 자락이 고작이었다. 시경을 읊는 홍임을 보고 윤종하가 입을 벌렸다. 아깝구나. 사내로 태어났으면 장원급제감인데…… 부러워서 하는 말이었다. 홍임이 얼굴에 검댕이를 바르고 머리에 두른 수건으로 얼굴의 반을 가리고 다녔다. 사람들은 홍임과 진솔을 헷갈려 했다. 어미의 꺼벙한 옷을 입은 뒤태가 진솔이 처녀적 태깔 그대로였다. 이슬 머금은 백목련 같은 얼굴에 한 겹 서린 그늘은 차라리 처연했다. 상은 외아들 천웅이 혼기가 지났지만, 혼인 말은 꺼내기 무섭게 입을 앙다물었다. 홍임에게 쏠린 천웅의 눈길을 멈추라 할 수 없었다. 죽기 전에 손자를 안아보았으면, 그렇게 애달아하던 상의 안사람이 눈을 감지 못했다. 백적골 울타리 밖에 거둔 어미의 무덤 앞에서 천웅이 머리를 조아렸다.

"어머님, 이 불효를 용서하세요. 머리 깎고 중 되겠다는 홍임을 말릴 용기가 없습니다."

그 소리에 상이 후다닥 정신을 차렸다. 한걸음에 달려갔다. 진솔에게 보고 들은 대로 전했다.

진솔의 대답은 달랐다.

"하늘의 인연이고 땅의 인연을 어찌 인간이 마다할 수 있겠는가? 초의 선사의 말씀이었다네."

*

저녁은 상하고 겸상이었다. 수저를 들고 약용은 녹두죽을 둥글게 저었다. 찡그린 미간에 골이 졌다. 몇 술 뜨다가 숭늉으로 입가심을 했다. 시장했지만 상도 혼자서 밥을 넘길 배포가 없었다. 참나물이나 도라지, 고사리는 상이 들고 온 보퉁이에서 나온 소찬거리였다. 젓갈도 한 보시기 올랐다. 강진 사의재 시절 젓갈은 상이 담당했던 스승의 밑반찬이었다.

그는 이제 장시간 정좌할 기운도 쇠잔했다. 비스듬히 모재비로 누워 상의 얼굴을 쳐다보았다. 바위 같은 진중함인가, 내가 저 아이의 질량에 혹했었지. 속엣말을 목구멍 깊숙이 밀어넣었다.

학연이 상이 가지고 온 작살차를 달여 와 앉았다.

"제가 올리겠습니다."

상이 따른 찻잔을 잠시 들고 있다가 스승에게 건넸다. 한 모금 달게 마신 찻잔을 든 채 그가 말했다.

"젊은 날, 내가 그랬다. 용기가 있지만 지략이 없었고 선을 좋아했지만 가릴 줄 몰랐으며 스스로를 통제하지 못했어. 반짝거린다는 말에 도취되어 재주를 남발했다. 세상을 두려워하지 않았어. 비방이 날아들었지. 하지만 남을 원망하진 않았다. 기질과 성품이 만들어낸 실패라고나 할까. 여유당에 칩거해 학문에만 전념할 것이라 그 여유당 아래 내 심신을 부려놓았다. 그런 나를 다시 악다구니 치는 세상으로 끌어낸 것은 당파를 달리한 자들의 술수였어. 천주교를 악의 무리라고 오해하는 그들의 무지는 기득권을 지키려는 마지막 발악이었다. 다름에 대한 거부라고 할까. 시대를 잘못 만난 인재들을 죽음으로 내몰았던 참수와 유배의 시절은 지나갔지만 백성들의 굶주림과 말단 관리들의 부정부패는 날로 두께를 더해가고 있질 않은가. 첫 번째가 경계, 두 번째가 조화로움, 세 번째의 덕목이 개혁이라 고쳐 풀이해야겠지. 개혁이 세상 밖으로 나가 뛰고 외치는 것만은 아니지 않은가. 선왕이 그렇게 애달아 부르짖었던 국태민안을 글자로 써서 몽매한 백성을 일깨우는 일도 개혁이 아닌가? 치원아 그렇다면 고개라도 끄덕거려야지. 넌 여전히 돌부처 같구나."

"예, 옳은 말씀이십니다. 제가 스승님을 존경하는 것은 학문이나 시대의 아픔을 읊조리는 시에 국한되지 않습니다. 선생님의 지식 경영법 쉰 항목을 낱낱이 기억하고 있습니다만, 제가 제일 좋아하는 학습 단계는 마흔여덟 번째, 사실을 추구하고 실용을 지향하라는 말씀과 마흔아홉 번째 나만이 할 수 있는 작업에 몰두하라는 가르침입니다. 사람 간의 층위와 빈부의 격차와 노동에 대한 편견을 없애야 한다는 높은 기개와 뜻을 진심으로 존경합니다."

그의 고개가 앞뒤로 끄덕거려졌다. 상이 그의 빈 찻잔에 차를 따랐다. 그의 손이 어느새 오른쪽 바지 대님을 풀고 있었다. 아침에 혜완이 묶어준 대님 조임이 온종일 발목을 죄었다. 풀어진 바짓자락이 버선코를 덮고 늘어졌다. 육신의 조임은 느슨해지고 아예 풀어 던진 지 오래되었다. 강진 세월을 합치면 삼십 년도 넘었다. 한쪽 대님을 풀고 살아도 갑자기 들이닥칠 손님은 없었다. 행여 목길게 빼고 조정의 부름에 기웃거린 건 아닐까? 제자들 때문이라면서. 헐겁게 묶인 상투가 도리머리를 쳤다.

상이 다가앉았다.

"드러누워서 말씀하셔요."

어깨를 부축해 누이려 하자 그가 손을 내쳤다. 그 엄혹하던 강골기질은 어디다 버리셨나? 상의 눈가에 물기가 서렸다.

약용은 말하는 사이 자신도 모르게 심장 언저리가 불근거렸다. 그의 열여덟 해를 몰수했던 그들의 세상으로 되돌아왔다. 그 아득한 세월은 강진과 마재를 굽어 도는 층계였다. 우주의 계단이었다. 해배돼 오는 길에 짐이 무거웠다. 자그마치 오백여 권이 실팍했으니까. 푸, 된숨을 몰아쉬었다.

상이 베개 위에 그의 머리를 뉘었다.

"천천히 하십시오. 누워서 말씀하세요."

"치원아, 네 머리가 반백이구나. 세월이 편치 않았더냐?"

*

상이 꼭 하고 싶은 말이 있었다. 다른 말들을 앞질러야 했다. 그런데도 오므라든 입술이 떨어지지 않았다. 선생님! 홍임이를 제 못난 자식 천웅이하고 엮어주면 어떨까요? 말이 입 밖으로 떨어지자마자 목침과 함께 날아올 일성, 에끼 이놈아, 감히 나하고 사돈을 맺자는 말인가? 세상이 망해도 오지게 망했구나. 어찌 스승 앞에서 그따위 오만불손한 이야기를 할 수 있단 말인가? 귀청에 날아와 꽂힐 말들이 쟁쟁했다. 강진에서 마재로 오는 내내 그 숙제 때문에 마음이 무거웠다.

진솔이 "상이, 마재에 간다고?" 그 목소리에 슬픔이 알알이 묻어 겨우 뱉어졌다.

봉놋방 삼사재 편액을 걸고 천웅이 훈장으로 아전의 아이들을 가리키면서 홍임이 소원하던 솜털 기계를 만들 작정을 했다. 상이 마른침을 꿀꺽 삼켰다.

"선생님, 홍임이 몇 살인지 염두에 있기나 한지요? 촌구석에서 혼기 놓친 처녀들이 어찌 사는지 모르십니까?"

약용이 들었는지 말았는지 미동도 하지 않았다. 오래전 홍임이 라는 존재 자체를 기억 속에서 지워버렸는지도 모를 일이었다. 그 렇다면 굳이 허락을 받고 말고 할 절차에 연연해할 이유가 있기나 할까. 섭섭함이 마음 골을 채웠다.

"주무십시오."

상이 몸을 일으켰다. 기름을 먹인 듯 소리 없이 열린 장지문 문 턱을 넘는데 치원아, 부르는 그의 목소리가 문턱에 걸렸다.

"내 손이 굳었어. 더는 글을 쓸 수가 없구나."

홍임의 이름을 들먹였는데 귀에 담지 않은 모양이었다. 길바닥 에 흘린 풀씨라 돌아서면서 뭉개버렸는지도 모를 일이었다. 다산 초당 시절 아픈 무릎에 홍임을 안고 어르던 말들, 내 핏줄 중에서 우리 홍임이가 날 젤 많이 닮았구나. 글자를 익히고 쓰는 재간이 범상치가 않아. 이 아까운 재주를 어쩌나? 우리 홍임이, 입에 달고 살아 살았던 늦둥이 그 이름을 잊었음이었다. 더 이상 글을 쓸 수 없다는 한탄만 흘러나왔다.

＊

　"스승님 허락도 없이 봉놋방에 삼사재 편액을 걸고 천웅이 훈장 노릇을 시작했습니다. 홍임 모녀는 선생님이 만들어주신 솜털 기계로 어려움 없이 살고 있고요⋯⋯."

　학연이 고개를 주억거렸다. 상이 강진벌 외진 구석, 백적산 자락으로 삶의 거처를 옮기기 전까지 홍임의 유일한 글동무가 천웅이었다. 친손자 대림이나 천웅이 그 이름은 약용이 밤잠 줄여 고민 끝에 지어 주었다. 네 자식은 내 손자이니라.

　"동천여사 할미가 세상 떠난 뒤, 진솔 누부가 주막에 살면서 삯바느질도 하고 솜도 틀어서 시집가는 처녀들 혼수 이불솜 마련에 세월을 분주하게 보내고 있습지요."

　말과 말 사이에 그가 토해내는 마른 기침소리가 침묵을 버무렸다. 삼사재 편액을 걸었다면 천웅이 홍임을 거두었단 말인가? 쿵, 하고 그의 가슴이 내려앉았다. 긴 세월 동안 한 번도 잊어본 적이 없는 홍임이었다. 멧새 한 마리인가요? 진솔이 나직이 뇌까렸다. 매화 가지에 멧새 한 마리를 그려주었던 날, 그 자잘한 떨림이 그의 귓가에 와 대책 없는 귀울림을 불러왔다. 약용의 마른 입술이 희미하게 벌어졌다.

　"상아, 그거 아느냐? 네가 풀어냈던 그 텁텁한 묵은 향이 모두를 아우른다는 것을⋯⋯."

426

남당사 십육수

그가 손을 들어 상의 말을 잘랐다. 그랬어? 그랬구나. 왼손 검지로 경탁을 가리켰다.

상이 고개를 흔들었다.

"학연 형님이 챙겨준 벼루하고 백면지는 꾸러미에 넣었습니다."

그의 왼손이 설레설레 흔들렸다. 경탁 위에 놓인 백면지를 들어 올렸다. 상이 가지고 온 진솔의 편지였다. 편지지만, 편지라 할 수 없었다.

"진솔 누부가 돌려드리라 하더이다. 선생님이 줄기를 쓰시고 잎과 꽃은 진솔 누부가 꿰맞춘 남당사입니다. 진솔 누부의 열여덟 해가 고스란히 녹아든 연모의 시가 아닐까 합니다. 전 압니다. 그리 혹독한 세월을 살면서도 진솔 누부가 한 번도 원망하거나 한숨짓

거나 넋두리하는 걸 보지 못했어요. 멀리 계신데, 같은 하늘 아래
계시는 분을 그 한량없이 위대한 분을 한때나마 모셨다는 것만으
로도 충만하다 하더이다. 어찌 그리 착하고 순한 분이 있는지."

*

그날, 진솔이 수줍음을 둘러치고 곁에 앉았다. 늘 윗목 멀찌감치
앉았던 품새하곤 달랐다.

"어르신 서당 개 삼 년에 글을 읽는다 했습니다. 봉놋방 시절 어
르신 곁에 머물 때부터 귀동냥, 눈동냥으로 익힌 시어들입니다."

두루마리였다. 돌돌 말아서 깊숙이 쟁여둔 진솔의 갈피였을 것
이다. 그는 울컥 더운 기에 머릿골이 당겼다. 손이 바들거리고 눈시
울이 떨렸다. 쪼개지고 구부러진 기억을 상이 불러냈다.

"진솔 누부가 언문으로 쓴 것을 스승님께서 한자로 고쳐 썼다
했습니다. 마지막 행은 홍임이가 보태 넣었다 하더이다."

매조도를 그리던 날이었다. 고명딸 홍연과 윤창모의 혼인을 축
하하는 매조도에는 멧새 두 마리를 그려 넣었다. 원앙의 소망을 매
화 가지에 담았을 것이다. 남은 비단 조각에 멧새 한 마리를 그렸
다. 홍임을 안고 젖을 물리던 진솔이 "그리하라는 말씀이군요" 나
직이 중얼거렸다. 소실의 여식에게 기대할 수 있는 장래는 없었다.
첩실로 가거나 비구니가 되는 길, 그도 저도 아니라면 기방의 노방
초로 살 수밖에. 붓을 내려놓은 그는 묵묵부답, 잠든 홍임을 물끄러

428

미 쳐다보았다.

진솔이 입안에서 웅얼거렸다.

  남당포 물가가 바로 저의 집인데 / 어인 일로 귀의하여 다산에 머
  물렀나

순간 그의 귀와 눈이 커다랗게 벌어졌다. 솔아, 부르고는 탄식
처럼 벽에 등을 기댔다. 그런 자세는 그 자신을 허물리는 나약함의
자세였다. 건강에 빗금이 그어지고 뼛속에 골병이 들면서 정좌한
곧은 몸피는 쉽게 무너졌다.

진솔의 입에서 가락이 이어졌다.

  낭군이 사시던 곳 알아보려 한다면 / 연못가에 여태도 손수 심은
  꽃 있다네
  남당의 아가씨 뱃노래 잘 불러서 / 밤에 강루 올라가 뱃노래 희
  롱하네

하루가 지나고 밤이 왔을 때 보리숭늉을 떠다 놓고 약용의 머리
맡에 살포시 앉은 진솔이 한마디를 읊었다.

  장사치에 이별은 쉽게 한다 말하지만 / 장사치는 그래도 왕래나
  자주하지

갈 생각만 하는 님, 내 마음 슬퍼지니 / 밤마다 심지 향 하늘에
닿았겠네

진솔아, 벽에 등을 대고 앉은 그의 무너진 품새에 진솔이 겹쳐졌
다. 다음 시구를 그가 이었다.

어이 알리 온 집안이 환영하던 그날 / 아가씨 집 운명 외려 기구
하게 될 때임을

진솔이 다음을 이었고 그가 한자로 고쳐 썼다.

어린 딸 총명함이 제 아비 똑같아서 / 아비 찾아 울면서 왜 안 오
나 묻는구나
한나라는 소통국도 속량하여 왔다는데 / 무슨 죄로 아이 지금 유
배를 산단 말인가

진솔이 후드득 어깨를 떨었다.
"시도 아니고 넋두리고 아니고 하소연도 아니올시다. 그냥 나오
는 대로……"
손아귀에 감추고 있는 종이를 그가 앗았다.
"뭐가 그리 안달인가?"
여기저기 이가 빠진 듯이 글자들이 틈을 벌리고 있었다. 그가 그

틈을 채웠다.

　석 자 칼로 그어서 이 가슴 도려내면 / 가슴속에 또렷하게 님의 모습 보이리라
　이용면의 솜씨로 베껴낸다 하더라도 / 정성이 저절로 하늘 솜씨 빼앗으리

그가 한귀를 보탰다.

　홍굴촌 서쪽에는 월출산 솟았는데 / 산머리와 바위 흡사 오는 사람 기다리듯
　이 몸 만 번 죽는대도 남은 한이 있으려니 / 원컨대 산머리의 한 조각 돌 될래요

그날 이후 시도 때도 없이, 아이를 재우면서 아이를 어르면서, 보리방아를 찧으면서도 진솔이 입에 달고 살았다. 칠팔 년을 그렇게 읊조렸다. 약용이 한자로 번안하고 '남당사 십육수'라는 제목까지 붙였다.

"제게 주실 거지요? 제가 간직하렵니다."

애절했다. 그 애절함이 오랏줄이 되어 그를 묶었다. 그 질긴 오라기를 열여덟 해 동안 잘라내고 또 잘랐다. 부질없음이었다. 마재에 올라온 지 열여덟 해, 상이 그것을 들고 왔다.

"강진을 출발하기 전날, 진솔 누부에게 들렀습니다. 다른 말은 없고 이걸 전해드리라 하더이다."

정씨 집서 벌을 받고 김씨에게 단비하니 / 사람 시켜 강포함 원망이 어이 없을까
어이 알았으리 못된 장난 다시 만나 / 양근 박가 돌아올 제 이 마음 표시할 줄

마지막 행은 덧붙인 게 분명했다.
진솔이 상에게 나직이 일렀다.
"뵈어드린 다음 들고 오게. 그곳에서 간수할 쪽지가 아니지 않은가."
진솔이 한줌의 모래를 입안에 털어넣은 듯 퍼석거렸다. 그렇게 지나간 날들, 열여덟 해를 곱씹었다. 아쉽고 미어지듯 막막했던 날의 풍경이 저만치서 달려오고 있었다.

*

남당사라니, 그것이 약용을 들쑤셨다. 그가 덧붙이고 덜어내며 손보다가 두고 온 남당사였다. 그걸 여태 가슴에 품고 살았단 말인가? 불쌍한 것이, 진솔아, 홍임아! 좁쌀인가 모래인가 혀끝에 슬어 도틀거리는 돌기는 가시꽃인가. 주먹 쥔 왼손이 가슴을 팍팍 내질

렀다. 늙어 가죽만 남은 가슴뼈에 가벼운 주먹질에도 숨이 차올랐다. 마른 비명이 탄식으로 내뱉어졌다. 미안하구나, 내 딸 홍임아, 그리고 진솔, 내 진정 미안하이. 그대 내게 안겨준 그 무구한 진심을 그대로 되돌려주지 못한 것이 이렇게 나를 옥죄는구려. 세상 눈치 뿌리치고 한번쯤 그대 찾아가볼 만도 했건만 내 발목을 잡아당기는 무수한 집게발 때문에 그대 보기를 기피한 건 아니네. 뭔가를 내려놓지 못한 거요. 그 뭔가는 나를 엉구고 있는 도리이며 체면이며 가정의 근간이라 저버릴 수가 없었소. 난 그런 사람이오. 두물머리를 감싸고 흐르는 강물을 보면서 깨달았네. 내 몸이 비록 마재의 강가에 산송장처럼 굳어 있어도 마음 자락은 그대 치마폭에 묻어두고 왔음을. 진솔, 그대는 내 목젖에 걸린 가시요.

속으로 읊조리는 더운 숨소리가 간간이 잇새로 흘러나왔다.

"선생님 한마디만 더 올립니다. 진솔 누이가 절대로 발설하지 말라 당부했지만, 저의 세 치 혀가 용트림을 하는군요. 절 부르더니 하시는 말이, 스승님을 위해서라면 내 몸이, 내 마음이, 내 세월이, 가루가 되어 부스러져도 여한이 없음이라. 스승님이 계셨기에 가득한 인생을 살았노라, 비로소 잘게 울먹이더이다."

갑자기 그의 표정이 구겨졌다.

"상아, 설마 천웅이 핑계로 네가 동천여사에 빌붙으려는 건 아니냐? 그건 도리에 어긋나는 일이다. 알겠느냐?"

상이 머리를 조아렸다.

"제가 본데없이 자란 쌍놈이지만 하늘의 도리는 아는 놈입니다."

"잔치를 보러 왔으면 잔치를 보고 갔어야지. 고얀 놈이야."

학연이 바짝 다가앉았다.

"아버님, 잔치는 취소한다 하시지 않았습니까. 농사일이 바쁜 상이를 잡아둘 수 없지요."

아직 꽃샘바람이 찬데 그가 장지문을 열어젖혔다. 캄캄한 이월 새벽바람이 덩어리째 굴러들었다.

"저걸 치우라 하지 않았더냐?"

약용이 혀를 끌끌 찼다.

널따란 멍석 위에 두 개의 차일이 쳐지고 마당 한귀 평상 위에 허연 면포를 뒤집어쓴 책 더미가 보였다. 웬 소란이냐고, 그가 어제 오후에 말렸었다. 학연이 머리를 조아렸다.

"감히 아룁니다. 아버님의 생애가, 유배지의 곤고한 일상에서도 살아 있음의 보람으로 집필한 책이라고, 자랑하면 안 됩니까? 『목민심서』와 『흠흠신서』, 『아언각비』, 『주역사전』까지 이 서책들이 후대를 살아갈 많은 젊은이들에게 삶의 지표가 될 것입니다."

곁에 서 있던 학유가 거들었다.

"형님하고 둘이 밤낮으로 필사하여 아버님의 모든 서책은 두 권으로 도난당한다 하여도 걱정할 바가 없습니다."

흐뭇하고 대견해야 할 자식들의 소견인데도 약용의 미간이 풀리지 않았다. 그의 백발이 간단없이 흔들렸다. 바로 그 시각 큰 대문 앞에서 낯선 목소리가 들려왔기 때문이었다. 새벽에 손님인가?

숨

　겨울도 봄도 아닌, 매운 계절의 어간이었다. 혜완이 육십 성상이라, 중얼거리는 입술에 거스러미가 일었다. 회혼일, 묘시에 일어난 혜완이 거울 앞에 앉았다. 우수의 묘시는 어스름이 짙었다. 등잔불에 심지를 올리고 백발의 머리를 빗었다. 햇볕에 그을린 주름골이 작은 얼굴에 망처럼 걸렸다. 혜완이 명경함 뚜껑을 얼른 덮었다. 그래서 어쩌란 말인가? 열여섯 살 낭자머리에 은비녀 꽂은 지 어언, 육십 성상. 억제하고 다져 눌렀던 억울함인지 서러움인지 덧없음인지, 아직도 알 수 없는 그 몽환의 아픔이 목울대를 괴어올랐다. 혜완이 횃대에 걸어둔 새 옷을 끌어당겼다. 회혼일에 입으려고 새로 마련한 가지색 명주 치마에 저고리는 치마 색에 맞는 끝동과 옷고름을 단 기명색이었다. 그가 해배되어 온 지 열여덟 해, 비단옷을 새로 지어 입을 만한 형편이 아니었다. 누에를 치고 마늘밭의 김을 매는 반 노동자로 산 세월에 비단옷이라니, 명주의 결이 거친 손마디에 걸려 까칠거렸다.

다반을 들고 댓돌을 내려서던 혜완이 문지도리 소리에 섬뜩 눈길을 보냈다. 벙싯 대문 한쪽이 버성겨 있었다. 거기 박명 속에 학연이 서서 누군가와 수작을 부리고 있었다.

"어떤 선비가 국화 분을 들고 왔네요. 두고 가라 했더니 어르신 기침하셨느냐 묻습니다."

대문 문턱을 사이에 두고 선 학연의 목소리가 들렸다. 혜완은 등줄기에 자잘한 떨림이 느껴졌다. 설마, 하는 생각으로 눈을 치떴다.

"어디서 오셨는지요? 전 마재의 맏아들 학연이라 합니다."

차양 깊은 방갓 아래 숙인 얼굴은 보이지 않았다.

"다산 선생님의 회혼일을 축하드리기 위해 어떤 분이 보내셨습니다."

어떤 분이라? 학연이 고개를 돌려 안채를 기웃거리다가 다시 선비에게 눈길을 돌렸다. 먼길에 후줄근한 입성이었지만 반듯한 어깨선에 품위를 거느렸다. 가지런하게 숙인 고개가 얼굴을 감싸고 있었다. 선비가 한지로 싼 기름한 자기 화분을 학연에게 건넸다.

"어르신께서 제일 좋아하시던 자줏빛 소국이라 하더이다."

그때였다. 사랑방 장지문이 화들짝 열렸다.

"자줏빛 소국이라 했느냐?"

거북등처럼 웅크린 그가 고개를 빼고 내다보았다. 그의 시선이 대문을 벗어나 설핏 사라지는 검정 두루마기 자락을 따랐다. 서늘한 바람이 등을 그었다. 처진 어깨선, 가녀린 몸피, 홍임아! 목멘 첫소리가 마른 목구멍에 걸려 탄식을 씹었다. 아득함이 몰려와 그의 눈이 맥없이 슴벅거렸다. 자줏빛 소국은 정월 지나서까지 작은 꽃송이를 지우지 않았다. 모질고 독한 품새로 살아남았다. 그것이 그의 먼 뒤안길을 불러냈다. 그의 가슴 갈피 속에 깊숙이 숨어 있던 그 떨림의 옹이. 저것이 무엇인가? 어디서 걸어나온 망령인가, 그는 손등으로 얼굴을 쓸어내렸다. 혀끝에서 수많은 말들이 바장였다. 속옷에 망건만 걸친 그가 무릎걸음으로 문지방에 두 손을 짚었다.

"이 추위에 꽃을 달았구나. 자줏빛 망울을……."

학연이 둘러싸고 있던 한지를 걷어냈다. 꼿꼿이 고개를 쳐든 자줏빛 작은 국화송이들이 푸른 줄기 위에 도도하게 치솟았다.

"들오라 해라."

"예. 그냥 가야 한다 하더이다."

학연이 얼른 다가와 그의 등받이를 부축했다. 그는 어깨를 누르는 학연의 손을 털어냈다. 그 한량없는 무게감이 성가셨다.

학연이 그 말은 하지 않았다. 화분을 둘둘 싼 한지를 벗기자 작은 봉투가 나왔다. 겉봉에는 아무것도 쓰여 있지 않았지만 내용물이 뭔지는 알 것 같았다. 만져졌다. 학연이 얼른 꺼내어 조끼 주머니에 간수했다. 소피를 핑계대고 사랑방채를 물러섰다. 아무도 없는 뒤란에 서서 학연이 봉투를 열었다. 한지에 겹겹이 봉한 그것, 시도 때도 없이 그를 강가로 불러냈던 그리움의 진상이었다.

아버님, 말씀하셨지요? 천하 만물 중에 지켜야 할 것은 오직 자신뿐이라 하셨습니다. 제게는 이 십자가입니다. 되돌려드립니다. 홍임이 올립니다.

*

학연이 국화 분을 안고 들어간 잠시 뒤, 대문 틈새로 손이 들어오는 것을 혜완이 보았다. 몸을 가리고 섰던 중대문을 밀치고 나서던 참이었다.

어둑새벽을 안고 대문 앞에 놓인 허연 것은 작은 뭉치였다. 혜완은 다반을 사랑채 쪽마루에 놓아두고 대문으로 걸어나갔다. 대통 같았다. 차를 보관하는 대나무 통이 분명했다. 혜완은 살가운 무게감을 손에 어르며 대문을 열었다. 부연 안갯발에 짓눌린 마재의 새벽이었다.

보소, 거기…… 안개 속으로 휘감기는 기척을 향해 또 한 번 보세요, 거기…… 혜완이 목소리를 높였다. 순간 혜완의 머릿골이 땅, 당겼다. 앗! 그 아이인지 모를 일이었다. 금기로 입에 담지 않았던 이름, 홍임! 혜완이 대문 문턱을 넘어섰다. 어느새 안갯발이 기척을 지웠다. 가슴 한구석이 맥맥이 아려들었다. 야박했던가, 그렇게 다그치지 않았다면, 새끼발가락이 짓물러 발싸개를 하고 부뚜막에 앉았던 작은 아이, 밥그릇 뚜껑에 얹어준 붕어찜 한 토막을 떨어뜨린 채 어머니, 먹어도 돼요? 그 초롱초롱하던 눈빛이 개똥벌레가 되어 부뚜막 언저리를 날아다녔다.

"어머니, 거기서 뭐하세요?"

학연이 불렀다. 혜완이 안개 기둥이 되어 대문 문턱에 서 있었다.

*

혈육의 당김을 뿌리치는 건 사람의 도리가 아니라는 말이지, 약용이 엷은 잠 속에서 중얼거렸다. 그는 기척을 죽인 고요가 잠결에도 성가셨다. 아버님, 부르는 소리, 눈시울이 무거웠다. 홍임아 들어오렴. 그렇게 다정한 말로 홍임을 맞이한 적이 있기나 했던가. 무거운 이불을 걷어내면서 홍임아, 불렀다.

"아버님 꿈꾸셨어요?"

학연의 손이 그의 입술을 막았다.

"어머니 드십니다."

뭔가 뜨거운 것이 입안에서 깨물렸다. 다시 눈을 감는다고 끊어진 꿈이 이어질까. 흘러내린 눈물이 콧등을 지나 입술을 적셨다. 남당사라, 진솔. 정녕 그대 글씨가 맞는데, 어찌 이리 절절하단 말인가? 입안에서 웅얼거리는 소리가 그의 새벽을 허물었다. 비로소 온몸을 친친 감고 있던 칡뿌리 같은 조임이 풀리는가 싶었다. 헐거웠다. 등과 허벅지와 굳은 정강이가 구들장에 찰싹 붙었다. 한 장의 백지처럼 가벼운 육신, 나른한 평온으로 환치되는 이 느낌은 무엇인가? 결박, 그랬다. 평생 그를 옴짝달싹 못하게 여미고 있던 사슬이었다. 체면이라는 사슬, 살 속으로 파고든 그것은 뼈를 녹이고 살을 파먹고 갈기갈기 찢어 그를 부스러뜨렸다. 자유란 무화를 의미하는 것, 혜완이 그런 말을 했다.

"진솔과 홍임은 내 안에 다른 이름으로 저장된 지옥의 이름이었답니다. 내가 어찌 그들을 품지 못했는지, 그것은 오로지 당신을 내 품에 품고 싶었던 옹졸한 욕심 때문이었습니다. 제 좁은 가슴에 그녀들을 품어줄 만한 여백이 없었어요."

헛발질은 아니었던가? 그 미미한 기미에 그는 훔칠 몸을 떨었다. 머리가 목침을 밀어냈다. 돌연한 기동이었다. 상반신을 끌어올린 그의 입에서 그 말이 튀어나왔다.

"아들아! 천하 만물 중에 지켜야 할 것이 무엇이라 하더냐?"

학연이 부친의 왼손을 가만히 잡아당겼다. 순간 그의 얇은 눈시울이 경련하듯 일렁거렸다. 거센 물살이었다. 그가 손을 꼭 그러쥐었다. 아들하고 눈을 맞춘 그의 눈이 섬뻑거렸다. 소리 없는 말이 부자지간에 오갔다. 마른기침이 차올라 목소리를 지웠다. 학연이 뒤에서 부친을 보듬었다. 알겠느냐? 꼭 다지고 싶었던 한마디가 기침에 버무려져 입안에 가둬졌다.

영감! 부르는 소리가 아득했다. 비단치마 끌리는 소리, 사뿐 내려딛는 저 정결한 부드러움, 혜완! 소리가 혀 안에서 굳었다.

"혜완, 당신은 내 숨이었다오."

그 말이 하고 싶은데, 그 말을 해야 하는데, 마른 혀가 소리를 삼켰다.

혜완이 그의 곁에 앉았다. 회혼일을 위해 새로 지은 혜완의 기명색 옷고름이 약용의 눈자위에 서린 이슬을 닦아냈다.

번하게 뚫린 구멍 같은 소실점은 남당의 봄물을 헤적이고 있는 걸까?

마지막 당부

천웅이 종종걸음 치는 홍임을 불러세웠다.

"여기까지 와놓고 피하는 건 뭐냐? 뵙고 가야지. 그까짓 국화 분 드리자고 여기까지 왔냐고? 바보" 했지만 그러는 홍임이 너무 가여웠다.

홍임이 묵묵부답, 잰걸음으로 앞장서서 걸었다. 그래서 어쩌란 말이냐고, 대문 고리 잡고 밖을 내다보던 그 서릿발 같은 안방마님을 보지 못했느냐고, 방문턱에 상반신을 걸치고 내다보시던 그분의 일그러진 얼굴을 보지 못했느냐고, 큰아들 학연의 각진 모서리를 못 보았느냐고? 홍임이 말없는 말로 웅을 나무랐다.

저만치, 마재의 기와집이 안갯발에 가려 보이지 않았다. 홍임이 걸음을 멈추었다. 아버님! 한번 불러봐도 될까요? 법도를 어긴 호칭인지요? 부디 평안히 가소서. 홍임이 당부하는 목소리를 깊숙이 쓸어 담았다. 흑립에 오징어 물 먹은 두루마기가 "새삼스럽긴" 툭 지르고 앞장섰다. 그 훤칠한 뒤태에 홍임의 눈길이 사무쳤다.

지난여름, 작가의 옹색한 작업실에 사암 선생과 마주앉아 가마솥 같은 열기를 함께 나누었다. 사암 스스로 사의재라는 삶의 덕목을 방석으로 깔았고, 삼근계를 실천했지만 그의 내면은 붉은 피의 웅덩이처럼 들끓었다. 내색하지 않았지만 선생은 그 알알했던 씨앗들을 가슴에 품고 살았다. 얼마나 인간적인 품성인가?

누군가의 말처럼 눈뜬 사람보다 눈감은 천재가 무섭다고 했다. 깨알처럼 예민했고 흑단처럼 단단했던 그의 심장에 돌을 던진 남당의 여인, 진솔. 부서져 가루가 되어도, 그 외마디가 눈가에 물기를 자아올린다.

가장 인간적인 가치는 사랑이 아닐까? 학문이나 개혁이나 충효나 애민 정신 그 모든 것의 귀결은 사랑이었다.

급조한 초고를 군말 없이 읽어준 문우 L에게 고마움을, 이 소설을 쓰게 해준 다산북스 김선식 사장의 동기 유발에 대해서, 김현정 부장과 문학팀 여러분의 수고에 진심으로 감사드린다.

2017년 1월
최문희

정약용의 여인들

초판 1쇄 발행 2017년 1월 25일
초판 4쇄 발행 2018년 1월 16일

지은이 최문희
펴낸이 김선식

경영총괄 김은영
책임편집 김정현 **편집** 정민교, 김현정
콘텐츠개발2팀장 김현정 **콘텐츠개발2팀** 김정현, 유미란, 박보미, 민현주
마케팅본부 이주화, 정명찬, 이보민, 최혜령, 김선욱, 이승민, 이수인, 김은지, 배시영, 유미정, 기명리
전략기획팀 김상윤
저작권팀 최하나, 이수민
경영관리팀 허대우, 권송이, 윤이경, 임해랑, 김재경, 한유현
디자인 문성미

펴낸곳 다산북스 **출판등록** 2005년 12월 23일 제313-2005-00277호
주소 경기도 파주시 회동길 357 2, 3층
대표전화 02-704-1724 **팩스** 02-703-2219 **이메일** dasanbooks@dasanbooks.com
홈페이지 www.dasanbooks.com **블로그** blog.naver.com/dasan_books
종이 한솔피앤에스 **인쇄·제본** (주)갑우문화사

ISBN 979-11-306-1106-8 (03810)